香港文庫
學術研究專題

報刊香港

歷史語境與文學場域

趙稀方 —————— 著

三聯書店（香港）有限公司

總序

香港，作為中國南部海濱一個重要的海港城市，有著特殊的社會經歷和文化特質。它既是中華文化值得驕傲的部分，又是具有強烈個性的部分。尤其在近現代時期，由於處於中西文化交匯的前沿地帶，因而還擁有融匯中西的大時代特徵。回顧和整理香港歷史文化積累的成果，遠遠超出整理一般地域文化歷史的意義。從宏觀的角度看，它在特定的時空範疇展現了中華文化承傳、包容的強大生命力，從而也反映了世界近代文化發展的複雜性和多面性。

梁啟超在《中國歷史研究法》中對有系統地收集史料和研究成果的重要性，曾作這樣的論述：

> 大抵史料之為物，往往有單舉一事，覺其無足輕重；及彙集同類之若干事比而觀之，則一時代之狀況可以跳活表現。比如治庭院者，孤植草花一本，無足觀也；若集千萬本，蒔已成畦，則絢爛炫目矣。[1]

近三十年來香港歷史文化研究，已有長足的進步，而對香港社會歷史文化的認識，到了一個全面、深入認識、整理和繼續探索的階段，因而《香港文庫》可視為時代呼喚的產物。

（一）

曾經在一段時間內，有些人把香港的歷史發展過程概括為從"小漁村到大都會"，即把香港的歷史過程，僅僅定格在近現代史的範疇。不知為什麼這句話慢慢成了不少人的慣用語，以致影響到人們對香港歷史整體的認識，故確有必要作一些澄清。

1　梁啟超：《中國歷史研究法》〔香港：三聯書店（香港）有限公司，2000〕，69頁。

從目前考古掌握的資料來看，香港地區的有人類活動歷史起碼可以上溯到新石器中期和晚期，是屬於環珠江口的大灣文化系統的一部分。由此我們可以清楚地看到，香港的地理位置從遠古時期開始，就決定了它與中國大陸不可分割的歷史關係。它一方面與鄰近的珠江三角洲人群的文化互動交流，同時與長江流域一帶的良渚文化有著淵源的關係。到了青銅器時代，中原地區的商殷文化，透過粵東地區的浮濱文化的傳遞，已經來到香港。[2]

還有一點不可忽視的是，香港位於中國東南沿海，處於東亞古代海上走廊的中段，所以它有著深遠的古代人口流動和文化交流的歷史痕跡。古代的這種歷史留痕，正好解釋它為什麼在近現代能迅速崛起所具備的自然因素。天然的優良港口在人類歷史的"大航海時代"被發掘和利用，是順理成章的事，而它的地理位置和深厚的歷史文化根源，正是香港必然回歸祖國的天命。

香港實際在秦代已正式納入中國版圖。而在秦漢之際所建立的南越國，為後來被稱為"嶺南"的地區奠定了重要的政治、經濟和文化基礎。[3] 香港當時不是區域政治文化中心，還沒有展示它的魅力，但是身處中國南方的發展時期，大區域的環境無疑為它鋪墊了一種潛在的發展力量。我們應該看到，當漢代，廣東的重要對外港口從徐聞、合浦轉到廣州港以後，從廣州出海西行到南印度"黃支"的海路，途經現在香港地區的海域。香港九龍漢墓的發現可以充分證實，香港地區當時已經成為南方人口流動、散播的區域之一了。[4] 所以研究中國古代海上絲綢之路，不應該完全忘卻對香港古代史的研究。

2　參看香港古物古蹟辦事處：〈香港近年的考古發現與研究〉，載《考古》第 6 期（2007），3-7 頁。

3　參看張榮方、黃淼章：《南越國史》（廣州：廣東人民出版社，1995）。

4　參看區家發：〈香港考古成果及其啟示〉，載王賡武主編：《香港史新編》（增訂版）〔香港：三聯書店（香港）有限公司，2017〕，3-42 頁。

到了唐宋時期，廣東地區的嶺南文化格局已經形成。中國人口和政治重心的南移、珠江三角洲地區進入"土地生長期"等因素都為香港人口流動的加速帶來新動力。所以從宋、元、明開始，內地遷移來香港地區生活的人口漸次增加，現在部分香港原住民就是這段歷史時期遷來的。[5] 香港作為一個地區，應該包括港島、九龍半島和新界三個部分，所以到十九世紀四十年代，香港絕對不能說"只是一條漁村"。

我們在回顧香港歷史的時候，常常責難晚清政府無能，把香港割讓給英國，但是即使是那樣，清朝在《南京條約》簽訂以後，還是在九龍尖沙咀建立了兩座砲台，後來又以九龍寨城為中心，加強捍衛南九龍一帶的土地。[6] 這一切說明清王朝，特別是一些盡忠職守的將領一直沒有忘記自己國家的土地和百姓，而到了今天，我們卻沒有意識到說香港當英國人來到的時候只是"一條漁村"，這種說法從史實的角度看是片面的，而這種謬誤對年輕一代會造成歸屬感的錯覺，很容易被引申為十九世紀中期以後，英國人來了，香港才開始它的歷史，以致完整的歷史演變過程被隱去了部分。所以從某種意義上看，懂得古代香港的歷史是為了懂得自己社會和文化的根，懂得今天香港回歸祖國的歷史必然。因此，致力於香港在十九世紀中葉以前歷史的研究和整理，是我們《香港文庫》特別重視的一大宗旨。

5　參看霍啟昌：〈十九世紀中葉以前的香港〉，載《香港史新編》（增訂版），43-66 頁。

6　其實我們如果細心觀察九龍寨城在第一次鴉片戰爭以後形成的過程，便可以看到清王朝對香港地區土地力圖保護的態度，而後來南九龍的土地在第二次鴉片戰爭中失去，主要是因為軍事力量對比過於懸殊。

（二）

　　曲折和特別的近現代社會進程賦予這個地區的歷史以豐富內涵，所以香港研究是一個範圍頗為複雜的地域研究。為此，本文庫明確以香港人文社會科學為範疇，以歷史文化研究資料、文獻和成果作為文庫的重心。具體來說，它以收集歷史和當代各類人文社會科學方面的作品和有關文獻資料為己任，目的是為了使社會大眾能全面認識香港文化發展的歷程而建立的一個帶知識性、資料性和研究性的文獻平台，充分發揮社會現存有關香港人文社會科學方面資料和成果的作用，承前啟後，以史為鑒。在為人類的文明積累文化成果的同時，也為香港社會的向前邁進盡一份力。

　　我們希望《香港文庫》能為讀者提供香港歷史文化發展各個時期、各種層面的狀況和視野，而每一種作品或資料都安排有具體、清晰的資料或內容介紹和分析，以序言的形式出現，表現編者的選編角度和評述，供讀者參考。從整個文庫來看，它將會呈現香港歷史文化發展的宏觀脈絡和線索，而從具體一個作品來看，又是一個個案、專題的資料集合或微觀的觀察和分析，為大眾深入了解香港歷史文化提供線索或背景資料。

　　從歷史的宏觀來看，每一個區域的歷史文化都有時代的差異，不同的歷史時期會呈現出不同的狀況，歷史的進程有快有慢，有起有伏；從歷史的微觀來看，不同層面的歷史文化的發展和變化會存在不平衡的狀態，不同文化層次存在著互動，這就決定了文庫在選題上有時代和不同層面方面的差異。我們的原則是實事求是，不求不同時代和不同層面上數量的刻板均衡，所以本文庫並非面面俱到，但求重點突出。

　　在結構上，我們把《香港文庫》分為三個系列：

　　1. "香港文庫‧新古今香港系列"。這是在原三聯書店（香港）出版有限公司於 1988 年開始出版的"古今香港系列"基礎上編纂的一套香港社會歷史文化系列。以在香港歷史中產生過一定影響的人、事、物和事件為主，以通俗易懂的敘述方式，配合珍貴的歷史圖片，呈現出香港歷史與文化的各個側面。此系列屬於普及類型作品，但絕不放棄忠於史實、言必有據的嚴謹要求。作品可適當運用注解，但一般不作詳細考證、書後附有參考書目，以供讀者進一步閱讀參考，故與一般掌故性作品以鋪排故事敘述形式為主亦有區別。

"香港文庫·新古今香港系列"部分作品來自原"香港古今系列"。凡此類作品，應對原作品作認真的審讀，特別是對所徵引的資料部分，應認真查對、核實，亦可對原作品的內容作必要的增訂或說明，使其更為完整。若需作大量修改者，則應以重新撰寫方式處理。

本系列的讀者定位為有高中至大專水平以上的讀者，故要求可讀性與學術性相結合。以文字為主，配有圖片，數量按題材需要而定，一般不超過 30 幅。每種字數在 10 到 15 萬字之間。文中可有少量注解，但不作考證或辯論性的注釋。本系列既非純掌故歷史叢書，又非時論或純學術著作，內容以保留香港地域歷史文化為主旨。歡迎提出新的理論性見解，但不宜佔作品過大篇幅。希望此系列成為一套有保留價值的香港歷史文化叢書，成為廣大青少年讀者和地方史教育的重要參考資料。

2."香港文庫·研究資料叢刊"。這是一套有關香港歷史文化研究的資料叢書，出版目的在於有計劃地保留一批具研究香港歷史文化價值的重要資料。它主要包括歷史文獻、地方文獻（地方誌、譜牒、日記、書信等）、歷史檔案、碑刻、口述歷史、調查報告、歷史地圖及圖像以及具特別參考價值的經典性歷史文化研究作品等。出版的讀者對象主要是大、中學生與教師，學術研究者、研究機構和圖書館。

本叢刊出版強調以原文的語種出版，特別是原始資料之文本；亦可出版中外對照之版本，以方便不同讀者需要。而屬經過整理、分析而撰寫的作品，雖然不是第一手資料，但隨時代過去，那些經過反復證明甚具資料價值者，亦可列入此類；翻譯作品，亦屬同類。

每種作品應有序言或體例說明其資料來源、編纂體例及其研究價值。編纂者可在原著中加注釋、說明或按語，但均不宜太多、太長，所有資料應注明出處。

本叢刊對作品版本的要求較高，應以學術研究常規格式為規範。

作為一個國際都會，香港在研究資料的整理方面有一定的基礎，但從當代資料學的高要求來說，仍需努力，希望叢刊的出版能在這方面作出貢獻。

3."香港文庫・學術研究專題"。香港地區的特殊地理位置和經歷，決定了這部分內容的重要。無論在古代作為中國南部邊陲地帶與鄰近地區的接觸和交往，還是在大航海時代與西方殖民勢力的關係，以至今天實行的"一國兩制"，都有不少是值得深入研究的課題。人們常用"破解"一詞去形容自然科學方面獲得新知的過程，其實在人文社會科學方面也是如此。人類社會發展過程的地區差異和時代變遷，都需要不斷的深入研究和探討，才能比較準確認識它的過去，如何承傳和轉變至今天，又如何發展到明天。而學術研究正是從較深層次去探索社會，探索人與自然的關係，把人們的認識提高到理性的階段。所以，圍繞香港問題的學術研究，就是認識香港的理性表現，它的成果無疑會成為香港文化積累和水平的象徵。

由於香港無論在古代和近現代都處在不同民族和不同地區人口的交匯點，東西不同的理論、價值觀和文化之間的碰撞也特別明顯。尤其是在近世以來，世界的交往越來越頻密，軟實力的角力和博弈在這裡無聲地展開，香港不僅在國際經濟上已經顯示了它的地位，而且在文化上的戰略地位也顯得越來越重要。中國要在國際事務上取得話語權，不僅要有政治、經濟和軍事等方面的實力，在文化領域上也應要顯現出相應的水平。從這個方面看，有關香港研究的學術著作出版就顯得更加重要了。

"香港文庫·學術研究專題" 系列是集合有關香港人文社會科學專題著作的重要園地，要求作品在學術方面達到較高的水平，或在資料的運用方面較前人有新的突破，或是在理論方面有新的建樹，作品在體系結構方面應完整。我們重視在學術上的國際交流和對話，認為這是繁榮學術的重要手段，但卻反對無的放矢，生搬硬套，只在形式上抄襲西方著述 "新理論" 的作品。我們在選題、審稿和出版方面一定嚴格按照學術的規範進行，不趕潮流，不跟風。特別歡迎大專院校的專業人士和個人的研究者 "十年磨一劍" 式的作品，也歡迎翻譯外文有關香港高學術水平的著作。

（三）

簡而言之，我們把《香港文庫》的結構劃分為三個系列，是希望把普及、資料和學術的功能結合成一個文化積累的平台，把香港近現代以前、殖民時代和回歸以後的經驗以人文和社會科學的視角作較全面的探索和思考。我們將以一種開放的態度，以融匯穿越時空和各種文化的氣度，實事求是的精神，踏踏實實做好這件有意義的文化工作。

香港在近現代和當代時期與國際交往的歷史使其在文化交流方面亦存在不少值得總結的經驗，這方面實際可視為一種香港當代社會資本，值得開拓和保存。

毋庸置疑，《香港文庫》是大中華文化圈的一部分，是匯聚百川的中華文化大河的一條支流。香港的近現代歷史已經有力證明，我們在世界走向融合的歷史進程中，保留中華文化傳統的重要。香港今天的文化成果，說到底與中國文化一直都是香港文化底色的關係甚大。我們堅信過去如此，現在如此，將來也一定如此。

鄭德華

2017 年 10 月

目錄

前言

按照新歷史主義的說法，歷史只能由文本來呈現，近現代以來，報刊無疑是第一手的文本材料。不過，弔詭的是，現代報刊一方面是歷史材料，另一方面自身同時也是一種歷史建構。由此，"報刊香港"的命名有兩層含義：一是香港的報刊，二是"報"上所"刊"載的香港。也就是說，本書的任務有二：一是疏理香港文藝報刊脈絡，二是研究這些報刊是如何呈現香港的。

我是中國現代文學出身，讀碩士的時候，入門就是在圖書館閱讀晚清以來的原始報刊，以便獲得歷史現場的感覺。其後，從晚清最早的傳教士刊物，直到中國當代的文學期刊，我大體上也都看過，這既給文學研究奠定了文獻的依據，也給自己建立了一個文學整體觀。國內的香港文學史已經出版了不少，其中也不乏涉及報刊之外，然而從整體上看還是沒有建立報刊的實證基礎。

我開始進行香港文學研究的時候，時在"九七"前後，因此將關注點放在文化身份和城市經驗上，這就是《小說香港》（2003）。此後，香港文學在內地已經暗暗落潮，我也轉到了後殖民理論和翻譯史研究等方面，不過香港報刊卻成了我的一樁心事。後來，我終於停下了手中的活，開始研究香港報刊。

做香港報刊研究，談何容易。香港的文藝報刊浩如煙海，以我的條件和精力，不可能都涉及。退一步說，如果面面俱到，編成一本資料集，也非我初衷。我開始研究報刊的時候，既注意史料考證，也注意歷史線索。對於香港早期報刊，本書予以了較多的考訂，呈現出不同的歷史維度；對於後來人們知道稍多的報刊，本書則並不一一討論，而是從大的時段上來把握時代脈絡。

1853 年創刊的香港最早的中文報刊《遐邇貫珍》，早已被史學界所注意。事實上《遐邇貫珍》以華文書寫，當中有不少華人作家的文章，特別是其中的幾篇散文遊記肯定屬於文學作品。《遐邇貫珍》是一個殖民文本，同時又中西混合，呈現了香港文學不"純"的起源。

據劉以鬯先生稱，1874 年王韜創辦《循環日報》，並創建副刊，開創了香港文學的起點，這種說法已經成為香港文學史的公論。然而，據筆者的考證，這只是一個誤會，來自一個簡單的史料錯誤。筆者查閱過大英圖書館的《循環日報》膠片，也查閱過香港大學的微縮膠卷，發現《循環日報》在創刊時並無副刊。事實上，戈公振所說的《循環日報》創立副刊時在 1904 年，這時候王韜早已經去世了。在近代士大夫中，王韜相當特別。他一直為傳教士工作，出訪國外，受西方文化浸淫較深，然而他又深受中國傳統文化影響，因此在思想上不時出現矛盾糾結之處，他的寫作可以稱作後殖民 "協商" 的一個範例。

據阿英《晚清文藝報刊述略》，香港文學最早的文藝期刊是 1907 年的《小說世界》和《新小說叢》兩種。不過，阿英沒有注意到《中外小說林》。《中外小說林》不但時間早，並且刊數全，有 20 期之多，堪稱香港現存最早的文學期刊。《中外小說林》以民族主義為號召，致力於推翻晚清王朝，然而對於香港自身的殖民主義卻並不注意，這是一個悖論。

《英華青年》係袁良駿先生新發現的刊物[1]，不過他主要談的是 1924 年的《英華青年》，對於《英華青年》的前身卻不太了解。他認為，《英華青年》創刊於 1909 年，此說顯然有誤，《英華青年》的創刊時間應為 1919 年。《英華青年》創刊號刊載了主編周夏明的發刊詞，第一句話就是 "民國八年，仲夏之月，香江英華青年會，舉行開幕禮。禮成，僉議創辦一雜誌，顏曰《英華青年》"。本書將《英華青年》與《文學研究錄》結合起來，考察香港 "五四" 不同於內地的特徵，即：香港呼應了政治運動，卻沒有呼應新文化運動，相反卻呼籲保存中國文化，希望融合中

1　袁良駿：《新舊文學的交替和香港新小說的萌芽》，載《中國社會科學》，第 4 期，1997 年。

西。這可以看作是香港的殖民現代性的特徵，事實上也應該對內地的文化激進主義有所啟發。

1924 年 8 月創刊的《小說星期刊》，一向被視為是鴛鴦蝴蝶派刊物，在我看來情況沒那麼簡單。《小說星期刊》實際上是一個綜合性刊物，其中確有鴛鴦蝴蝶派小說，但還有古典詩文、白話小說、詩歌，還有粵港地方文化等。就白話小說而言，《小說星期刊》所刊載的中短篇小說在數量上遠超過被稱為"香港新文壇的第一燕"的《伴侶》，是香港新文學的先導。而文言小說也具有表現私人領域、反省現代性，批判殖民主義等特徵，需要我們重新思考"舊文學的現代性"。

1928 年創刊的《伴侶》貴為"香港新文壇的第一燕"，是香港文學史都要提到的，然而我們對於《伴侶》的了解並不多，人們襲用的侶倫有關於《伴侶》的回憶，其實並不準確。《伴侶》並非文藝類刊物，而是一個時尚生活類刊物，文藝化是從第 7 期才開始的，可惜到第 9 期就看不到了。從小說上看，《伴侶》題材相當狹窄，基本上是愛情家庭一類，這應該和《伴侶》"談談風月，說說女人"的"通俗文學"定位有關。《伴侶》之受重視，其根本原因在於它是香港第一個白話刊物，不過在筆者看來，新舊文學對立其實並不是香港早期文學的主要結構，《小說星期刊》的文白夾雜恰恰更為真實地反映了香港早期文學的狀況。

1933 年創刊的《紅豆》，是 30 年代香港現存唯一的較為系統的文學期刊，對於考察戰前香港文學具有重要的價值。可惜，學界對於《紅豆》的認識頗為混亂。筆者對於《紅豆》的版本進行了考訂，在此基礎上討論了彼時香港左翼文學與現代主義並置的特徵。另外，《紅豆》的"史詩卷"、"英國文壇十傑專號"和"吉伯西專號"幾個翻譯專輯，也頗值得注意。

據筆者的考察，抗戰初期的香港文壇由三個部分構成：一是茅盾、沈從文、許地山、戴望舒和蕭紅等南來作家的創作，二是未被注意的黃天石、平可、張吻冰和龍秀實等本港作家的寫作，三是為南來左翼文壇培養起來的香港青年寫作，包括劉火子、彭耀芬和黃谷柳等香港作家。茅盾等南來作家的活動，構成了全國抗戰文學的中心，然而他們對於香港原有的文壇尚比較隔膜，自身的作品也不太能夠進入香港市民讀者，但他們通過《文藝青年》等刊物，培養了香港本地文藝青年，並生產出了一批反映抗戰以及香港本地生活的文學作品。至於香港原有的新文學作家，雖然未能加入左翼主流，卻也通過自己在《天光報》等報刊上的通俗寫作，在香港社會發揮了重要影響。香港文學史一向只談到第一類大陸南下作家，第二類本港作家和第三類香港左翼青年的寫作，都未引起注意。

淪陷區的文學，一向沒有進入過香港文學史。筆者對於香港淪陷時期的報刊和創作進行了搜羅和考察，並着重討論戴望舒和葉靈鳳。這兩個人都曾被指控為漢奸，本書通過對於報刊文字的考察，指出戴望舒的確是無辜的，而葉靈鳳的情況則較為複雜，後者在淪陷區發表了大量的媚日親汪的文字。

抗戰前後的香港文壇，整體上被視為香港文學的高峰。在筆者看來，因為歷史情形的不同，兩個時期的差異還是較大的。抗戰前的香港文壇濟濟一堂，大家因為抗日的目標走到一起，形成統一戰線，文壇百花齊放，創作上相當有實績。抗戰後，特別到40年代後期，香港文壇形勢大變，左翼刮起了批評風暴，為新中國的成立清理文壇。在這種嚴峻的形勢下，創作較為萎縮。

50年代的美元文化和反共文學，是文學史都會提到的，但較為籠統，本書對此進行了源流疏理。據筆者所見，未見文學史提及的《自由陣綫》，是最早的美元刊物。其後，美元反共報刊集中出現在1952年：美國新聞處的《今日美國》創刊於1952年3月15日，《人人文學》創刊於1952年5月20日，《中國學生周報》創刊於1952年7月25日，亞洲出版社成立於1952年9月。

本書以"友聯"和《中國學生周報》為重點進行了文化政治方面的討論，又以亞洲出版社的反共書籍為對象討論其歷史敘事性質。

50年代上半期，綠背文學在香港文壇佔據了主流。50年代中期前後，現代主義文學思潮開始出現。現代主義最有代表性的刊物，是1956年2月面世的由馬朗創辦的《文藝新潮》，不過此前已有崑南等人創辦的《詩朵》（1955）初露端倪。《文藝新潮》終刊後，崑南創辦了《新思潮》（1959），劉以鬯主持了《香港時報·淺水灣》（1960-1962），李英豪和崑南創辦了《好望角》（1963），都延續了這一思潮。就這樣，現代主義潮流在香港時斷時續，不絕如縷，持續了十年。香港50、60年代的現代主義，為香港文學創造了新的歷史面向。

現代主義思潮之外，50、60年代香港文壇的基本結構是左右對立。左右對峙的時間，大體可以1955年為起點。50年代初，左翼文壇力量削弱，敵不過反共文學。大約從1955年開始，左翼開始創建報刊，與右翼對峙。除《大公報》、《文匯報》和《新晚報》等報紙之外，左翼期刊有《文藝世紀》（1957-1969）、《海光文藝》（1966-1977）和《海洋文藝》（1972-1980）。右翼文藝源自反共文藝，兩者難以截然區分，不過在筆者看來，如果並非刻意反共，而只是基本立場的不同，就說不上是反共文藝。由此，本書將右翼文學的起點定於1955年創辦的《海瀾》，其後較為典型的右翼刊物主要是《當代文藝》（1965-1979）。左右兩派文藝，看起來尖銳對立，然而在北望心態、文藝的政治性以及不關注香港本地等方面，卻具有共同性。

以"六七暴動"為轉折點，香港史進入了一個新的階段。左翼報刊以文革的方式"反英抗暴"，又在內部搞反"封資修"，取消副刊、馬經及狗經，導致銷量暴跌。右翼報刊如《中國學生周報》等，因為堅持冷戰思維，也已經跟不上社會，導致停刊。而隨着1949年後在香港出生的新一代港人的長大，左右對立的政治模式開始瓦解,新的報刊媒體產生,孕育出新的本土意識。1972年,《四季》和《詩風》創刊,代表着 "《大拇指》—《素葉文學》" 和 "《詩風》—《詩網絡》" 兩個本土文學派別的興起。據筆者考察,香港本土意識並非只有一種,強調表現本地的也斯、西西等人固然是本土,而將香港文化理解為中西融合的黃國彬等人也是另一種本土。同樣在 1972 年創刊的《海洋文藝》,則是挫折後的左翼的延續。1972 年創刊的《四季》、《詩風》和《海洋文藝》這三種報刊,形成香港的民間派、古典派與寫實派的三足鼎立。在這三分天下中,前兩者都可視為廣義本土派,他們分明已經佔據大半江山。

50 年代以來香港左右對立的文化格局,是二戰以來世界兩大陣營冷戰的產物,彼時香港是作為美國太平洋戰略的前沿陣地而存在的。及至 1979 年中美建交,冷戰格局自然瓦解。徐速的《當代文藝》在 1979 年結束,《海洋文藝》忽然在 1980 年被中止,這個時間節點並非偶然。右翼作家代表徐速和左翼文學代表阮朗雙雙於 1981 年去世,富有象徵意義,標誌着一個時代的結束。

第一章

香港文學起源

第一節　《遐邇貫珍》：不"純"的起點

　　有關於香港文學的起點，文學史最早追溯到 1874 年王韜創辦的《循環日報》。其實還可以往前追溯，那就是 1853 年創刊的《遐邇貫珍》。作為香港第一份中文期刊，《遐邇貫珍》深具歷史價值。《遐邇貫珍》由馬禮遜教育會創辦，先後由傳教士麥都思（W.H. Medhurst）、奚禮爾（C.B. Hillier）和理雅各（J. Legge）三個人編輯。《遐邇貫珍》本身篇幅不大，少至二三篇，多至七八篇。刊物每期都有一個固定的"近日雜報"新聞欄目，其他的有雜論、遊記、翻譯等。它雖具傳教性質，卻已經大體上是一份現代意義上的報刊。

　　《遐邇貫珍》第 1 期有一篇"序言"，估計出自麥都思之手。"序言"開始介紹了中國之地大物博，古代文明遠遠領先於異邦，然而在近代以來落後了，被歐美所超越。落後的重要原因是封閉。文章談到，中國一向沒有報刊，"中國除邸抄載上諭奏折，僅得朝廷舉動大略外，向無日報之類"。他們希望以《遐邇貫珍》為先行，引導中國現代報刊，"其內有列邦之善端，可以述之於中土，而中國之美行，亦可以達之於我邦"。

　　近代傳教士在中國辦的第一份期刊，是 1815 年馬禮遜和米憐在馬六甲創辦的《察世俗每月統記傳》。此後，倫敦傳道會又創辦了《特選撮要每月紀傳》（1823 年，巴達維亞）和《東西洋考每月統記傳》（1833 年，廣州─新加坡）。在鴉片戰爭之前，倫敦傳道會已經在南洋擁有了馬六甲、新加坡及巴達維亞三處印刷廠。這些報刊主要是為了宣傳宗教，不過非宗教的篇幅逐漸增加。《東西洋考每月統記傳》是中國境內創辦的第一份中文期刊，初期在廣州，後來移到新加坡。它的宗教內容已經少了很多，可以說是一份世俗刊物了。《遐邇貫珍》是接此脈絡而來的，它涉及的範圍更廣。《地形論》（1853 年第 2 號）、《慧星說》（1853 年第 3 號）和《地質略說》（1854 年第 3、4 號）等文涉及的是地理、地質、天文等，《極西開荒建治析國源流》（1853 年第 4 號）、《花旗國政治制度》（1854 年第 2 號）和《英國國史總略》（1855 年第 9 期）等文涉及的是英美歷史知識和政治制度，《火船機制述略》（1853 年第 2 號）、《生物總論》（1854 年 11 號）和《熱氣之理總論》（1855 年第 8 號）等文介紹機器、生物和物理等方面的知識，《佛國烈女若晏記略》（1855 年第 5 號）、《西國詩人語錄一則》（1854 年第 9 號）等文牽涉到西方文化、文學的方面。從地理、歷史到科學、政法等，傳教士試圖通過《遐邇貫珍》重組中國人的心智，他們既有傳教和殖民的動機，文章也有現代知識傳播的效果。

　　《遐邇貫珍》上其實有不少中國人寫的文章，據日本學者考證，《西國通商溯源》、《粵省公司原始》等文可能出自王韜之手，《英國國史總略》、《續英國國史總略》可能出自蔣劍人之手，法國聖女貞德的傳記《佛國烈女若晏紀略》和《馬可頓流西西羅紀略》應該是蔣劍人與艾約瑟共同撰寫的介紹西方文學文章的一部分。《景教流行中國碑大耀森文日即禮拜考》則標明了作者為中國科學家李善蘭。

　　對於香港文學而言，最重要的是幾篇遊記散文。《遐邇貫珍》的文章不署作者，在中文目錄上和文章裏都看不到作者的名字，這是人們無法確定作者及其國籍的原因所在。然而，在英文目錄中，這幾篇遊記散文卻都被標明是 "Communicated by a Chinese"，因而可以確定這幾篇遊記散文的作者是中國人。這幾篇遊記散文分別是《琉球雜記述略》（1854 年第 6 號）、《瀛海筆記》、《瀛海再筆》（1854 年第 7、8 號）、《日本日記》、《續日本日記》和《續日本日記終》（1854 年第 11 號、12 號，1855 年第 1 號）。這幾篇散文所佔刊物的篇幅都頗為不小，第 6、7、8 號的《遐邇貫珍》，除了新聞和伊索寓言翻譯這兩個固定欄目外，全刊都只有《琉球述略》、《瀛海筆記》及《瀛海再筆》一篇文章，成為這一期刊物的主體，《日本日記》更是連載了三期，可見《遐

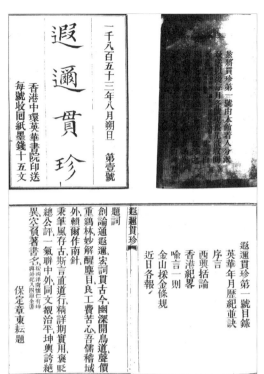

《遐邇貫珍》1

《遐邇貫珍》2

遐邇貫珍》對於這幾篇散文的重視。從題目可知,《琉球雜記述略》是琉球遊記,《日本日記》是日本遊記,《瀛海筆記》在題目上未提供國名,實乃英國遊記。據考證,《琉球雜記述略》的作者可能是錢蓮溪,他是與傳教士有密切關係的人。《日本日記》的作者是廣東商人羅森,1854 年他隨美國艦隊訪日,寫下了近代中國人訪日的最早的文字之一。《瀛海筆記》的作者是燕雨耕,此文是他於咸豐初年隨英駐京公使威妥瑪(Thomas F. Wade)去英遊覽的結果。這幾篇散文在文字上有時頗具文采,如《瀛海筆記》開頭是:"友人云,壬子二月初,由香港附西國海舶,揚帆登程,向西南駛行。二三日猶隱約見山,海水深藍如靛,十餘日則浩渺無邊,汪洋空闊,不見涯岸島嶼,惟飛鳥黑白成群,翱翔覓食,或飛魚鼓翅舞躍,亦時隨舟中,為人所捕。" 可以說,它們既有思想價值也有文學價值。

《遐邇貫珍》安排這幾篇中國人的文章,應該說有其用意,旨在通過中國人的現身說法,提供中西差異的說明。正如筆者在《小說香港:香港的文化身份與城市觀照》一書中所分析的,《遐邇貫珍》本身的敘述策略即是褒揚英國而貶低中國,建構香港的殖民認同[1]。

不過,接觸西方的近代中國的知識者,已經不再可能是單一主體[2]。中國作者可能受到傳教士的影響,但敘述主體既已翻轉,其中的含義即可能產生了變化,東方主義轉成了主動向西方學

1　趙稀方:《小說香港:香港的文化身份與城市觀照》〔香港:三聯書店(香港)有限公司,2018〕,31-33 頁。

2　Homi K. Bhabha, "Interrogating Identity - Frantz Fanon and the postcolonial prerogative", in *The Location of Culture*, (London: Rouledge, 1994), p. 52. 另參見 Arif Dirlik, "Chinese History and the Questions of Orientalism", in *The Postcolonial Aura: Third World Criticism in the Age of Global Capitalism*, (Boulder, Colo.: Westview Press, 1997), pp. 114, 118.

習。王韜在《瀛海筆記》的開頭，即將其與魏源的《海國圖志》和徐繼畬的《瀛環志略》相提並論。

作為鴉片戰爭以後第一份可以自由流通和閱讀的刊物，《遐邇貫珍》在當時廣有影響，銷售除香港外，還有廣州、上海等地區。據 1856 年第 5 號終刊號《遐邇貫珍告止序》："《遐邇貫珍》一書，自刊行以來，將及三載，每月刊刷三千本，遠行各省，故上自督撫以及文武員弁，下逮工商士庶，靡不樂於披覽。" 如此一份在近代史上具有重要價值的刊物，出自於香港，足見香港在近代以來西學東漸中的前沿位置，而中西文化的混合性也說明香港文學的後殖民特徵。

第二節 《循環日報》：王韜與副刊問題

香港的中文報紙，開始是由西報附帶出版的。創刊於 1857 年的《香港船頭貨價紙》，是《孖剌報》出的中文報，後更名為《香港中外新報》，是香港第一家中文報紙。1871 年，《德臣西報》出版中文報《中外新聞七日報》，它是《華字日報》的前身。早期中文報紙雖由華人主持，不過不得不依附於西人，內容上主要是商業信息及新聞。

香港第一份由中國人創辦的報紙，是 1874 年由王韜參與創辦並任主筆的《循環日報》。《循環日報》強調 "本局介設《循環日報》，所有資本及局內一切事務皆我華人操權，非別處新聞紙館可比。是以特延才優學博者四五位主司厥事。凡時務之利弊、中外之機宜，皆得縱談無所抵制"。看得出來，《循環日報》很強調華人對於話語權的控制，它還專門提到了由西人開設的香港華文報紙在言論上的局限，"然主筆之士雖係華人，而開設新聞館者仍係西士，其措詞命意難免逕庭"。《循環日報》首次由華人掌辦，發出自己的聲音，的確意義重大。

首次提出將《循環日報》作為香港文學起點的，是香港著名作家劉以鬯。劉以鬯在《今天》1995年第1期（總第28期）"香港文化專輯"上發表《香港文學的起點》一文，提出香港文學的起點應在1874年《循環日報》的創刊，他的全部根據就來自於忻平的《王韜評傳》中的下面一段話：

> ……他（王韜──引者注）又創《循環日報》副刊，"增幅為莊、諧兩部"。所謂"莊部"，即"新聞、經濟行情"；"諧部"即今日之副刊。王韜以他獨特的文筆，在《循環日報》副刊上發表不少詩詞、散文，各種文藝小說與粵謳。這些文字對促進香港文壇和報界的活躍作用甚大。王韜的各類文學作品，以後也被文學史研究者收入各類書籍之中，成為近代文學史上的一份寶貴遺產。

不幸的是，這段史料出了問題。據查閱，上面這段話來自於忻平《王韜評傳》的153頁，不過，在這本書註釋中，忻平說明自己並未見到《循環日報》[3]，所謂創建副刊、"增幅為莊、諧兩部"等話來自於戈公振的《中國報業史》。再查閱戈公振的《中國報業史》，發現忻平過於粗心大意了。戈公振的原文是："光緒三十年，增加篇幅，分為莊諧二部，附以歌謠曲本，字句加圈點，閱者一目瞭然。"[4] 忻平居然漏掉了"光緒三十年"這個時間點，也就是說，戈公振所說的《循環日報》創立副刊時在1904年，而王韜在1884年就離開香港，1897年就去世了。忻平所謂王韜創

3　忻平說明："由於年代較早，《循環日報》國內已無存。"注曰："本人為此曾多次去信國內報刊史專家、中國人民大學新聞系方漢奇教授求教。1985年方漢奇先生函稱：他已尋覓多年，然而全國各大圖書館均無見。"忻平：《王韜評傳》（上海：華東師範大學出版社，1990），120頁。

4　戈公振：《中國報學史》（北京：生活‧讀書‧新知三聯書店，1955年3月第1版，1956年第2次印刷），20頁。

辦副刊的說法，完全就是一個史料錯漏。

《循環日報》國內不藏，香港大學也只藏有部分微縮膠卷，所藏最全者為大英圖書館。筆者查閱過大英圖書館的《循環日報》微縮膠卷，也查閱過香港大學的微縮膠卷，並沒有看到《循環日報》在創刊時有副刊。《循環日報》的版面是固定的，一共四版，第 1 版和第 4 版全部是商業行情和廣告，第 2 版是新聞，第 3 版部分是新聞，包括有"中外新聞"、"羊城新聞"和"京報全錄"幾個部分。王韜的文章置於新聞版面內，基本上是政論雜文，沒看到有文藝作品，更沒有專門副刊。劉以鬯本非學者，錯引一段資料屬於正常，不過，由於他在文壇的地位，這一觀點流傳甚廣，香港文學史都採用了他的說法。

我們知道，王韜在香港期間有大量寫作，的確堪稱香港文學開山。王韜正式來港的時間是 1862 年，離開的時間是 1884 年，《循環日報》創刊於 1874 年，是王韜在港中期所創，而他在《循環日報》之前就有大量創作，前面我們已經提到，他早在《遐邇貫珍》上就發表文章。

王韜在中國近代史上的最大貢獻，是他的報章體政論文章。由於王韜較多接觸西學，並曾出訪歐洲日本等地，具有開放的眼光。他撰寫了大量的有關於政治、經濟、外交、軍事、人才諸方面的文章，介紹西學，並發表了自己對於中國變革的見解，這對於近代中國的西學東漸產生了很大的推動作用。從文學上看，這些報章體文章創造了一種散文新文體，對於後來梁啟超等人的散文文體變革產生了重要影響。

需要強調的是，王韜作為一個中西文化"協商者"的角色。王韜出生詩書之家，18 歲考取秀才，不過因為家庭變故，應傳教士麥都思所邀去上海的墨海書館工作，大量接觸到西方文化，並加入基督教會。王韜的思想雖受傳教士影響，然而中國傳統文化仍是他的思想根基。前期王韜協助傳教士翻譯整理《聖經》及中

《循環日報》1

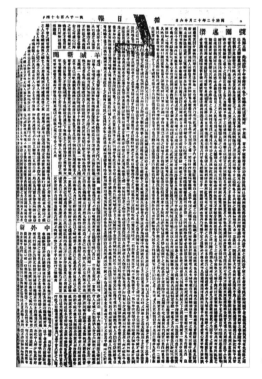

《循環日報》2

國文化典籍時，主要是依附性的，而在他獨立主編《循環日報》時，則已經具備了獨立的思想。

第三節 《中外小說林》：新的發現

20 世紀初，為逃避清政府的迫害，孫中山等人以香港作為革命活動的大本營。為了進行宣傳，革命黨人在香港進行了大量的文化活動。同盟會機關報《中國日報》於 1900 年創立於香港，並在香港維持了 12 年，影響甚巨。除《中國日報》，革命黨人還在香港創辦了十多份報紙。

據阿英《晚清文藝報刊述略》，香港文學最早的文藝期刊，是 1907 年的《小說世界》和《新小說叢》兩種。關於《小說世界》，史家多以"失存"而不談。事實上，我們還可以找到一點線索，了解此刊的大致內容。

阿英本人並未見到《小說世界》這個刊物，僅見到第 4 期的目錄。據阿英回憶：1955 年 10 月，汕頭梁心如先生寫信告訴阿英，他訪求到香港出版的《小說世界》第 4 期 1 冊。根據廣告，知道《小說世界》是旬刊，逢五出版。第 4 期是光緒丁未（1907）年 2 月印行，阿英由此推定，創刊期應該是在 1907 年 1 月。梁心如給阿英附寄了《小說世界》第 4 期的目錄：

[社說]
續論中國小說之源流體例及其在文學史上之位置（瑛珀）
[小說]
春蝶夢（第四回，冶公）
教習現形記（第四回，覺公）
失女奇案（第四回，啟明）
復仇槍（第二回，復魂女士）

愛河潮（第一回，原名"偵探毒"）

神州血（第五回，亡國遺民）

美人首（第五回，抱香譯）

秘密蹤跡（短篇，焦桐主人）

[戲曲]

圖南傳奇（第五出，鶴唳）

救國女兒（班本，第四出，蚓俠）

[傳記]

大小說批評家金聖歎先生傳（廖燕）

　　"復仇槍"的回目是："開書肆輸入文明；入學堂提倡教育"。梁心如注云："述徐錫麟、秋瑾事。不過書裏的秋瑾，則另名為姓崔名秀懇。這一回述錫麟、秋瑾興辦男女學校經過"。"神州血"回目是："翻逆案馬賊臣弄權，復中原史閣部出師"。注云："述明末史可法、阮大鋮事"。"圖南傳奇"第五出"修書"，注云："譜一志士黃蚓龍，因遭庚子八國聯軍之役，流亡海外爪哇、檳榔嶼一帶，被眾推為民主首領。因感中原多事，神州陸沉，無聲呼籲訴，有淚感瓜分，贊有志欲圖中原。但思帳下無人參贊軍機，乃修書一封，命斥堠長一劍生往中原，約其中表自由女士，前來共舉大事"。"救國女兒"回目是"奇女子誓身救國，慈父母力主從軍"。注云："譜法國愛國女兒惹安事"。據說，全冊"多為反帝、反清作品"。小說所載詩詞，"並非吟風弄月，無病呻吟，而多為鼓吹民族獨立意識者"。[5] 從"反帝反清"、"鼓吹民族獨立意識"云云來說，很明顯，《小說世界》是孫中山革命黨人在香港創辦的鼓吹民族革命的刊物。

　　《新小說叢》創刊於清光緒三十三年（1907）十二月，所存也

5　阿英：《阿英全集》第 6 卷（合肥：安徽教育出版社，2003），259-260 頁。

很少，阿英僅得三期，筆者也看到了全部三期。刊載於第1期的連載小說有：邱菽園的歷史小說《兩歲星》、（法）朱保高比的俠情小說《八奶秘錄》、英國婦孺小說《亡羊歸牧》、文楷的家庭小說《破堡怪》、（英）彌士畢的《奇緣》、（英）女士亞利美都著驚奇小說《血刀緣》、（英）屈敦的艷情小說《奇藍珠》和（法）賈波老的《情天孽障》。除了邱菽園的歷史小說《兩歲星》之外，全部是翻譯小說。第2期增加了未註明作者國籍的翻譯小說《破堡怪》、《波蘭公主》、《盜屍》和《女奸細》。第3期主要是上述小說的續登，增加了未註明作者國籍的翻譯小說《噩夢》，又多了一個"叢錄"：包括樹珊譯的《廣聞略譯》、星如輯的《歐美小說家傳略》等內容。由此看，《新小說叢》主要是一個以翻譯為主的通俗文學刊物。阿英斷言，"事實上，《新小說叢》仍是以偵探小說為主的刊物"。從"歷史小說"、"俠情小說"、"婦孺小說"、"家庭小說"、"驚奇小說"和"艷情小說"等名稱看，《新小說叢》應該不止於偵探小說，而是與其他晚清文學期刊差不多，名目繁多。據阿英，林文聰《祝詞》、黃恩煦《序》和LSL《英文序》三文的旨義不外闡明："小說之作，體兼雅俗，義統正變，意存規戒，筆有褒貶，所以變國俗，變民智莫善於此。"而其內容，阿英概括為："蓋有激於晚清內政之腐，外交之失而有言也。"[6]

　　需要指出的是，阿英掌握的資料並不全，現存最早的香港文藝期刊其實並非《新小說叢》，而是阿英《晚清文藝報刊述略》沒有提到的《中外小說林》。《中外小說林》前身是創刊於1906年8月29日的《粵東小說林》，次年即1907年5月1日遷移到香港出版，易名為《中外小說林》。1908年1月由公理堂接手，刊名又改為《繪圖中外小說林》。2000年4月，香港夏菲爾國際出版公司出版了《中外小說林》影印本，其中包括《粵東小說林》

6　阿英：《阿英全集》第6卷，267頁。

第 3、7、8 期，《中外小說林》第 5、6、9、11、12、15、17、18 期，《繪圖中外小說林》第 1 至 8 期及第 11 期，共計 20 期，時間之早，數量之豐富，都遠遠超過了《新小說叢》。

《中外小說林》（以下統稱為《中外小說林》）的創辦者，是黃世仲（小配）和他的哥哥黃伯耀兩人。時黃世仲擔任同盟會香港分會的工作，係《中國時報》的編輯。除《中外小說林》外，他還參與創辦了《少年報》、《社會公報》、《廣東白話報》及《有所謂報》等報刊。《中外小說林》係革命派的文藝報刊，目的在於用文藝形式動員民眾，鼓吹革命。刊登於《中外小說林》第 1 期的《小說林之趣旨》有云："處二十世紀時代，文野過渡，其足以喚醒國魂，開通民智，誠莫小說若。本社同志，深知其理，爰擬各展所長，分門擔任，組織此《小說林》，冀得登報界之舞台，稍盡啟迪國民之義務。詞旨以覺迷自認，諧論諷時，務令普通社會，均能領略歡迎，為文明之先導。此《小說林》開宗明義之趣旨也。有志之士，盍手一編。"

《中外小說林》的結構大體分為三個部分：首要是"外書"，其次是主要部分小說欄，再其次是港粵本地通俗文藝部分。"外書"即論說的部分，《中外小說林》的"外書"主要是文學論說，如《文風之變遷與小說將來之位置》（第 6 期）、《中國小說家向多托鬼神最阻人群慧力之進步》（第 9 期）、《小說之功用比報紙之影響更為普及》（第 11 期）、《探險小說最足為中國現象社會增進勇敢之慧力》（第 12 期）、《小說之支配於世界上純以情理之真趣為觀感》（第 15 期）和《淫詞惑世與艷情感人之界線》（第 17 期）等。看得出來，這些文章繼承了梁啟超的小說啟蒙的思路，不過在目標上更進一步將"改良"變成了革命。《中外小說林》的小說欄，分為創作小說和翻譯小說兩部分。創作小說部分，黃世仲本人的"近世小說"《宦海潮》和《黃粱夢》一直連載，佔據了主要部分。翻譯小說部分也分為"偵探小說"、"艷情小說"

《新小説叢》　　《中外小説林》1

《中外小説林》2　　《中外小説林》3

等，篇幅也頗不小。通俗文藝部分包括種種港粵地方曲藝形式，如"南音"、"班本"和"粵謳"等等。

《中外小說林》所奉行的，是典型的中國民族革命敘事。黃世仲以民族主義為核心思想，號召推翻晚清王朝。作為一個在香港生存的刊物，這裏不免有幾處弔詭乃至悖論的地方。第一，《中外小說林》主要以內地革命為關懷，只是把香港作為一個革命陣地，香港本身並沒有獲得自主地位。第二，更有意味的是，黃世仲等革命黨人的民族主義只是針對滿清王朝，對於香港本地的殖民主義卻並不注意；非但不注意，黃世仲，包括孫中山在內，都對香港的治理頗有好印象，並將其視為內地革命的榜樣。這說明殖民性和現代性一體兩面的特徵，也說明香港文化身份的複雜性。

可惜的是，由於《中外小說林》發現較晚，後人多數沒有注意到這個刊物。劉以鬯在《香港短篇小說百年精華・序》中談到香港早期刊物的時候，提到《小說世界》、《新小說叢》，然後直接就跳到了《雙聲》和《英華青年》[7]，《中外小說林》中的小說自然無緣得選。內地的香港文學史研究，雖然提到孫中山革命黨的文化活動，卻也遺漏了《中外小說林》。

第四節　《英華青年》："五四"新解

在晚清和辛亥時期，香港都站在了中國歷史的最前沿。在"五四"政治愛國運動中，香港同樣積極響應。1919 年"五四"運動發生後，消息迅速傳到香港，香港的《華字日報》等報刊開始大篇幅報道。5 月中下旬，香港出現市民抵制日貨的反日活

7　劉以鬯：《香港短篇小說百年精華・序》〔香港：三聯書店（香港）有限公司，2006〕。

動，他們在街上張貼罷用日貨的傳單，還有學生手持"國貨"雨傘遊行。據陳君葆回憶，香港大學也出現了學生請願活動，被校方勸阻，但他們仍然以"香港中國學生"的名義發了電文。[8]

近年來新發現的文藝期刊《英華青年》，讓我們看到了"五四"在香港的反響及其文學表現。由香港英華書院創辦的《英華青年》有前後兩種，都僅存第 1 期。前一種創刊於 1919 年 7 月 1 日，後一種復刊於 1924 年 7 月 1 日。1924 年第 1 期的《英華青年》，刊登了一篇鄧傑超所作的小說《父親之賜》。小說的主人公是"五四"時期一個賣國賊的兒子，從行文看，這個賣國賊應該是曹汝霖、陸宗輿和章宗祥三個人中間的一個。小說由主人公的心理活動構成，他為父親的賣國行為感到羞恥："父親呀！你同你那幾個雞朋狗友，狼狽為奸的，把錦繡山河的祖國送到那裏去啦？你們三個人，擁着那三千萬元賣國的代價，腳底明白，溜之大吉的逃往歐洲去逍遙自在，卻不見你祖國大好江山已變成外人的領土，四萬萬華冑降為皂隸，不知道你在那逍遙自得的時候，可想到你親愛的同胞正是在上天無路、落地無門的時期。"主人公悲痛不已，最後代父親向國人謝罪，把刺刀扎進了自己的胸膛。小說最後刊載了"傑超按"："為'五四'風潮痛恨曹陸章三人賣國而作，今登在本校季刊上。"這種直接表現"五四"的愛國小說，即在"五四"時期內地的新文學中，也不多見。

不過，值得注意的是，在新文化運動上香港卻並沒有響應內地，而是呼籲新舊兼容，融合中西。《英華青年》初創於 1919 年 7 月 1 日，正是"五四"運動剛剛發生不久的時候。由周夏明撰寫的《英華青年·發刊詞》在談到本刊宗旨的時候說："溯自歐風美雨，飄灑東亞，新舊思潮，澎湃蕩漾，思互相融合，以成一

8　謝榮滾主編：《陳君葆文集》〔香港：三聯書店（香港）有限公司，2008〕，384 頁。

種文明偉大之學問。"1924 年 7 月 1 日重刊的《英華青年》,"發刊詞"由潘顧西撰寫,文中在談到徵稿範圍的時候說:"即讀書之所得,感時之所書,學校之所研求,師友之所講肄,抒性感懷之什,聯吟唱和之辭,無論白話文言,詩詞論說,蒐羅編輯,滿目琳琅……"。從兩篇"發刊詞"中,我們都可以看到,《英華青年》主旨並非在於學習西方文化,批判中國傳統,而是在中國傳統文化的基礎上吸收西方文化,融合新舊東西,以成一種"文明偉大之學問"。

重刊《英華青年》的第一篇"社論",是由沈錫瑚撰寫的《對於本志的希望》。在這篇文章中,我們能夠較為清晰地看到香港《英華青年》與內地完全不同的問題意識。作者在談論對於雜誌的希望時,首先提到"整理中國文化",認為"我們中國四千多年光明燦爛的文化,對於身心的修養,人我的界限,均有極嚴密的討論,極深刻的研究。我們倘能拾其一小部分作為立身處世的基礎,辦事的精神,則為聖賢,為豪傑,為中國的救主,固易如反掌,推而廣之,為世界的救星也非難事"。從文中我們可以看到,作者強調倡導中國文化的原因,是針對港人崇洋媚外的風氣。作者批評部分港人"醉心於物質的文明,賤視祖國的文化","生不願封萬戶侯,但願一當洋行工",在這種情形下,"我固然很為各同學惜,但也極為我國前途危!所以我希望本雜誌極力整理中國文化,作為中流之砥柱,挽既倒之狂瀾"。文章也提出反對"奴隸式",然而它不是指所謂"封建"奴隸,而指"媚外式"的奴隸,"社會上時有譏誚本港的學生是'奴隸'式、'媚外式'……的學生。這樣羞辱我們,凡有血氣,誰不痛心疾首?試問我們難道不是中國學生嗎?他們為什麼羞辱我們到這樣田地"?

在內地反對舊文化的時候,香港反倒借機召集大陸舊文人,促進香港中國文化的保存延續。內地文人聚集較多的刊物,是羅

《英華青年》

五洲創辦的《文學研究錄》。《文學研究錄》現僅存 4 期至 8 期，第 4 期的出版時間是 1922 年 1 月，從 4 期至 8 期的出版時間看，《文學研究錄》是月刊，由此可推算它的創刊時間大約在 1921 年 10 月。《文學研究錄》並非純文藝刊物，而是中國文學研究社的函授刊物，目的是培訓文學愛好者。《文學研究錄》封二"有志研究文學者鑒"云："經學、史學、國史概要、西洋史概要、子學、文學、文法、作文法、小學、駢文、詩學、詞學、尺牘、新聞學、小說、作小說法、修身，人人皆欲研究，君好學尤甚，故羅五洲特向各處，代君請得許多名士，天慮我生、王鈍根、王蘊章、左學昌、李涵秋、伍權公、宋文蔚、何恭第、周瘦鵑、姚宛雛、胡寄塵、孫益安、徐子莊、徐枕亞、許指嚴、程瞻廬、鄧犀援、嚴獨鶴、譚荔垣、羅功武，諸君皆係君所素識，本社請諸君著作改卷，即代君介紹與諸君結文字因緣。"

《文學研究錄》第 4 期主要欄目有：徐枕亞題字的"輿論一斑"，這期只有一篇文章，即章行嚴的《新思潮與調和》；王鈍根題字的"名著藝林"，其中有章太炎的《文學論略》（上）；鄭孝胥題字的"藝林"，包括詩詞兩個部分，其中有徐枕亞的一闋詞；倪義抱題字的"文藝指南"，其中有林琴南的《論文》；左學昌題字的"稗官野史"，其中有林琴南的小說《異僧還貞記》；天台山農題字的"藝苑叢談"，其中有周瘦鵑的《小說叢談》；馮文鳳題字的"作金石聲"；還有徐天嘯題字的"社員課藝"，這是學生習作的欄目。從作者名單上看，大體上可以說是內地舊文人和鴛鴦蝴蝶文人，陣容之強，頗讓人驚訝。所輔導的內容非常廣泛，主要是國學，其中也包括創作。

《英華青年》"發刊詞"上的"無論白話文言，詩詞論說"，基本上代表了那一時期香港報刊的態度。香港並不刻意區分文言白話，它們都是中文文學。很明顯，香港所處的歷史語境與中國內地完全不同。簡言之，中國內地面對的是"封建統治"，所以

《文學研究錄》

需要文化革命；香港面對的則是"殖民統治"，所以需要維護中國文化。作為一場政治運動的"五四"，是以反對帝國主義瓜分中國為主題的，就此而言，香港在文化上的反殖民反倒是延續了"五四"主題的。內地的香港文學史研究沿用中國現代文學的新舊對立結構，將"五四"時期香港的文言文學視為封建殘餘，顯然是一種誤解。

第二章

文學新舊與現代性

第一節　被忽略的《小說星期刊》

如前所述,晚清以來的香港文藝報刊多為南來革命黨人所主持,且殘缺不全,《小說星期刊》卻是一個難得的例外。《小說星期刊》是香港本地文人主持的,現存 1924 和 1925 兩年共計 23 期,可說相當系統。可惜的是,《小說星期刊》一直被簡單地斥之為鴛鴦蝴蝶派,不為文學史所注意。在筆者看來,《小說星期刊》是早期香港文學的一個寶藏,需要我們沉下心來整理,並換一種眼光觀察。為彌補文學史的忽略,本書專章討論《小說星期刊》。

《小說星期刊》創刊於 1924 年 8 月,據第 1 卷 "本公司職員小影",黃守一為總編輯,羅灃銘為主任,營業部主任為莫雪洲,告白(廣告)部主任為莫張佑。黃守一原在致和行任職,為整頓與發展公司,從 1924 年第 7 期開始,辭去舊職,"嗣後專在本公司從事整理一切"(1924 年第 7 期 "編餘零話")。1924 年 11 月,他又被各股東推為公司司理,"本公司嗣後所有各項凡一進一支與及收銀憑條,均有守一名字簽押是為有效"(1924 年第 12、13 期《黃守一啟事》)。黃守一也有創作,如連載於 1924 年第 1 至 5 期的 "偵探小說"《大紅寶石》,不過他的角色主要是行政領導。

身為編輯部主任的羅灃銘,是香港本地資深文人。他原籍東莞,幼年先師法舊文學,繼升聖士提反西文中學。他喜歡文學,愛讀書,"每有暇晷,輒取書籍孜孜研究,其可我資料者,則筆錄之"。羅灃銘 1922 年 19 歲即出版駢四驪六的小說《胭脂紅淚》,風行一時。他的小說《塘西花月痕》,現在還為讀者所知。

羅灃銘曾在 "四維齋叢話" 中憶及自己的過去,"憶余讀書時,一方面造文字工夫,既習西文,亦復如是。雖雙親惓戒多次,未嘗或改。今奉親命改習商業,公務稍得餘暇,即復以文字

《小説星期刊》

自遣。念家道雖非豐裕，要亦可以自存，不必向文字叢中討生活。顧性之所趨，莫能自制"。羅灃銘在《小說星期刊》上以本名和筆名發表了多種文字，既有論述，又有創作，既有長篇，也有短篇，還有劇評、筆記等等，是《小說星期刊》的主筆。在"四維齋叢話"中，他還提到他的小說寫作，"我輩作小說的人，須描寫社會上中下流人物，立心鑒別，不致為外物所誘，又何貴乎其人之貴賤乎？"（1924 年第 6 期）

《小說星期刊》的另一個主要撰述者，是香港早期文人吳灞陵。1925 年第 6 期《小說星期刊》刊載了主編黃守一親自撰寫的《吳灞陵先生小史》，標點如下：

> 南海吳灞陵，名越，號蓮郎，又號看月樓主，一號抱真室主。早失怙，奉母居，年廿二。沉默寡言，勇往超邁，柔腸俠骨，藹然可親。能歌曲小說，工唐魏法書，金石間亦涉獵。向於廣州肆業，十八之年，緣政潮輟學，避兵橐筆來港。壬戌春，掌社團文牘，暇兼《真美善》雜誌及《粹聲》、《耕道》各月刊義務撰述，《劇潮》雜誌撰述。以事繁劇，病焉，遂辭職，任《香江晚報》撰述。二閱月，為今遠東新聞社社長陳紫培聘入中華編述公司。編《香港指南》一書，及《香港商業人名錄》一書。祇成人名錄而辭，仍返晚報。尋兼本刊撰述。甲子冬，為《大光報》記者。至今春，兼本刊暨《晚報》、《峙報》諸家撰席，《鐘聲》、《月刊》義務撰席。年來著說部甚伙，自謂得意之作有《學海燃犀錄》、《伍涵探案》、《吹牛新史》諸書。

從這篇介紹中可以看到，吳灞陵 18 歲來港，1922 年登上文壇，為各種報刊雜誌寫稿。他後來任職於《香江晚報》，兼任《小說星期刊》撰席。吳灞陵在《小說星期刊》上著述眾多，也涉及多種文類。

在同一期《小說星期刊》上，還有一篇《何筱仙先生小史》。

何筱仙是《小說星期刊》的另一位重要作家，也任編輯，1924年第9、10兩期《小說星期刊》即由筱仙代為編輯，後筱仙去廣州，繼續由守一編輯（1-11，"編餘零話"）。《何筱仙先生小史》標點如下：

> 南海何筱仙，名湄，號冰郎，又號拈花微笑盦主，一號抱劍室主。生而孤另、早失怙恃。年弱冠，倜儻風流，磊落尚義，且狂放，不拘小節。工小說筆記，書法宗何蝯叟太史，兼嫻篆隸。近試為康書，尤得其神。十七之年，肄業廣州。組《非非星期報》，尋停版，隻身來港，為《香江晚報》撰述。繼又任江門《南強報》記者，後《南強》以事停版，遄反穗垣，一病半載。翌年復歸《晚報》，兼本刊撰述，及健康學校教員。去年冬，《南強報》復版，又往主筆政，仍兼本刊及《晚報》撰述。生年得意之作有《桑生外史》、《紅紅傳》、《啼脂錄》諸書。

從上述介紹來看，《小說星期刊》的編輯作者多香港本地人。當然，香港本移民城市，粵港之間來往較多。香港在地域上屬於粵語文化圈，《小說星期刊》所刊載的粵謳、南音等地方戲曲，都是與廣州共同的地方文化。不過，由於位置獨特，香港當時並不完全屬於廣州文壇，卻可能較廣州方面更加發達。吳灞陵在1928年《香港的文藝》一文中描繪當時文壇狀況的時候即認為：作者和出版社較多的上海是文壇中心，"上海的風氣，應該先到香港，然後才到廣州，故此香港的文藝界，應該熱鬧一點，其地位非常重要"。[1]

主編黃守一在1924年8月創刊號上發表了《我對於本刊之願望》，這篇簡短的文字大致上相當於發刊詞，其中談到《小說星期刊》的特色是："文字則撰自名人，紀聞則撮登重要，廣告

1　吳灞陵：《香港的文藝》，載《墨花》，第5期，1928年10月。

述之研究有素,出版界之空前特色",而其宗旨是:"求其可以瀹民智,陶民情,納斯民於軌物,廣招徠於商場已也。將來一紙風行,因願有裨益當世,豈猶守一個人之樂云首哉"。從思想上說,"瀹民智"是來自晚清嚴復時代的概念,嚴復在 1903 年《京師大學堂謹擬譯書局章程》有云:"開瀹民智不主故常",吳汝綸在《天演論·序》中有云:"今議者謂西人之學多吾所未聞,欲瀹民智,莫善於譯書。"從其文章看,《小說星期刊》對於內地"五四"新文學是很了解的,不過它有意識地與其保持距離。

按照吳灞陵的說法,新文學和舊文學對於文藝的分類是不一樣的,從前分為"文苑"或"諧"、"筆記"、"小說"、"遊記"、"歌曲"、"詩詞"、"燈謎"、"雜俎"等,現在則簡單地分為"小說"、"戲劇"、"詩歌"三大類,但是香港的刊物卻是雜亂的,"對於新和舊都沒有嚴格的判斷"。《小說星期刊》的目錄的確是混合的。就文類而言,既有文學作品,又有新聞、政論;就文學作品而言,既有白話新文學,又有傳統詩文;就性質而言,既有通俗小說,又有嚴肅文學。以《小說星期刊》第 1 期目錄為例,其欄目包括"插圖"、"論壇"、"說薈"、"翰墨筵"、"劇趣"、"叢談"、"諧林"、"世界大事記"、"通訊"和"閱者俱樂部"等,還有目錄上沒有的英文欄目、"補白"及廣告等。

《小說星期刊》的"論壇"欄目,置於每期篇首,相當於社論,每期多則四五篇,少則二三篇。"論壇"中既有編者的辦刊宗旨,也有撰述員的專論,如宋千周的政論、吳灞陵的社會評論等,還有其他投稿來的專論,內容不一,都是重要的社會史資料。另外還有一部分文學文化評論,如羅澧銘的《新舊文學之研究和批評》(1924 年第 1 至 6 期)、看月樓主的《對今日編劇者貢一言》(1924 年第 10 期)、何禹生原著,何惠貽錄刊的《四六駢文之概要》(1925 年第 1 至 4 期)、灞陵的《談偵探小說》(1925年第 5 至 8 期)和許夢留的《新詩的地位》(1925 年第 2 期)等,值得我們注意，下文會有所涉及。

　　"說薈"佔據《小說星期刊》的主要篇幅，這大概是刊名之為"小說"的主要根據。黃守一在"編餘零話"中說："我們辦這本星期刊，最主要的就是'說薈'一欄"（1924年第13期）。"本刊最注重者，唯說薈一欄，所以每期出版，以說薈之資料最豐富"（1925年第3期）。《小說星期刊》上的小說有長篇連載，也有短篇小說。《小說星期刊》"投稿簡章"云"文體不拘莊諧、白話文言、長篇小品，一律歡迎"。連載小說以文言居多，也有白話。刊物標榜小說多來自名家，"本刊既多聘小說名家擔任撰述，復蒙諸君金玉相投，尤覺得相得益彰也"（第2至3期）。

　　長篇連載有短有長，《盲目鴛鴦》只刊載了1、2兩期，而由何筱仙撰寫的《啼脂錄》甚至一載到底，它從1924年第1期開始刊載，一直到第14期，轉過年來到1925年又接着刊載《啼脂錄二集》，一直到最後第8期，仍然沒有結束。《小說星期刊》連載的小說並不算太多，可以數得過來。看得出來，這些長篇連載多是通俗小說，而且言情小說佔據多數。這其中，吳灞陵的《學海燃犀錄》和許夢留的《一天消息》是白話長篇小說。

　　"翰墨筵"是古典詩文。它的欄目設置和內容有點虎頭蛇尾，第1、2期欄目包括"序文"、"筆記"、"書札"、"詩選"，第3期又增加了一個欄目"頌讚"，第4期"頌讚"沒了，"雜文"替代了"序文"，第5期又回到1、2期的欄目。從第6期開始，"翰墨筵"有了較大變化，用較具靈活性的"雜文"取代了"序文"、"筆記"、"書札"等欄目，不過在詩詞中，這一期又專設了"詞選"欄目。到了第8期，"詞選"欄目取消，只剩下了"雜文"和"詩選"兩個欄目。

　　"劇趣"中所發表的不是新式話劇，而是"班本"、"粵謳"等地方戲作品。"伶界評說"有灃銘先生的"梨園遊戲集"，其中包含遊戲文章、梨園新曲和伶人軼事。少林主持"歌台月旦評"，評劇有獨到之處。1925 年後，吳灞陵又連載 "看月樓伶話"。

　　"叢談" 是主要撰筆者所開始的個人專欄。從第 1 期開始，《小說星期刊》開始連載羅澧銘的 "四維齋叢話" 和灞陵的 "續看月樓雜拾"。從第 2 期始，開始刊登滌塵的 "探雲軒啁啾錄"。從第 5 期開始，增加筱仙 "拈花微笑庵筆乘" 和嘯虯的 "鬼話"。自第 6 期起，增加澧銘 "書窗瑣碎錄"。自第 7 期始，增加黃曇因 "劫塵書室雜輟"。此後，這些專欄大致固定，"叢談" 多為文言雜記，讀書筆記較多。

　　"世界大事記" 是新聞欄目，第 1 期的 "世界大事記" 一欄分為 "國內新聞"、"國外新聞" 和 "教育界消息"。第 2 期的 "世界大事記"，分為 "國內新聞" 和 "國外新聞" 兩部分，去掉了 "教育界消息"。第 3、4、5 期的 "世界大事記" 分為 "粵省要聞"、"港聞紀要"、"江浙戰事"、"奉直戰事" 和 "外國譯電" 幾部分。國內新聞增多了，同時增加了本地新聞欄目，引人注意。

　　可以看得出來，《小說星期刊》的欄目內容是有變化和調整的。開始 3 期，長短篇小說混在 "說薈" 欄目之下，並沒有區分。從第 4 期開始，"說薈" 欄目之下再分為 "短篇小說" 和 "長篇小說"，這顯然是受到現代小說分類的影響。從第 7 期開始，"世界大事記" 欄目被取消，這是在往純文藝刊物的方向走。取代 "世界大事記" 的，是 "彤管集"，這個欄目 "專載海內各女文學家之著作"，對於女性研究來說很有價值。

第二節　新文學的先導

　　《小說星期刊》是一個以文言為主，文白夾雜的期刊，不過其中所發表的白話小說數量，卻遠遠多於被文學史稱為 "香港新文壇的第一燕" 的《伴侶》。

　　姑且把單篇列為短篇小說，連載兩次的列為中篇小說，連載兩次以上者為長篇小說。《小說星期刊》發表的白話小說如下：

短篇小說：

1924 年

第 1 期：商一《孤兒》、亞愚《一個編輯先生》。

第 2 期：王商一《求榮反辱》、灞陵《三件要挾》。

第 3 期：灞陵《覺悟》、鄧耀輝《愛情是假的》。

第 4 期：東官羅澧銘《小說家的覺悟》。

第 5 期：王商一《她的憔悴》、棄疑《兩個女郎》。

第 6 期：王商一《青年之夢》、棄疑《舊式家庭的一幕》、黃澄《可憐的小販》、滄海《慈母》、看月樓主《一個大渦渾》。

第 7 期：棄疑《少女之夢》、黃澄《一個嫠婦》、杜之遠《拉夫淚》。

第 8 期：棄疑《月下幻境》、梁貫孫《絮果蘭因之回溯》。

第 10 期：羅澧銘《睡夢中的我》、灞陵《芳春艷史》、棄疑《一個青年的日記》、許夢留《悲傷的遺影》、黃澄《早婚之害》。

第 11 期：憶《冬夜》、劫塵室主《金錢萬惡》、棄疑《歸心》。

第 12 期：拈花《離奇的信》、棄疑《漆黑的晚上》。

第 13 期：灞陵《倒霉的老者》、黃澄《兩個貧富的學生》、宋寶鎏《水落石出》。

第 14 期：拈花《瘦影》、棄疑《晚歸》、滄海《舊時月色》。

第 15 期：貫孫《鬼…鬼…》。

第 16 期：灞陵《死》。

1925 年

第 1 期：兌明《新春》、拈花《兩種待遇》、天愁《回憶》、陶璨然《夕陽》、金明霞女士《小病》。

第 2 期：王商人《兵的日記》、荒唐室主（競明）《春神》、棄疑《村寂》、馬瑛女士《夕陽》。

第 3 期：競明《他的家庭》、鄧嘯庵《尋夢》、荒唐室主《月下的一幕》。

第 4 期：荒唐室主《催眠術》、黃曇因《兩般家庭》、秋雨雁吟閣主潔墅《苦哉為婢》。

第 5 期：陶樂然《以後》、愛群樓主《空走一遭》、鄧嘯庵《不滿意的婚》。

第 6 期：競明《八張明信片》、《裝飾的美》、關暢《瓜子面》。

第 8 期：寶鋆《女子問題》、海山館主《齟齬》。

中篇小說：

1924 年

第 11-12 期：霸陵《好機會》。

第 13-14 期：許夢留《漁翁的命運》。

第 15-16 期：天愁《誰之過》。

1925 年

第 7-8 期：愛群樓主《一個女看護》。

長篇小說：

1925 年

第 1-4 期：許夢留《一天消息》。

第 1-8 期：抱真室主人；吳霸陵的《學海燃犀錄》。

統計下來，《小說星期刊》刊載的白話小說有：短篇小說 60 篇、中篇小說 4 篇、長篇小說 2 篇。這裏還是不完全統計，因為陶淑女校學生習作的"彤管集"裏，也包括小說，沒有統計在內。再看 1928 年創刊的《伴侶》，據筆者統計，《伴侶》一共發表短篇小說 14 篇、長篇小說 2 篇、翻譯小說 5 篇。可見《小說星期刊》上白話作品的數量大大超過了《伴侶》。

後文我們會談到，《伴侶》是一個較為局限於家庭的刊物，這裏的《小說星期刊》的視域則寬廣得多。在《小說星期刊》上，涉及戀愛婚姻的小說頗為不少，不過較具時代氣息。它們往往描寫父母包辦婚姻所造成的悲劇，指向對於舊的婚姻制度的批評。王商一《她的憔悴》（1924 年第 5 期）、黃澄《早婚之害》（1924 年第 10 期）、鄧嘯庵《不滿意的婚》（1925 年第 5 期）和關暢《瓜子面》（1925 年第 6 期）等小說，或者寫早婚，或者寫父母包辦，批評的矛頭指向父母和社會。一些白話小說已經具有較多反抗色彩，體現出新時代女子解放的思想。荒唐室主《月下的一幕》（1925 年第 3 期）寫一個女子因為包辦婚姻而自殺，不過她已經能喊出反抗專制婚姻的聲音，"我也知道，自殺我們青年是尤其不應該的。但是不是這樣，難道就順從這專制的婚姻，賣給一個目不識丁兇惡無匹的武夫作妾嗎？"主編黃守一在評點中，指出了該文反抗舊禮教的意義，"舊禮教之遺害青年男女也最深，況復孤零寄人籬下有不出於自裁者幾希，此篇之事實吾恐蹈其覆轍者尚不鮮也，讀此能勿悲哉？"

羅澧銘的《小說家的覺悟》（1924 年第 4 期），明確地讓我們看到了香港小說女子解放思想與大陸"五四"思潮的關係。在這篇小說中，一個女性讀者寫信勸誡一個鴛鴦蝴蝶派作家。因為男女社交不能公開，這位女子冒充男子署名，並且不能和這位作家見面。在書信中，這位女子談到：她原來也不開通，自從接觸新思潮，才了解女子解放的思想，這種新思潮，正來自於胡適之：

但我前數年的思想，也不大開通。到了今的新思潮流入我的腦袋，正如大夢初覺。想想我國的女子，皆寄生於男子，作為玩物，何以呢？因為女子是在於無產階級的下（原文如此——作者注），而又不能求經濟獨立。我想這裏便要求我的父親，許我再入學去，但他老人家是不允的，我那時真真氣極了。胡適之說："人人覺得自己是堂堂地一個人，

有該盡的義務，有可做的事業。"唉，我為女子，豈不是人嗎？既然是人，必有該盡的義務，有可做的事業，那末，必有才能，而後可必達到目的、才能，豈不是由讀書得來的嗎？我雖有這思想，而那可惡的環境，不容我的要求，是極可痛的。

羅澧銘在文後發表按語，指出："其中語意，不特為吾輩作小說者所應知，關於女子改革方針，亦為女界諸君所宜研究。"

《小說星期刊》上還有大量的反映底層苦難的白話小說，這是《伴侶》中所少見的。許夢留《漁翁的命運》（1924年第13、14期）寫漁父老翁家中飢寒交迫，他捕魚的時候跌入水中，無錢醫治。秋雨雁吟閣主潔塈《苦哉為婢》（1925年第4期）寫楊二嫂因為窮困被迫將自己的女兒賣給富人的姨太太為婢，使得女兒墮入水深火熱之中。在憶的小說《冬夜》（1924年第11期）中，"我"對於政治無興趣，對於諧部也不熱心，看晚報只看通信，結果還是看到了令他受刺激的兩則消息：一是某地凍死乞丐二百多人，二是70歲老翁娶15歲的女兒。文中感慨："我想世界上的人類，本來都是平等的，然而世界上的人類，每每因貧和富的階級不同，就會發生了貧和富一樁樁不可思議的事出來。"貧與富是如何造成的呢？他也無法解釋，只能說："貧和富都是命裏帶來的"，不過，雖然如此，作為一個文人的"我"，卻可以為貧苦者呼籲，"那麼，我卻代表命裏生出是應該貧苦的人們，很悲慘的呼籲幾聲咧。"

較為特別的，還有反映兵士生活的小說。黃澄《可憐的小販》（1924年第6期）寫男主人公張伯才家境貧窮，老母有病在床，無錢醫治，他挑菜上街賣，碰到幾個"軍士裝束的惡人"，結果被軍士活活打死。杜之遠的《拉夫淚》（1924年第7期）寫的也是類似抓夫的故事。兵士其實也有自己的痛苦。王商一《兵的日記》以日記的形式寫一個兵士的戰爭經歷和心理活動。"我"

在戰場中目睹兵士死傷無數，血流成河，不由悲歎自己的命運，"像我們的身份，太過賤了，天天都受着那淒慘和困苦的生活，生來一點安樂也享不到，死了還比牛馬的賤，究竟我們為什麼要受這種慘事呢？"有鄉親問他為什麼當兵，"我"回答"我因為家中有老母，一切的費用，都只靠我一人，所以我來當兵，想得到一點糧餉，來養養老母，那知當了一年差事，只收得四五個月薪水。"小說最後，"我"下決心，"以後我也決不當兵了"。許夢留的長篇小說《一天消息》算得上是一篇反戰小說，這篇小說連載於 1925 年 1 期至 4 期上。小說前半部分寫"我"在醫院聽到一群受傷兵士的對話，其中既有對於為長官賣命的控訴，也有劫掠百姓的得意。下半部分"我"聽鄉民的對話，控訴軍隊在村莊燒殺搶掠的悲慘情形。最後，作者對戰爭作了人類學的分析，並因絕望而產生了幻覺。上面這些小說仍是反映現實苦難的，不過涉及到了兵士和反戰的主題，這在文學史上是較為特別的。

在壓迫和苦難之外，《小說星期刊》的白話小說也有理想追求。棄疑的幾篇作品，已經離開寫實。《兩個女郎》（1924 年第 5 期）寫兩位"智能絕倫"的女郎俠英和欽義，滿懷愛國之情不畏險阻漫遊，終於在幽谷裏碰到逸士們。俠英問："諸位逸士，既具這樣稀世的才略，為何不肯施展以造福蒼生呢？"逸士回答："這種社會的惡俗，水深火熱般的民生，真是束手無措。稍謀改革，那墨守舊轍的頑固派群起誹謗而反抗，所以我們願在這奇幽靜美的世界，做無懷氏的遺民。"欽義很懇切地勸說："國亂民昧，已到極點了，如今要解脫這種困難，非諸位發出凜凜烈烈的犧牲精神不可。"這番激昂慷慨的話，激勵了逸士們的熱忱，他們毅然重闢久閉的幽門，投入到"改良社會"的世界中。這類作品旨不在故事，而在於象徵和寓言，寄託作者情懷。

除了長中短篇小說之外，《小說星期刊》上運用白話寫作的還有"小小說"。一般認為，台港小小說的首倡是 1978 年 12 月

25 日台灣《聯合報》附刊發表陸正鋒的極短篇《西北風》，而在大陸，談到“小小說”之名，多追溯到 1958 年老舍的《多寫小小說》（《新港》1958 年第 2 至 3 期）。《小說星期刊》早在 1924 年就明確使用“小小說”之名刊發作品，時間要早得多。小小說喜歡對比社會現象，揭示問題，不過內容沒那麼激烈，追求的是戲劇性和哲理性。第一篇小小說是羅澧銘的《汽車上》（1924 年第 4 期），寫三輛汽車上不同的景象，有富家人物晚飯後兜風的，有俊男少女去古塘買醉的，也有面黃肌瘦的婦人去看病的，“三輛汽車，三輛汽車的人物，俱各有不同。可見世事變幻，人事之不常”。第二篇小小說係黃守一所撰，小說本身並無題目，只標注“小小說”。編輯部主任羅澧銘、主編黃守一帶頭寫小小說，可見他們對於這一體裁的愛好，他們帶動了《小說星期刊》小小說的寫作。不過我們也可以看到，在《小說星期刊》上，小小說常常只是為了填充版面空白之用的。

同樣作為“補白”出現於《小說星期刊》的白話新文學，是新詩，這是香港新詩史上發表最早的新詩。《小說星期刊》上的新詩，數量不算多，並且“補白”不上目錄，這與該刊上登堂入室的古典詩是無法相比的。不過，白話詩出現於香港是新鮮的文類，具有衝擊性。《小說星期刊》上的新詩，多數還停留在簡單的寫景抒情上，也有較具社會意義的。許夢留的詩歌，如《慰安》（1924 年第 3 期），較為老到一些。他對國內詩壇較為熟悉，曾經在《小說星期刊》上發表過《新詩的地位》（1925 年第 2 期），成為香港詩歌史上第一篇新詩詩論。

如此看，《小說星期刊》上的白話作品，不但在數量上遠多於《伴侶》，並且在題材、主題、文體諸方面都有創新。《伴侶》創刊於 1927 年，《小說星期刊》創刊於 1924 年，《伴侶》為“香港新文壇的第一燕”的說法，看來要打上一個問號。香港早期白話文學的源流，應該追溯到《小說星期刊》。

第三節　舊文學的現代性

《小說星期刊》中的文言文學一直被忽略，並且被視為舊文學而受到批評，這背後隱藏着的是內地現代文學史的眼光。事實上，在以英文為官方語言的殖民地香港，中文文言文學具有重要的文化認同作用。《小說星期刊》的文言文學，在揭露民生、反對包辦婚姻、表現香港性等方面都與新文學接近，不過仍具有相當的獨特性。

第一，舊文學較為集中於私人領域，文人之間以舊體詩詞序文等相互唱和，經營中文共同體。

《小說星期刊》中當然有較具現實意義的詩歌，如第 1 期就有周嘯虯的《三江淫潦，氾濫成災，四野哀鴻，輾轉待斃，嗟嗟粵民，真不知死所矣。因率成七律一章，以志感慨》，從題目看，就知道是哀民生多艱的詩歌。不過，刊物更多的是傳統文人的個人表達及相互往還。

《小說星期刊》創刊號的"詩選"欄首先就是"羅澧銘君新婚徵詩"，發表了陳慶森的《舉案齊眉圖》（古歌）、陳劍影的《前題》（諧出）、梁秩卿的《前題》（七古）、仗威三耶的《前題》（五古）、陳慶森的《前題》（七律）、陳劍影的《前題》（七律）、陳潮連的《前題》（七律）、棄余主人的《前題》（七律）等詩。羅澧銘交遊頗廣，又身為《小說星期刊》的編輯部主任，他的"新婚徵詩"從第 1 期至第 7 期（其中第 6 期空）綿綿不斷。看得出來，文人之間詩詞應和頗為流行。

《小說星期刊》中還有大量的序文，此類序文和題詩類似，也是香港文人交往的一種形式。《小說星期刊》開始刊登序文較多者，是陳硯池的《天涯吟社詩》。《小說星期刊》第 1 期的第 1 篇序，即是羅澧銘的《陳硯池先生天涯吟社詩集序》，其後又有白雲樵子關熾的《天涯吟社詩序》、鄔遠謀的《天涯吟社詩序》、關公博的《陳公硯池天涯吟社詩集序》（1924 年第 6 期）和區子靖的《天涯吟社詩序》（1924 年第 10 期）等。陳硯池在港澳之間詩名鼎鼎，曾創辦鏡湖詩社。關熾在《天涯吟社詩序》中曾描繪陳硯池詠詩於香港的情形：

> 古岡硯池陳公也，公以詩聞，而尤以好詩聞，生平浪跡四方，杖履所經，喜與墨客騷人，共數晨夕。鏡湖詩社，實公倡首。課餘稍暇，輒復攤箋刻燭，分韻拈題，引為莫大之快。旅澳如是，他可知矣。香江片島，雄峙滄溟，為我國東南通商第一口岸。近十年來，神州鼎沸，粵中人士，避地者多，王楊盧駱之儔，陶謝沈何之輩，流寓此間者，鳧趨鱗集，霧合雲屯，方軌濠江，奚啻倍蓰。馬群空於伯樂，璞玉實於卞和，以好詩成癖之硯公，出澳入港，虎嘯風冽，龍起雲從。

由此我們可以看得出來，香港舊詩與內地，特別是廣州、澳門的聯繫相當密切，內地舊文人的南遷，也促進了香港舊詩壇的繁榮。

從《小說星期刊》第 8 期起，陳硯池先生的詩集序尚未登完，蝶緣、愷生、協池、硯池四老又為李子然和何蓮清女士結婚而徵詩。詩還未徵集到，詩集序已經出現了，也算為徵詩做的廣告。《小說星期刊》第 8 期當期就刊登了區子靖為此詩集而寫的序《燕婉嚶鳴集序》。第 11 期出現了李子然的《燕婉嚶鳴集·自序》，談到自己於 "民國十二年（1923）十二月二十二號，於香江堅道之循道會堂成婚"，"蒙蝶緣、愷生、協池、硯池四公不棄，發起徵詩。一時屈宋詞宗，陸潘文匠，俯貽雅仕，惠賜鴻篇，天下之珍"。

這種文人之間的唱和，難免讓人有瑣碎之感。不過，在英國殖民統治下，香港的中國傳統詩文唱和，尤其是與內地文人的交往，其意義超出了文字本身，它們可以說是一種中文文化共同體的認同方式。

第二，有感中文文化的衰落，批判殖民主義和崇洋媚外。

梁熾階的諷刺小說《一個女學生》（1924 年第 1 至 4 期）寫香港的一個學生由於中文發音不標準而被一個算命人戲弄的故事，在文後評點中，"鳳儀"指出，造成這一現象的原因是香港的教育：

> 然吾嘗默考此篇之義，敢下一斷語曰：女學生無過，卜者更無過，推原禍始，實學校之過也。何也？蓋本島學校，多趨重於外國文，漢文則每星期只授數句鐘，一曝十寒，學者實受益幾何？反之外國文則不然，學校趨重之，教員趨重之，學生又趨重之。雖有漢文之教授，一曝十寒，其不歸諸陶汰者鮮矣。

評點者認為，香港的畸型教育製造了洋奴心態，導致了民族文化認同模糊的嚴重後果，"嗚呼噫嘻！某家究竟是中華民國之某家歟？抑非歟？嗚呼噫嘻，吾可愛可敬之學生乎，其亦有鑒於斯文而自醒乎？"

孫受匡的《恨不相逢未嫁時》（1924 年第 1 至 4 期）中的女主人公倩影出自英文學校，但不忘學習中文，晚上復請某太史補習，所以中英文俱佳。她最討厭的就是香港學生為了掙錢只重視英文，養成奴隸性質，忘卻了自己的文化：

> 惟某島之半數學生界，其志卑，其宗旨劣，其目的不外為利，只以讀洋文為得較高薪金之利器，為人奴隸，受人呼喝，任人辱罵，怡然而受，恬不知恥。對於中文，一無所知。問以歷史，瞠目結舌。詢以國事，更夢夢然。說什麼秦始、漢武，講什麼蘇海、韓潮，均絲毫不懂，視中文如一文不值，重洋文若萬黃金，甚至有洋文得學士銜，而中文程度，中學不如。將來漢族文字，不將滅跡於世界乎。

45

《小說星期刊》雖然接受了"五四"新文化的觀念，發表新文學作品，然而這種接受並不是無條件的。它並不放棄舊文學，並且能夠從香港自己的歷史語境出發，反省"西化"觀念，這是香港文學的獨特之處。

孫受匡是香港較早的接受新文化的人物，他主持亞新書局，"專售新文化書新思潮書的書局"，然而他對於中西文化的理解，與"五四"思想並不吻合。小說主人公余仕宜在香港長大，就讀某著名西文學校。某晚，該校紀念孔子誕辰，余仕宜作為主席在會上發表演講。他認為：孔子不是一個聖人，他的價值在於他是兩千多年來的一個偉大的教育家，現在孔子故鄉山東青島落於外人之手，我們要效仿孔子"以司寇資格，為魯定公賓相，會齊侯於夾谷，為父母之邦爭面子"，為中國爭國體。女生李倩影因此愛慕仕宜，並主動給他寫信。某星期日，他們去遊樂場，遇洋人酗酒調戲李倩影及另一女子，仕宜怒斥洋人，英雄救美。仕宜、倩影兩人從此相愛，纏綿悱惻。處於英國殖民統治下的香港，反倒重視中國傳統文化，客觀評價孔子，反對崇洋媚外，這正出自於邏輯之中。

第三，平等看待新舊文學。

《小說星期刊》在第1期至6期上，重點推出了羅澧銘的《新舊文學之研究和批評》一文，表明自己對於新舊文學的態度。在這篇文章中，我們可以看到，羅澧銘對於內地"五四"新文化的主張及新舊文化衝突的情形是非常了解的，然而他並不贊成新舊文化對立。在他看來，新舊文學各有所長。以胡適《文學改良芻議》為例，羅澧銘認為，其中很多的新文化主張值得稱讚：

新文學之長處，固在乎能獨闢奇論，為文學界放壹異彩，如"不做言之無物的文字"、"不做無病呻吟之文字"、"不用套語調調"等，俱可稱為確切不磨之論。捨此以外，紹介歐西學說，使國人耳目為之一新，思想為之一變。及"大凡文學的方法可分三類"（見《建設的文學革命論》）之幾段，都得寫實之精神，亦為新文學家之特長處。

羅澧銘認為，舊文學的確有其弊端。在他看來：

彼輩既以文人自命，又犯自以為是之弊，如好用古奧文字，以相酬答，直令根底薄弱之學者讀之，不易了了（按：此為新文學發達之一大原因），辭語堆砌，偏謂詞藻華貴，資料豐富，文字艱深，閱者弗喜讀之，偏謂博通古籍，出類拔萃。凡此種種，殆其倫也。

不過，羅澧銘並不完全贊同新文學，對於胡適"八事"中的第三條"不用典"及第八條"不避俗話俗字"，他就不同意，並在文中一一加以反駁。對於廢除駢文、採用新式標點等主張，他也予以了批評。另外，他覺得新文學全用白話，而排斥文言，也有局限：

以上所批評"不避俗字俗語"及"不用典"兩條，即為新文學之短處。至如全用白話，不用文言，亦為新文學之短處。

羅澧銘在文中強調自己既非新學家，也非舊學家，他認為新舊文學兩者之間並無絕對對立，應該可以兼容。他認為文言的長處是簡練，短處是過於艱深，白話之長處是淺顯，易為大眾明白，短處是過於囉嗦。

《小說星期刊》對於新舊文學兼收並蓄，並無歧視。1925 年《小說星期刊》新出，第 1 期上出現了兩篇有關新舊文學的文字。對於新文學，一篇反對，一篇支持。第 1 篇文章是何惠貽為其師何禹笙先生的著作《六四駢文之概要》寫的評論，題目就叫《六四駢文之概要》。作者既推重舊體駢文，不免攻擊新文學。緊接着《六四駢文之概要》之後的，是許留良支持新文學的文章《新詩的地位》。《小說星期刊》的這種安排不知道是否有意為之？《新詩的地位》明顯構成了對於《六四駢文之概要》一文的批評。這一正一反的文章，至少表明《小說星期刊》對於新舊文學兩端並無特別排斥。

《小說星期刊》上很多作者都是文言、白話兼用。羅灃銘在《小說星期刊》上連載的短篇小說集"意蕊晨飛集初編"，其中既有白話也有文言。L.Y. 在《小說星期刊》上既發表新詩，也發表舊詩。這些都是常見的現象。

第四，通俗文學及其反省。

"說薈"中的小說連載，佔據《小說星期刊》的主要篇幅。它們多數是通俗小說，名目繁多，但以言情為主，是晚清文壇的餘緒。這些小說類型質量不一，多與中國傳統倫理及文體有關。何筱仙的"哀情小說"《啼脂錄》是《小說星期刊》連載時間最長的一部小說，1924 年全年連載，這還不夠，1925 年，作者又續寫《啼脂錄》二集。小說從脂娘死訊開始，倒敘男主人公"我"和脂娘的情史。"我"生於廣州，從小苦寒，生母後母先後去世，靠姐姐扶養。與同居梁三嫂的侄女脂娘一同上學下學，他們發展出青梅竹馬的感情，後為父母所阻，終於情無所落。小說詳細敘述幼年時兩人來往中的朦朧情感，微妙細緻卻又嫌冗長。"我"從小愛讀《紅樓夢》，小說結構和語言也一副《紅樓夢》的筆法。

中國言情小說，按照魯迅的說法，至《紅樓夢》至高潮。《紅樓夢》之後，開始多續作或翻案之作，"久之，乃漸興盡，蓋道光末而始不甚作此等書。然其餘波，則所被尚廣遠，惟常人之家，人數鮮少，事故無多，縱有波瀾，亦不適於《紅樓夢》筆意，故遂一變，即由敘男女雜沓之狹邪以發洩之"。[2] 這就是清末

2　魯迅：《中國小說史略》，載《魯迅全集》第 9 卷（北京：人民文學出版社，1981），263 頁。

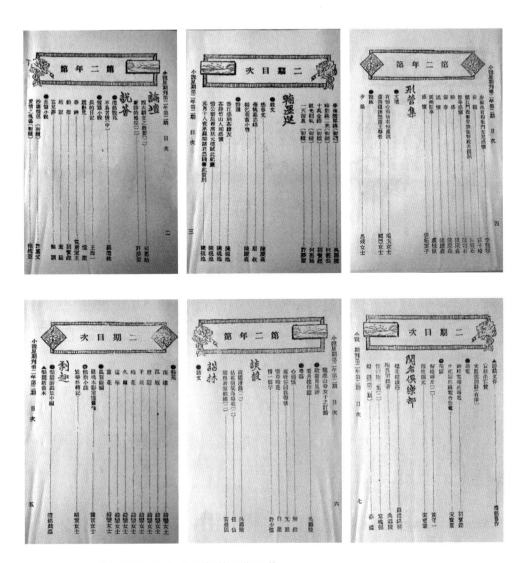

《小說星期刊》第二年第 2 期目錄

狹邪小說的起源，狹邪小說經歷了溢美（《品花寶鑒》、《青樓夢》）、近真（《海上花列傳》）和溢惡（《九尾龜》）三個階段。然而，《小說星期刊》上最長的一部小說《啼脂錄》卻越過了狹邪小說，重新回到了《紅樓夢》的傳統。

1899 年林譯《巴黎茶花女遺事》出版，打破了傳統狹邪小說傳統。不過，《茶花女》雖然傳誦一時，當時卻並沒有帶動言情小說的中興。阿英在《晚清小說史》中指出，當時"兩性私生活描寫的小說，在此時期不為社會所重，甚至出版商人，也不肯印行。雜誌《新小說》、《繡像小說》所刊載的作品，幾無不與社會有關。直到吳趼人創'寫情小說'，此類作品復出，為後來鴛鴦蝴蝶派小說開了先路"。[3] 晚清寫情小說與此前狹邪小說的區別，在於將時代背景和社會政治內容引入小說，將個人私情與國家大事聯繫起來，如此一來個人私情就被社會化了。不過，吳趼人有關"情"的概念的理解，事實上還是相當保守的，仍然強調忠孝節義。直到民國以後，才出現了反抗舊的婚姻模式的哀情小說，如《玉梨魂》（1912）等。《小說星期刊》上具有文化衝突意義的言情小說，大體上體現的就是此類反抗父母包辦婚姻的模式。

孫受匡的《恨不相逢未嫁時》（1924 年第 1 至 4 期）開頭寫男主人公余仕宣的父親余延英反對納妾，並由此批判"中國數千年來的舊道德、舊禮法"對於婦女的不公，認為"今後中國欲於道德上有所改革，非先從家庭倫理上始不可"。男主人公余仕宣發表了一通有關於"情"的議論，"吾人不能無情，吾人不能不用情。於國則愛，情也；於父母則孝，情也；於朋友之交，則忠信，情也；於男女之悅，則戀愛，情也；以父母之養育劬勞，鞠撫恩深，尤能忤逆之，則對於朋友欲其忠信乎？"這段話讓大

3　阿英：《晚清小說史》，載《阿英全集》第 8 卷（合肥：安徽教育出版社，2003），7 頁。

家“多服其言”。我們發現，余仕宣的這段對於情的理解與吳趼人在《恨海》中對於情的理解頗有相類之處，兩段話都將情延及到國家、父母、兄弟、朋友等，但吳趼人是否認“兒女之情”的，余仕宣則不然，他認為“男婦之悅，則戀愛”，是正當的情。

不能不承認，如內地通俗小說一樣，《小說星期刊》上多數通俗小說都以傳奇故事為手段，傳達中國傳統的倫理思想。至於其中追求獵奇，甚至於聲色犬馬者，顯然屬於等而下之的趣味。《小說星期刊》雖然發表這些通俗小說，然而亦不無反省。身為編輯部主任的羅澧銘在《小說星期刊》上連載短篇小說集“意蕊晨飛集初編”，第一篇是 1924 年第 4 期的白話小說《小說家的覺悟》。在這篇小說的“弁言”中，作者指出：

> 我個人之小說，本毫無言味，抑惘惘不自察，好作頑艷之詞有年矣，而不知悔。是胡為者，捫心自思，殊覺大慚，思有以為補救自懺之法。捨寫實二字不為功，循寫實之道以行，則可以描盡社會之虛飾，人心之險詐，生活之度率。首重意，次重辭，辭雖佳而意不顯，反足令觀者隔膜不自明，失其寫實之原轍。篇幅更宜簡短，文字尤貴顯淺。

羅澧銘反省自己“好作頑艷之詞”的歷史，認為應以“寫實”來糾正，篇幅宜短，文字貴淺。《小說家的覺悟》寫一個女性讀者寫信勸誡一個鴛鴦蝴蝶派作家，小說借這個女性讀者的筆，批評了當下文壇的哀艷文風：

> 以今之小說家，多喜著哀怨小說，而君之大作，也不外乎此。夫哀怨之書，多悲歡離合之句，閱後反令人滿腔傀儡，陡然而生。倘不別具眼光以閱之，將至為其所圍，要不若偵探、社會、愛國等小說之增人智識也。望君以後多作此類小說，較之哀情艷情等作，價值何當天淵。且今日道德披靡，我輩青年，不欲挽救則己，不然，則著作行事，亦應採

取正道，以挽此頹風，破此惡俗而後可。若此種寫悲寄恨鴛鴦蛺蝶之小說，又有何益哉？

　　身為《小說星期刊》編輯部主任羅澧銘的此番評論，意味深長。《小說星期刊》上其實不少這種"哀情艷情"作品，羅澧銘應該是有感而發，抑或也是一種自我批評。

　　如何評價香港文言文學的意義，取決於我們對於香港殖民文化背景乃至於現代中西文化關係的認識。英國佔領香港後，初期教育完全被教會所控制，目的在於傳教。19 世紀 60 年代之後，香港教育開始從宗教教育轉向世俗教育，不過教育的重心是英文教育。1895 年，港英當局規定：新設立的學校，若不以英文為教育媒介，便不能獲得政府補助。1902 年，《教育委員會報告書》出台，奠定了 20 世紀上半葉香港教育的兩個原則，一是強調英文教育，淡化中文教育；二是精英教育，即將教育經費和資源集中於少數上層港人子女上。香港的中產階級子弟，多熱衷於學習英語，目的是為了在畢業後可以進入買辦階層。香港本來是英國殖民統治，英語是官方語言，政府文件、法律條文等等均以英文為準繩，英語文化的統治地位是無可置疑的。因為香港的人口以華人為主，所以中國傳統文化是一直存在的，但中文教育在官方教育中不受重視，敵不過主流的英語教育。即使中文教育，殖民教化也滲透於其中。據平可回憶，他上私塾時的課本有香港教育司規定的《簡明漢語讀本》，課本第一課就是歌頌當時在位的英皇佐治五世，這讓他以為英皇佐治五世就是"天子重賢豪"中的天子，只是不明白"為什麼天子是鬼佬？"[4]升中學的時候，平可就進了與皇仁書院並列的英文學校育才書社，成為番書仔。

　　香港很難直接應用通常的殖民者／被殖民者二元對立的模

4　平可：《誤闖文壇述憶》，載《香港文學》，第 1 期，1985 年。

式，正如西方學者指出的，香港在經濟社會諸方面都出現了被殖民者與殖民佔領者有諸多配合的情況[5]。香港學者羅永生運用 Robinson Ronald 有關於歐洲殖民者與非歐土著"勾結共謀"的研究，提出香港在殖民史上的特殊性，並試圖由此發展後殖民理論。羅永生把巴巴（Bhabha）的話語實踐帶入了社會政治實踐的領域，然而指向卻相反。巴巴之所以提出話語"混雜"，目標是指向反抗，香港的"勾結共謀"卻打破了這種理論[6]。香港特殊的殖民語境，為後殖民理論提供了一個特例，也讓我們感到香港的"解殖"任重而道遠。在這種情形下，香港中國舊文學的存在，儘管可能只是詩文唱和乃至通俗小說，但維繫中國民族文化認同的功能卻非常重要。我們切不可沿用內地新舊文學對立的思路，否定香港的文言文學和文化。

香港舊文學之反省殖民主義和帝國主義，事實上對於中國內地文化也有重要啟示。"五四"以來，新文化運動以"西化"為導向，批判中國的舊道德和舊文化，這是具有歷史合理性的。然而，西方"現代性"的背後是殖民性，"五四"時期的"進化論"和"改造國民性"等命題，背後都是東方主義命題，這一向容易被我們忽略。現代香港對於殖民主義文化侵略的抵抗，給我們重新思考"五四"激進主義提供了一個契機。

5　John M.Carroll, "Chinese Collaboration in the Making of British Hong Kong", in *Hong Kong's History: State and Society Under Colonial Rule*, (London: Routledge, 1999).

6　參見羅永生：《勾結共謀的殖民權力》（香港：牛津大學出版社，2015）。

第三章

文學與體制

第一節　中斷的線索：從《小說星期刊》到《大光報》

有關香港新文學的回憶，較為有名的是侶倫的《向水屋筆語》，另外一個不太被注意的，是平可的《誤闖文壇述憶》。要了解香港早期文學，這兩個回憶可以互相參證。

據平可回憶，1925 年 6 月所發生的省港大罷工，讓 13 歲的他第一次從渾渾噩噩中明白過來。那時候他在英文學校育才中學，有一天在學校的門口被人攔阻，高年級的同學告訴他"罷課了"，並遞給他傳單。他這才知道了省港大罷工，並"引致我的精神生活產生了一個轉折點"，"到那時候止，我是一個頭腦單純的少年，渾渾噩噩地按照別人的安排而生活。在罷工期間，我聽到了不少前所未聞的名詞：帝國主義，不平等條約，鴉片戰爭，庚子賠款，二十條，經濟侵略，'五四'運動，革命軍北伐，等等。這些名詞觸發我的好奇心和求知慾"[1]。從此，他心中的齊天大聖、姜子牙、岳飛、歐陽春和方世玉等人物被孫中山、黃興、蔣介石、胡漢民、汪精衞、陳炯明、吳佩孚、孫傳芳和張作霖所取代了。由此可見，省港大罷工對於促進港人的現代民族意識產生了重要作用。

此後，平可開始閱讀大陸的新文學報刊。他開始看的是商務印書館香港分館的出版物，如《少年雜誌》、《青年雜誌》等報刊，他閱讀的第一本新文學作品是冰心的《超人》。除商務印書館香港分館外，平可提到香港的一家銷售新文學作品及報刊的地方，是位於荷李活道的萃文書坊。少年平可那時候雖然沒什麼錢，但他節省其他開支，幾乎每本書都買，這其中包括胡適的《嘗試集》，魯迅的《吶喊》、《彷徨》、《華蓋集》，郭沫若的《星空》、《女神》、《落葉》，郁達夫的《沉淪》，徐志摩的《巴黎的

1　平可：《誤闖文壇述憶》，載《香港文學》，第 1 期，1985 年。

麟爪》、《翡冷翠的一夜》，汪靜之的《蕙的風》，穆時英的《南北極》等等。

有關於萃文書坊，侶倫的回憶可與平可的回憶相互佐證。侶倫並沒有提到商務印書館香港分館，他只是說："在四十年前（1926）的香港書店之中，最先透出一點新的氣息的，是一家萃文書坊。"據說，這家書坊的老闆原來是同盟會的老革命黨，早年參加革命，後來"幻滅"了，隱退開起了書店。據侶倫介紹，出售新文學和新思想的刊物，在當時的香港還是處於半公開狀態的，"也許因為老闆的本質和一般書商不同，所以連他的書店也帶有革命性。他大膽地經售着各種新文化書籍雜誌。你要買到當時最流行的新文學組織（如創造社、太陽社、拓荒社之類）的出版物，只有到'萃文書坊'去；就是一切具有濃厚思想性而其他書店不肯代售的刊物，它也在半公開地銷售；只要熟悉的顧客悄悄的問一聲什麼刊物第幾期到了沒有，老闆就會親自從一個地方拿出來"。[2]

平可提到，1927 年香港的主要報刊如《循環日報》、《華字日報》都很守舊，副刊被"諧部"所佔據，但是"香港的文化圈畢竟經不起新潮流的衝擊。若干小規模的報紙已闢專欄刊登用白話文寫的作品，並採用標點符號。其中一家名叫《香江晚報》"。平可對《香江晚報》評價很高，認為"以當時的環境和風氣而言，它實在難能可貴，可比作揭竿而起的陳勝吳廣"。這份《香江晚報》的副刊，是平可首次發表白話文學作品的地方，"我試把一首新詩寄去，想不到竟蒙刊登，我高興極了，比通過一場考試還高興。我再寄一篇抒情小品去，不數天也見報了。我還接到該欄

2　侶倫：《香港新文化滋長期瑣憶》，載《向水屋筆語》〔香港：三聯書店（香港）有限公司，1985〕，6 頁。

編輯約晤的來信。信末的署名是‘吳灞陵’”。[3]

　　再看侶倫的回憶，1927 年前後，香港新文學開始滋長，表現是本地報刊新文藝副刊的出現，這些報刊有《大光報‧大光文藝》、《循環日報‧燈塔》、《大同日報‧大同世界》、《南強日報‧華岳》、《南華日報‧南華文藝》和《天南日報‧明燈》。因為平可所談《循環日報》尚沒有“燈塔”副刊，可見平可所說的時間早於侶倫所說的時間，而侶倫所沒有提到的吳灞陵主持的《香江晚報》的副刊應該是更早的白話副刊。《香江晚報》創刊於 1921 年，創辦人除黃燕清外，合夥人還有後面我們要提到的《紅豆》的股東梁國英藥局的梁國英。《香江晚報》的主要作者有羅澧銘、吳灞陵、何筱仙等人，與《小說星期刊》正是一撥人。這《香江晚報》的白話文學副刊，應該正是侶倫和平可都沒有注意到的早年《小說星期刊》白話文學的延續。

　　早在 1924 年，《小說星期刊》第 6 期上王守一所撰寫的《吳灞陵先生小史》一文就提到，吳灞陵“至今春”還在擔任“《香江晚報》撰述”，還有“為《大光報》記者”。早在《小說星期刊》的時候，吳灞陵就既寫文言也寫白話，發表過白話長篇小說《學海燃犀錄》、短篇小說《小說家的覺悟》等。侶倫於 1911 年出生，平可於 1912 年出生，1924 年這一年，平可才 12 歲，侶倫才 13 歲，所以對《小說星期刊》都沒有記憶。不過，這裏需要提及的是，另外一位同樣出生於 1911 年的香港早期新文學的經歷者李育中，卻記得《小說星期刊》。他在接受採訪的時候說：“我十三、四歲（一九二四年）時，家裏訂了一份羅體銘[4]主編的《小說星期刊》，這是一份學上海禮拜六派的刊物，作者多是本土的，作品的語言主要採取通俗或古奧的文言，也有用白話文寫

3　平可：《誤闖文壇述憶》，載《香港文學》，第 3 期，1985 年。
4　應為“羅澧銘”。

的，我在翻閱之後，培養了對文學的興趣。"[5] 李育中的記憶，看來要比侶倫和平可早一些。

1927 年吳灞陵在《香江晚報》上主持白話副刊的時候，15 歲的平可才剛剛趕上。其實，吳灞陵雖然資格老，但實際歲數並不算太大，平可和他見面的時候也覺得意外，"見面前，我以為他是一位老師宿儒，見面後才曉得他是一位很風趣、又很篤實的青年。他年紀比我大，當時他大概二十多歲，我是十多歲。但這段年紀上的距離並未引致隔膜。我們認識以後常常相約見面"。[6]

差不多過了一年以後，平可開始注意到侶倫在介紹 1927 年前後白話文副刊時所提到的第一個報紙副刊，《大光報》文藝副刊《大光文藝》。平可看到《大光報》是在學校的貼報欄裏，他發現《大光報》的文藝副刊全部用白話文，用新式標點，編排新穎，比《香江晚報》還要好。《大光文藝》上重點推出兩位新文學作家 "星河" 和 "實秀" 的專欄散文，吸引了平可，他幾乎每天都去閱讀這兩位作家的散文，並在精神上和他們成了朋友。少年平可有一個喜歡新文學的朋友，那就是比他大一兩歲的就讀於聖約瑟書院的張吻冰。後來陳靈谷一家從海陸豐因政治逃難來港，成了平可的鄰居。陳靈谷比平可大兩三歲，喜歡讀新書，他們也成了朋友，平可還將張吻冰介紹給他。陳靈谷為生活所迫想給刊物投稿，平可給他推薦了《大光報》文藝副刊。陳靈谷用 "靈谷" 的名字投稿，果然被採用了幾篇作品。在陳靈谷的鼓動下，平可也開始在《大光報》文藝副刊發表白話作品。

香港新文學家的首次集會，是《大光報》所招集的作者宴會。正是在這次宴會上，平可見到了仰慕已久的 "星河" 和 "實秀"，並發現 "星河" 就是謝晨光，"實秀" 就是龍實秀，他們從

5　王劍叢：《李育中與香港早期文學》，載《香港文學》，第 11 期，1999 年。

6　平可：《誤闖文壇述憶》，載《香港文學》，第 3 期，1985 年。

此認識，後來成了幾十年的朋友。經過謝晨光和龍實秀的介紹，平可又認識了李霖（侶倫）、黃顯襄（黃谷柳）和劉火子等人。

　　還有一位更值得一提的，是這個集會的發起者黃天石。他是香港早期新文學的開拓者。平可強調了黃天石在新文學組織方面的貢獻："黃天石還有一項貢獻是容易被後人遺忘的。當年謝晨光、龍實秀等在香港倡導新文藝，顯然是在黃天石的鼓勵和扶掖下進行。他們之所以發表能夠一新青年讀者耳目的文章，是因為《大光報》創設了一個新穎的副刊，當時《大光報》的總編輯是黃天石。"[7]

　　看來這次聚會的確給人留下了深刻印象，侶倫也記載了這個歷史性的聚會。侶倫提到，當時在香港從事新文學的多是青年人，有些還是中學生，只是為了愛好新文學而業餘寫作，但互相之間並不認識，也沒有什麼組織。《大光報》邀請他的副刊投稿者進行了一次聯誼性的聚會，才使得這一群人有了第一次見面的機會。聚會的時間侶倫還準確地記得，是 1928 年元旦。在這次聚會之後，香港的新文學作家彼此才有了來往，這些志趣相同的青年人後來還成立了一個"紅社"，但沒什麼活動，後來又創建了"島上社"。在侶倫看來，在香港新文學拓荒期，下面這些人的努力和成就頗值得提起，他們是黃天石、謝晨光、龍實秀、張吻冰、岑卓雲（平可）、黃谷柳、杜格靈、張稚廬和葉苗秀等人。

　　下面，借用侶倫的話，對於這些早期香港新文學作家做一個簡單介紹：

　　黃天石在新聞界，主持過報紙，也辦過政治刊物；但是卻一貫地致力於文藝寫作。他當日在報紙發表的中篇小說《露薇姑娘》，可說是香港新文藝園地中第一朵鮮花；而他的在受匡出版社出書的《獻心》，也

7　平可：《誤闖文壇述憶》，載《香港文學》，第 3 期，1985 年。

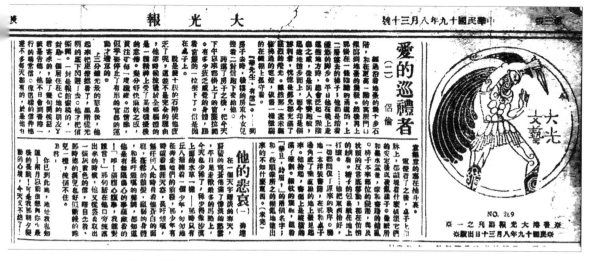

《大光報》

是具有清新氣息的散文集。謝晨光除了在香港報刊寫作之外，同時也在上海的《幻洲》、《戈壁》、《一般》等雜誌發表作品。他的小說集《貞彌》在受匡出版社出版，印好之後不知什麼原因卻沒有發行；他的另一本小說集《勝利的悲哀》是在上海現代書局出版的。龍實秀也在受匡出版社印出了小說集《深春的落葉》。杜格靈在廣州金鵲書店出版過一本文藝短論《秋之草紙》。張稚廬是香港文藝刊物《伴侶》的主編人；他的作品都是在《伴侶》發表，他的作風很受沈從文和廢名影響；他在上海光華書局出版了兩本小說集：《床頭幽事》和《獻醜之夜》。……這些都是他們在香港新文藝工作上收穫到的一點點成績。[8]

說起來，《大光報》在當時是頗有名的報紙。它創建於1913年，又名《大光日報》，因為創建者都是基督徒，所以也有人稱其為基督徒的機關報。孫中山本人也是基督徒，他很支持該報。

8　侶倫：《寂寞地來去的人》，載《向水屋筆語》，30頁。

《大光報》創刊之際，孫中山親筆題了"與國同春"四個字祝勉。
《大光報》創辦初期，曾抨擊袁世凱竊國和廣東軍閥龍濟光鎮壓
革命黨人，思想進步。1920 年 1 月，《大光報》發行 8 週年增
刊，孫中山長篇題詞，稱讚該報"持正義以抗強權，於南方諸報
中，能久而不渝者，惟此而已"。[9] 1927 年，黃天石從日本回港，
到《大光報》任職，倡導新文學。

第二節 《伴侶》："香港新文壇的第一燕"？

（一）

　　1928 年 8 月 15 日創刊的《伴侶》，被稱為"香港新文壇的
第一燕"。

　　對於《伴侶》的論述，是從侶倫開始的。我們首先看到的，
是侶倫的《香港新文化滋長期瑣憶》一文，它寫於 1966 年 7 月，
後收在《向水屋筆語》一書[10]。在侶倫看來，香港新文學產生的標
誌，就是 1928 年《伴侶》的創立。侶倫將之稱為"香港出現的第
一本新文藝雜誌"，是"一本純文藝性質的雜誌"，其內容"側重
刊登創作小說，其次是翻譯小說，此外還有雜文、閒話、山歌、
國內文化消息等項目"，"主編者是張稚廬"。侶倫借用別人的
話，稱讚《伴侶》："當日有人寫過一篇推薦這本雜誌的文章，稱
《伴侶》為香港新文壇的第一燕"。因為沒人見過侶倫所提到的文
章，"香港新文壇的第一燕"的版權後來就落到侶倫頭上來了。

　　80 年代中期，楊國雄先生發現了一篇侶倫 30 年前所寫的有
關香港早期文壇的文章，這篇文章驗證了侶倫《香港新文化滋長

9　孫中山題詞，原載香港《大光報》庚申增刊。

10　侶倫的《香港新文化滋長期瑣憶》寫於 1966 年 7 月，開始發表於 1966 年 8
　　月《海光文藝》第 8 期上，70 年代後期又刊於《大公報‧大公園》的"向
　　水屋筆語"專欄中，《向水屋筆語》一書由香港三聯書店於 1985 年 7 月首版。

期瑣憶》一文的結論。文章題為《香港新文壇的演進與展望》，署名貝茜，連載於 1936 年《工商日報》副刊 "文藝週刊" 94、95、98 期，時間分別為該年 8 月 18 日、8 月 25 日和 9 月 15 日。《香港新文壇的演進與展望》一文的觀點，與《香港新文化滋長期瑣憶》的說法完全相符。侶倫在這篇文章中，還對香港新文壇作了明確的分期，前期是 1927 年至 1930 年，近期是 1930 年以後。《香港新文壇的演進與展望》一文寫於香港新文學開始不久的 1936 年，這更加增長了侶倫有關香港新文學敘述的可信度。

侶倫的說法，後來基本上成為香港文學史的定論。論者都將香港新文學開始的時間劃在 1927 年，而《伴侶》之為 "香港新文壇的第一燕" 也成為不刊之論。盧瑋鑾曾在《早期香港新文學作品選‧編選報告》中質疑過香港早期文學過於受到侶倫說法的限制，"因為資料不全，對早期出版的文藝刊物，我們往往給某些人的一兩篇回憶文章定調了，這也是很難說的，例如目前許多人談《島上》、《鐵馬》、《伴侶》這三份刊物，多數依據侶倫的回憶文章，這種研究方法其實是有問題的"。[11] 但是，這本《早期香港新文學作品選》仍然沿襲了侶倫的說法，把香港新文學的開始定在 1927 年的報紙新文藝副刊上，而在回答鄭樹森有關 "香港白話文學的正式出現" 的問題時，仍然最早追溯到《伴侶》（1928）。

的確，正如盧瑋鑾所擔心的，僅僅依靠侶倫個人的回憶是靠不住的。後人之所以相信侶倫，應該與沒有看到完整的《伴侶》雜誌有關。楊國雄在《香港文學》1986 年 1 至 4 期上連載的《清末至七七事變的香港文藝期刊》，是香港文學史論述早期報刊的重要依據。然而在這篇文章中，楊國雄自敘只看到《伴侶》的 6 至 9 期："由現存的 6 至 9 期得知……"、"因為缺藏《伴侶雜誌》

---

11 鄭樹森、黃繼持、盧瑋鑾編：《早期香港新文學作品選（1927-1941 年）》（香港：天地圖書有限公司，1998），8 頁。

第三章
文學與體制

《伴侶》編輯張稚廬

《伴侶》1

《伴侶》2

《伴侶》3

的創刊號，沒法看到該刊的發刊辭⋯⋯"[12] 筆者查閱到了《伴侶》的 1 至 9 期，才發現侶倫諸多被文學史沿襲的說法事實上並不準確。

侶倫說：《伴侶》是香港的第一本"新文藝雜誌"、"純文藝性質的雜誌"，"側重刊登創作小說，其次是翻譯小說，此外還有雜文、閒話、山歌、國內文化消息等項目"。事實上，《伴侶》就是個家庭生活類刊物，這從英文名 *Illustrated Family Magazine* 看得更清楚，它主要刊登生活類雜文，作品很少，直到第 7 期開始才變成以文學為主要內容，但至第 9 期以後就看不到了。《伴侶》並非由什麼文人團體主辦，據第 1 期封底，《伴侶》係由中華廣告公司主辦，地點在香港皇后大道中六號四樓。另外，侶倫有關《伴侶》"主編者是張稚廬"的說法，也不確切。《伴侶》無"主編"之稱謂，前三期"編輯"是關雲枝，社長是潘豈圓，督印是余舜華。從第 4 期開始"編輯"才變成張畫眉，即張稚廬。

《伴侶》並非文藝類刊物，而是一個以介紹現代生活時尚為主的刊物。下面以 1928 年 8 月 15 日創刊的第 1 期目次為例，大體介紹《伴侶》的內容構成。第 1 期的"目次"計有 15 篇，分別為：

1. 同人：賜見
2. 豈圓：衣服的是非
3. 黃錦芬：游泳能手梁兆文
4. 兩記者：郎德山父女訪問記
5. 梁兆文：游泳三講（一）
6. 黃潮寬、雲枝：鵑啼夜（詩畫）

---

12 楊國雄：《清末至七七事變的香港文藝期刊》，載《香港文學》，總 14 期，1986 年第 2 期。

《伴侶》中的題材內容大體分為以下幾種：

服飾類：對於現代西式服飾的介紹，是《伴侶》的一個重要內容。第 1 期第 2 篇的《衣服的是非》，即是社長潘豈圓親自撰寫的介紹衣服款式的文章。第 1 期第 9 篇穎子、金全的"新裝圖案四種"，是四種新裝服飾的圖文介紹，篇幅很大，每種佔據一頁，圖案是穿着不同款式衣着的美女，下面配有簡單的文字介紹。服飾一直是《伴侶》雜誌的重點欄目之一，第 2 期中有"晚裝兩幀"、"兩襲便裝"，第 3 期有"新裝六種"，第 4 期有"新裝兩襲"等等。

家居類：《伴侶》有一個重要欄目，叫"現代室"。《伴侶》第 1 期"現代室"對於這個欄目有如下介紹，"現代室這一欄，本刊特約石彤君主撰。他應允我們把歐洲大陸之室內佈置的趨尚，隨時報告讀者。石君旅居巴黎可十年，傢俱的陳設是其生平酷愛的玩意兒，我們當得介紹 —— 編者"。在第 1 期"現代室"中，石彤提到，現在中國人的家居，多數在傳統的紫檀桌椅之間，夾雜着幾件西式傢俱。他覺得，這在大清帝國的前輩們看來，自然是新穎的，然而現在看來即是"非驢非馬"了。這一期主要介紹歐洲"現代派"的家居陳設，文中插有 4 幅圖，佔據較多篇幅，各種西洋家居陳設都在圖中有直觀展現。"現代室"欄目自第 1 期一直延續到第 6 期，直至第 7 期才消失。

雜文類：第 1 期的《游泳能手梁兆文》、《郎德山父女訪問記》算是名人專訪類，這裏的名人主要指當代名人，即現代生活的佼佼者。《游泳能手梁兆文》一文介紹本地港人梁兆文，介紹完梁兆文後，《伴侶》當期邀請梁兆文進行游泳講座，並以整整三頁的篇幅圖文刊登游泳的各種姿式，形成第 5 篇文章《游泳三講》，這"三講"分別刊載於《伴侶》的前三期。如果說，梁兆文是體育明星，《郎德山父女訪問記》中的朗德山父女則是文藝明星。《伴侶》以全版的篇幅刊登了兩位小姐的美女照，以半版的篇幅刊登了朗德山的照片。在採訪兩位小姐的時候，記者專門詢問了她們是如何保持身材"均勻美觀"的，並通過兩女之口向讀者介紹了減肥的方法。

冰蠶的《中國新文壇幾位女作家》一文，是《伴侶》中引人注意的介紹中國新文學的文章。不過，刊物登載這篇文章，並不是為了開展文學評論，而只是將這些女作家作為中國現代文學的明星加以介紹的。現代女性，不但要有物質的生活，也要求精神上的高尚，現代女性作家就是為填補這一維度而出現的。這一點，文章的開頭說得很明白："關於衣飾新裝和家庭佈置這些問題，我們中國的婦女界肯分一部分工夫去注意和考究，那是再好不過的事，因為這樣才能叫糟透了的現社會得到一些美化。可是單看重肉體的享樂讓精神枯死，那也不行：整個人生總要靈肉兩方面都得到舒服才是對的。因此，婦女們也不能忽視文學；在現今的蕪雜龐亂的生活上，你想獲到靈的慰安嗎？請讓出一點餘時去注意文學"。文章簡單介紹了冰心、盧隱、近芬、沄沁、馮沅君、陳學昭、蘇雪林、林蘭、白薇等現代女作家，雖然只是簡單地介紹作家作品，然而看得出來作者對於中國新文學的關注。其中多數作家都是我們所熟悉的，但如近芬、沄沁、林蘭等名字仍為我們所陌生，可見香港當時對於內地文壇的了解，和我們後來的文學史建構並不完全一致。

閒談類：《伴侶》專闢"伴侶閒談"欄目，將閒談與其他雜文分開。大致上，雜文還是主題明確的，閒談則更為隨意。第1期"伴侶閒談"開場白題曰"閒談的閒談"，其中有曰："閒談，也就是無關要緊的談話之謂。有時我們在像煞有介事的大文章裏得不到的，轉而在閒談中得到。比如早上躺在床上和你的多情的伴侶談天，或者在茶樓上，在公園裏，伴侶們大家說些回憶和軼話，照樣移到紙上來，則粗服亂頭，亦饒蘊籍，寫的固然不吃力，讀的也就舒服得多。""伴侶閒談"第1期為《情書雜話》，第2期有《從戀愛說到可慨矣乎》、《關於失戀》，第3期有《潑婦與少奶奶》，第4期有《女子的年齡》、《閒談酬例》等文。"伴侶閒談"從第1期到第9期，自始至終沒有斷過，不過從題目上看，閒談無非風花雪月。

文學類：文學作品較少，應該也是現代生活口味的一部分。第1期的文學作品，主要是兩個短篇小說，雁游的《天心》和盈女士的《春三與秋九》。小說之外，還有一首配畫新詩，詩由《伴侶》編輯雲枝題寫，黃潮寬繪畫，在一頁的篇幅上，畫佔據四分之三，詩只下面小小的一排。此外，還有兩部舊體詩詞作品：一是香港資深文人黃天石的《滿江紅 —— 紀恨》，二是意蘭的《戀歌七章》。這種舊體詩詞在《伴侶》中一直存在，如第2期發表了黃天石的《情詩》十首。古典詩詞的篇幅甚至超過了新詩，《伴侶》看起來並非完全的白話刊物。

繪畫圖片廣告類：需要補充的是，插圖在《伴侶》上佔據較大篇幅，但從上述"目次"上卻無法反映出來。圖畫在《伴侶》中決非點綴品，《伴侶》本身就是一個圖文並茂的刊物，這是它區別於其他刊物的一個市場定位。據侶倫回憶，主辦《伴侶》的中華廣告公司的經營者與司徒喬是大學同學，因為這種關係，司徒喬得以為《伴侶》畫插圖。司徒喬是著名畫家，在現代文壇上享有盛名，可說是《伴侶》的一個招牌。《伴侶》第 4 期開頭刊登了司徒喬的 "船塢"，並引用了周作人《司徒喬所作畫展會的小引》和魯迅的《看司徒喬君的畫》兩篇稱讚司徒喬的文章。《伴侶》的圖畫多達三分之一的篇幅，有封面封底畫，文中插畫，廣告配畫等多種形式。封面的美女頭像白描，刻意彰顯出現代女性風姿，很有創意。司徒喬的多幅插畫，則更見特色。

徵文類：《伴侶》第 1 期並沒有徵文類欄目，不過徵文是《伴侶》的一個 "亮點" 欄目，需要介紹。從第 2 期開始，《伴侶》就開始 "初吻" 徵文，並發表了稚子的《我們的初吻在天河之下》的示範文章。《伴侶》第 5 期是 "初吻" 專號，刊登了侶倫、張吻冰、秋雲等 12 位作者的有關於初吻的徵文，還發表了黃潮寬和司徒喬的兩幅題為 "初吻" 的畫。第 10 期則是 "情書" 專號，可惜沒有看到。

由上面的內容可見，《伴侶》是香港較早的時尚生活類刊物，是香港 60、70 年代《明報周刊》和《號外》的濫觴。這種商業操作模式的文化類刊物，對於建構和引領香港社會 "現代性" 具有很大影響。

從第 4 期開始，《伴侶》主編換成了張畫眉，即張稚廬。張稚廬曾就讀於香港英文書院，是香港新文學青年作家中較有成就的一個，曾在上海光華書局出版過小說集。張稚廬自第 1 期起就在《伴侶》撰稿，他從第 4 期開始編輯《伴侶》後，刊物並沒有出現我們所想像的變化。《伴侶》第 4 期仍然在延續有關於服飾的 "新裝兩種"，延續有關於家居的 "現代室"，小說仍然只有兩篇，即他自己撰寫的署名畫眉的《夜》和意蘭的《誰適》，還有一篇奈生翻譯的小說《天才之誕生》。翻譯小說也不是從張稚廬才開始的，《伴侶》第 3 期已經開始登載同樣由奈生翻譯的《她才明白》。在雜文上，《伴侶》第 4 期刊登了由 "記者" 撰寫的《關於司徒喬及其肖像》和張稚廬署名稚子的《茶花女與蘇曼殊》兩篇文章，文藝味略有增加。次期即第 5 期，《伴侶》又變成了徹頭徹尾的商業欄目“初吻號”。《伴侶》的文藝化，是從 1929 年 1 月第 7 期才開始的。

（二）

　　《伴侶》的發刊詞置於第 1 期的首篇，題為《賜見》，署名“同人”，篇幅很短。《賜見》開頭說：“我們執筆者 —— 不問其為寫書的或是寫字的 —— 都是徘徊於十字街頭的青年。”然後有一段括號解釋，“這‘十字街頭’四個字，新近給人家用膩了，可是為著下文總不免要提到象牙之塔的原故，所以，在這裏，似乎不得不牽來一用”。熟悉中國現代文學史的人，想必知道“十字街頭”與“象牙之塔”的來源，那就是後期創造社的“小夥計”葉靈鳳和潘漢年主編的《幻洲》（1926 年 10 月至 1928 年 1 月）半月刊。此刊分上、下兩部：上部“象牙之塔”，葉靈鳳主編，專載文藝作品；下部又名“十字街頭”，潘漢年主編，專載雜文、述評。《幻洲》在香港新文學同人中較為流行，平可在回憶中曾經提到這個刊物，“《象牙之塔》所載的是文藝作品，謝晨光的作品幾乎每期都有發出”。盧瑋鑾女士曾談到“侶倫先生最早發表的小說便是由葉靈鳳在上海編的雜誌上登刊”。[13]《幻洲》大概對於《伴侶》確有影響，《伴侶》第 9 期刊登過龍實秀給《伴侶》的來信，談到《伴侶》追求詞藻美麗的傾向，來自於《幻洲》的影響：“本來詞藻美麗是可以用機械式的工夫來取得的，而結果的成績就成為了一種新四六的詞章罷了。我以為這是學幻洲派的葉靈鳳、騰剛等所致的流弊，這裏許多青年愛好他們的文章。葉

13　鄭樹森、黃繼持、盧瑋鑾編：《早期香港新文學資料選（1927-1941 年）》（香港：天地圖書有限公司，1999），6 頁。

靈鳳輩的作品已經算是纖小了，他們壞得更壞呢。"

《賜見》比較簡略，較能表達《伴侶》意圖的，是 1929 年新年號（第 8 期）的篇首《新年大頭說點願意說的話》。讀這篇《新年大頭說點願意說的話》，讀者不能不驚訝於編者對於當時中國大陸文壇的諳熟：

> 伴侶之出，原沒有什麼了不得的大主張，也並非為的"忍不住"的緣故，只想"談談風月，說說女人"，作為一種消愁解悶的東西，給有閒或忙裏偷閒的大眾開開心兒罷了。倘還得扯起正正之旗，則"以趣味為中心"是更其明白而又較為冠冕的！
>
> 年頭已是從新換來的，也許就是"群歌變理之功"的太平盛世了！這時候拿將"趣味"出來，想再不會成為罪名了罷？何況我們又絕無野心，未遑加進什麼論戰的戰線上去，以冀萬一旗開得勝馬到功成，好爭個芳名於二十世紀的中國文學史上；而趣味又只許獻給大眾，卻無"獲得大眾"的能幹；又並不會是"時代的先驅"；也不想去侵犯誰的"健康與尊嚴"。准此以觀，則其必不至使別人看了忍不住而至於拔出軟刀或動用極忙的武器，是可以斷得定的。

我們知道，文中的引號內的引文"忍不住"、"時代的先驅"、"健康與尊嚴"等，指涉的全是 1929 年前後的中國文壇論爭。《伴侶》是在新文學格局中尋找自己的位置的，但它自覺遠離新文學寫實主義主流，而將自己歸於"談談風月，說說女人"、"以趣味為中心"的一類。

在第 1 期的《伴侶閒談》中，張稚廬有意比附現代文壇的"閒談"，"在中國，《現代評論》的'西瀅閒話'，《語絲》上的閒話集成，愛讀的人不也很多嗎？朋友們，不關黨國大計，何妨瞎扯一場，既非無所用心，至少賢於博弈。"事實上，殖民地香港並沒有什麼"黨國大事"，《伴侶》完全是以大陸文壇來定位自己的。而在非政治性的趣味這一點上，《伴侶》才是名符其實的。事實上，"西瀅閒話" 及《語絲》上的小品都帶有不同程度的政治社會性，並經常引起文壇爭端，只 "伴侶閒談" 才是真正的閒談。非政治性和商業性一直是香港文學的基點。

　　《伴侶》將自己的創作定位在通俗小說，"我們相信現在中國的新文藝，總還沒有進到怎樣可驚的程度，你說願意送到大眾的面前，而大眾則還是全無所知，又何有於欣賞？在能力尚弱的我們，對於為大眾所需要的通俗文學的建設上，也想效點綿薄的微勞的……為了這個緣故，我們先就在每篇小說中加上一些插圖"。《伴侶》對自己很有信心，其信心來自於白話通俗小說和插畫這兩個特色，他們相信國內尚無這樣圖文並茂的文學期刊。《伴侶》第7期結後語《再會》有云："繪畫與文學的聯結是必要的，要是文藝是獻給大眾的話；但是在國內許多出版物中，卻得不到滿意的結果，這自然是繪畫與文藝都還在幼稚時代的緣故，我們於是想走上這一條道路上了，我們的力量雖很有限，便這個嘗試於今日的文學家總是有益的罷！" 1929 年第 9 期《伴侶·再會》也說："因了國內的雜誌還沒有出過文字和繪畫並重的刊物，所以我們預料到它即使不會到處受人歡迎，但也許不至於碰到什麼釘子的。"

　　之所以走通俗化的路子，與香港環境不無關係，《伴侶》的編者並不諱言刊物為了生存而採用的商業定位：

　　也盡有許多刊物是新進作家合攏了來出版的，可是幾個能夠站得住腳的呢？別人的惡意的抨擊且不管，只經濟方面就足夠窘倒了。這卻教了我們留心到商業上應有的計劃和準備，雖則在表面上看來似乎有點商業化的樣子，但我們只要有良好的印刷和潔白的紙張來發表我們的東西，也希望它能夠長久持續下去，其他則不但不要緊，也管不來了。[14]

14　同人：《願意說的話》，載《伴侶》，第 8 期，1929 年 1 月 1 日。

《伴侶》把視野放眼於全中國，第 8 期《伴侶》新年號上《新年大頭說點願意說的話》一文開頭就向四萬萬中國人民問好："陰暗的寒雲都消散了，民國十八年的到來，也許同時把幸福的贈禮都帶來，帶來了四萬萬份了罷——盛哉觀也！" 並希望中國讀者喜歡《伴侶》雜誌，"祝福《伴侶》成為全國的伴侶！" 而第 9 期《伴侶·再會》就已經在歡呼《伴侶》在大陸的成功了："從這一九二九年起，《伴侶》的足跡走遍了全國了！"

《伴侶》希望約請上海的新文學作家。不過，作為一個籍籍無名的香港刊物，他們能約到的稿件寥寥無幾，這裏面最引人矚目的是沈從文。如上所說，《伴侶》和國內新文壇發生關係，主要通過畫家司徒喬。足以佐證的是，沈從文（筆名甲辰）在《伴侶》第 7 期首篇所發表的恰恰是《看了司徒喬的畫》。沈從文與司徒喬是早年的朋友，後來沈從文曾寫過《我所見到的司徒喬先生》，回憶他們的友情。《伴侶》第 7 期在沈從文這篇文章後面，又刊登了司徒喬本人的一篇長文《去國畫展自序》，兩篇文章相互呼應。來自國內新文壇的沈從文等人的文章，給了《伴侶》很大鼓舞，這期結語《再會》有云：

> 甲辰君的稿是從北方寄來的，他的名字是我們所熟知的了，尤其是他的長篇創作 "阿麗思中國遊記" 出版之後。他來信答應我們繼續寄些短篇來，這個沉寂到無名的南方文壇，怕將會有個熱鬧的時期的到來吧！北方的朋友也不遠數千里的給通點聲氣，難道這兒的朋友反而可以守着寂寞，那是決不會有的事罷！朋友們，我們要唱出一曲為大家所需要傾聽的歌，來打破這四圍的死靜的空氣。

沈從文後來也專門給《伴侶》寫信，"《伴侶》將來諒可希望大有發展，但不知在南洋方面推銷能否增加？從文希望《伴侶》

能漸進為全國的伴侶。"[15] 從 "希望《伴侶》能漸成為全國的伴侶"
一段看，沈從文響應了《伴侶》在國內文壇定位的想法。不過從
他關注《伴侶》在南洋方面的銷售情況看，他還是注意到了《伴
侶》之作為香港刊物的特殊性。

　　值得一提的是，《伴侶》還曾到過魯迅之手。魯迅日記 1928
年 10 月 14 日記載，"下午司徒喬來並交《伴侶》雜誌社信及《伴
侶》三本"。1979 年，復旦大學中文系魯迅著作註釋組經司徒喬
之女司徒羽介紹，得知侶倫是該刊編者之一，故找到侶倫進行咨
詢。侶倫解釋說，他並不是《伴侶》的編者，只是作者之一。
他說："司徒喬一九二八年十月十四日交給魯迅先生的伴侶社的
信，內容寫的什麼，由於我不是伴侶社同人，也不是《伴侶》雜
誌編輯之一，所以無從知道。憑我的臆測，那可能是向魯迅先生
約稿的信。"[16] 後來《伴侶》並沒有刊出魯迅的文章，可見這次約
稿並不成功。《伴侶》第 4 期的出版時間是 1928 年 10 月 1 日，
《伴侶》託司徒喬送給魯迅的《伴侶》應該是前四期中的三本，
可能是前三期。這幾期都是純粹的生活內容，大概入不了魯迅的
法眼。

（三）

　　《伴侶》創刊初期發表的小說很少，1 至 6 期每一期都只發表
一兩篇文學作品，作為點綴；第 7 期以後向文學類刊物轉化，文
學作品有較多增加，第 7 期發表了 5 篇作品，第 6 期發表了 4 篇
作品，第 9 期達到最高，發表了 9 篇作品。全部目次如下：

15《伴侶通信》，載《伴侶》，第 9 期，1929 年 1 月 15 日。

16 侶倫：《關於〈伴侶與司徒喬〉》，載《向水屋筆語》，106-108 頁。

1928 年

第 1 期：雁游《天心》、盈女士《春三與秋九》。

第 2 期：畫眉《晚餐之前》（貓撕書，夫婦窮愁）、Berkham Stead 著，奈生譯《她才明白》（2，3，4，5，6，7）。

第 3 期：畫眉《雨天的蘭花館》。

第 4 期：畫眉《夜》（卓八，填房）、意蘭《誰適》。

第 6 期：侶倫《殿薇》、愛諦《彭姑娘的婚事》。

第 7 期：畫眉《鴿的故事》、稚子《春之晚》、小薇《嫉妒》。

1929 年

第 8 期：張稚子《試酒者》（上海，8，9）、（瑞典）沙爾瑪·賴局洛夫，行空譯《聖誕的客人》、玄玄《船上》、張吻冰《重逢》。

第 9 期：畫眉《梨子給她哥哥的信》、蘇小薇《獻吻》、（西班牙）汝卞達利奧（Ruden Dario）著，行空譯《中國皇后的死》、Leonard Merrck 著，奈生譯《皮靴帶》、孤燕《素馨自己的故事》。

有趣的是，被稱為"香港新文壇的第一燕"的《伴侶》，所發表的第一部小說雁游的《天心》，竟然抄襲了《小說月報》第11 卷 11 號上的《一元紙幣》。這件事情首先是被《字紙簍》發現的，該刊第 5 期刊登了萊哈的《五百元獎金 —— 給伴侶雜誌的雁游先生》，指出《小說月報》原著是獲獎之作，卻被雁游輕易地拿了過來。《伴侶》核查了《小說月報》，發現的確有這麼一篇譯文，編者當即在第 8 期編校後記《再見》中，批評了這一件事情，"換掉了名字和地點就把人家的東西翻了拿過來，我們倒覺得雁游君誠也太滑稽了"。不過編者同時也為自己辯解，"至於看稿的人既非無書不讀的飽學之士，看不出來稿是掠美的東西，原是並不出奇的事"。這一抄襲事情，大概可以說明《伴侶》受到了內地新文學的影響。

統計起來，《伴侶》1 期至 9 期，除上述掠美之作《天心》之外，計發表了創作小說 16 篇，其中張稚子的《試酒者》和侶倫的《殿薇》是連載，另外還有奈生和行空翻譯的幾部譯作。就作者而言，發表作品最多的是編輯張稚廬本人，計發表了 7 篇小說，差不多佔據了一半，水平則參差不齊。

　　《伴侶》有些作品相當幼稚，只是家庭瑣事記述，甚至難以稱為小說。張稚廬的《晚餐之前》（第 2 期）寫青年作家孟雲夫婦新婚後為一部《世界史綱》發生爭執，然後又迅速和好。他的另一篇小說《鴿的故事》（第 7 期）類似童話，寫家庭男主人去世後，叭兒狗警告鴿子不要 “愛愛”，以免女主人傷心，結果鴿子鬱悶死去。蘇小薇的《嫉妒》（第 7 期）寫女主人公嫉妒男朋友與其他女性交往，導致男方不悅。蘇小薇的另一篇小說《獻吻》（第 9 期）寫女主人公對眾多追求者獻上自己的吻，最後仍覺空虛。這些文字大多只是簡單的記述，沒有多少藝術上的經營。

　　有些作品是有故事的，然而結構不完善。愛締的《彭姑娘的婚事》（第 6 期）寫女校學生彭姑娘與《夢痕》雜誌主編馬先生相互愛慕，順利訂婚，然而一周後出現在馬先生的婚禮上的女主人卻不是彭姑娘。具體是怎麼回事？文中並沒有交待。意蘭的《誰適》寫女主人公淑青在學校時與碧魂戀愛，然而畢業後嫁給了文忠，鬱鬱寡歡，最後文忠認識到 “愛情從強迫而來者是沒有良好的結果的”。小說平鋪直敘，看不到人物的心理過程。

　　香港早期最有名的小說家侶倫在《伴侶》的 6，7，8，9 四期連載了一篇小說，名為《殿薇》，是刊物上較為少見的一篇大作。不過它只是一篇四角戀愛的小說，寫女主人公殿薇周旋在三個男朋友子菁、若昭和心如之間。這篇小說的題材有點像丁玲的《莎菲女士的日記》，不過侶倫只是停留在多角戀愛的表面，寫殿薇巧妙處理三者關係的得意心理，而沒有像丁玲那樣深入剖析莎菲的心理糾結，從而開拓出性別的深度。

編輯張稚廬以“張稚子”之名發表的連載小說《試酒者》（第8、9期），寫年輕人的愛情追求。秋君是一個文藝青年，已經在家裏和紋姑娘定了婚，他在遠離縣城的鄉村當老師時，又有女同事戀上了他。秋君後來去了上海，在那裏他喜歡上一個姑娘雪青，並去四馬路買到兩冊新詩送給她。回到家鄉後，紋姑娘來陪他，並試圖說服他不要再酗酒，秋君卻在思念象徵着理想的雪青。小說線索不太清晰，表達的主題也較為模糊。

張稚廬的另外幾篇小說，切入角度則較為獨特。他的《夜》（第4期）寫兒子與父親的心理角力。卓八死了妻子之後，兒子要娶媳婦，他在內心裏卻想續絃。兒子與媳婦在房間裏的嬉笑，讓卓八很憤怒，“可惡！慈親的骨肉未寒，就享樂，就享樂？沒用的東西，豈有此理！”兒子對父親也很不滿意，“那……老狗頭……你看他娶填房不？”《春之晚》（第7期）則是寫女兒和媽媽再嫁之間的衝突。鹿媽在準備女兒阿鹿出嫁的同時，也悄悄準備自己的婚事。大家都認為鹿媽再嫁是一件可恥的事情，特別是女兒阿鹿不能忍受，覺得會影響自己的婚姻，鹿媽卻並不為之所動。《夜》和《春之晚》看起來是對偶的主題，寫父母與兒女輩的隱性心理衝突，具有一定的心理開掘。《梨子給她哥哥的信》（第9期）寫的是同父異母的兄妹之愛，小說從妹妹梨子的角度寫哥哥結婚娶嫂那天的複雜心理，具有一定的藝術張力。

整體來說，《伴侶》上發表的創作小說，基本上緊扣婚姻愛情題材，範圍較為狹窄，契合了這本家庭雜誌的主旨。儘管也不乏上述較有特色的佳作，但《伴侶》在表現社會民生的廣度上，應該說較1924年的《小說星期刊》有所不如。這應該與《伴侶》“談談歲月，說說女人”、“以趣味為中心”的自我定位有關係，這種定位是其商業化的結果。

在鄭樹森、黃繼持、盧瑋鑾編選的《早期香港新文學作品選（1927-1941年）》中，他們對於香港早期小說評價很低。黃繼持說："小說似乎比散文更隨後，連'五四'時期直面社會的作品也及不上。"盧瑋鑾說："看香港文學早期的作品，你會看到一群很稚嫩的年輕人，好奇地利用文字來表達內心世界。他們用什麼方法呢？於是只有向中國內地文學學習，但卻並不得心應手，加上沒有良好而持久的寫作環境，所以水平並不高。"[17]《早期香港新文學作品選》選擇作品的範圍，限於《伴侶》、《鐵馬》、《島上》等刊物，甚至還包括了上海的《幻洲》，如果編者注意到了較《伴侶》早四年的《小說星期刊》，對香港早期文學的評價大概會有所不同，至少不會說香港沒有"直面社會"的作品。

（四）

《伴侶》之所以受重視，其根本原因在於它是香港第一個白話刊物，而《小說星期刊》雖然發表了不少白話小說，但卻是一個以文言為主、文白夾雜的刊物。《伴侶》出現的時間，正好在1927年魯迅演講之後。在魯迅批判老調子、呼籲新文學之後，《伴侶》成為"香港新文壇的第一燕"便順理成章了。其實，文言白話的對立並不是香港早期文學的主要結構，《小說星期刊》的文白夾雜恰恰更為真實地反映當時的現實。

1927年4月27日香港《華僑日報》上刊登了一篇署名"長城"的文章，稱讚該刊提倡白話文，並將此提升到批判舊文學的高度。因為這是魯迅來港演講不久之後的事情，它很容易成為魯迅帶動香港新文學的例證。我們沒有注意到的是，該刊編輯冷盦在文後加了一個"編者按"，澄清他並沒有"提倡白話文"的意思：

---

17 鄭樹森、黃繼持、盧瑋鑾編：《早期香港新文學作品選（1927-1941年）》，15頁。

長城君說有提倡白話文的表示。"提倡"二字，我斷不敢言。我對於文言和白話，以為最好是各隨其便就是了。就是以一個人而言，對於文言和白話，也有各隨其便的時候，所以我的撰著，用文言和白話，是沒有定規的，只看文體應用哪一種好些，也就採用哪一種就是了。我並不是說有了白話就可以廢止文言，也不是說務要以文言來替代白話，須知只能夠應用這一種而廢棄那一種，是都犯着偏枯的毛病。尤其是文學未有根底的，切不可誤會錯了，以為文言從此便可以廢止呢？

冷盦認為，文言白話，各隨其便，各有定規，決不能說應該用某一種代替另一種。這種態度，和我們前面提到的羅灃銘的《新舊文學之研究和批評》一文的態度是完全一致的。文中提到作者雜用文言白話的現象，在香港是屬實的。同一作者分別以文言、白話寫作，在香港是很常見的事情。

說起來，魯迅在香港的演講影響並不大。黃繼持說："當時的文藝青年未必充分理解魯迅來港的意義。"盧瑋鑾同意這種說法，"這一點是肯定的。因為魯迅來港，只作了兩場演講，逗留時間不長，而且有聽眾甚至聽不懂他的話，靠許廣平來翻譯；所以魯迅來港的影響力雖然可能很深遠，便在當時，卻不是立即可以引發出火花的"。[18] 從魯迅在香港演講後報刊的反映來看，聽眾很多都沒太聽明白魯迅的意思，對於魯迅及中國文壇也不甚了解。探秘的《聽魯迅君演講之感想》（1927 年 2 月 23 日《華僑日報》）是介紹評論魯迅演講的文章，其認識跟魯迅原意距離之遠令人感到訝異：

---

18 鄭樹森、黃繼持、盧瑋鑾編：《早期香港新文學資料選（1927-1941 年）》，15 頁。

他初始登台時所演講的話，什麼堯舜呵，唐呵，都很像⋯⋯但是這點我都不覺得他精妙，因為這些話是人人所能道得出的。但是沒有這些話，又不能引申出他末尾的幾句議論。他說，坐監是安全的，是沒有被人搶竊不虞的。但雖是安全，可是他失卻自由了。這些話是很深刻的。我以為魯迅君非經過監獄修養，嘗過鐵窗風味，斷不能為此言。他說到這裏，便告演講終止，可知千里來龍，都是結穴在此處也。

探秘自己都沒聽懂，還要在報刊上負責介紹評論，只能以訛傳訛。報刊的記者，應屬於文化層次較高的一類，他們都沒有聽懂魯迅的演講，何況其他聽眾。魯迅在香港的演講到底有多少影響，由此可見一斑。

發表於 1928 年 10 月 15 日《墨花》的吳灞陵的文章《香港的文藝》，是研究香港早期文學常被引用的文章。文中最後是對於香港文壇現狀的總結：

現在，香港的書報上的文藝，就是新舊混合的，純粹的新文藝，既找不到讀者，而純粹的舊文藝，又何獨不然？所以書報上的文藝，就馬馬虎虎地混過去，很少打着鮮明旗幟的。

作為當時香港文壇資深文人，吳灞陵以"新舊混合"概括當時的香港早期文壇，應該是準確的。吳灞陵本人在《小說星期刊》發表的文章事實上也是新舊混合的，既有文言，也有白話，其中以文言為多數。

香港第一個白話刊物《伴侶》面世以後，並未使香港文壇的格局為之改變。一直到抗戰為止，香港的報刊都是以文言為主，文白夾雜的。

第三節 《鐵馬》、《島上》：是"古董"，還是"體制"？

　　《伴侶》目前所能看到的最後一期，是 1929 年 1 月 15 日第 9 期。1929 年 9 月，香港出現了一個較為正式的新文學刊物《鐵馬》。《鐵馬》是香港最早的文學團體島上社創立的，張吻冰、岑卓雲（平可）、謝晨光、陳靈谷和侶倫等島上社主要作家都在這個刊物上露面了。島上社將《鐵馬》視為香港新文學的"第一聲吶喊"，並沒有提到《伴侶》。

　　《第一聲吶喊》是《鐵馬》的一篇投稿，作者玉霞認為，香港雖然出現了一些雜誌，"可是終於不能鮮明地標起改革的旗幟"，他覺得應該聯合起來，打倒"古董"，為新文學吶喊：

　　　　現在，我們為了社會的文化，為了救濟我們青年的同輩，我們唯有把新的文藝作者與新的文藝雜誌打成一片，我們把我們的機關鎗與大炮去對付古董們的拳頭，打得他落花流水，他們是朝代的落伍者，是人間的惡魔，是文學上的妖孽，留得他們，我們永遠不能翻身。年青的文友啊，這是一個已經過去的工作，在香港卻是一件嶄新的工作，這需要我們共同努力去幹，新的文藝戰士呵，這是香港文化第一聲吶喊！

　　這種新舊文學對立的敘事，其思路應該來自於內地。這種立場在《鐵馬》編輯部的說明中，變得十分明確：

　　　　玉霞君聽見我們鐵馬有咖啡店之設，因此，他就寫了這篇文章來，我們接到玉霞君這篇文章，恰是鐵馬將近出版了，玉霞君對於古董的罵，和願心改革香港文壇，這是不錯的。我們知道國語文學在中國已經被人共同承認了十餘年，現在，國民政府統一中國，國語文學更該普遍於全國了，而香港這裏的文壇，還是瀰漫了舊朽文學的色調，這是文學的沒落狀態，以後，我們甚願玉霞君所希望的將古董除去，建設我們的新文學——新的文藝。我們中國的政治統一了，經濟也要統一了，同時，國語文學也該統一起來。

《鐵馬》認為，現在中國政治經濟統一，國語的文學當然也要統一。這說法置之於香港，有點荒謬，香港的"國語"早已經被英國殖民當局的英語統一了，應該提倡的是中文，至於文言、白話的差別，應該並不那麼重要。我們不妨透過《鐵馬》考察一下，對於香港新文學的制約因素，到底在哪兒？

《鐵馬》沒有發刊詞，表明創刊態度的是一篇"編後語"，題為《Adieu——並說幾句關於本刊的話》。在這篇"編後語"中，我們發現，《鐵馬》同人事實上並不在意文學的新舊問題，相反，他們認為文學不應該追逐時髦，"到今日，什麼什麼文藝的提倡可說是甚囂塵上的一回事了，同時，固守不變的也大有其人，然而從新也好，守舊也好，文藝畢竟不比我們的服裝，不能任意跟隨着去學時髦的，所以我們都犯不着去勉強從事"。

在香港，阻礙新文學發展的，主要並不是舊文學，而是香港的社會體制。《Adieu—並說幾句關於本刊的話》一文說：

在這萬皆庸俗的地方，談起文藝，用不着看實在的情形，只憑我們的想像罷，已可知道是達到什麼的程度了。香港有了算盤是因為做生意，香港有了筆墨也因了做生意的！

香港新文學青年的種種浪漫情調和文學想像，無不在這功利的環境中碰壁，"在香港，慢些說文藝罷，真沒有東西可以說是適合我們這一群的脾胃的，有許多應該是很藝術的地方都統統的給流俗化了"。香港文學青年的想像，是"薄寒的晚上"，是"咖啡店"，是"娉婷的女侍們"，是"醉顏"，是郁達夫的《文藝論集》或薄命詩人道生（Ernest Dowson），是巴黎的拉丁區（Latin

《鐵馬》1

《鐵馬》第 1 卷第 1 期目錄

Quarter），這是典型的創造社式的生活方式，或者說是創造社所想像的道生或巴黎拉西區的風味。可惜在香港，這些浪漫是不存在的。這裏涉及到香港與上海的不同。香港是一個殖民地商埠，這是它追隨上海的原因，然而它遠不如上海，上海還有其作為中心城市的文化維度，所以創造社後來能夠從窮愁中建立文學功業，而香港的文學青年在這小島上則只能潦倒下去。

香港早期提倡新文學的年輕人，處於十分困頓的地位。侶倫在談到島上社的時候說："這群人中有些是有職業，有些還在求學，有些是不能升學卻找不到事做。大家都是分頭向報紙投稿，換點稿費來挹注消費，但主要還是基於對文學的愛好。"侶倫概括這群人的共同特徵："大家共同的命運是窮。"[19]

署名胡茄的散文《永恆中的一天》，記錄了《鐵馬》創刊的1929年島上社成員的窘迫狀況：

自從我們送走一九二八年，我們便開始了這個惡運，第一個新春時候，光丁了父憂，跟着是裏想到越南去看看那邊的好人兒，因為籌不到盤錢不能去，谷因為報館的倒閉，地盆失陷，飯碗更成問題。源呢？生活更無進展，終日躑躅街頭。為了房錢，幾乎要隻身而跑，一襲衣裳穿得久，怪難看，於是同華谷三人掉換，一體光鮮，最後還因為窮，不知什麼時什麼日，竟連谷的從稿費拔出來縫的長衫遞上押字鋪去了，而同謀諸光，借得一套絨洋服，只好晝伏夜出，華因為在這裏站不住腳，最近竟憤憤然跳上吊橋，扯櫓揚帆，歸上海去。冰雖然影子成雙，竟究還沉悶悶的，最近來，素以"末路遠走不可時，也只好平心靜氣地走"為人生觀的谷，也叫苦起來，說要投海去（只願他說說就好，倘真是骨董一聲，則我們友誼上也得送花圈一個，說得尚饗來，麵包就不知如何籌算了。我父在天，阿彌陀佛！）

---

19 侶倫：《島上的一群》，載《向水屋筆語》，32頁。

這裏的"裏"，當是黃顯襄，即黃谷柳，他出生於越南海防，文中說回越南可以吻合。"谷"當是陳靈谷。"冰"當是張吻冰。島上同人的困苦潦倒，於此可見一斑。

編後語《Adieu——並說幾句關於本刊的話》說："我們的文章犯不着在這裏吹噓，讀者們自有他們讀後的定評，所以在這裏我不想多說關於這一期的文章的話，但侶倫的《爐邊》我卻希望讀者們注意一下。"這唯一推薦的小說侶倫的《爐邊》，主題正是寫香港文學青年的窮愁的。

普亞街是香港的一條破落的街道，沒有紳士貴婦的足跡，也沒有舞場的音樂，也不見市政測量官和工程師來過。在冬天的晚上，住在這裏的人在心理上感到一切都是寒冷的，"寒冷統治了一切，因為街的窄小，風便吹得特別響起來，關不緊的門邊和湊不緊的六鈕，微微地震起聲響，如像這龐大的房子也抵不住寒風，牙齒在格格地打着戰"。

在這最窮困的街上，住着兩位香港青年寫作者，T和K，在寒冷中寫作。他們平時給報館撰文，依靠月底結清的稿費維持生活。這種靠筆墨為生的日子是很難過的，香港有不少報館，但多數發表地盤卻被少數人佔去了，而那些無法巴結主編的窮人，便淪落到危險的地步，有時連麵包都吃不上。T"在這裏住下已經半個年頭了，他沒有一天不在痛苦裏掙扎。起先，他是住在比較好些的地方的，後來一二間比較可靠的報館意外的停辦，才應朋友K的提議搬到這骯髒的普亞街，恰恰和K隔壁的房子來"。因為稿費一再拖延，T的房租已經付不上了，妻子受盡房東屈辱，米也見底了，火酒、洋燭、墨水甚至稿紙，都已經沒了，家裏已經沒有什麼東西可以變賣。他只能熬夜寫作，並指望第二天能夠領到本月月結。第二天他們去要稿費，報館仍然是讓他"過幾天"。小說最後一個部分，轉過來寫本地三家報館的文藝編輯A，讀者辛辛苦苦熬夜寫出來的稿子，在他那裏根本不算回事，去年的稿子，他拖延到現在才在火爐旁邊拿出來看。太太過來要親熱，他隨手把稿子扔到一邊，落入火爐裏，"火爐亮了一亮，他們感到一陣熱意，四隻臂摟得更緊"。

小說的格調很陰鬱，不是對香港煮字療飢的生活深有體會的人寫不出來。貧窮的寫作者把矛盾對準了報刊的編輯，事實上香港文化之不發達根源在於香港社會的性質，英國佔領香港，本來就是為了貿易，無意於文化，更何況他們的文化還是英國文化。

在這種社會機制中，中文純文學是沒有出路的。島上社創辦《鐵馬》時，有一個天真的想法，即印出第 1 期，銷售所得，便可以出版第 2 期，以此循環。可是，《鐵馬》沒有銷路，只出了一期就生存不下去了。

《鐵馬》失敗後，島上社的作家仍不甘心。1930 年 4 月，他們又印出一本新的刊物。據侶倫回憶，這次是他們自費印刷的，可以自主，因此取名《島上》，以島上社名義出版。生活無着的島上社作家如何能夠拿出一筆出刊的錢，是一個謎，估計還是四處籌來的。可以確定的是，島上社集好了第 2 期稿子，真就沒錢印刷了。如果說，上次《鐵馬》的印刷是張吻冰出面，這次站出來的是平可。平可是香港精武體育會的會員，該會有一位高級職員林君選，是一位文學愛好者。他知道《島上》無錢印刷時，慨然表示願意支持。島上社便封他為社長，好讓他負起責任來。林某很有野心，他把稿件帶到印刷條件更好的上海去付印和發行。如此就拖延了時間，等《島上》第 2 期寄回香港時，已經是 1931年秋季了。此後，刊物就沒了下文，島上社的成員也因為各奔前程而解體了。

《島上》第 1 期的"編後"，和《鐵馬》"編後語"《Adieu ——並說幾句關於本刊的話》一樣，照例是對於香港商業社會不能容納文學的牢騷：

香港，在外表看來，是一個富有詩意的所在：四周是綠油油的海水，本身是一個樹林蔥蘢的小島。不過倘若你踏進去細細考察一下，你將發現你自己的幻滅。充盈於這個小島的只有機詐、虛偽、陰毒……。如其你是還清醒的話呢，你會感窒息，你會感到他缺少了些什麼。

我們沒有多大的希望，只願盡了我們自己微弱的力量，使這島上的人知道自己所缺少的是什麼而已。

大概是因為缺錢，《島上》篇幅不大，作品有限。《島上》第2期篇首的小說是張吻冰的《粉臉上的黑痣》。小說的主人公淺原君是一位文學青年，他在 T 洲的汽車上遇見一個美貌女子，一見傾心，不由坐過了站，跟隨女子下了車。到了女子的住處，他發現書櫃裏有很多文學書籍，包括他淺原君本人的小說《倫敦之火》。女子請淺原君喝酒，一夜醉歡再醒來的時候已經是第二天早晨了，女子已經消失。

這是一個常見的文人艷遇的故事，然而，故事有了轉變。淺原君回家幾天後，發現口袋裏有一封來自於這個女子的信，信中還包着三張十塊的紙幣。從信中的內容可知，這是一個風塵女子，她之所以同情淺原君，是因為她的死去的丈夫是也是一個文學青年，窮困潦倒，"滴出他生命的最後一滴血去寫去寫"，可他最終也沒能賣出一本書。這個女子將原因歸結為，"生活的壓迫，階級的壓迫"。女子把淺原君給她的五塊錢退還給他了，還加上了自己的錢，"你的錢，就是明天沒有麵包了，我也沒有拿的勇氣。叮，五塊錢，你們要流多少血汗，流了多少腦汁去賺那五塊錢呢"。她仇視貴族和紳士，"余的錢請收用了。沒要緊的，明天我又可以騙來幾百了"。小說至此接上了侶倫在《爐邊》等作品所涉及到的香港文學青年的窮愁問題，所不同的是，時間已至 30 年代，小說中已經提及"階級的壓迫"。

《島上》

在另一篇小說陌生的《石田櫻子》中，甚至已經出現了“革命”。《石田櫻子》仍是寫男女之情的。“我”是日本的留學生，石田櫻子是我的鄰居。櫻子她“身體旺健，康強而又活潑”，因為生活所迫早早就走上社會，做了女侍乃至妓女。櫻子覺得自己已經是一個不齒的女子，但“我”仍是喜歡她的。在櫻花叢中，兩個人忘情地接吻。“我”要回中國了，櫻子犧牲了半天的工資來送船。回國不久，“我”收到了來自日本朋友的信件，告訴“我”，櫻子因為參加革命團體的活動犧牲了。

“窮愁”是香港文學的一個母題。《小說星期刊》之所以大量刊登鴛鴦蝴蝶小說，《伴侶》之所以成為生活類雜誌，《鐵馬》、《島上》之所以不能生存，原因都在於此。直到 1962 年，劉以鬯在寫作《酒徒》時，仍在探討香港文學的社會困境。

第四章

左翼文學與現代詩

第一節 《紅豆》考訂

《島上》之後，香港文壇陸陸續續出現了一些新文學刊物，但是在香港的社會環境中，它們都沒有逃脫創刊一兩期就停刊的命運。出人意料的是，在 1933 年至 1936 年，香港出現了一份少有的較具規模的新文學刊物，那就是《紅豆》。《紅豆》之所以能夠生存下來，根本原因在於它有"梁國英藥局"的經濟支持。《紅豆》可以說是一個奇跡，它是我們考察香港戰前新文學的重要參考。

不過，《紅豆》在學界並沒有得到多少研究。目下為止，人們對於《紅豆》的認識還較為混亂。下面先引出兩段對於《紅豆》的最權威的敘述：

有關於《紅豆》的記述，首先要追溯於侶倫寫於 1966 年 7 月的《香港新文化滋長期瑣憶》一文。在這篇文章中，侶倫對《紅豆》有如下追憶：

> 《紅豆》的主辦人是"梁國英"商店的少東。他們在經商之餘曾經開辦過"印象藝術攝影院"，辦過消閒雜誌和一本《天下》畫報；在抗戰初期，還在香港中區開過一家"梁國英書店"。《紅豆》創辦初期是一種三十二開本的綜合性雜誌，文字以高級趣味為中心，附有藝術攝影的插頁。雜誌本身印得雅致。《紅豆》出版了幾期便停刊。在隔了一個頗長的時間之後，由剛從廣州中山大學唸書回來的另一少東梁之盤接辦。他把《紅豆》接上手以後，改為純文藝刊物，形式也擴大為二十四開本。由上海生活書店經售。雖然只是薄薄的十四頁篇幅，可是每月按期出版。這刊物的特點是不登小說，只登詩與散文；在封面特地印上"詩與散文月刊之始"一行大字，突出它的特殊風格。[1]

1　侶倫：《香港新文化滋長期瑣憶》，載《向水屋筆語》〔香港：三聯書店（香港）有限公司，1985〕，21 頁。

對於《紅豆》的另一敘述，來自盧瑋鑾，她在寫於 1984 年的《香港早期新文學發展初探》一文中談到：

> 沒有良好經濟條件支持，文藝雜誌實難維持較長壽命，其中一份雜誌，能繼續出版了兩年多，就因有一家商店 "梁國英" 的支持。"梁國英" 是家藥局，也辦過攝影及出版。主人梁晃於一九三二年十二月出版了《紅豆》，最初的風格不定，試圖摸索一條文藝綜合性的道路，開本與出版期都一改再改。自第二捲開始才走上純文學刊物的路線，每期均有論文、劇本、小說、詩、散文……直到一九三七年七月十五日，梁之盤接編以後，就正式在封面標明 "詩與散文" 月刊，企圖走向更純一風格。[2]

這兩段對於《紅豆》雜誌的權威描述，常常被文學史徵引。然而，根據我所查閱的《紅豆》雜誌，其中頗多錯漏。

《紅豆》的發行者是 "梁國英報局"，它是迄今還存在的香港老字號 "梁國英藥局" 的副產品。梁國英有兩個兒子，長兄梁晃和次子梁之盤。侶倫和盧瑋鑾都提到，《紅豆》開始先由梁國英長子梁晃籌辦，然後由弟弟梁之盤接辦。不過，何時接辦的，卻說法不一。盧瑋鑾明確說，時間是 "一九三七年七月十五日"。這個時間肯定是不準確的，因為《紅豆》早在 1936 年就結束了。盧瑋鑾說："直到一九三七年七月十五日，梁之盤接編以後，就正式在封面標明 '詩與散文' 月刊"，這也不對，《紅豆》在封面上標明 "詩與散文月刊" 是 4 卷 5 期，時間是 "二十五年六月一日出版"，即 1936 年 6 月 1 日。至於盧瑋鑾以在《紅豆》上標明 "詩與散文" 作為梁之盤接任的時間，則並無根據。

侶倫沒有具體說明梁之盤接手的時間，但是，他說明梁之盤

2　盧瑋鑾：《香港文蹤 —— 內地作家南來及其文化活動》（香港：華漢文化事業公司，1987），13-14 頁。

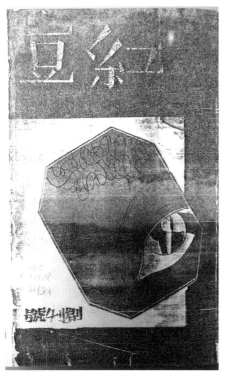

《紅豆》1

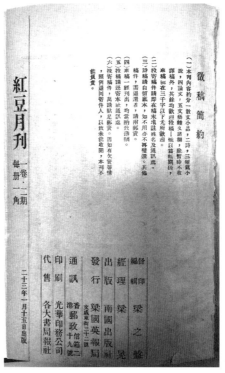

紅豆月刊

每册‧一角

一卷‧二期

二十三年一月十五日出版

督　印　梁之盤
編　輯

經　理　梁　晃

出　版　南國出版社
交威街三十一號

發　行　梁國英報局

通　訊　香港郵政信箱二
十九號

印　刷　光華印務公司

代　售　各大書局報社

徵稿簡約

（一）本刊內容約分一散文小品，二詩，三短篇小
說，四論文，五文藝雜文諸欄，除譯稿時不敬
譯稿外，其餘均歡迎投稿，惟以篇幅關係，
來稿以在三千字以下尤所歡迎。

（二）投寄稿件請即在稿末電註姓名及通訊處。

（三）投寄稿請自留底本，如不用亦不再寄還。其他
稿件，需選還者，請附郵資。

（四）來稿一經刊出，均當酌致酬贈。

（五）投寄稿請逕寄本社通訊處。

（六）投寄稿件，萬請貼足郵票，照例退回寄件人，以致未能啟閱，本刊不
能負責。

《紅豆》2

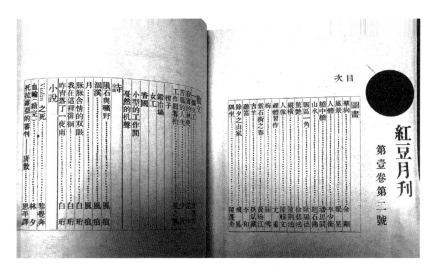

《紅豆》3

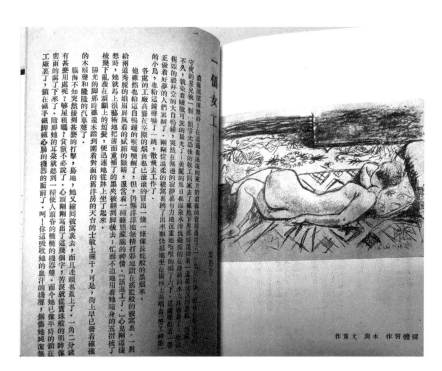

《紅豆》4

接手後《紅豆》的變化：一是《紅豆》開本的變化，《紅豆》開本的變化在 2 卷 1 期，由此判斷，侶倫所說的梁之盤接手的時間在 2 卷 1 期。然而，侶倫接下來說：改版後的《紅豆》"由上海生活書店經售"，這就不對了，《紅豆》從由"各種大書局報社"代售，改為由上海生活書店總經售的時間是 3 卷 1 期，而不是 2 卷 1 期。接着；侶倫又說：改版後的《紅豆》"在封面特地印上'詩與散文月刊之始'一行大字，突出它的特殊風格"。這又錯了，《紅豆》標明"詩與散文月刊之始"是快要結束的 4 卷 5 期。侶倫顯然記憶有誤，把不同的時間混到一起了。另外，侶倫還有一個說法，即認為"這刊物的特點是不登小說，只登詩與散文"，這明顯有誤，《紅豆》第 1 期就有小說欄，刊登了易椿年、良銘、林夕的三篇小說。

　　《紅豆》主要收藏於香港大學孔安道圖書館，廣東中山大學圖書館也藏有一部分，都不全，中國國家圖書館藏有微縮膠片，但多處不清晰。我經過多處查詢，完整地收集了全部《紅豆》雜誌。下面根據我查閱到的原始材料，說明一下《紅豆》雜誌的沿革。

　　《紅豆》創刊號[3]封面題目是"紅豆"，下面是手寫體小字"創刊號"，版權頁標明是"紅豆月刊"。出版時間是"二十二年十二月十五日出版"，"編輯督印"是"梁之盤"，"出版"是"南國出版社"，"發行"是"梁國英書局"，"通訊"是"文咸東街三十二號，香港郵政信箱二十九號"，"印刷"是"恆信印務所"，"代售"是"各大書坊"。到了《紅豆》第 1 卷 2 期，版權頁大體照舊，但出現了兩處變化，一是在"編輯督印：梁之盤"的後面，加了一個"經理：梁晃"；二是"印刷"改成了"光華印務公司"。這種"編輯督印：梁之盤"、"經理：梁晃"的情況一直

3　《紅豆》的國內所藏，是中山大學圖書館，但中山大學圖書館所藏《紅豆》缺第 1 卷，所以國內論者在提到《紅豆》的時候，往往從第 2 卷談起，這影響了論述的準確性。

沒有變動。一般說法都認為梁之盤是後來接手的，但從版權頁看，梁之盤一開始就"編輯督印"，創刊號上甚至沒有梁晃的名字。梁之盤是否開始就參與編輯呢？這是完全可能的。

《紅豆》1卷1號並沒有卷首語，只在篇首發表了風痕的詩歌《紅豆》，大概權作發刊詞了。刊後有一個"徵稿簡約"，其中第一條說明了刊物的內容和對於來稿的要求。"（一）本刊內容約分一散文小品，二詩，三短篇小說，四論文，五文藝雜文諸欄，除暫時不收譯稿外，其餘均歡迎投稿——惟以篇幅關係，來稿能在三千字以下尤所歡迎。"

自2卷1期始，《紅豆》發生了較大變化。版權頁的刊名，改為《紅豆漫刊》。《本刊啟事》有云："本刊為謀盡量充實內容，減輕讀者負擔起見，現由2卷1期起改出較為彈性之漫刊。除內容比前增一倍有餘外，價格已減為每冊五分，深望讀者與作者予以批評或贊助"。刊物的開本由32開變為16開，去掉了圖畫，減少了廣告。第1卷《紅豆》美術作品佔較大比重，目錄的第一項就是"圖畫"，第1期的圖畫有16幅，目錄就佔獨立的一頁。廣告主要在頭尾部分，另加專頁。到第2卷，圖畫沒了，甚至連原來的封面畫也取消了，直接以刊物目錄作為封面。廣告也只剩下了有關梁國英藥局等很少幾幅廣告。不過，從刊物欄目看，則沒有多大變化。第1卷的欄目分為"散文"、"詩"、"小說"、"文"幾個部分，2卷1期的目錄仍然分為"論文"、"小說"、"詩"、"散文"幾個部分，其1卷1期的"文"和2卷1期的"論文"是一回事，屬於文學論文的部分。1卷1期刊載的是梁之盤本人的《論蘇軾——宋代詞人論叢稿之一》，2卷1期刊載的是梁之盤在中山大學的外國文學老師張寶樹的論文《文藝譚——浮士德之分析》。在小說、散文、詩歌文學體裁之外，刊載研究論文，也是《紅豆》的一個獨特之處。盧瑋鑾說："《紅豆》最初風格不定，試圖摸索一條文藝綜合性的道路，開本與出版期都一改再改。自第二卷開始才走上純文學刊物的路線”。這個說法顯然有誤，除圖畫和廣告之外，第 1 卷和第 2 卷的內容並無多大的區別。所以，如果以內容的變革作為梁之盤接手的開始，也並沒有說服力。

自 3 卷 1 期始，《紅豆》的版權頁標上了“總經售處：生活書店”（上海福州路三八四號），這是《紅豆》的一個較大的變化。《紅豆》在大陸的發行，意味着它與國內文壇關係的加深。自此以後，生活書店的書籍消息或廣告愈來愈多地出現在《紅豆》上，如“最新出版”中的徐懋庸的《打雜集》、鄭振鐸編著的《希臘神話》、魯迅翻譯蘇聯班台萊夫的《表》。國內其他書店出版的書，也出現在《紅豆》上，其中詩集較多，如路易士《行過之生命》、《上海飄流曲》、《吳奔星詩集》和李金髮《魔鬼的舞蹈》等。《紅豆》的詩歌寫作與國內詩壇關係較為密切，這一點後文再談。

自第 4 卷 1 期起，版權頁刊名又改回為“紅豆”。到了 4 卷 5 號，《紅豆》在封面上加上了“詩與散文月刊之始”[4]。“本刊啟事”曰：“本刊出版以來，深蒙讀者愛護，並荷各地作者鼎力扶植，得維持至今，成為南方歷史較長之文藝刊物：其間不惟形式日新，內容亦見進步，近期所載詩與散文尤富於精心之作，以是銷路日增，有欣欣向榮之勢。同人等深感讀者作者愛護之誠，不敢自滿，決於本期起，利用原有篇幅，實行純化，改為詩與散文月刊，冀能造成獨特風格，以副厚望。至盼海內外讀者作者，不吝金玉，予以批評及贊助，曷勝榮藉！此啟”。這個改變是實質性

4　值得一提的是，筆者依據的港大孔安道圖書館藏 4 卷 5 期《紅豆》上有梁之盤手題“地山先生備教，吮梁之盤敬贈”的字樣，而到了 4 卷 6 期，首篇就發表了署名落華生的散文《老鴉嘴》。看起來，梁之盤贈予許地山先生《紅豆》的 4 卷 5 期，致意並且約稿，許地山先生果然支持了《紅豆》，在下一期就發表了文章。

的，刊物的內容有了變化，即開始只登載詩與散文。然而，這個
"詩與散文月刊"只維持了兩期。到了 4 卷 6 期（1936，8，5），
《紅豆》突然刊出了"本刊重要啟事"，宣佈停刊，原因是"最近
忽因登記手續發生問題，不得不遵照香港出版條例，由本期起暫
行停刊，一俟完滿解決，再與讀者相見"。有關於《紅豆》停刊的
真實原因，楊國雄引用了梁晃的說法，"當時《紅豆》主要每期都
虧本，不能長期支持，所以到了 4 卷 6 期便停刊"。[5] 這個說法，與
《紅豆》一再強調自己"銷路日增"、"欣欣向榮"的說法，不無矛
盾之處。

第二節　左翼的限度

如果說 20 年代的《小說星期刊》和《伴侶》，主要以戀愛婚
姻題材為主，20 年代末期的《鐵馬》、《島上》主要寫窮愁和壓
迫，那麼 1933 年創刊的《紅豆》則已經將窮愁與壓迫延伸為初
步的階級意識。

《紅豆》第 1 卷第 1 期發表了玲然的散文《街景》，文章採用
靜物臨摹的方法，客觀描寫 1933 年炎熱的夏天城市街道。一方
面是"拖着東洋車喘息着的車伕，日光照在古銅色的軀體，汗像
從古銅色的蒸溜器蒸出來一般"，另一方面是"一個車上的人，
安閒地抽着香煙，繚繞的灰色的煙從他的鼻孔裏噴出來，停留在
明朗的夏氣裏"；一方面是"一輛一九三三型的新車戛然停着；
一個肥胖的中年人，含着雪茄，執着手杖，閃着絲光的長衫，
踱進一片錢莊去"，另一方面"水果提旁邊的人，呼着叫賣的啞
音"。全文並無一字評論，然而這"有意無意地一眼"，讓我們

5　楊國雄：《清末至七七事變的香港文藝期刊》，載《香港文學》，總 16 期，
　　1986 年第 4 期。

看到的卻是貧富的對比。

《紅豆》第 1 卷 1 期共發表了兩篇創作小說：一是易椿年的《阿黑的夢》，二是林夕的《血輪》。林夕的《血輪》連載於 1、2、3 期，以寫實的筆法寫內地農民黃老儉來香港打工的境遇。黃老儉寄居於騎樓之下，在碼頭上做苦力。他的女人帶着孩子來香港，結果孩子被拐，女人被帶到保良局。黃老儉沒有保費，只好求助別人。女人來了，總不能再住街上了，只好去租了一個又髒又破的床位。孩子仍然沒有找到，黃老儉卻因勞累致病了。女人只好解下身上那件黑布衫去當鋪，卻被車輪碾成了一片片的血。從技巧上說，《血輪》是一篇比較成功的小說，它以寫實的筆法呈現了香港下層貧民的悲慘生活境遇。

易椿年的《阿黑的夢》則以意識流的手法，通過描寫阿黑因受欺壓而產生的反抗意識。"唉，這世界可容得咱們窮人？不出錢就可以搶人，這是人的世界？人的世界？！媽媽！" 他衝到魏三子面前，"鐵缽似的拳頭盡向他的背上頭上雨點似的打下"，三個傢伙奔了過來，槍上插着光亮的尖刀，阿黑瘋狗般地撲向他們……。阿黑醒了，原來是一個夢。不過，阿黑想，"夢？我真的要這樣做！不，我準要打死他，這魏三子！這三個鳥傢伙！"從阿黑的意識片斷看，他之所以憤怒的原因是，魏三子因為三十塊錢搶走了他的妻子，還把他打傷了。阿黑憤怒之極，但只能在夢中進行反抗。

從這幾篇作品中，我們看到了《紅豆》的新面目。《街景》就是街頭一瞥，然而作者所攝取的鏡頭，是有產者與貧民的差距。《血輪》的觀察眼光則更深入了一步，小說選取了一個從農村來港的農民苦力，從此角度細緻呈現香港下層貧民的卑微生活。《阿黑的夢》則難得地出現了對於這種悲慘生活的一種反抗，雖然這是個人直覺的反抗，僅僅是一個夢。

第 1 卷 2 號後，《紅豆》就出現了直接描寫工人的作品，將反抗從個人延伸到了階級。易椿年的小說《某工廠的一個小景》寫工廠苦力小王的思想覺悟過程。工廠裏僱用女工,威脅到男工的地位,讓男工對於女工產生了憎恨,但在小王看到女工的悲慘遭遇後,才認識到他們其實是同一階級,需要共同面對"工人們當前的大敵"。小王最後產生了革命意識,"我說,打倒……"、"好,今夜我得找大夥兒商量一下,幹他媽的"。小說結尾並沒有揭示到革命的結局,而只是隱晦地說"軋軋的機聲騰漫空間,似在象徵着不久便有大風雨要降臨"。

易椿年是香港早期重要作家,生活貧困,較為了解下層貧民,致力於書寫他們的悲慘境遇和反抗意識。《阿黑的夢》和《某工廠的一個小景》都寫反抗,後者卻較有上升。前者的反抗還是直覺的、潛意識的,後者則已經開始有了階級覺悟,不過最終如何革命?作者本身也不清楚。易椿年本人也因為生活所迫,而在1937年22歲就患肺病早逝了。

從農民到工人,從虛幻的反抗和階級意識的出現,乃至於普羅文學的萌芽,我們在《紅豆》中看到了30年代香港文學主題上的變化,這種變化與中國內地文壇的普羅文學主題有着對應的關係。然而,在3卷之後,《紅豆》這個萌芽並沒有繼續生長成為無產階級文學。

《紅豆》編輯梁之盤本人在第2期發表了《工作間零拾》。他首先稱讚了工廠的機械,"到了工作間,還可以聽到機械的歌聲,見到了機械的力量,機械工作的靈妙,機械運動的優雅,機械製造的完備。"由此,"克魯泡特金從工作間出來,意會了機械之詩。惠特曼Whitman從工作間出來,就成了世界的勞動詩人。"同時,他又看到,"機械是吞蝕着工人的生命,工作間不過是地獄"。"辛克萊Upton Sinclair從工作間出來了哩,就成為世界知名的普羅文學巨人。——他從屠場歸來後,就寫成了一本暴露現制度罪惡,表現普羅意識的屠場Jungle,此後煤油、錢魔、波士頓也就陸續完成，成為普羅文壇的巨著。”在參觀了女工織布廠之後，梁之盤深感“機前的女工生命給機械吞蝕得太厲害了”，他希望能夠表現女工，然而，“我不是女人，我不懂得紡紗間的女工的心理，如果丁玲肯細心寫寫她的話，那將使你凄然下淚，為了她曾混進了紡紗間女工的非人生活的底處。”看得出來，梁之盤本人對於工廠的印象，主要與書本和文學著作聯繫起來，既讚美、又批判，態度是矛盾的。他希望表現女工，但他對於女工並不了解，所以提到了丁玲。

李育中的《祝福》（2 卷 4 期）再次提到丁玲，並且還多了一個蔣光慈。李育中的這篇與魯迅小說同題的小說，並不是寫農村婦女的，而是寫城市女工。小說主人公是一對父母雙亡的孤兒姐妹輝和竹，姐妹倆為生存而去了工廠，等“我”再見到這兩姐妹的時候，倆人憔悴得已經不能相認了。文中提到，姐姐輝喜歡文學，“那時她還看了一點蔣光慈的小說，當我們三個文學朋友集合時，便想到這個女子可否做一個丁玲呢”？小說在結局裏寄希望於她們成為“戰士”，然而，因為環境不同，這個女孩終於不能成為丁玲，而這部小說終於並不能成為革命小說。

《紅豆》上的小說還描寫了革命，不是在香港，而是在遙遠的南洋。面對真正的革命反抗，作者既很欽佩，同時又覺得慚愧。4 卷 4 期李勵文的《烏沙 —— 紀念一件血的事實》寫他的一個馬來朋友巫沙，為推動對荷蘭殖民者的革命鬥爭，不惜犧牲自己。文章稱讚這些勇敢的馬來人，用他的“憤怒”、“希望”和“勇氣”推翻殖民帝國的寶座，“用他們的血和肉向壓迫者掙他們全民族自由”。不過，我們注意到，文中並沒有重點描寫巫沙等革命者的行為，甚至於到底是何種革命？巫沙最後下落如何？我們都不知道。作者所重點表現的是自己在巫沙等對比之下的慚愧和糾結的心理，“尼德蘭的奴隸教育沒有使他們踏上奴隸的道路，他們就將在那兒得來的知識燃沸了他們的憤怒、希望、與不可磨滅的勇氣"，然而，"我自慚幾年以來沒有做過一件愜心的事業"。"我常常揮起拳頭，卻又不能放了下去，這對我是件忍聲吞氣的事。"

從梁之盤到李育中，再到李勵文，《紅豆》上的小說，與其說是寫工廠和革命的，不如說更多地描寫知識者的自我主體。他們對於工人的了解，對於資本主義的矛盾態度，常常得之於文學作品，他們可能嚮往革命，但更多自我反省。

第三節　現代詩與唐番體

（一）

香港最早的新詩，出現於 1924 年至 1925 年的《小說星期刊》。《小說星期刊》以舊詩文為主，新詩只是"補白"，數量也不多。新詩的水準，大致停留在胡適《嘗試集》和冰心小詩的水準上。香港最早的詩論也出現在《小說星期刊》上，那就是許夢留《新詩的地位》（1924 年第 2 期）。從文中看，作者對於中國新詩壇是熟悉的，提到的詩集有《嘗試集》、《草兒》、《冬夜》、《繁星》、《將來之花園》、《舊夢》、《女神》和《雪朝》等，並肯定了它們的成功。不過，作者雖然肯定新詩，但卻並不完全否定舊詩，表現了香港文學的獨特性。

至 1928 年，香港仍然處於新舊詩過渡階段。《伴侶》刊載的詩歌很少。第 1 期唯一一首詩，是畫題詩"鵑啼夜"，黃潮寬畫雲枝題詩。這首詩不長，姑引如下："鵑兒啼！鵑兒啼！驚醒斷腸人，好夢休提。那東風不懂人情，遍送了入深閨。深閨靜裏，青燈似豆，幃幕寒棲。芭蕉慼慼雨響，馬鈴風動聲漸。一個玉人兒憑欄憑着，纖手執巾絲淚揮，多情月兒雲裏窺。她說'月兒呀！儂來時才是月圓，那麼忽又缺了。鵑兒呀！你休啼，聲聲不如啼，教儂怎能底！'"作者看起來要以白話做詩，然而舊體詩詞味卻很重，明顯是一首新舊混合詩。到了《伴侶》第 2 期，天石的《情思》10首,則完全回歸了舊體詩。黃天石其實是較早的香港新文學作家,但他也是新舊文學同時兼作。《伴侶》第 3 期轉載了內地沈玄廬的一首詩《聞訊》。沈玄廬是早期倡導新文學作家,《伴侶》記者聞他死訊,特刊載他六七年前的一首詩,以志紀念。六七年前應該是 20 年代初,《聞訊》的確只是簡單的五四詩。

《伴侶》第 3 期以後,詩歌消失了。直到 1929 年 1 月 1 日第 8 期,《伴侶》才出現兩首詩:依人的《我願意》和川水的《別》。《我願意》是一首較長的愛情長詩,全首共分為九段,第一段和最後一段重複,中間段落也都大體工整對仗。第一段和最後一段是“我願做的很多很多,只要能和她常時親近;有了她我才能生存,沒了她我還要什麼生命”。中間七段,都是工整的排比,以“我願意”開頭。如第二段是“我願做橋下的石子,她假如是澄清的流水;她擦過我的身邊低唱,我聽着她的歌聲陶醉”。第三段以“我願做妝台的鏡子”起句,第四段以“我願做膝上的琵琶”起句,如此等等。很明顯是《再別康橋》式的愛情和格式,這意味着香港早期新詩開始受到新月詩派新格律詩的影響,收束新詩的散漫。

《我願意》是《伴侶》可見的最後一首詩,1929 年 1 月 5 日出版的《伴侶》第 9 期並未刊載詩歌。1929 年 9 月出版的《鐵馬》創刊號上,發表了靈谷的《雜詠三首》:《秋天》、《海潮》、《詩人》。靈谷即陳靈谷,是島上社的核心成員之一,這三首詩是標準的新格律體詩。《秋天》藉由北風,書寫自己的悲觀心境,這種悲觀大概與他們對於香港新文學的失望有關。後兩首詩《海潮》、《詩人》格式與《秋天》完全一樣,每首詩都由四句構成,一三行退後空格,二四行頂格,非常工整。

1933 年 12 月創刊的《紅豆》,開始時期仍然是抒情詩與新格律詩佔據主導。《紅豆》沒有發刊辭,代之以卷首風痕的一首詠歎紅豆的詩作《紅豆》："不及稻粱可以充飢，／也不是迷人的旨酒。／裊裊的一曲山歌，／隨便唱來，在操勞之後。人類不能毀棄感情，／又何妨培養這甘苦纏綿的象徵！／── 有異乎愛慕虛榮的芍藥，／另懷心事，那悒鬱的素馨。"這首詩傳達了《紅豆》主旨，雖不顯眼，也別具情懷。風痕是《紅豆》初期較多發表詩作的詩人，他的詩較多詠物抒情。有的詩如《紅豆》，句子長短不一。有的詩的段落相對工整，如同在第 1 期的《印像》，呈現出長短句的對應變化。

《紅豆》詩歌的變化，開始於易椿年和蘆荻的詩。在《紅豆》1 卷 4 號上，有易椿年的兩首詩《Triolet 內二首》[6]：《水沫挾着斑點爬上岸上來了》和《鹵莽之夜色抛上一條沾了霧水的頭巾》。這兩首詩係易椿年模仿英文格律 "八行兩韻詩" 的作品，形式怪異，屬於作者現代詩寫作的探索之作。《紅豆》第 1 卷 4 號出版於 1934 年 3 月 15 日，半年之後，易椿年在卞之琳主編的《水星》第 1 卷 3 號（1934 年 10 月 12 日）上發表的《夜女》即已經是較為成熟的現代詩作。1934 年 7 月出版的《紅豆》2 卷 1 號，刊載了蘆荻的一首小詩《畫室裏》，"生命的畫布／印象派的點彩／複雜，錯綜，矛盾／失掉了統一的和諧。純潔的童年／被放逐於青春，／彷徨於生與變的邊緣。什麼時候沒有歎息呢？／等待紫丁香的花開吧！"這首詩在《紅豆》早期的詩作中顯得較為獨特，

6　易椿年不但是小說家，還是優秀的詩人，他去世後，當年《南風》曾在 "創刊號" 上發表 "悼易特輯"。《紅豆》上的《Triolet 內二首》，是新發現易椿年的作品。易椿年現存詩作很少，僅六首半，分別是《給陰曹裡的母親》（1932 年《繽紛集》第 1 期）、《普陀羅之歌》（1934 年《今日詩歌》第 1 期）、《夜女》（1934 年《水星》1 卷 3 期）、《青色的婦人》（1934 年 12 月 17 日《南華日報·勁草》）、《金屬風 ── 防空演習印象》（1934 年 12 月 21 日《南華日報·勁草》）和《題像》（1935 年 7 月 1 日《南華日報·勁草》）。所謂半首詩，指的是侶倫的悼念文章中所引的一個詩歌片段。

正如詩人所說，是有點"印象派"的。作者嘗試打破簡單的抒情詩，運用意象來進行暗示。蘆荻愈來愈追求現代詩風，他後來坦認：1933 年以後，他讀了《現代》雜誌上的詩，"寫了一些表現形式和情韻都近乎現代派的詩作"。[7]

從 2 卷 2 期開始出現的柳木下和張弓的詩，給《紅豆》帶來了更多的"亮點"。柳木下開始登上《紅豆》的作品，是 2 卷 2 期以暮霞之名發表的《壁畫》和《破船》。他的詩已經擺脫了那種"花呀月呀"的抒情，而是力圖以平易的意象和語言，傳達自己的玄思。柳木下的詩，雖受西方詩乃至日本現代詩的影響，不過並不晦澀，而是向哲理的方向發展。他較為有名的一首詩，是《紅豆》4 卷 1 期上的《我‧大衣》，這首詩被認為受到了岡田須磨子的《冰雨的春天》（《現代》1 卷 4 期）一詩的影響[8]。張弓早期參與過香港最早的詩刊《詩頁》、《今日詩歌》等刊物的創辦，他在《紅豆》上發表的詩不多，不過 2 卷 2 期的《都市特寫》一詩的奇特風格卻引人注目，直到今天還屢被徵引。與《都市特寫》同時發表的，還有另一首《淺醉了時》。這首詩同樣文白夾雜，有李金髮的風格。

此後，《紅豆》出現了陳江帆、侯汝華、林英強和李心若等現代詩人，奠定了香港現代詩派的規模。如果說，《紅豆》早期詩人如蘆荻、柳木下等受到《現代》的影響，後面這一批詩人有不少直接就是《現代》的主力詩人，是在《現代》改版後轉移過來的。

7　蘆荻：《蘆荻詩選‧自序》（廣州：花城出版社，1986）。

8　葉輝：《另一種橫的移植 —— 三四〇年代的香港新詩與外國譯介》，載梁秉鈞、陳智德、鄭政恆編：《香港文學的傳承與轉化》（香港：匯智出版有限公司，2001），223-224 頁。

陳江帆共計在《現代》上發表過 15 首詩，是《現代》發表詩作最多的詩人之一。他最早在《現代》上發表的詩是 3 卷 3 期（1933 年 7 月 1 日出版）的《荔園的主人》和《緘默》。1934 年 11 月 6 卷 1 期是《現代》改版前的最後一期，這一期陳江帆一口氣發表了《麥酒》等 6 首詩。陳江帆在《現代》上以田園詩馳名，他以富有地方色彩的意象呈現南國風情。至《現代》最後一期，陳江帆增加了都市批判性，抒情之風也轉向現代之生澀，"屬於唱片和手搖拎的夜，/ 減價的不良症更流布了，/ 今年是滯銷之年哪。""是末代的工業風的單調呢，/ 任蜂巢般地叫喚着，/ 也已失去它創世紀的吸力的"（《現代》6 卷 1 期）。沒有人注意到，在《現代》之後，陳江帆繼續在《紅豆》上發表詩歌。陳江帆最早在《紅豆》上發表的詩歌，是 2 卷 4 期（1935 年 1 月 10 日）上的《公寓的夜》。看得出來，正好是銜接《現代》的。陳江帆在《紅豆》上的詩，有一個令人矚目的變化，就是增加了詩歌的敘事性。詩歌以苦澀平緩的語調，描寫寓居的苦惱，描寫人與人之間的隔閡，風格與《現代》時期的抒情詩已經不大一樣。

李心若是在《現代》上發表詩歌最多的詩人，共計 16 首，在數量上超過了戴望舒和陳江帆的 15 首。李心若的詩風相對來說沒那麼晦澀，然而格調依然較為低沉。發表於《現代》4 卷 1 期的《歸輪中》和《渡》看起來像是寫香港渡輪的，詩人目睹水流湍急，想到的是自己"飽嘗人海的波濤的虐待"，擔心落魄者回家所要忍受的悲哀，乾脆希望"航我到無人的島去吧！那兒有尚可忍受的炎涼哪"。《現代》之後，李心若繼續在《紅豆》上發表作品，詩歌格調明顯明朗。李心若首次在 1936 年 1 月出版的 4 卷 1 期發表的《詩三篇》、《有呈》、《催妝曲》和《紅仙》都是愛情詩，詩風真摯動人，"如薰風吻笑了花兒，/ 我永是你的薰風！/ 且是長年的，長年的；不似薰風那麼薄情。如果你不要什麼誓，盟，/ 我知我是多麼幸福啊：/ 我已然穩在你心裏了。"李心若在《紅豆》發表的最後一首詩，是 4 卷 5 期（1936 年 7 月）的《葵園女》，"我近年聽到業葵的訴苦了，/ 也曾讀過班婕的怨歌行。/ 我也為你的沉默而沉默了。可是，葵園女，你應知道 / 人力是會改造、創造一切的。/ 沉默的葵園女，你的沉默 / 可就是如澄清的宇宙的，/ 大暴雨來臨前的嗎？" 我們注意到，李心若這時即使寫人間苦痛，也隱含了對社會變革的信心。

侯汝華是活躍於 30 年代的中國知名詩人，詩作發表於《現代》等刊物。他的《水手》、《單峰駝》等詩，因為被聞一多所編的《現代詩抄》和艾青所編的《中國新文學大系》（1927-1937）所收錄，從而膾炙人口。侯汝華詩歌創作初期，深受李金髮的影響。不過，他後來在《紅豆》上發表的詩，並不那麼陰冷晦澀，而是既具象徵之意味，又有口語之流暢。《詩三首》中有一首《夏季的夢》："夏季的草原 / 豐富着幸福的氣息，/ 今天我有炫燁的夢 / 而小姑娘卻都午睡了。我移步於濃陰之下 / 跟賣西瓜的老婦閒談，/ 涼風把我吹墜於另一個夢中 / 心與天一樣的遼廓"。這首詩以 "小姑娘"、"賣西瓜的老婦" 等很生活化的意象，傳達個人在現實與想像之間流動的遐思。如果沒注意到侯汝華在 1936 年 6 月 24 日《紅豆》4 卷 5 期所發表的《我們的高爾基 —— 悼高爾基長詩之首頁》，我們就無法看到他後期思想的變化。現代派詩人，大多較為收縮於內心，不太關注或者牴觸左翼思想，侯汝華卻寫出了歌頌世界左翼文學旗幟高爾基的詩。詩中寫到，高爾基不像 "肖邦"、"悲多汶"，"不是世紀末病者"，卻能 "把許許多多 / 被抹煞的同時代的青年 / 拉到光明的去處"。從 "架啡的憂鬱" 和 "世紀末病者" 之中走出來，走到 "光明的去處"，這是侯汝華轉變的重要標誌。可惜的是，他在 1938 年就英年早逝了。侯汝華去世後，詩人徐遲專門在香港《星島日報》發表《憶侯汝華》一文悼念他，文中寫道："正當他開始為戰爭歌唱的時候，正當他開始要記錄一個史詩的時候！我不知有什麼人可能繼續他的工作？祝他的靈魂平安！"[9]

林英強在《現代》發表的詩作不多，在《紅豆》上卻較為活躍。他曾在《紅豆》4 卷 2 期上發表過一篇《作詩雜話》，談到自己的詩作。他說："新詩的製作，我個人在許多的派別裏，尤愛刻琢、奧秘兩方面的嘗試"。"作詩若用俗意俗句不加以刻琢，必在鄙俚之物"。林英強前期詩歌有明顯的李金髮痕跡，《葉落》中有如下詩句："心之索莫，/ 葉之落閒階之蕭索；/ 殘葉重壓之於病弱之薔薇，/ 季節之車旋轉之亂轍"（1933 年 12 月 5 日南京《橄欖月刊》）。在 1936 年《紅豆》4 卷 1 期 "詩專號" 上，林英強發表了 3 首詩，分別為《雨天》、《悲觸》和《攀歸狙》，這些詩已經不像前期詩歌那樣文白夾雜，不過追求意象和練字的特色仍在，如《雨天》"簾纖的雨裏，/ 風是淺寒的，/ 蒼煙不是有銅駝感的麼？為了妄念的倦，/ 使人望那雨濛的遙渚，那心的澄波又濁了"。詩歌力圖提練不太常用的意象，抒發在雨天的感觸，但 "銅駝感"、"妄念的倦"、"雨濛的遙渚" 等等句子仍不免有人有生造之感。林英強在《紅豆》4 卷上，還發表過一些散文，抒寫內心之幽閉，文字上十分雕琢。

1936 年 1 月《紅豆》4 卷 1 期的 "詩專號"，是《紅豆》現代詩的高潮。這一期的詩人陣容很強大，不但出現了上面提到的本地知名詩人柳木下、陳江帆、侯汝華、林英強和李心若等人的名字，並且還出現了 "外援"，即港粵之外的京滬詩人。4 卷 1 期的 "詩三家" 包括北京的林庚、李長之和張露薇三家，滬上《現代》詩人路易士也在這一期發表了《遲暮小吟及其他》。4 卷 1 期後，還有韓北屏、吳奔星等大陸詩人在《紅豆》發表詩作。對於這些大陸詩人的詩集，《紅豆》多有廣告介紹，《紅豆》4 卷 1 期就介紹了林庚的詩集《夜》和《春野與窗》、李長之的詩集

9　徐遲：《憶侯汝華》，載《星島日報 · 星座》，1938 年 10 月 20 日。

《夜宴》，還有路易士的詩集《行過之生命》等。

路易士在《紅豆》上發表了大量詩作，較能體現《紅豆》與國內詩壇的聯繫。統計一下，路易士在 4 卷 1 期《紅豆》上發表了《遲暮小吟及其他》6 首詩，在 4 卷 2 期發表了《詩論小輯》7 輯，在 4 卷 3 期發表了《都市流浪詩六首》（除了最後一首是改動的 1934 年的舊作，其餘都是 1935 年流浪於上海時所寫），在 4 卷 4 期發表了《散文詩四首》（1935 年 10 月），在 4 卷 5 期上發表了《詩壇隨感》6 輯和《詩四首》（1936 年 5 月），在 4 卷 6 期上發表《雨天的詩》2 首，共計發表詩歌 16 首、散文詩 4 首、詩論兩篇。從時間看，《紅豆》4 卷 1 期至 4 卷 6 期對應的是 1936 年 1 月至 8 月，不過從路易士詩歌標注的時間看，這些詩主要寫於 1935 年至 1936 年，在詩集《行過之生命》（截止於 1935 年 8 月）之後。路易士於 1936 年 4 月去日本留學，6 月歸國，《詩四首》正好寫在這一時段。1936 年 9 月，路易士和韓北屏等創辦《菜花詩刊》，10 月他與徐遲、戴望舒在上海創辦《新詩》月刊。可見，《紅豆》時期是路易士自《易士詩集》、《行過之生命》向《菜花》和《新詩》發展的過渡期。

如果說，《易士詩集》乃至於《行過之生命》尚有積極的一面，那麼，路易士《紅豆》時期的詩則陰暗而虛無。在《散文詩四首》中，詩人明確聲稱自己是一個 "憂鬱病患者"，他所嚮往的是死亡的境界，"因為在死之極樂世界，我將獲得我所夢想的一切，在那裏我是有着更多美好的生涯的"。在這種心境下，路易士的詩多是消沉的。在他剛剛登上《紅豆》的一組詩《遲暮小吟及其他》中，有一首詩題為 "黑色的詩"，"黑色的詩啊，黑色的詩 / 我有一顆多夢想的黑色的心 / 它常喜歡馭一個黑色的電 / 丟下黑色的生命太淒涼"。黑色，似乎少有人喜歡，路易士卻將其作為他自己的詩歌定位。陰暗之思想常與晦澀之語言相聯，路易士的詩則並非如此，詩人注意意象和暗示，然而卻以感情和想像出之。《遲暮小吟》寫自己"散步於遲暮之都市",把路燈和交通紅綠燈看成了愛人的眼睛,由此想愛人手上的飾物,不由佇立神往,不過在異鄉的空間裏,歌聲在"暮靄裏冷了"。將燈光比作眼睛,感覺到歌聲冷了,物象通感無不新穎,思緒又很通暢。無怪乎宮草評論路易士的詩"明而不露,樸而有華"[10]。路易士在30年代即是重要的現代派人,1949年後更以紀弦的名字成為台灣現代派的掌門人,是現代詩研究的重點人物,可惜《紅豆》時期他的為數不少的詩作及詩論都未被研究者看到,這應該說是一個遺憾。[11]

(二)

徐遲在《憶侯汝華》一文中曾談論他對於侯汝華的印象:"在上海的時候,常聽施蟄存、戴望舒他們談到他。我弄不清他是什麼籍貫,我只知道他是生長於南中國的。"[12]徐遲對於侯汝華有一個籠統的印象,即南方詩人。事實上,同為南國詩人,香港和廣州是不太一樣的。有關於30年代初期的詩壇,我們的文學史所重點書寫的是廣州的左翼詩歌。《紅豆》刊行的1933年,正是廣州左翼文壇的高潮時刻。這一年,廣州的"左聯"成立,中國詩歌會廣州分會的會刊《詩歌》雜誌面世。中國詩歌會在上海的總部由蒲風主持,廣州分會則由詩人溫流主持。《紅豆》雖然匯攏了不少廣州詩人,然而顯然並非左翼一路。徐遲本身是現代詩人,又是在與施蟄存、戴望舒的談話中涉及侯汝華的,顯然是將其作為現代詩的一個部分而提及的。

---

10 宮草:《讀〈行過之生命〉》,載《新詩》,第4期,1937年1月。

11 劉福春《中國新詩編年史》所編範圍的"地域包括台灣、香港和澳門",然而沒有關於《紅豆》的記載。同樣,《臺灣現當代作家研究資料彙編(9)——紀弦》,也沒有涉及紀弦的《紅豆》經歷。

12 徐遲:《憶侯汝華》,載《星島日報·星座》,1938年10月20日。

30 年代中國詩壇的現代詩刊，除《現代》之外，還有上海的《詩刊》、北平的《小雅》、蘇州的《詩志》、南京的《詩帆》和武漢的《詩座》等，彙集成了中國的現代詩運動。可以說，香港的《紅豆》雖非專門詩刊，卻是 30 年代現代詩的一個香港陣地，可惜長期被人忽略。吳奔星曾發表文章，說明當年他辦《小雅》的時候與《紅豆》的交往情況：《小雅》"創刊不久，就得到香港梁之盤先生的信，並把他主編的《紅豆》文藝月刊寄給我，以示交流。接着，我和李章伯的詩也在《紅豆》上發表。……我和他的書信來往，雜誌交流，到一九三七年盧溝橋一聲炮響，便中斷了"。[13] 由此可見，《紅豆》當初與國內現代詩壇保持着聯繫。

《紅豆》支持詩歌上的現代主義，不但體現在作品的發表上，也直接體現在詩論主張上。在 4 卷 1 期《紅豆》的《遠方詩札》中，穆亞指出：隨着現代詩的出現，文壇上原來支持白話新詩的文人也開始非議新詩了，他客觀地承認現代派詩有問題，但認為其成就卻不容一筆抹煞，"現代派的詩有時其想像極端地個人化，即在同派中亦難了解的作品亦有，這種缺點是不可否認的事實；然就在《望舒草》中如《村姑》等一看即明的作品仍佔多數，且其在詩的完整上得到可驚的成就，雖不用韻，得到微風似地和諧，這亦是不可否認的事實。" 穆亞談到了現代詩的 "難了解" 和 "只說些戀愛哀愁" 兩個方面的問題，不過他都為之進行了辯解，並特別舉出了戴望舒的成功的例子。他在文末列舉了陶淵明的《歸園田居》和戴望舒的《遊子謠》加以比較，認為兩者同樣的和諧，證明新詩是大有前途的。將戴望舒的詩與陶淵明相提並論，這種兼容新舊的眼光是 "香港式" 的。

路易士在《紅豆》上發表的《詩論小輯》（4 卷 2 期）和《詩壇隨感》（4 卷 5 期），是 30 年代《望舒詩論》之後的重要詩歌主

---

13 吳奔星：《懷念香港作家梁之盤先生》，載《香港文學》，第 3 期，2000 年。

張。《詩論小輯》認為："動人的詩篇是真摯的感情和豐富的想像交織的網。《望舒草》中有些是很能做到這地步的"。然而，在現代詩已經發展起來的情形下，路易士面臨着新問題。他強調"真摯的情感"，反對純粹的意象派。現代詩人往往過於搜尋意象，以至於薄於感情，這就走到了反面。他強調"豐富的想像"，但認為"想像必須是真實的"，現代詩如超現實主義的想像過於離奇荒誕就是"藝術的魔道"。路易士在詩論中所針對的另一個對象，是政治口號詩。《詩論小札》談到"倘是為了替某種政治主張作宣傳而做詩的，亦是藝術的罪人"。《詩壇隨感》還提到，幾個"日本留學生把一篇'意識論文'分行寫下來，也算是詩"。路易士早期曾經寫過普羅詩，現在則從"真摯的感情和豐富的想像"的角度，批判那些口號詩。

以 30 年代中國現代詩運動整體而論，《紅豆》的詩歌群具有鮮明的地域特色，那就是香港詩人特有的"半唐番"體。"半唐番"是香港學者陳冠中等人提出來的一個概念，指香港不中不西的混雜文化。陳冠中甚至提出了"半唐番美學"，以此概括香港文化[14]。香港學者鄭政恆專門發表過《香港詩歌與半唐番城市生活》，以"半唐番"文化概念闡釋香港現代詩特色[15]。經常被論者引用的"半唐番體"詩的代表作品，正是張弓發表於《紅豆》2卷 2 期的《都市特寫》：

虹似的：prince；duke；knight；

虹似地（長胖的 buses 底肉底之征逐喲）

---

14 陳冠中：《半唐番城市筆記》（香港：青文書屋，2000）。

15 鄭政恆：《香港詩歌與半唐番城市生活》，載梁秉鈞、陳智德、鄭政恆編：《香港文學的傳承與轉化》，179-196 頁。

1934，流線樣的車，撒下

（honey moon night）

（all buses stop here）
冰島上的 penguin 群。

steam 底熱，炙乾了瀝青上腳走之汗汁囉，
search light，search light 射穿雲底濃層。

匿在黑角落上的女人，漢子：
（當心，今晚月太亮了喲）

　　詩中有王子、公爵、騎士，有 1934 年流線型的車，也有底層的勞動者的汗水，有角落裏的漢子。詩歌所反映的顯然不是中國傳統社會，而是英國殖民地香港，我們在這裏看到了中西不同文化景觀的混合。與此相應，在形式上，詩中大量混雜了中文和英語。這首意象、語言混雜的詩，呈現了人們所說的香港 "半唐番" 詩的特徵。

　　香港的 "半唐番" 詩，最早被追溯到李金髮。李金髮出生於廣東梅縣，但在香港唸過中學，他先就讀於譚衛芝英文學校，後入聖約瑟中學（羅馬書院），接受英式教育。後來，李金髮到法國學習雕塑多年。正是這種半洋半中的文化背景，讓李金髮寫出了引起文壇爭議的《微雨》、《為幸福而歌》中的中西、文白混雜的 "半唐番" 體詩。

　　香港的白話文學產生較晚，1927 年魯迅來港演講，很多人都不了解魯迅，然而李金髮不為國內詩壇所理解的 "半唐番" 體詩

卻為港人所欣賞[16]。香港新文學開展以來，很少有人寫文學評論，偏偏第一篇有分量的評論就是為"半唐番"體辯論的。此文的題目是《談談陶晶孫和李金髮》，作者是香港新文學作家謝晨光，發表於 1927 年 5 月上海的《幻洲》第 1 卷第 11 期。謝晨光的文章針對的是《白露》的編者汪賓喧對於陶晶孫和李金髮的批評。汪賓喧批評陶晶孫的文字"日本化"，批評李金髮的詩歌"看不懂"，認為他們都是"外國化"。謝晨光認為"文藝是無國界的"，評論文學作品，不能拿國界說事，所謂"真正的中國人"，只是"國粹保存家和國家主義者的笑話"，就像是有人主張青年只能畫國畫，不能畫西洋畫一樣。在為李金髮的詩辯護的時候，謝晨光說："它的使命只在洩發作家個人的情感，並不求人懂。"文末謝晨光說了句俏皮話："汪君不如去看小調的集子或者胡適紅花綠草的小詩罷，它們能夠令你大懂特懂！"謝晨光的理論是否可以成立姑且不論，但他為"外國化"辯護後面的香港立場卻顯而易見。這種立場是內地的文人所不易理解的，《幻洲》的編者並不贊同該文的觀點，文末"編者附志"還是堅持認為："至於修辭上我想總以愈用本國的語言習慣和愈使人看懂為愈妙。"

李金髮反過來也很支持這些香港的"半唐番體"詩人，並將其視為自己的詩歌傳人。李金髮曾在 1933 年 6 月為侯汝華的《單峰駝》寫序：明確將侯汝華稱為自己的傳人，"侯君的詩，全充滿我詩的氣息。我：低抑而式微，⋯⋯如弊屣之毫無顧惜，⋯⋯噫！你，我的同病者，⋯⋯幾以為是自己的詩句。"在他看來，侯汝華"如果能夠多讀法國現代各家的詩，將來一定有豐盛的收

---

16 據辰江《談皇仁書院》一文回憶：1927 年 2 月魯迅來香港演講，港人對於魯迅不太了解，他在會場上聽見一位先生問他旁邊的一位朋友："周魯迅是否著了一本《微雨》？"《微雨》是李金髮於 1925 年出版的第一部詩集，香港人對於李金髮的了解似乎超過魯迅。

穫。"[17] 同時，李金髮又為林英強的《淒涼之街》寫序，欣賞他的通常容易被人批評為晦澀神秘的詩風："詩之需要 image 猶人身之需要血液。現實中，沒有什麼了不得的美，美的蘊藏在想像中，象徵中，抽象的推敲中，明乎此，則詩自然鏗鏘可誦，不致'花呀月呀'了。林君的詩，似乎深知此道，有時且變本加厲，如創造出一些人所不常見的或康熙字典中的古字在詩中，使人增加無形的神秘的概念"。[18] 李金髮連續為侯汝華、林英強等詩人親自寫序，說明他對於香港"半唐番"體詩體的自覺。

這裏還需要提到另一篇為象徵主義辯護的長文，那就是發表於 1934 年 9 月香港《今日詩歌》上的隱郎的《論象徵主義詩歌》。有趣的是，隱郎在文章後面部分談到中國象徵主義詩人的時候，列舉的詩人是李金髮、施蟄存、侯汝華、林英強、鷗外鷗、林庚幾個人，其中除施蟄存、林庚之外，都是與香港有關的詩人。以李金髮為起點的香港"半唐番"體的詩歌線索，在此已經呼之欲出了。

無論是《紅豆》上的左翼小說，還是現代詩，都堪稱 30 年代中國文壇的一個組成部分，然而它們同時又具有鮮明的地域特徵，"在"而"不在"中國現代文學的版圖之中。

---

17 李金髮：《序侯汝華的〈單峰駝〉》，載《橄欖月刊》，第 35 期，1933 年 8 月。

18 李金髮：《序林英強的〈淒涼之街〉》，載《橄欖月刊》，第 35 期，1933 年 8 月。

第五章

南來與本土

第一節 "中國文化的中心"

　　1937 年抗日戰爭爆發後，內地大批文人南下香港，創建了大量的報刊，香港文壇一時風生水起。就報紙副刊而言，最有名的是四大副刊，在中共方面是茅盾主編的《立報·言林》和夏衍主編的《華商報·燈塔》，在純文學方面則是戴望舒主編的《星島日報·星座》和蕭乾主編的《大公報·文藝》。在文學期刊上，較為有名的有茅盾主編的《文藝陣地》、鄒韜奮主編的《大眾生活》、端木蕻良主編的《時代文學》、簡又文主編的《大風》和黃寧嬰主編的《中國詩壇》等。下面對於這些報刊略作疏理，從報刊角度展現彼時香港的文學生產過程。

　　《立報》由成舍我創建，時在 1935 年 9 月 20 日。《立報》很成功，至 1937 年銷量達到 20 萬份以上，超過了國內當時發行量最高的大報。1937 年 11 月 13 日上海淪陷，24 日《立報》宣佈停刊。1938 年 4 月 1 日，由中共投資，薩空了在香港復刊《立報》。薩空了邀請時在香港的茅盾編《立報》的"言林"副刊。《立報》第 1 版是要聞，第 2 版上半是國內消息，下半便是副刊"言林"。

　　茅盾在《言林》副刊"獻詞"中說："《言林》不拘於一種戰術：陣地戰、運動戰、游擊戰，凡屬拿手好戲都請來表演。""但'言林'，並不就此化為單純的'劍林'，它有時也許是一支七絃琴，一支笛，奏出了大時代中民族內心的蘊積；它有時也許是一架顯微鏡，檢視着社會人生的毒瘡膿汁。喜歡開口的人都請來談談，這還是《言林》的本色。"在創刊號上，巴金發表了《再給立報祝福》一文，他寫道："孤島的日子像一連串的噩夢。在這種沉悶的空氣中，聽到《立報》復刊的消息，我感覺說不出的快慰。""言林"主要刊登雜文、短論、詩歌等，主要作者有杜埃、林煥平、李南桌、黃繩和袁水拍等。適應香港的報紙風格，茅盾安排了一個長篇小說連載，這便是他本人執筆的《你往哪裏

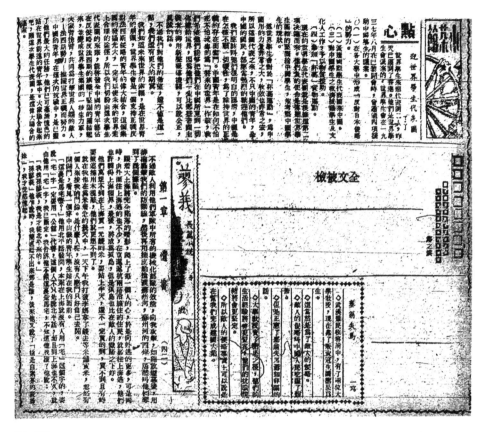

《立報》

跑？》，刊登於 1938 年 4 月 1 日至 1938 年 12 月 31 日《立報‧
言林》。據茅盾自己說，由於不太適應香港邊寫邊登的節奏，這
本長篇小說寫失敗了。《你往哪裏跑？》後來於 1945 年在重慶出
版社出單行本，改名為《第一階段的故事》。《立報》3 版上半版
是本港消息版，下半版是由薩空了本人負責的副刊"花果山"，
這個副刊曾連載張恨水的長篇小說《桃花港》。4 版上半版是國
際新聞，下半版是副刊"小茶館"，仍然由薩空了編輯，這個版
刊登讀者來信等，也刊載過金秉英的長篇小說《蓼莪》。

　　薩空了主編期間的《立報》，重視宣傳中共的理論政策，並
發表來自於中共駐香港辦事處的信息，還輸送香港進步青年去延

安，是中共在香港的喉舌。不過，《立報》的銷路並不好，據茅盾回憶："那時候《立報》銷路不好，天天賠錢，大有維持不下去的樣子。原因當然是《立報》'孤軍作戰'，敵不過那些盤踞香港幾十年的黃色小報。"[1]《立報》背後的老闆成舍我，則認為薩空了把報紙辦得太政治化了。成舍我的政治立場與薩空了不盡相同，成舍我到港後，薩空了就於 1938 年 9 月離開《立報》，去了新疆。在薩空了動員下，茅盾也於同年 12 月離開香港去了新疆。

皖南事變後中共的另一份報紙是《華商報》。皖南事變後，據周恩來的指示，在廖承志的領導下，剛從桂林和重慶撤退到香港的進步文人於 1941 年 4 月 8 日創辦了《華商報》。《華商報》社長是范長江，總編是胡仲持，主筆是張友漁。據楊奇回憶："《華商報》籌辦時，周恩來就吩咐，'這張報不用共產黨出面辦，不要辦得太紅，要灰一點。' 這在中共的報紙歷史上是沒有先例的。"[2]

《華商報》副刊"燈塔"由夏衍負責。在《燈塔》創刊日，夏衍發表了《未能免俗的介紹 —— 算是發刊詞》，其中提到："本報是一張晚報，而《燈塔》只是一張晚報的文藝化的綜合副刊，所以我們這裏一方面不想嬉皮笑臉，打諢插科，但他方面也並不打算扯長了面孔說教，'燈塔'是我們讀者在一天工作疲勞之後，可以不費力氣地在燈下披誦的讀物，像一杯清茶，像一張小夜曲的唱片，要做到的是儘管不一定能夠滋養和振奮，但也未始不足以爽氣和清心。""燈塔"的連載小說，最有名的是茅盾的《如是我見我聞》。茅盾在 1938 年底去新疆後，並不順利。在盛世才

1　茅盾：《在香港編〈文藝陣地〉——〈回憶錄〉（二十二）》，載《新文學史料》，第 1 期，1986 年，18 頁。

2　楊奇：《辦報有四最》，載黃仲鳴主編：《數風流人物 —— 香港報人口述歷史》上（香港：天地圖書有限公司，2017），284 頁。

變臉後，茅盾逃脫出來，在重慶又逢皖南事變，後經貴陽、桂林又重新回到闊別兩年的香港。在夏衍向茅盾約稿時，茅盾就把這一段經歷寫成 18 章《如是我見我聞》，在 "燈塔" 1 期至 29 期連載。"燈塔" 還連載了另外一些名篇，如巴人的《沉滓》、艾蕪的《故鄉》兩個長篇小說，還有鄒韜奮的《抗戰以來》、范長江的《祖國十年》和千家駒的《抗戰以來的經濟》等作品。《華商報》的讀者，主要是支持中共的人士，銷量也不大，約 5000 到 7000份，經營上有困難。《華商報》只辦了 8 個月，日本就開始攻佔香港。在 1941 年 12 月 12 日九龍淪陷那一天，《華商報》停刊了。

如果說，《立報》和《華商報》較具政治格局，那麼《星島日報·星座》和《大公報·文藝》則較具文藝色彩，是戰時中國文學的重要陣地。

上海淪陷後，戴望舒於 1938 年 5 月南來香港。這一年 8 月 1日，《星島日報》創刊，戴望舒經陸丹林介紹應邀主持《星島日報》文藝副刊 "星座"。戴望舒到香港後，成為 "中華全國文藝界協會香港分會" 的中堅，參與組織多項活動，包括參與紀念魯迅誕辰、擔任 "八月文藝通訊競賽" 評委、擔任香港 "文藝講習班" 講授等。戴望舒除了是 "文協" 香港分會的理事和宣傳部負責人，又是國民黨 "中國文化協進會" 的理事和宣傳部主任，可見他屬於中性人物。在 "星座" 上，戴望舒能夠團結不同立場的作家，使得 "星座" 群星薈萃。正如他自己所說："沒有一位知名的作家是沒有在 '星座' 裏寫過文章的。"[3] 在 "星座" 開始幾期上，有茅盾的《宣傳與事實》、郁達夫的《抗戰週年》、沈從文的《談進步》、李健吾的《關於劇評》、杜衡的《法西斯的恐嚇》、徐訏的詩《初夏在孤島》和路易士的詩《最後的都市》等，可見

3　戴望舒：《十年前的星島與星座》，載《星島日報》，1948 年 8 月 1 日，增刊 10 版。

《星島日報 · 星座》1

《星島日報·星座》2

123

戴望舒貫徹了抗日統一戰線的立場，以文學為中介，兼容了不同類型的作家。

"星座"上出現了不少現代文學的優秀作品。1938 年 8 月 1 日至 6 日，"星座"連載了施蟄存的小說《進城》6 節。1938 年 8 月 7 日至 11 月 19 日，"星座"陸續刊登了沈從文的連載小說《長河》67 節。蕭紅還在重慶的時候，就把《曠野的呼喊》交給戴望舒，這篇小說從 1939 年 4 月 17 日起至 5 月 17 日止，在"星座"上刊載了一個月。到香港之後，蕭紅將她一生的代表作《呼蘭河傳》也交給戴望舒在"星座"上連載（從 1940 年 9 月 1 日到 12 月 7 日）。在"星座"上連載的長篇小說，還有端木蕻良的《大江》、蕭軍的《側面》和沙汀的《賀龍將軍在前線》等。戴望舒本人也在"星座"上發表了不少詩歌、散文和譯作，著名詩作《元日祝福》就發表在 1939 年 1 月 1 日的"星座"上。

《大公報》創刊於 1902 年，在現代文學史上以副刊馳名。1928 年至 1934 年，吳宓主持"文學副刊"，歷時 6 年。1934 年，"文學副刊"轉由楊振聲主持。1935 年 8 月，《大公報》的"小公園"和"文藝副刊"合併為"文藝"，由沈從文和蕭乾主持，成為 30 年代中國京派作家群的主要陣地。抗戰以後的 1938 年 8 月 13 日，《大公報》在香港復刊，"文藝"副刊由蕭乾主持。1939 年 1 月，蕭乾曾在《大公報·文藝》以 21 期的篇幅，連載《日本這一年》，接着編輯成書出版，題為《清算日本》，可見其抗戰的決心。不過，一年以後，蕭乾就去了英國，後成為二戰歐洲戰場唯一的中國記者。離開《大公報》前，他推薦左翼作家楊剛接替自己的編輯位置。

在 1938 年 8 月 13 日港版《大公報·文藝》創刊的時候，《星島日報·星座》剛剛創刊兩個星期。兩個副刊都名家薈萃，不過由於編輯的來歷不同，《星島日報·星座》與《大公報·文藝》的作者隊伍還是有些差別的。戴望舒來自上海，熟悉上海的文人，尤其是現代派文人，因此《現代》的老朋友施蟄存、杜衡、路易士等都積極為《星島日報·星座》寫稿。蕭乾依靠的是北方京派文人的班底，沈從文，巴金、靳以是三位主要撰稿人。當然，文學名家就那麼多，重複在所難免，如沈從文是《大公報·文藝》的前任主持者，又是京派文人的代表人物，當然成為蕭乾的堅強後盾，不過他同樣支持戴望舒。《大公報·文藝》創刊伊始，沈從文一邊在《大公報·文藝》上連載長篇小說《湘西》，同時又在"星座"上連載長篇小說《長河》，由此也可見沈從文在當時文壇的熱度。

蕭乾後來回憶說："那時詩人戴望舒在編《星島日報》的副刊，他同上海作家們的聯繫比我密切。為《大公報·文藝》寫稿的，則大多是從平津奔赴延安或敵後以及疏散西南或西北幾所大學的。"[4] 從平津疏散到西南和西北的兩部分作者，成為《大公報·文藝》的重要特色。西南的文人主要指西南聯大文人群，和蕭乾聯繫較多的有沈從文、朱自清、李廣田、孫毓棠、汪曾祺和穆旦等人。至於對西北延安文人的關注，更成為彼時《大公報·文藝》的"亮點"。因為延安文學在國統區遭封鎖，香港《大公報·文藝》對於延安文學的報導特別引人注意。蕭乾在接手《大公報》後發表過一封《尋找朋友，並為"文藝"索文》的公開信，很快就有了響應。第一個給蕭乾寫信的是延安的嚴文井，繼之有南陽的姚雪垠、鄂北的田濤、山東的吳伯蕭，還有卞之琳、丁玲、劉白羽，以至於魯藝的陳荒煤等。這些人在抗戰爆發後，先後到達延安及其他根據地，成為延安文學隊伍的骨幹力量。與蕭乾聯繫上了以後，他們的作品就陸續上了《大公報》。在中共黨員楊剛繼任後，延安作品更加增多。據統計，《大公報》港版"文藝"副刊上共發表過延安作品118篇，蕭乾主編那年發表了44篇，

4　蕭乾：《我當過文學保姆》，載《新文學史料》，第3期，1991年。

剩下 74 篇為楊剛編發。這其中有不少知名作品：如沙汀的報告文學《賀龍將軍在前綫》、丁玲的散文《我是怎樣來陝北的》和何其芳的詩歌《夜歌》等。

以上談及的是四大報紙副刊的情況，下面簡略介紹一下抗戰期間香港文壇的文藝期刊。初到香港的茅盾，除了編《立報》"言林"副刊之外，同時還創辦了《文藝陣地》半月刊，時間是 1938 年 4 月 16 日。從創刊號到 2 卷 6 期，茅盾一共編了 18 期。1939 年初，茅盾去新疆，《文藝陣地》由樓適夷代編，仍由茅盾掛主編。自 1939 年 6 月 16 日 3 卷 5 期開始，《文藝陣地》編務搬到上海進行。《文藝陣地》在香港的時間僅一年多，卻是抗戰初期影響最大的文學期刊。

《文藝陣地》是理論批評和文學創作並重的刊物，並且理論批評文章大於創作。在創刊號的"編後記"中，茅盾寫道："這一期議論文多於作品。編者很想每期都能保持這一個性。似乎現在還沒有對於文藝上一般問題多發表意見的刊物，本刊試想在這裏開一冷門。"當然，他接着強調："但自然也不是不注意作品，對於這一方面，略有一點打算：一，把現實生活的種種經過綜合分析提煉，而典型地表現出來的，總想做到每期有這麼一篇；二，舊瓶裝新酒的辦法是目前大家熱心提倡而試驗的一事，也想時時供給些試驗品出來。至於三，通訊報告之類，所重在內容，而且最好是能夠從平凡中見出深刻來，自然，這是希望。書報述評是打算每期有一點。"《文藝陣地》開展了多種理論批評話題。一是由創刊號刊登的張天翼的《華威先生》所引起的一場有關"暴露與諷刺"之爭。這場爭論在當時文壇產生了很大的影響，廓清了抗戰文學中是否可以暴露與諷刺黑暗面的問題。二是有關於"大眾化與舊形式"問題的爭鳴。抗戰引發了文學界通俗文學的熱潮，不過如何利用舊形式？還需要理論上的澄清。圍繞這個問題，《文藝陣地》發表了茅盾、杜埃、黃繩、巴人、向林冰、穆

《文藝陣地》1

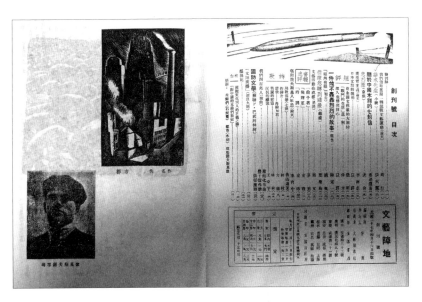

《文藝陣地》2

木天和王實味等人的多篇文章，進行了一系列的討論，這些文章後來成為了中國文壇 40 年代有關 "民族形式" 問題討論的先聲。此外，《文藝陣地》還展開了對於抗戰文學中的 "公式主義"、"典型化" 等問題的討論。

《文藝陣地》發表過很多抗戰文藝作品，最有影響的是兩篇小說：一是發表於創刊號的張天翼的《華威先生》，二是發表於第 3 期的姚雪垠的短篇小說《差半車麥秸》。這兩部作品之所以引起文壇轟動，原因是在普遍歌頌抗戰的文壇上，塑造出了反面人物及中間中物。華威先生忙着到處露面，只是爭取個人的權力，並不做實事。《差半車麥秸》中的抗日戰士，是一個充滿缺點的農民。在抗戰的形勢下，這兩個人物形象是很新穎的，也很容易引起爭議。

1941 年皖南事變後，鄒韜奮從桂林撤退到香港。他先參與了 1941 年 4 月 8 日《華商報》的籌辦，在《華商報》上連載了 77 節的《抗戰以來》，又在 5 月 17 日復刊了在上海被查禁的《大眾生活》，兩者前後僅隔一個多月。復刊後的《大眾生活》週刊，由鄒韜奮任主編，千家駒、茅盾、金仲華、喬木（冠華）、夏衍和胡繩等人組成了一個陣容強大的編委會。看得出來，和《華商報》差不多是一撥人。在香港辦刊物需要長篇小說連載，鄒韜奮只好又去找茅盾。為支持《大眾生活》，茅盾不得不停止了《華商報》上的《如是我見我聞》的連載。考慮到 "香港和南洋一帶讀者喜歡看武俠、驚險小說"，茅盾寫了一個長篇，描寫一個 "被騙陷入罪惡深淵又不甘沉淪的青年女特務的遭遇"，這便是 "抗戰第一長篇"《腐蝕》。《腐蝕》之後，鄒韜奮又請夏衍寫了《春寒》。在素有小報傳統的香港，《大眾生活》很快就打開了天地，銷量達 10 萬份。夏衍曾回憶："《大眾生活》和《華商報》緊密合作，在宣傳戰線起了很大的作用。回想起來，在當時當地，

《大眾生活》的影響可能比《華商報》還大。"[5] 鄒韜奮乃民盟人士,代表的是國共兩黨之外的力量。

1941 年 6 月 1 日,周鯨文和端木蕻良主編的《時代文學》在香港創刊面世,端木蕻良撰寫《民主與人權》作為發刊詞。《時代文學》號稱 "香港唯一巨型文學月刊"(見該刊廣告詞),雲集了一批知名的文化人。創刊號上刊登的 "特約撰稿人",包括丁玲、王統照、巴金、老舍、艾蕪、艾青、周揚、胡風、茅盾、夏衍、張天翼和許地山等 60 位知名作家,很有聲勢。《時代文學》得到了各方支持,"當時端木先生還可以和延安方面通信,儘管十封信裏大約只有不到一半能夠看到。憑着這種聯繫,丁玲為《時代文學》抓來一批稿子。在上海的許廣平、巴人也組來了稿子,戈寶權大力支持,不斷送來最新的蘇俄文學譯著。香港方面還有戴望舒先生、楊剛女士的鼎力相助。端木先生還記得,美國女記者史沫特萊也交給他一組十篇關於新四軍的短篇。這樣,《時代文學》很快就辦成一本頗有影響的刊物。"[6]《時代文學》成績最大的是小說。蕭紅寓居香港後帶病寫下的新作《小城三月》和端木蕻良本人的《大時代》都刊於《時代文學》,其他如劉白羽的《太陽》、艾蕪的《戲院中》、駱賓基的《人與土地》等作品也都發表於該刊。《時代文學》除發表創作外,還刊登了為數不少的譯作,第 1 期就翻譯發表了海涅、泰戈爾等人的詩,還有戴望舒翻譯的法國聖代克茹貝里的《綠洲》和林煥平翻譯的日本本間唯一的《論文學的形象》,此所謂 "薈萃全國作家心血反映大時代的全貌,並介紹歐美文學的動向"。在抗戰烽火四起的年代,《時代文學》依然還能堅持翻譯外國文學,這是不多見的,

5 夏衍:《懶尋舊夢錄》(北京:生活・讀書・新知三聯書店,2000),309 頁。

6 宜宏:《天上人間魂夢牽 —— 端木蕻良憶在港歲月》,載《香港文學》,第 3 期,1990 年。

《時代文學》1

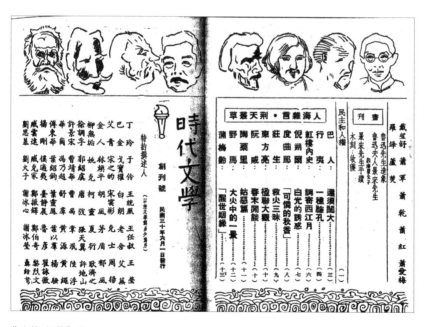

《時代文學》2

宇宙風社逸經社聯合主辦

大風

十日刊 第二期

中華民國廿七年三月十五日出版

《大風》

可見其純文學傾向。可惜，《時代文學》只出到第 7 期就停刊了。

《大風》創刊於 1938 年 3 月 5 日，社長簡又文、林語堂，編輯陶亢德、陸丹林。據其廣告列出 "撰稿人一斑"，其中包括簡又文、謝冰瑩、馮自由、陳獨秀、馬國亮、陶亢德、老舍、杜衡、陸丹林、穆時英、蘇雪林、徐蔚南、施蟄存、葉恭綽、孫科和丁聰等。從作者隊伍就能看出來，這不是左翼的刊物。抗戰開始以來，在香港成立的文化組織，首先是 1939 年 3 月 26 日成立的 "中華全國文藝界協會香港分會"，由許地山主持，簡又文為後補理事。剛到半年，1939 年 9 月 17 日，身為國民黨中央立法委員的簡又文又奉命成立了 "中國文化協進會"。"文協香港分會" 與 "中國文化協進會" 在香港雖有明爭暗鬥，然而在國共合作的當時，兩者至少在表面上都是服從於抗戰大局的。在第一屆 "中國文化協進會" 中，許地山是常務理事，楊剛和戴望舒都是理事。

簡又文在《大風》"代前言" 的《大風起兮》一文中提到，"本刊係由 '宇宙風' 與 '逸經' 兩社在港聯合主辦"，內容是配合政府抗戰的。《大風》所設計的欄目有 "風雨談"、"專著"、"譯叢"、"史實掌故"、"文藝"、"通訊" 和 "人鏡" 等，是以雜文為主的。《大風》第 1 期所刊登的文章有亢德《偉大的國民》、丹林《自由與無忌》、謝冰瑩《戰士底手》、老舍《到武漢後》、馮自由《記張靜江》和朱樸《張發奎瑣記》等。《大風》也發表過不少名家名作，許地山的中篇小說《玉官》和《鐵魚底鰓》分別刊載於《大風》1939 年和 1941 年，郁達夫的《毀家詩記》，施蟄存的《薄鳧林雜記》、《我的家屋》，戴望舒翻譯馬爾洛（Andre Malraux）的《死刑判決》和杜衡的《白沙溪上》等都發表於《大風》。

由於上述報刊的創立，由於茅盾、許地山、蕭紅、夏衍和戴望舒等著名作家的加入，香港文壇勃然中興，成為了戰時中國文學的中心。薩空了當時就著文指出："現在香港已代替上海來作全國的中心了"，"今後中國文化的中心，至少將有一個時期要屬香港。並且這個文化中心，應更較上海為輝煌"[7]。

需要指出的是，這些報刊都是由大陸南下香港的文人所辦，服務於中國抗戰現實的，它們雖然創建於香港，但與香港本地關係並不大，這些刊物的編輯、稿源甚至發行都在內地。茅盾曾經描繪他在香港編《文藝陣地》的情況，先看稿源：

> 到香港不久，投到《文藝陣地》的稿件就源源從廣州生活書店轉來，有遠在四川的葉聖陶的雜感《從疏忽轉到謹嚴》和周文的通信《文藝活動在成都》，有武漢老舍的新京劇《忠烈圖》，有廣州草明的小說《梁五底煩惱》和林林的短詩，有從臨汾寄來的劉白羽的速寫《瘋人》和肖紅的散文《記鹿地夫婦》，有日本作家鹿地互寫於廣州的論文《日本軍事法西主義與文學》（這是夏衍翻譯的），有在津浦前線滇軍中的張天虛的報告文學《雪山道中》，有鄭振鐸從上海寄來的魯迅的書簡，有剛從蘇聯回國的戈寶權的文章《蘇聯劇壇近訊》，有在長沙的豐子愷寫的歌詞《我們四百兆人》，還有董老推薦來的陸定一的報告文學《一件並不轟轟烈烈的故事》，等等。總之，朋友們都大力支持我辦這個刊物。加上已經在手頭的張天翼的小說《華威先生》，樓適夷的報告文學《福州有福》，葉以群的短論《深入生活的核心》，編第一期已經綽綽有餘了。值得提一筆的是也有自由投稿者，其中有兩個青年，一個是廣東人叫杜埃，另一個就是在長沙見過一面的李南桌，這兩位青年都是研究文藝理論的，而他們寫的文章甚至超過了某些知名的文藝理論家。杜埃就住在香港，後來與他接觸多了，才知道他在廖承志手下工作，廖承志當時是香港地下黨的負責人。李南桌在長沙大轟炸後也來到香港，在一所中學裏教國文。[8]

7　薩空了：《建立新文化中心》，載《立報·小茶館》，1938年4月2日。

8　茅盾：《在香港編〈文藝陣地〉——〈回憶錄〉（二十二）》，3頁。

《文藝陣地》的稿子來自於祖國四面八方，有四川葉聖陶、武漢老舍、廣州草明、臨汾劉白羽、津浦前線張天虛、上海鄭振鐸和長沙豐子愷等等，甚至有日本作家鹿地亙，從蘇聯回來的戈寶權等，與香港本地沒有多大關係。

再看發行，茅盾說：

> 《文藝陣地》博得了廣大讀者的讚揚，但是《文藝陣地》的銷路卻不暢通，由於戰時交通的堵塞，雜誌印出來卻送不到讀者的手裏。能按期看到《文陣》的，除了香港、廣州外，只有南洋、昆明以及華南某些中等城市，武漢靠寄航空版翻印，至於四川、西北等地需隔三四個月才能看到，或者根本看不到。到了十月二十一日廣州失陷，武漢危急，情形就更加困難了。[9]

從行文上看，茅盾的《文藝陣地》雖然在香港編輯，但其發行地卻主要在廣大的內地。因為地域原因，香港是能夠及時看到《文藝陣地》的，然而這種情況卻讓茅盾很焦慮，他考慮的是全國的讀者。

第二節　《天光報》：流行小說

惟其如此，從香港本地文壇的角度考慮，香港學者不無抱怨。黃康顯在其著作《香港文學的發展和評價》中提出：抗戰時期香港文壇雖然風生水起，但香港本地作家卻沒有"受惠"，1939 年的《中國詩壇》尚有幾個香港作家的名字，到了 1941 年的《時代文學》，67 位撰述人中只有劉火子一位香港作家，而在香港的文學組織中，無論是"中華全國文藝界協會香港分會"，還是

9　茅盾：《在香港編〈文藝陣地〉——〈回憶錄〉（二十二）》。

"中國文化協進會"，都找不到香港新文學作家的名字。黃康顯認為："可能是三十年代的香港文學，尚在萌芽時期，國內名作家的湧至，迫使香港文學，驟然回歸中國文學的母體，在母體內，這個新生嬰兒還在成長階段，當然無權參與正常事務的操作，不過這個新生嬰兒，肯定是在成長階段中，並沒有受到好好的撫養。不過當這個初生嬰兒，學會跑步後，便跑到街頭流浪去"。[10]

作為一名香港學者，黃康顯的抱怨自有其理由。香港與內地的文化差異很大，香港以英文為官方語言，中文文化多文言和通俗文字。茅盾等在內地知名度很高的作家，在香港卻未必受到認可，這讓內地新文學作家很惱火，以至於一再批評香港文化。1928年魯迅到港如此，1935年胡適到港如此，茅盾等人這次南下也不例外。我們看一下茅盾當時對於香港的感受：

> 一九三八年的香港，是一個畸形兒 —— 富麗的物質生活掩蓋着貧瘠的精神生活，這在我到達香港不久就感覺到了。香港的報紙很多，大報近十種，小報有三四十，但沒有一張是進步的；金仲華任總編輯的《星島日報》那時還在籌備中。除了幾份與香港當局有關係的大報外，其他都是純粹的商業性報紙，其編輯人眼光既狹窄，思想也落後。至於大量充斥市場的小報，則完全以低級趣味、誨淫誨盜的東西取勝。……用"醉生夢死"來形容抗戰初期的香港小市民的精神狀態，並不過份。……因此，當我在一九三八年二月底來到香港時，似乎進入了一片文化的荒漠，這是我始料所不及的。[11]

茅盾斷然以"低級趣味、誨淫誨盜"、"醉生夢死"和"文

---

10 黃康顯：《香港文學的發展與評價》（香港：秋海棠文化企業出版社，1996），39頁。

11 茅盾：《在香港編〈文藝陣地〉——〈回憶錄〉（二十二）》。

化荒漠"等詞彙概括香港文化,顯示出他的憤激,這顯然不太公正。最不公正的地方,是他完全忽略了香港自身的新文學作家。的確,在內地南來作家的星光輝映下,香港新文學作家黯然失色,感覺忽然人間蒸發了。

香港文學史在談及抗戰初期香港文學的時候,都只大書特書南來名家的創作成就,很少注意到香港本地作家。那麼,抗戰初期內地作家大量南下後,香港本地新文學作家都去哪裏了?本文試圖鉤索歷史線索,探討這一問題。

讓我們先從平可談起。1937年7月,時任《工商日報》副刊"市聲"編輯的龍實秀約請平可見面。龍實秀也是香港最早的新文學作家之一,平可與龍實秀是在1928年元旦《大光報》聚會時認識的,他們後來成了幾十年的朋友。龍實秀請平可為"市聲"撰寫連載小說,原因是以"半月"為筆名的曾復民要去韶關,不打算再為"市聲"寫連載小說了。龍實秀對平可說:"你年紀不大,又曾經歷過一些事,何不寫一篇小說給大家看看。"平可理解龍秀的言下之意是:"年紀不大,則心情不至太冷;又經歷過一些事,對人生總有多少實感。因此他希望我筆下的東西能夠動人。"[12]平可回答考慮一個星期。在這一個星期裏,平可認真考察了香港的文壇狀況。我們姑且以香港本地作家平可的眼光,觀察一下當時的香港文壇。

對於抗戰以來湧入香港的內地文學大家,平可是很仰慕的,認為他們在寫作上"畢竟是大師,身手不凡"。不過,在平可看來,他們的作品並不能吸引香港市民讀者,原因是大陸南來作家沒有香港生活經驗,不太了解香港市民讀者,他們多是"過客"心態:

---

12 平可:《山高水遠·自序》(香港:工商日報出版社,1941),4頁。

若只論寫作技巧，那些名家畢竟是大師，身手不凡；但他們的作品對典型的香港市民缺乏吸引力，而當時一切報刊所努力爭取的讀者正是人數眾多的典型香港市民。

外來的作者並非故意不理會讀者，也非不知典型香港市民是重要對象，但有許多困難是他們不易克服的。有些作者自視為"過客"，無意在香港久居，這類作者是不必提了；其他的作者雖有久居意，也願同化，但居港期間畢竟不長，對香港社會的實況和傳統所知有限，他們刻意遷就讀者，所用的題材仍不能不以過去的見聞和經驗為根據，因此不易博得典型香港市民的親切感。[13]

那麼，當時香港文壇最為暢銷的連載小說究竟是哪一些人？平可對此進行了考察，他列舉了以下三類：

（1）以"豹翁"為筆名的蘇守潔是用古文寫黑幕小說的，色情氣味很濃。遣詞造句往往詰屈聱牙，以示古拙。所用的字有時連一般字典裏也沒有。他的讀者大都是三十歲到五十歲的男性中年人。

（2）"靈簫生"是衛春秋的筆名。他所寫的《海角紅樓》刊登於他自己出版的小報《春秋》裏。這篇小說是用文言寫的，曾吸引不少香港和廣州的讀者。

（3）"傑克"是黃天石的筆名。我從廣州回香港後，聽說他在《天光報》發表的小說膾炙人口。《天光報》屬於《工商日報》集團，是當時香港銷數最多的報紙之一。它的銷路是靠小說版維持的，而在小說版挑大頭的就是傑克的作品。[14]

在香港最受讀者歡迎的三類連載小說中，前兩類都是文言，

---

13 平可：《誤闖文壇述憶》，載《香港文學》，第 6 期，1985。
14 平可：《誤闖文壇述憶》，載《香港文學》，第 6 期，1985。

只有黃天石堅持寫白話小說，由此可見香港文壇與中國內地文壇的差別之大，也可見南來作家的寫作如何不接"地氣"了。作為香港最早的新文學先驅者之一，平可自然看不上前兩類小說，他認為：第一類黑幕小說的作者蘇守潔，"他雖然有很多讀者，但作風顯然是畸形的，不足為法"；第二類小說作者衞春秋，"他的作品不脫徐枕亞派的窠臼，這類作品縱然還吸引讀者，也已開到荼薇了"；只有第三種，平可覺得較有吸引力。他決定按照黃天石的方向進行文學寫作。

茅盾所說的"低級趣味、誨淫誨盜"、"醉生夢死"等，大致可以概括前兩類小說，卻概括不了第三種文學。1927-1928 年的時候，黃天石就率先在《大光報》開闢白話新文學副刊，培養了最早一批的新文學作家。黃天石是很愛國的作家，盧溝橋事變後，他憂心忡忡，希望做點實事，為國效力。他曾半夜訪問陳君葆，讓他注意民族危亡。據陳君葆 1934 年 1 月 7 日日記記載：

> 放着垂死的民族不救，倒去做些不急之務，這怎樣叫得是真正男子！黃天石說得好：父兄費了這麼多金錢，這麼多心血，本來對你希望很大，而結果你讀成了書卻不去幹些有用的事，你說如何能對得住社會人群呢？這一番話，真如晨鐘之場，頓醒我的夢，發我深省也。天石深夜來訪，卻說起國家大事，驟然聽到，似乎玆事體大，焉可以隨便決定什麼主張，但是我十年來處心積慮，實亦忘不了中國，平生痛恨時局，痛恨於一班人物，痛恨於內爭外侮，已不知吸了多少口氣。……天石說：我們神交已久，現在旨趣既然一致，便可以共同合作了。我在目前的場合下，似乎沒有猶豫的餘地了，因為時局如此逼切！[15]

---

15 謝榮滾主編：《陳君葆日記全集》卷 1〔香港：商務印書館（香港）有限公司，2004〕，71 頁。

陳君葆於 1934 年受聘香港大學，任馮平山圖書館館長，是香港著名學者和活動家。與黃天石會談的時候，正是他從南洋剛剛回港、入聘港大之前。陳君葆關心中國時局，並與黃天石、龍實秀、謝晨光等香港新文學作家來往甚密。

陳君葆在與黃天石夜談之後，第二天中午又在辦公室繼續談。1934 年 1 月 8 日日記有云：

> 今天因為有約，十一點便到辦公室來，天石亦剛於此時來到，大家談了很久，約近正午，謝維楚也來訪，大家又談了些時，原來晨光便是他，他曾到過日本，對於日本文藝頗有研究，曩時曾寫過小說，但現在則轉而研究經濟學政治問題等。[16]

文中談到的謝維楚，即謝晨光。謝晨光也是 1928 年元旦《大光報》聚會作者之一，是香港早期新文學作家中的佼佼者。他能夠從香港文壇破土而出，在上海的《幻洲》等新文學刊物發表作品，並在上海現代書局出版小說集《勝利的悲哀》，在香港新文學文壇具有一定名氣。不過，到 30 年代的時候，謝晨光彼時似乎已經不太寫作了，轉而研究經濟政治問題。

1934 年 1 月 27 日，陳君葆又與香港新文學作家龍實秀及謝晨光談，所談的是有關於辦刊物的問題，為的是要在當前時局下發出自己的聲音，並努力進行思想和理論建設。1934 年 1 月 20 日的《陳君葆日記》，談及討論創辦刊物的問題：

> 和實秀談在南國討論姓林的問題；怎樣辦一個刊物，因為沒有刊物，我們便像沒有口舌一樣，說不出話來。談話中我們又講到主張的理論尚未成立一層來，龍意也感覺到這點，並曾向晨光表達過意見，晨光

---

16 謝榮滾主編：《陳君葆日記全集》卷 1，71-72 頁。

也承認有大家從事努力理論之必要。[17]

那麼，他們的理論主張到底如何呢？1934 年 2 月 19 日《陳君葆日記》有云：

實秀說：目前只有兩條路可走，不是俄國的共產，便是意大利的法西斯蒂，然而法西斯蒂不過是資本主義到了沒落時期的一個回浪！我問說：然則你的意思也是以為社會主義者若要走的，便有向左邊了。他說：是的。[18]

從這段記載看起來，這些香港新文學工作者的思想傾向是偏向於左翼的，這大概出乎茅盾等人的意料之外。他們在一起，也時常談論香港新文學，如日記中記載他們討論黃天石 1922 年的中篇小說《我之蜜月》和 1928 年的散文集《獻心》，陳君葆認為黃天石是"富感情的人"，文字偏於詩和浪漫。

《工商日報》創刊於 1925 年省港工人大罷工期間，1929 年由何東接辦，號稱謀求香港工商界的利益。由於辦得成功，1933 年 2 月，再出版一份售價一仙的《天光報》，由汪玉亭出任總編。1933 年，李濟深、蔡廷鍇等在福建成立"福建人民革命政府"，史稱"閩變"，當時在香港只有《工商日報》系統的報紙進行報導，轟動一時，《工商日報》也由此冒起成為大報。連載流行小說，也是《工商日報》銷售的一個手段。

最早在《天光報》走紅的小說，是黃天石（傑克）連載於 1939 年的《紅巾誤》，這部小說的確佐證了他左翼和浪漫的特色。小說的女主人公甜姐原是一個內地鄉下姑娘，因內地戰事，

---

17 謝榮滾主編：《陳君葆日記全集》卷 1，75 頁。
18 謝榮滾主編：《陳君葆日記全集》卷 1，80 頁。

《天光報》

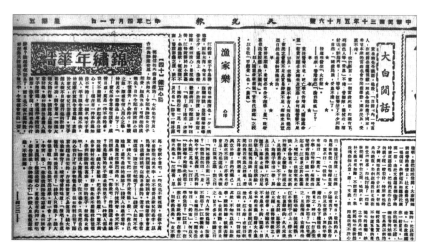

平可於《天光報》連載的小説《錦繡年華》

來香港投奔姨媽林婆。迫於生計，她做了導遊小姐。受地下工作者蘇雨指派，她與漢奸梁濟川來往，盜取了他的絕密文件，使得這個漢奸受到了應有懲罰。這的確是一個抗戰的題材，然而又和艷情糾纏，富於傳奇性，有點像今天的《色戒》。

從形式上看，小說大致是章回體，採取的是單標題："一，初相見"、"二，後房的單身西裝少年"、"三，戀的轉變"等。小說主要以故事情節帶動結構，敘述者甚至於直接出面評論，類似說書人。甜姐得到蘇雨指示，不能讓梁濟川懷疑，於是阿甜便和梁濟川日夜廝守，還依依不捨地送別他。這時候，文中評論到，"梁濟川只當她真得一心向他，哪知這樣一位花嬌玉媚的美人，卻是斷送他性命的劊子手呢。常言說得好，色字頭上，是個刀字，又說女人是禍水。看來古今聰明人物，都打不破這個美人關，何況是利令智昏的漢奸呢？"在甜姐和漢奸的故事結束後，大約連載還不能結束，小說又添加了一個新甜姐的故事，顯得和故事主線游離。在語言上，小說吸取了傳統小說說故事的手法，如《紅巾誤》中"話休絮煩，當下阿甜拉了一張矮凳坐着……"較為特別的是，小說中大量採用了粵語，這使它更加富於地方感。《紅巾誤》一炮打響，在香港本地讀者中深受歡迎，單行本一版再版。

平可比較認可黃天石的文體，他覺得香港讀者已經能夠接受白話文，但喜歡的是《紅樓夢》、《水滸傳》式的白話文體，而不能接受大陸新文學的"歐化"文字，所以平可決定採用新舊"折衷"式的文字，他將之戲稱為"放腳式"。

平可終於答應給《工商日報》副刊"市聲"寫小說了。1939年8月，他的第一部長篇小說《山長水遠》正式刊出。《山長水遠》是寫工商題材的。平可畢業後，先在學校當老師，後來聽從父親安排從商，在商界呆了很多年。小說寫男主人公關弓混跡於香港商場的故事，的確是作者熟悉的題材。關弓的特點是善於利用女人，獲得商業上的機會。小說一開始，關弓就是一個沒有工作、兩手空空的人。宇宙運輸公司的張大明計劃買汽車，洋行的司理弗蘭明找關弓，想拿到這筆生意。關弓想得到這筆佣金，不過他與張大明並不熟，他發現張大明追逐白貞妮，於是利用白貞妮做成了這筆生意。小說以關弓與不同女人的關聯為線索，從白貞妮到符小妹、趙月容、唐寶珠、龔雪艷等，以此帶出一系列故事，再現了香港商業社會的面貌。

有關於關弓這個人物，書中沒有美化或醜化，而是寫"主角處身於一個你爭我奪、弱肉強食的畸形環境中，為求達到目的，或為保障自己，往往使用奇謀，不擇手段"。作者認為，"他是忠是奸，是好是壞，應由讀者根據自己的觀點去評定。我要把他寫成一個既可憎又可愛，應受譴責又值得同情的人"。在結構上，《山高水遠》有點類似魯迅所說的"事與其事俱起，亦與其去俱訖"。和傑克的《紅巾誤》相同，《山高水遠》也採用了單標題形式，《紅巾誤》還有目錄，《山高水遠》連目錄都沒有，直接進入故事，第一部分題為"白貞妮"，第二部分題為"魚終於上鉤了"，第三部分題為"都在我身上"等。與《紅巾誤》不同的是，《山長水遠》中沒有粵語方言，而是完全的現代白話小說。當然，從"卻說當天關弓到了周公館……"等語言看，它仍有舊小說的痕跡。

《山高水遠》中出現了兩個有趣的細節。第一是白貞妮聽說《魯迅全集》不錯，預約了一套，"翻了兩頁，便塞進書櫃去，永不再拿出來"。第二個更有趣，提到了茅盾主編的《文藝陣地》，"又有一次，她聽說《文藝陣地》那份雜誌值得看看，一訂便是一年，書按期寄到了，拆也不拆，便挪到書櫃的一個角落去"。這兩個細節，一方面固然說明了白貞妮的不學無術，另一方面也說明了《魯迅全集》和《文藝陣地》對於香港市民吸引力不大，這也佐證了平可的說法。

《山長水遠》刊出約一個月以後，香港另一位早期新文學寫作者張吻冰開始以筆名"望雲"在《天光報》連載長篇小說《黑俠》。在文體上，平可發現"望雲所採用文體也是我所說的'折衷式'"。這樣，《天光報》就同時刊登黃天石和張吻冰的兩部長篇連載。這還不夠，《天光報》總編兼副刊編輯汪玉亭後來又通過龍秀實找到平可，希望他為《天光報》再寫第三部連載小說。原因是，"傑克、望雲兩人的小說適合家庭主婦和已經在社會做事的成年人閱讀，現在急需的，是一篇以學生為對象的小說"。不過，汪玉亭強調："小說要通俗，但格調不能低。" 平可是在學校任過職的，他據自己的經驗寫出學生題材的《錦繡年華》。小說刊登後，大受歡迎，平可收到無數讀者來信，還有讀者建議他修改小說情節。小說女主角戴秋荷去世時，讀者都來信罵他，有讀者譴責他是殺人犯。那個時候，平可走到學校或醫院，都會引來圍觀，儼然轟動一時，由此可見平可等人的小說在香港受歡迎的程度。

　　因為受歡迎，這些小說屢被盜版，以至後來傑克、望雲、平可等人聯合成立了一個"香港小說家版權會"，以保護版權。1941年7月21日《工商日報》刊登了"小說家成立版權會"的消息，說"年來本港各報副刊之長篇連載小說，風靡一時，市上遂有不法之徒，專以盜取版權、翻印該類小說之單行本為業，使作者與正當之出版家，均蒙絕大損失……"。這與南來左翼報刊滯銷，無疑形成了鮮明對比。香港南來左翼文學儘管聲勢浩大，但給人感覺只是中國文學在香港的一個空中延伸，與香港本地並未發生多少關係。儘管抗戰以後中國文壇乃至香港左翼文壇都不斷出現有關於"民族形式"和"通俗文藝"的倡導，希望利用舊形式表現抗戰的內容，但左翼作家的作品在香港卻不接地氣，而暢銷的傑克、平可、張吻冰等人的小說又不被注意，這不能不說是一個奇怪的現象。

　　南來作家為何不與香港本地作家聯繫？這是一個很有趣的問題。1940 年，陸丹林寫過一篇概述香港文壇的文章，題為《香港的文藝界》，其中提供了一條線索，"上海失陷以後，居住在上海南京等地文藝工作者到香港來的很多，辦理報紙，有大公報、申報、立報、星報等，定期刊物，有東方雜誌、大風旬刊等，畫報有良友、東方、大地等，這些報紙雜誌的主持人和工作者，多是由上海來，故他們是'外江佬'，和香港原有的文人，因為言語或其他關係，大家很少往來。而這一班'外江佬'的文友，每週（旬）就有一次座談會……"。這裏說的是由於"言語"不通的關係，南來文人和本地文人很少來往。不過在後文中，陸丹林又提到，其實他本人以及簡又文等人都是廣東人，粵語交流並無問題，但仍然被視為"外江佬"："旅港文藝界，不必諱言，也無庸諱言，是有派別的，從大體說來，是分本地和外江兩派。所謂外江，不管他是否廣東人，要是他是從京滬平津等地到港的，他們也把'外江佬'三字加在你的頭上，所以簡又文、嚴既澄、馬國亮、陳占元、陳畸、溫源寧，和我等是十足道地的廣東人，都是給他們說是'外江佬'。外江和本地雖然不是劃有鴻溝，但是彼此很少往來，尤其是報館中人。這一種隔膜，不知幾時才能消滅？"[19] 由此看來，他們之間的鴻溝並不僅僅是"言語"不通的問題，而是文化上的排斥，上述茅盾對於本地文壇的蔑視性評論，在南來作家中是有代表性的。1939 年，簡又文也寫過一篇與陸丹林同題的文章《香港的文藝界》，其中這樣評論香港本地文壇："香港一向所有的文藝界的人物，只有幾家商業化的日報和編輯記者們，和適應環境所需要的幾個舊式小說家或充滿地方色彩的作家而已。這都是較為高尚的筆者了。其下流者，則專靠寫作或

19　陸丹林：《香港的文藝界》，載《黃河》，創刊號，1940 年 2 月。

發行'誨淫誨盜'與低級作品的小報小說為騙錢之具的"。[20] 茅盾與簡又文分別是香港文壇左翼和右翼方面的代表人物,在對於香港本地文壇的看法上卻相當一致。當然,從"外江佬"的稱呼看,香港本地文壇對於南來作家也相當排斥,南來作家的憤激之言大概也是由此而來的。

第三節 《文藝青年》:本地青年作家

如果說南來左翼作家完全忽略了香港本地文壇,其實也不盡然。他們沒有接續原有的香港新文學脈絡,而是廣泛培養香港青年文學愛好者,扶植了新的香港左翼力量。於是,在南來作家和本港作家之外,出現了另外一種未被文學史所提及的戰時香港文學類型,即在左翼作家指導下的香港本地青年的創作。這裏想討論的是當時香港一份較為特別的文學刊物《文藝青年》。

《文藝青年》(1940 年 9 月至 1941 年 2 月)這個期刊在香港淪陷期間湮沒,直至新時期才被重新"發現"。在南來作家主導香港文壇的情形下,想找到一份刊載香港本地作家作品的刊物殊為不易,《文藝青年》因之得到香港本地學者的相當注意。黃康顯說:"1940 年創刊、一直維持到 1941 年的《文藝青年》,卻有許多以香港為背景、及以香港市民為對象的作品,該刊是由一群名不經傳的文藝青年主辦,作者亦名不經傳。"[21] 鄭樹森認為:"《文藝青年》是很值得注意的發表園地,它是香港年輕人參與極深的一份刊物。""在《文藝青年》中寫文章的,基本都是本地的年輕學生……《文藝青年》卻肯定是相當本地化的。""《文藝

---

20 簡又文:《香港的文藝界》,載《抗戰文藝》,第 4 卷第 1 期,1939 年 4 月 10 日。

21 黃康顯:《香港文學的發展與評價》,36 頁。

青年》的作品本地色彩很濃厚。"[22] 從這些評論來看，香港本地學者很重視《文藝青年》，然而他們對於這份刊物的了解卻是很有限的。上述說法有點似是而非，《文藝青年》的確發表了很多香港本地青年的作品，但這個刊物並非由無名之輩所辦，也不是單純的香港青年的刊物，而是"文協香港分會"屬下的"文藝通訊部"（簡稱"文通"）的機關報，是左翼文壇為了團結和動員香港文藝青年所辦的刊物。

"文通"成立於 1936 年 8 月 6 日，負責香港青年的宣傳工作。開始的時候，"文通"在《中國晚報》、《循環日報》等不同報刊上開展"文藝通訊"活動，產生了一定的社會影響。後來"文通"覺得需要有一個專門的陣地，經中共香港市委文化委員會同意，文協理事會的林螢聰、陳漢華、麥峰、楊奇和彭耀芬等人開始籌備《文藝青年》。為了逃避在香港登記出版，《文藝青年》號稱社址在"曲江風度北路八十號"，這是一個假地址，真的"香港通訊處"設在楊奇所工作的《天文台半周評論報》的地址：德輔道中國民行 407 號。四個人在《文藝青年》的分工是：陳漢華負責對外聯繫，楊奇、麥峰負責編輯出版，彭耀芬負責發行和財務。文協領導黃繩、黃文俞及楊剛等人，都很重視對於《文藝青年》的審查和指導。《文藝青年》的定位是：面向香港，動員、輔導、團結香港的文藝青年。它以短小文章為主，反映香港社會及抗戰前線的不同面向。《文藝青年》一共辦了 11 期，後被迫停刊。據楊奇回憶，"《文藝青年》由於揭露國民黨圍剿新四軍的真相，激怒了國民黨。他們駐香港的機構，通過港英當局政治部出面，把承印《文藝青年》的大成印務公司老闆常書林遞解出境，

---

22 鄭樹森、黃繼持、盧瑋鑾編：《早期香港新文學資料選（1927-1941 年）》（香港：天地圖書有限公司，1999），6 頁。

《文藝青年》

又派密探到《天文台》'傳訊'我,《文藝青年》被迫停刊"。[23] 時在 1941 年 2 月。

從《文藝青年》第 1 期的文章上,我們能夠清楚地看到這個刊物的宗旨目標及政治傾向。《文藝青年》的"發刊詞"《我們的目標 —— 代開頭話》把刊物的目標歸結為三句話:一是"做成文藝戰線的尖兵",二是"做成文藝青年學習及戰鬥的園地",三是"團結廣大的文藝青年群"。其目標很明確,就是在全民抗戰中,號召青年成為文藝戰線的尖兵,尤其要在香港這個"被稱為文化沙漠的荒島"上,闢出文藝的綠地,動員、團結起香港的廣大青年。《文藝青年》第 1 期的第二篇文章,是文協領導黃文俞親自寫的《九一八與文藝》,文章指出:這一時期文藝的主題就是抗戰,強調"文藝是要忠於時代,為時代服務,忠於大眾,為大眾的解放而服務"。文章的最後,還批評了"文藝與抗戰無關論"以及"和平救國文藝"。黃文俞的這篇文章是點題之作,但所談的話題顯然都是從中國內地移植過來的。《文藝青年》第 1 期的第三篇文章是林煥平的《青年文藝運動諸問題》,此文泛論中國青年工作的優長和問題,號召青年參加文藝通訊等工作,所針對的是全國的青年,而非專門指香港。

《文藝青年》最有影響的一篇指導和批評香港青年的文章,是當時"文通"的負責人、《大公報·文藝》編輯楊剛所寫的《反新式風花雪月 —— 對香港文藝青年的一個挑戰》。此文在《文藝青年》第 2 期發表後,引發了強烈影響和廣泛的討論。楊剛在文章中,首先發表了對於香港社會的隔膜印象,"沒有到過香港的人,或到了香港不久的,大都容易對這地方的後生們抱一點懷疑心理。覺得香港地位特殊,人也不免特殊;老的固有些潮氣氳

---

23 楊奇:《辦報有四最》,載黃仲鳴主編:《數風流人物 —— 香港報人口述歷史》上,281 頁。

氲的籬下人味道，少的也正是圓頭圓腦，一付天真未鑿的公子態，可憐可掬"。這幾句對於香港老年和青年的整體概觀，頗為負面，並且語氣居高臨下。不過，楊剛接下來說，在編副刊時，讀到許多青年們的文章，印象有所改變，覺得不能完全用"公子態或殖民地人物"這些看法來概括香港的青年，至少有"一小群"的青年已經開始覺醒。然而，楊剛覺得還很不滿足，她嫌這些"胎芽"還遠遠不夠，原因是她在文章中讀不到"民族煎熬，社會苦難"，"我所讀到的大都是抒情的散文。寫文章的人情緒，大都在一個'我'字的統率之下，發出種種的音調"。這其中一個普遍的傾向，是懷鄉之作，即懷念在戰爭中失掉了的家鄉和親人。楊剛把這些題材狹窄的個人化的作品，稱之為"新式風花雪月"。她認為產生"新式風花雪月"的原因有二：一是香港的傳統教育，"一般香港中學多以四書五經、詩詞歌賦教學"；二是香港的新文學開始太晚，只是接受了"困於個人情緒和感覺中"的"五四"文學作品的影響。在文末，楊剛自稱"我的手套已經拋出去了，敢請香港文藝青年接受一場挑戰"。

文章發表後，立刻有青年讀者給《文藝青年》寫"讀者意見"，表示不同看法。《文藝青年》第 3 期刊出了馬頻的《敬向楊剛先生談一談》，文章首先對楊剛所針對的"香港青年"進行了辨析，認為香港青年大致可以分為兩種：一種是固定的，一種是流浪的。馬頻本人代表後者發表意見，他認為流浪在香港的外地青年，"家散人亡"，喊出悲憤的聲音，應該得到理解，怎麼能將其稱為"新式風花雪月"呢？不過，馬頻的觀點在當期《文藝青年》上就受到了批駁，編者認為馬頻錯誤地把文藝當成一種個人宣洩，忽略了文藝的戰鬥性。馬頻的意見，很快就被左翼陣線接二連三的支持楊剛的聲音所壓倒。

《文藝青年》在第 4 期連續發表了陳傑的《關於……反新式風花雪月》、漢華的《"反新式風花雪月"的我見》和甘震的《談

"新式風花雪月"》等文，這些文章基本上都支持楊剛的觀點，並對此進行了進一步闡發和強化。文章認為：我們要去"感召"和"影響"香港青年，"使之接觸實際的鬥爭，了解當前的政治問題，逐步養成他們為大眾而奮鬥到底的優良品質"，而"香港的文藝青年，亦應該虛心地傾聽着善意者所提出'反新式風花雪月'的問題的嚴重，而提高自己的警覺。自己改造自己，充實自己來配合到文藝先進者的教育上的幫助"。在《文藝青年》第 7 期的另一篇題為《論加強生活實踐——對一個爭辯的結論的檢討》的文章中，陳傑甚至提出：香港文藝青年"第一，要多讀多看關於馬列主義的學說理論。第二，要了解中國革命史的理論與實踐的發展……"。《文藝青年》之外，左翼文壇的其他報刊也陸續刊出了不少支持楊剛的文章，如黃繩的《論新式風花雪月》（《大公報》1940 年 11 月 13 日）、林煥平的《作為一般傾向的——新式風花雪月》（《大公報·文藝》1940 年 11 月 16 日）、喬木的《題材·方法·傾向·態度——關於新式風花雪月的論爭》（《大公報·文藝》1940 年 11 月 10 日）等，基本上都是正面闡述楊剛觀點的，只是側重點有所不同。

也有質疑楊剛觀點的，潔孺在《國民日報》（1940 年 11 月 9 日）上發表《錯誤的"挑戰"》一文，指出楊剛的"挑戰"出現之後，許多人都在"為她補充，為她註解"，然而楊剛的文章"已經犯了不可忽視的錯誤"。潔孺與楊剛的差異，主要在於對"新式風花雪月"根源的認識，即楊剛認為是創作傾向的問題，而潔孺卻認為是"創作方法"的問題。《國民日報》是國民黨方面的報紙，和楊剛對着幹可以理解，不過，潔孺雖然嚴厲批評了楊剛的錯誤，但實際上他對於楊剛所指出的香港青年"新式風花雪月"現象是認同的，只不過在導致這一現象的原因上有不同意見。

《國民日報》上的另一篇文章，胡春冰的《關於新式風花雪月》（1940 年 11 月 8 日），則質疑了楊剛"香港文藝青年"這個概念。他認為：楊剛所謂的"香港文藝青年"是一個很"曖昧"的概念，"香港文藝青年"若指本地港人而言，則難以成立，因為本地港人從事新文藝者只是"極少數"。在胡春冰看來，因為香港新文藝建立較晚，多數港人還在寫作"老式風花雪月"，還談不上"新式風花雪月"。就此而言，楊剛所說的"香港文藝青年"其實並非香港本地人，而主要是指外地流亡到香港的青年。從楊剛提到的香港文藝青年往往抒寫家鄉淪落之恨這一點上，也可以看出他們的確主要是外地來港的青年。前面提到的首先質疑楊剛一文的馬頻，就自認不是香港本地人，而是流浪在香港的外地青年。胡春冰的文章，在此和馬頻的文章有了呼應。

從香港文學自身的脈絡看，胡春冰所指出的問題非常重要。在楊剛等人的心目中，"香港文藝青年"主要是指外地來港青年，無形中忽略了本地港人。事實上楊剛在《反新式風花雪月 ——對香港文藝青年的一個挑戰》一文的開始，就發表了她對於香港人整體上的負面看法，她所欣慰的是少數香港青年的覺醒，事實上主要是指外地青年。這種混亂也導致了楊剛在文章邏輯上的不一致，她所提出的"新式風花雪月"現象主要是流落香港的外地青年的寫作現象，但她在追溯根源時，卻歸結於香港的特殊歷史性 ——即香港的傳統教育和香港對於"五四"文學作品接受的偏頗。

值得注意的，是許地山的觀點。許地山是香港"文協"的領導人，是站在左翼一邊的。然而，許地山自 1935 年起任教香港大學，對於香港的了解遠甚於楊剛和其他南來作家，他的觀點和楊剛有很大差異。在許地山的《論〈反新式風花雪月〉》（《大公報·文藝》1940 年 11 月 14 日）一文中，我們看到，許地山並沒有把"新式風花雪月"歸結於香港人，而是將"香港文藝青年"直接轉換成了"中國青年"。在"新式風花雪月"的根源上，他也沒有像楊剛一樣歸結於香港的歷史，而是歸結為中國古代的

"型式文章"和"八股"。許地山認為:"中國一般青年作家在修養上,在認識現實上,還沒得到深造,除掉還用殘缺的工具來創作以外沒有別底的方法。他們還是在'型式文章'裏頭求生活,所以帶着很重很重的八股氣味。所謂'新式風花雪月'就是這曾為讀書人進身之階底八股底毒菌底再度繁殖現象。"許地山與楊剛及其他左翼文人更大的差異在於,對於青年,他並不贊成由"先進作家"去指導,他並不看好"先進作家"的指導功能,而主張讓青年自己去闖,"要靠'先進作家'來指導,不如發動'後進作家'去自闖途徑。他們不能傳遞真文藝底的大明燈,反而把自己手裏底小蠟燭吹滅了"。這簡直就是和楊剛等左翼作家對着幹了。

如果說楊剛對於"香港文藝青年"的挑戰落了空,倒也不完全是。何謂香港人,也不是一個簡單的問題。第一,楊剛所說的"香港文藝青年",的確有一小部分香港本地人;第二,在香港的外地流浪者,也需要進行區分。胡春冰指出:"在香港從事新文藝的學習與創作者,以廣東內地及江浙各地的青年為多,北方的也有。"這其中,廣東人佔香港移民人口比例較大,考慮到香港本身就是一個移民商埠,與廣東來往密切,將兩者截然區分並不容易。從歷史上看,香港的新文學本身就是與外來文人來港密切相關。從侶倫的描繪看,香港最早的文學社團"島上社"成員,多數都是從外地流落到香港這個小島上的。在開拓香港文學的過程中,他們也就成為了香港人。香港的文化與文學,正是在外來者與本地人的共同努力下發展起來的。

《文藝青年》是一個輔導性的刊物,除了政治立場方面的號召之外,還在文學創作的各個方面進行輔導。《文藝青年》第 1 期刊登了徐遲的《詩與紀錄》一文,傳授寫作朗誦詩的體會。第 2 期刊登了甘震的《文藝的生命談》,傳授小說寫作的秘密。第 2 期刊登了葉靈鳳翻譯的《關於小說的技巧:人物和結構》,內中包括"雨果序《悲慘的人們》"、"莫泊三序《比爾與若望》"和"紀德的《贋幣犯日記》"三節,旨在教導讀者學習外國文學大師的"人物與結構"寫作技巧。第5期刊載陳傑的《論人物的缺點,並略評兩篇小說》,談人物塑造中的缺點問題,並對《文藝青年》第3期的小說《渣滓》和第4期的小說《馬寧同志》進行評點。第7期發表了陳傑的《論加強生活實踐》,第8期發表了甘震的《形象・律動與民族語》,第9期發表了甘震的《談典型的創作》,第10期發表了陳傑的《論刺諷文的戰鬥性》、甘震的《客觀・傾向與題材》等文。

專論之外,《文藝青年》還有"小辭典"的欄目,介紹"報告文學"、"速寫"(第2期),"敘事詩"、"抒情詩"、"散文詩"、"街頭詩"(第4期),"象牙之塔"、"文藝民族形式"(第5期),"新寫實主義"、"革命的浪漫主義"(第6期),"人物"、"典型"(第8期),"速寫"、"講演文學"(第9期),"藝術語言"、"形象性"(第10期)等文學方面的知識術語。

《文藝青年》還有"文青筆勤務"欄目,回答青年有關寫作方面的疑問,如第2期回答李頌光的"文藝通訊和報告文學及速寫的分別?",第4期解答胡沙的"詩的性質和本質是什麼?"第5期回答"文藝青年馮恂"的"怎樣處理題材?"第7期回答高能的"怎樣在文藝的路上開步走?"第8期回答陶少芳的"文藝有沒有門?"第10期回答克賦的"讀書可以有公式嗎",如此等等。"文青筆勤務"中青年提出的問題,有時不止於文藝,也有生活道路方面的問題,如第9期的"要在荊棘中長出學習之花"等。

從第5期開始,《文藝青年》成立了"試靶場","用來獻給初拿起來文藝的筆槍,在工廠,在學校,在商店的青年朋友的,希望要學習寫作的朋友努力這塊園地"。這個欄目後來發表了麥澄的《鄉親》(第5期)、鄭海的《回憶一章》(第6期)、陳淦波的《生命的代價》（第 7 期）、青芒的《娛樂的另一角》、志平的《英靈的召喚》（第 8 期）、馬錫的《在一個煤礦裏的人》（詩）和王銘峙的《談新年》（第 10、11 期）。這些都是隨手寫下的文字，有散文、詩歌、政論等，是試筆之作，說不上是正式的文學作品。

《文藝青年》通過各種方式聯絡香港青年，從創刊號起，《文藝青年》就發起"徵求紀念訂戶一萬戶"的活動，特闢園地，"登載紀念訂戶對《文藝青年》的感想和希望"，同時設立服務部，"為紀念訂戶修改作品和解答問題"。從第 3 期始，《文藝青年》發起"本社徵求同志"活動，希望有意願的香港青年與香港通訊處商洽，目的是"冀圖由這個引端，把欲效力於青年文藝運動的朋友團結起來，把文藝青年的群力，組成巨大的浪潮，向黑暗殘暴勢力掃蕩"。直到最後第 11、12 期，《文藝青年》還在開展"《文藝青年》徵友通訊運動"，具體方法是，"徵友者先來一函，介紹自己的性情、愛好、年齡、籍貫、職業……及徵友對象等；每函勿過三百字"，應徵者則可以選擇徵友對象，《文藝青年》代為投寄第一封信，其後文友直接通訊，文友範圍限制在《文藝青年》的訂戶中。

《文藝青年》創刊伊始，編者自己的創作作品頗不少，第 1 期就發表了麥峰的《異鄉人》、楊奇的《三角洲的怒浪》、林螢聰的《小波濤》和彭耀芬的詩《同志，你的血不是白流的》。編者親自上陣，顯然是因為刊物創辦伊始來稿較少，同時編者的作品可以給後來者在思想上和文體上樹立樣板。

麥峰的《異鄉人》寫一個參加過十九路軍、去過延安的東北漢子張排長，撤到廣東後不能適應當地生活。楊奇的《三角洲的怒浪》寫珠江三角洲的抗先隊在敵人進攻之後，憤而回村裏除奸。林螢聰的《小波濤》寫鴨巴河有人賣日貨，受到當地孩子和學校的抵抗。與後來的"競賽"作品比，這幾篇小說技巧較為成熟，人物都較為生動，從不同側面反映了抗戰的現實。

《文藝青年》最早的徵稿，是"七月文藝通訊競賽"作品。"七月文藝通訊競賽"由"文通"發起，開始於 1940 年。這一年 6 月 25 日和 7 月 30 日，《大公報》文協週刊上分別發表了徐歌的《響應七月文藝通訊競賽》和楊奇的《七月文藝通訊與競賽》，呼籲青年"用文藝通訊的形式，深刻地反映香港社會每個角度發生的可歌可泣的事件"。這個"文藝通訊"專欄原來刊載於《中國晚報》、《循環日報》等不同報刊上，後來才移至《文藝青年》上。

　　"七月文藝通訊競賽"的作者，既有內地南來青年，也有香港本地青年。沈邁的《過曲江的第二日》（第 1，2 期）以散文的筆觸寫小城曲江被日本飛機轟炸時的人情世態。河翔的《漓河散記》（第 6 期）被稱為"內地通訊"，描寫"大後方的重鎮，南戰場的首腦"漓河的生活畫面。《漓河散記》和《過曲江的第二日》內容接近，都是戰時內地生活的通訊，相較而言，《漓河散記》寫得較為抽象，沒有《過曲江的第二日》中的細節和人物。

　　也有香港題材的作品。原野的《鞭撻下的牛馬》（第 1 期）描寫的是一家香港工廠在遷移內地之際所發生的故事。工廠的工人在性質上分為"長工"、"短工"、"臨時短工"和"包工"等，在地域上又分為"港僱"、"滬僱"等，他們不但過着牛馬不如的生活，現在又為遷移失掉了飯碗而憂心。資方的代表是司理先生，他很得意地盤算着，去年輕易解僱了 1400 名工人，今年又想故技重演。不同的是，工人這次組織起來了，連夜召開常委會，向社會報導廠方攻勢，教育工人懂得團結，警告"工人貴族"，工人和資本家的鬥爭一觸即發。原野的另一部作品《九月的浪潮》（第 3 期）也是寫工廠的，算得上是《鞭撻下的牛馬》的姐妹篇。小說中的人物根實本無被解聘的可能，然而成了反抗者的代表，廠方拿他開刀，工人們卻沒有覺悟。沒有凝聚力的沙子，只能被 9 月的浪潮一掃而盡。

　　"七月文藝通訊競賽"的作品，在《文藝青年》上刊登的並不算多。從第 4 期開始，《文藝青年》進一步舉辦了"學校・工廠・競賽"活動，目的是進一步動員香港本地青年拿起筆來，表現香港，"由於文藝戰線的戰伙不僅是一些作家、知識分子，而是散佈在學校、商店、工廠的廣大青年群，而且他們中間都有着許許多多最熟悉的事情，需要向外面報導、暴露"。"競賽"內容主要有兩項："一，學校生活寫生競賽"，"二，工廠文藝通訊競賽"。香港的學校和工廠的青年朋友，都可以參加，字數以 1000 字至 2500 字為限，擇優在《文藝青年》上發表。"學校・工廠・競賽"很受歡迎，得到了讀者們的響應和推動。到了第 7 期，刊物就收到了寫學校和工廠的稿件各 53 篇，《文藝青年》把第 8 期和第 9 期辦成了"學校・工廠・競賽"專輯。

"七月文藝通訊競賽"由於並沒有框定題材範圍，因此南來香港的內地青年來稿較多，文章也主要表現內地抗戰主題。"學校・工廠・競賽"則把徵文題目具體落實到香港的工廠和學校，參加者就變成了在香港工廠的工人和學校的學生，多本地港人。鄭樹森所說的"《文藝青年》的作品本地色彩很濃厚"[24]，應該主要是指這部分作品。由於描繪自身的學習和工作環境，這部分作品較為生動地呈現了香港本地的面貌。這些徵文作品，主要分描寫學校和工廠兩類。

《文藝青年》第 4 期，就刊登了何世業的文章《一個印度同學的幾件事》。在一個小學課堂裏，中國學生和英國學生發起捐款，資助英國傷兵和中國難民。一個印度籍小孩主動要求捐款，並且提出了抗議，"難道你們恨那個小鬍子希特拉，我們不能恨？"由此帶動了其他國籍的孩子捐款。在英國封鎖滇緬公路時，又是這個印度小孩對於英國人提出了批評，"為什麼英國人要封鎖滇緬路阻礙中國抗戰呢？""怕日本人？"英國孩子很沒

---

24 鄭樹森、黃繼持、盧瑋鑾編：《早期香港新文學資料選（1927-1941 年）》，6 頁。

面子，直到滇緬公路開放，中英協同作戰，英國孩子才不再"受氣"。這是一篇立意巧妙的作品，多國的孩子在同一個課堂談論戰爭問題，反映出香港民間對於戰爭正義觀的認識，也表現出香港國際化的特徵。

在大廖的《查學》（第 8 期）中，龍先生正在課堂上講時政，號召學生為前方將士捐贈，督學突然來了。龍先生趕緊讓女生暫時出去，因為按規定男女同學不能同班，又拿出《論語》，瞞過督學的耳目。督學走了之後，同學們要求繼續講時政，講"安南准日軍假道的意義"。龍先生沉痛地對學生們說："你們記着，這也是一種教訓。亡了國，就比這更厲害"。龍先生這最後一句話，是點題之筆，有一點都德的《最後一課》的味道。

以上兩篇，是較少的正面寫香港學校與抗戰關聯的作品。更多的學校徵文，是批判香港教育的殖民性特徵。岸殊的《枯萎青春的殖民地教育實供》（第 8 期）開頭就寫道："快九時了，一隊一隊穿着'大衿衫，臘腸褲'的'番書仔'們，像水一般注入那幢屋頂正飄着米字旗的大洋房去。""樓口的壁上，掛滿了'先皇愛華第八，萬民愛戴……'的'告香港兒童書'，以便天真的小孩們，讀了會感謝'皇恩'的'浩蕩'！"洋人校長"是一個吝嗇非常的人，員生們都對他沒有好感"。在他操着英格蘭口音講他的"偉論"時，學生們早已伏在桌子上。歷史課洋人老師"紅面佬"實行"自我教育"，一上課就讓學生讀書，自己則返回休息室喝酒去了。學生在教室，自然鬧翻了天。方裴的《珍先生》（第 8 期）寫的是校長和一位扭捏作態的珍女士在學校公然調情，頗讓同事不滿。金流的《風波》（第 10、11 期）寫校長不敢處理違反紀律的學生，因為他的父親是校董。

在這樣的殖民教育體制下，香港頗多崇洋媚外的學生，何世業《一天》（第 9 期）中的男生立德一早想的是美國電影中的尼路遜・愛迪和珍納・麥當奴的狂吻，花時間最長的事情是梳頭、塗髮蠟和分髮溝。他喜歡說英語，看不上漢語。他的理想是去荷里活。班上他誰也看不上，只喜歡 John 的姐姐。上課的時候，他想的是，"怎麼她不給我吻呢？"一天下來，他對於課程毫無概念。

與此相關的，是中文教育的失敗。在溥令的《梁先生》（第 9 期）中，梁先生試圖在課上講魯迅、章太炎，講中國和日本的國民性，結果學生對於中國歷史並無興趣，沒人回答提問，很讓他挫敗。在岸殊的《枯萎青春的殖民地教育實供》中，中文老師麥先生講課不受學生歡迎，他也只好趁機結束，想着過幾天就"出糧"了。

工廠題材的作品，主題相對較為單一，多控訴工人血淚生活的主題。

工人的苦難，從學徒生活就開始了。伊銘的《懷着希望的孩子》（第 7 期）中的"我"在一家香港公司做學徒，薪水愈扣愈低，房租卻愈來愈高。公司甚至提出："學生學徒的生活，應當家長負責"。而"我"的家鄉已經淪陷到戰爭之中，母親和妹妹都逃亡到鄉下，等待"我"的救援。在茁幹的《昏暗的一角》（第 9 期）中，張蘇和黎明已經做夠了五年，五年間"操着師父同樣的工作，同樣的出賣力氣，而工資卻渺少到令人吃驚"。好不容易熬到滿師，卻落到被辭之列。

升級為普通工人了，境況還是一樣悲慘。在潮心的《一輩子這樣做下去嗎？》（第 7 期）中，主人公工作好多年了，物價一天比一天高，工錢卻一直還是不動。在徐鏗的《X 先生的煩惱》（第 8 期）中，工人要隨工廠搬遷，廠方不願意負責費用，工人們抗議無效後，索性不幹了。

薪水少還可以忍受，雪上加霜的是工人的傷病。這類題材的小說頗為不少，在少龍的《馬達的威嚴》（第 8 期）中，文帶着病去工作，結果是手指給機器弄傷了。工友要求老闆給點醫藥費，被無情拒絕，"這工廠的條例不是說'弄傷概不負責'？難道你瞎了嗎？"日寧的《一件平凡的事》（第8期）中，鍾阿梅被壓膠機軋傷致死。在茁幹的《昏暗的一角》（第9期）中，阿發頭蓋骨被機器捲去。此類情節的頻繁出現，說明這是工人的一個巨大焦慮所在。

作為工人對立面出現的是資本家，其代理人是拿摩溫。徵文中出現了幾篇專以"拿摩溫"為題的作品。在矗立的《One叔》（第8期）中，主人公One叔在工廠具有無上權威，除了西人老闆，都得聽他的。每個人得了工錢之後，都不得不孝敬一部分給他，或者給他送禮，請他吃飯。如果有人沒送，第二天他就受到刁難。在棟才的《Number One》（第9期）中，工廠丟了一塊帆布，Number One懷疑是兩個十三四歲學徒偷的，斥罵並毆打這兩個孩子，後來卻發現他們是冤枉的。除這兩篇專題小說外，在其他小說中，我們也多次常看到"拿摩溫"的形象。

有沒有反抗呢？有，不過是零星、自發和無效的。日寧的《一件平凡的事》（第8期）中的老牛很有血性，"他沒有讀過什麼書，也沒有研究過什麼的社會主義呀，但是，一提到資本家，他便大發牢騷了，有時期摩拳擦掌，模仿他所憎恨的老闆、工頭、走狗，來一把飛劍，殺得一個痛快"。工廠的鍾阿梅受傷，滿地鮮血，老牛和工廠工友議論給她爭取撫恤金，被工頭大罵，老牛卻爆發了，要揍工頭。不出意料，老牛被解僱了。看得出來，作者雖然懂得社會主義和資本家，但小說中的香港工人卻並未達到政治鬥爭的高度。

從香港文學史的角度看，《文藝青年》能夠集中出現一批描寫香港學校和工廠的文學作品，是很有價值的。從內容上看，作者擁有香港生活經驗，能夠較為客觀地呈現出他們的生活經驗。學校題材的小說較多呈現出批判殖民地教育的主題，工廠題材的小說集中在階級壓迫上，這大概與《文藝青年》的政治傾向是有關係的。從藝術上看，這些作品質量參差不一，多數較為業餘。

《文藝青年》的作者並非全是香港的文學業餘愛好者，也有較為出色的香港本土作家，那就是劉火子、彭耀芬和黃谷柳等人。

劉火子 1911 年出生於香港，是地道港人，也是香港早期新文學先驅之一。1934 年 9 月，劉火子曾和隱郎主編詩刊《今日詩歌》。與《紅豆》上的香港現代主義詩人有所不同，劉火子傾向於左翼。他在《今日詩歌》1 卷 1 期上發表了《中國何以沒有偉大的詩人出現》一文，認為中國沒有出現偉大詩人的重要原因，是 "中國的從事詩的創作的人的眼光是太狹隘了"，詩人們只能看到花紅柳綠，傷感情愛，卻看不到 "一切活在社會下層的人的叫喊，怒視，和着種種動亂的騷音"。1935 年 1 月，劉火子在《南華日報·勁草》1 月 18、19、20、21、23、26、27 期連續發表長文《論現代》，對於中國現代主義大本營《現代》雜誌進行清理和批判。

1938 年 10 月，戰火燃燒到華南，日軍佔領廣州，切斷了香港與內地的聯繫。劉火子作為《珠江日報》戰地記者，赴華南前線採訪，歷時二十個月，行程數萬里，寫下了大量戰地新聞報道和通訊。劉火子參與組織了一個 "港九戰地文藝服務團"，並起草宣言，號召文藝青年投入到當前的抗日戰爭中。這個團後來有十多位進步青年到了延安，參加革命。劉火子和楊剛關係密切，曾作為楊剛的助手組織 "文藝講習會"。《文藝青年》第 6 期曾在 "文哨" 一欄介紹："艾青、劉火子近主編 '黎明叢書'，劉火子的 '不死的榮譽' 月內將可出版，繼續出版的有艾青的 '土地集' 和戴望舒的 '葉賽寧詩選集'"。"黎明叢書" 實際上只出版了艾青的《土地集》和劉火子的《不死的榮譽》，原擬出版戴望舒、羅峰等人的詩作沒有成功。《不死的榮譽》是劉火子的抗戰詩集，其中包括劉火子在內地和香港報刊發表的詩作，劉火子本人曾在中華全國文藝界抗敵協會桂林分會舉辦的詩歌座談會上朗誦過《不死的榮譽》一詩。

在《文藝青年》上，劉火子發表作品並不多。在第 2 期，他發表了詩作《符號的國家》。詩中強調，在抗戰的年代，"我，你，他和她" 每一個人，在 "臂上胸上領上"，都有一個新的符號，那就是 "國家"。有了這個符號，就沒有人再敢欺負我們，"今天，身子挺得筆直，昂然走在人眾之前！有問你靠什麼打贏這場仗？他說就靠這個人所皆有的符號呀！" 在香港文學中，"國家" 這個符號是很少出現的。殖民地屬下的臣民，本來就沒有國家的概念，戰爭卻拉近了香港與大陸的關係。

彭耀芬在《文藝青年》屬於雙重身份，他既是港人，同時又是《文藝青年》的編輯。作為一個詩人，彭耀芬堪稱傳奇。1939 年他年僅 16 歲，就在《星島日報・星座》334 期發表了《憂鬱的盧溝橋》一詩，得到好評，詩評家常將這首詩與戴望舒的《獄中題壁》相提並論。[25] 同年，他參加了中華全國文藝界抗敵協會香港分會文藝通訊部的工作，並參與籌辦《文藝青年》。1941 年 3 月，彭耀芬因為在新加坡發表《香港百年祭》而被港府指 "犯有不利本港之文字嫌疑" 被遞解出境，成為香港第一個被遞解出境的詩人。香港淪陷後，彭耀芬從澳門出發，參加了港九大隊，直接參加抗擊日寇的鬥爭。可惜他本來受了牢獄之災，又到了條件艱苦的遊擊區，不久就染上了虐疾，最後病逝於新界紅石門大部隊政訓室的油印室崗位上。

彭耀芬在《文藝青年》上發表了不少詩作，還有詩論。他在《文藝青年》第 1 期就發表了一首描寫中國抗日戰場的長詩《同志，你的血不是白流的》，詩中寫一位戰士在戰場上受傷，在一位老伯家養傷。傷員說："掛綵和犧牲，是我們軍人天責 / 為了整個民族，我應得把血流盡 / 為了整個國家，我們不願意生還。"

---

25 關夢南：《彭耀芬：香港第一個被遞解出境的詩人》，載《香港新詩：七個早逝的優秀詩人》（香港：風雅出版社，2012），100-106 頁。

香港的詩壇，多沉緬於個人主義和現代主義，能夠將視野延及內地抗戰的詩人不多見。劉火子是一個，彭耀芬是另一個。

《文藝青年》第 3 期是"魯迅紀念號"，彭耀芬發表了詩作《一塊鋼板的落葬 —— 民族巨人的四年落祭》。詩人將魯迅比喻為一塊鋼板，落葬四年，為中華民族奠定了堅定的基石，"於是 / 沉鬱的腳步 / 明朗的腳步 / 在這鋼板上起着巨大的迴響"。在香港參加紀念魯迅活動的，主要是南下作家，香港作家很少有人參與，但彭耀芬卻以詩歌的形式參與了這一活動。

彭耀芬的詩的價值，主要仍然在於對香港的表現。《文藝青年》第 5 期上的《勞者之歌》以具像的筆法描寫了勞動者的境遇，不過彭耀芬沒有再僅僅停留在對於苦難的呈現上，而是以其特有的左翼政治視野，將其提升到了反抗的高度。彭耀芬在《文藝青年》上發表的最有名的兩首詩是《給香港學生 —— 給殖民地根下的一群之一》和《給工人群 —— 給殖民地根下的一群之二》。

《給香港學生 —— 給殖民地根下的一群之一》開頭對香港學生的無聊生活進行了揭示，"你在物質的樂園中 / 豢養了你傲慢的習氣 / 你底生活永遠在沒規則的線上爬行"。香港的學生除了學會畫幾個圖案，便是崇拜洋歌星、談戀愛和溜冰，這種殖民地特有的無聊生活，在前面有關學校生活的小說中已經得到揭示。不過，這些小說僅止於揭露，彭耀芬卻不同，他雖然很年輕，也就是學生的年齡，然而他的視野已經不再局限於殖民地香港，而是延伸到了廣大中國和抗日戰場，因此他很自覺地將兩者做了對比，他提醒香港學生，"如今，該拋棄你布爾喬亞的遊戲了 / 你不會想像到，在山窯下怎樣艱苦地 / 闢築起學習的壕溝，在追求着 / 他們豐富的智慧底青年吧 / 你不會想像到，很多像你一樣的年青的 / 他們失去了一個怎樣幸福的日子"。具有了政治覺悟的彭耀芬，給香港學生開出了具體的藥方：回顧香港歷史，重溫"學生運動的光榮史"，這樣"明天你便曉得怎麼生活 / 曉得怎樣

學習和鬥爭 / 看吧：殖民地的萎靡教育 / 將以十萬雙手來粉碎"。詩人明確鼓吹學生運動，奮起砸碎殖民地教育，這在香港教育史上是很不多見的。

如果說彭耀芬鼓動香港學生"以十萬雙手"來"粉碎殖民地的萎靡教育"的詩句尚顯空洞，那麼他對於香港工人的號召就很具體了：階級鬥爭和暴力革命。在《給工人群 —— 給殖民地根下的一群之二》一詩中，彭耀芬指出了工人在殖民地香港的不公待遇，"克減了你的工資 / 不給你們麵包 / 卻要擠你們的奶 / 以全部的青春給他 / 而且把解散、失業來恫嚇你 / 他們的心，更比夜還黑"。不過，詩人勸工人們"不要懼怕"，前途是要團結起來，展開鬥爭，"去團結你們自己 / 火焰是在極度暴力下爆發"。詩人還向工人們告知，革命是有前途的，"無數人期望着你們的思想的火焰，你們的行動是美的 / 與其忍受殘暴者鞭出了血 / 不如以血證實殘暴者的暴行 / 發揮吧！發揮吧 / 社會支持你們，真理在支持你們"。彭耀芬直接在香港公開鼓動階級鬥爭和暴力革命，無怪乎被港英當局通緝了。

彭耀芬的詩在《文藝青年》上具有重要意義，他的詩分別從左翼的角度總結和上升了該刊上有關於香港學生和工人的兩大題材，堪稱香港本土左翼文學的代表。值得注意的是，彭耀芬的詩在場面上和形象上頗下功夫，超越了簡單的政治口號詩，這一點得到了研究者的好評。

黃谷柳出生於越南海防，在昆明讀中學，1927 年至 1931 年間在香港參加了最早的一批新文學作家的活動。當時黃谷柳在黃天石的介紹下給《循環日報》當校對，又在黃天石辦的"新聞學社"學習。這"新聞學社"，便是香港新文學青年聚會的地方。當時黃谷柳在《大光報》發表過小說《過海防》，在《循環日報》發表過小說《換票》，這些都是香港較早的新文學作品。

1931 年黃谷柳離開香港，加入廣東軍閥陳濟棠的部隊，開始軍旅行生涯。不過他仍然堅持寫作，並在香港報刊上發表文章。1938 年，他曾將南京大屠殺的經歷寫成《乾媽》，通過歐陽山轉給茅盾，發表於《文藝陣地》。

1940 年，黃谷柳在《文藝青年》第 2 期發表 "戰地旅行散筆" 《祖國在呼喚》，以軍人身份描寫日本侵略者在廣東殘忍殺害中國人的慘狀，"四清公路上一個悠閒坐在牛背上的牧童，他還沒有唱完了牧歌，就突然翻倒下去了，小小生命的終結，不是為了饑寒捱不住，而是為了敵人偶然的快意，在清遠縣縣府前的街道，躺着一個被炸死了的婦人，旁邊還有個半歲的嬰孩，正吮吸着親娘的奶"。文章呼籲國人站起來，走向前線，"我們憎恨，憤怒，因而抱決死的心去同惡魔們爭鬥，只是為了愛，為了對於生命的珍惜，對於人類和平的眷顧"。與一般文人不一樣，黃谷柳是抗日戰場上真正的軍人，他從戰場上發回香港的文字，很有感召力。作為一個作家，黃谷柳這個時候尚未成名。抗戰勝利後，他又回到香港，應夏衍之約在《華商報》刊載《蝦球傳》，這才轟動文壇。

抗戰初期的香港文學事實上由三個部分構成：一是茅盾、許地山、蕭紅等一大批南來作家，二是黃天石、平可、張吻冰等本港作家，第三就是為左翼文壇培養起來的香港青年作家，包括劉火子、彭耀芬、黃谷柳等人。茅盾等南來作家的活動，構成了全國抗戰文學的中心，然而他們對於香港原有的新文學文壇尚比較隔膜，自身的作品不太能夠進入香港市民讀者，不過他們通過《文藝青年》等刊物，培養香港本地文藝青年，並生產出了一批反映抗戰以及香港本地生活的文學作品。至於香港原來的新文學作家，雖然未能加入左翼主流，卻也通過自己的通俗寫作，在香港社會發揮了重要影響。我們的香港文學史一向只談到了第一類大陸南下作家，第二類本港作家和第三類香港左翼青年的寫作，還都未進入研究視野。

第六章

被遺忘的淪陷區

第一節 淪陷前後

　　1941 年 12 月 7 日，日本襲擊珍珠港，8 小時後就對香港發起了攻擊。12 月 25 日聖誕節這一天，香港淪陷。在經歷了這一戰事的作家筆下，我們可以看到香港淪陷時驚心動魄的情形。

　　日本從內地南下香港，進攻的首先是新界和九龍。侶倫當時就住在九龍，他率先感受到戰爭的恐怖。侶倫專門寫了一篇《九龍淪陷散記》，文章一開頭說："我永遠也記得清楚，一九四一年十二月八日那個早晨八點鐘左右，我是被一種沉重的爆炸聲震動得醒過來的。"很多人都不相信是戰爭來臨，以為是軍事演習，然而飛機的轟炸開始了，"一聲急激的狂吼破空而來，我回頭向屋後望。我看見一支敵機用了俯衝的姿式在不遠的侯王廟上空劃了條弧線又飛起。接着隆然一聲，下面冒起一股濃煙：許多磚頭和木材的碎屑在那裏飛舞起來"。恐懼籠罩着九龍半島，晚上人們從收音機裏聽到報告，"日本已經向英美宣戰；接着是報告今天遭日寇轟炸的地名。同時轉述羅斯福和邱吉爾強調消滅軸心國的決心的談話。香港呢，英方軍隊和敵人在香港外圍作戰，當局決心抵抗到底來保衛香港，希望市民鎮定和政府合作"。但不久，就聽到港英政府放棄九龍的消息，"老人家在發抖，姊妹在傾箱倒篋的找尋'危險性'的東西，撕毀着書信和文件。孩子們也奉了緊急命令，分頭從他們的書包裏、牆角裏，翻尋他們的有'抗日'意味的教科書，習字簿和自由畫"。侶倫也很痛苦地銷毀自己的作品和日記。日軍終於進駐，"全街樓房的陽台外，幾乎都像晾了衣服似地豎出一系列太陽旗"。九龍的百姓在遭遇了劫匪的第一輪洗劫後，又遭遇了日軍的戒嚴。[1]

1　侶倫：《九龍淪陷散記》，載《向水屋筆語》〔香港：三聯書店（香港）有限公司，1985〕，175-207 頁。

九龍淪陷後，只剩下港島成為英方部隊的最後防守區。日軍首先登陸筲箕灣，那一帶炮火最密集。舒巷城正好住在筲箕灣，首當其衝。據《艱苦的行程》記載，有一天日軍炮火擊中他們居住的民房，一家人驚恐地踏着七八具屍體躲進防空洞。舒巷城也不得不把報刊書籍焚燒掉，以防日本人來了以後搜查。日本軍隊上岸後，舒巷城目睹了他們的暴行，"姦淫擄掠的日本'皇軍'一到香港，就到處'上演'他們的暴行。單是跑馬地一區就有數不清的婦女受凌辱。日軍登陸筲箕灣一星期後，那天我從外邊回到街上，看見我家斜對面的門口，有一個持槍的日本兵守在那裏，不讓屋子裏的人出去，把槍尾劍晃動着。我起初以為那屋子受檢查還是什麼，後來才知道是怎麼一回事了。兩個獸兵一塊來，把屋子裏的人趕出去，將裏面的唯一少女留下。然後一個守着前門，一個闖進屋子裏。幾個月後，我聽到受辱的少女的父親沉痛地說，他的不幸的女兒已經變得神經失常了"。[2]

據夏衍的《懶尋舊夢錄》，當時左翼文人經常討論日軍是否會進攻香港的問題。1941 年 12 月 1 日，喬冠華為《大眾生活》寫了一篇《談日美談判》的評論，認為"日本縱使不能接受（美方條件），美日談判也不會壽終正寢，日本更不會馬上就發動戰爭"。這篇文章發表於 12 月 6 日《大眾生活》新 30 號上。可是 8 日早晨，日本就開始進攻香港。這時候左翼文人已經不再討論日本是否會進攻，而是重點討論愛國民主人士如何疏散和左翼報刊停刊的問題。《大眾生活》在新 30 號後就不再出版了，連鄒韜奮寫的《暫別讀者》一文也未能發表。《華商報》本來已經寫好了一篇紀念"一二·九"的社論，臨時撤下來，改登了一篇《一致打倒日寇》的文章。12 月 12 號《華商報》刊登了社論《團結動員抗拒敵寇》，加了一個副標題"在香港紀念雙十二"，就停刊

---

2 舒巷城：《艱苦的行程》（香港：花千樹出版有限公司，2009），53 頁。

了。在廖承志的安排下，東江縱隊分批護送香港文化人出境。在港督向日軍投降後不久，"所有和黨直接或間接有聯繫的民主人士和文化工作者（除詩人林庚白中流彈犧牲外），都陸續安全地撤離香港。絕大部分人 —— 廖承志、柳亞子、韜奮、茅盾、胡繩、于伶……都是先到東江遊擊區，然後再經韶關分批回到桂林和重慶；韜奮和范長江則先後經江西、浙江、上海，轉到新四軍根據地，我和蔡楚生、司徒慧敏、金山、金仲華、郁風、謝和賡、王瑩……等，則是坐小艇經澳門、台山、柳州回到了桂林"。[3]

　　在記錄香港淪陷的著作中，薩空了的《香港淪陷日記》是最有名的。我們知道，薩空了於 1938 年 4 月抗戰初期在香港主編《立報》，1941 年 9 月再次回香港，主持中國民盟機關報《光明報》。《光明報》乃梁漱溟由重慶來香港創辦，時間是 1941 年 9 月 18 日。梁漱溟自任社長，請薩空了擔任督印人兼總經理[4]。薩空了的淪陷日記從 1941 年 12 月 8 日日軍進攻香港開始，一直記到 1942 年 1 月 25 日撤出香港，共計 49 天，為我們留下了香港淪陷時期寶貴的歷史材料。小思說："想理解一下香港這個政治活動舞台，49 天有些什麼文化人在做些什麼事？讀讀這日記，你會覺得刺激、有趣。重讀時，我才發現自己當年沒記住 1941 年 12 月 26 日，即香港淪陷第二天，梁漱溟先生在看錢穆先生的《國史大綱》，這回像個新發現。愛好現代文學的人，讀着讀着，會在跑馬地街頭遇到名記者金鐘華，灣仔英京酒家門前碰到漫畫家丁聰，在香港大酒店門口看見端木蕻良，在皇后大道西巧遇作家徐遲……他們都在香港露了面。"[5]

3　夏衍：《懶尋舊夢錄》（北京：生活・讀書・新知三聯書店，2000），314 頁。

4　梁漱溟：《赴香港創辦民盟機關刊物〈光明報〉前後》，載《文學評論》，創刊號，2009 年 2 月。

5　小思：《重讀薩空了〈香港淪陷日記〉》，載《香港淪陷日記》〔香港：三聯書店（香港）有限公司，2015〕，x-xv 頁。

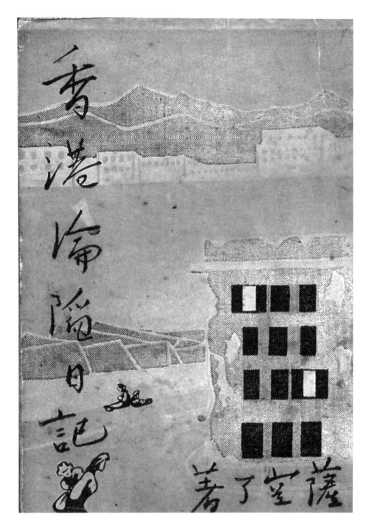

薩空了的《香港淪陷日記》

薩空了是著名報人，當時是《光明報》總經理，最關心的自然是報刊，我們姑且從這裏了解一下淪陷初期香港報刊的情況。日記一開始，1941 年 12 月 8 日早晨 8 點，薩空了剛剛起床，就聽到淒厲的警報笛聲四起，並且上空出現飛機的嗡嗡聲，九龍東北角有清晰的轟炸的聲音。"想到自己肩負的《光明報》的責任"，薩空了急忙出門打探。沒想到，剛一開門，就被英警的手槍逼上了。原來是英警抓捕日本人，薩空了的住處原為日本人所有，所以有此誤會。薩空了據此判斷，日本對香港的戰爭已經爆發了，否則港英當局不會抓捕日本人。

港英當局對日本一直保持中立，綏靖姑息。12 月 24 日，薩空了等人去華民政務司提供抗戰信息，由魯麟（North）接待，他這才想起來，三年前他在香港創辦《立報》的時候，就是這個魯麟（North）給抗日活動設置障礙，"那時抗日，還只是中國人的事，我記得魯麟曾招邀我們到他的辦公室去，每人給一張印就的中文紙條，上面寫了許多單字，如'敵'、'虜'、'姦淫'、'焚掠'之類，他說：香港是中立地帶，中國報在香港印行不能用侮辱英國友邦的字樣，這個紙條上的字，一律不許再用"。[6] 如今，這些字條上的罪行在香港都發生了，港英當局為自己的行為付出了代價。據薩空了記載，開戰以後，港英當局才想起來逮捕日本人及汪偽漢奸，可惜他們早已經跑了，"香港政府，容忍日人的報紙《香港日報》，通訊社同盟社，和汪逆兆銘的機關報：《南華日報》，《天演日報》，《新晚報》，出版到戰事爆發，才予封閉，並下令逮捕其主要分子，結果是全部逃脫，主要的沒有一個捉到"。[7]

日軍進攻香港第一天，港人急需知道信息，都在大街上徘徊

6　薩空了：《香港淪陷日記》，100 頁。

7　薩空了：《香港淪陷日記》，58 頁。

觀望，然而只有英國情報部香港辦事處發出第 1 號公報，證實日本不只進攻香港且同時進攻馬來亞和菲律賓，接着英文報很快出了號外，中文報卻只能根據情報部的公報寫幾張簡單壁報貼在街上，《星島日報》的壁報只寥寥寫了"日本今晨同時對英美宣戰"幾個字。這簡單的壁報，就吸引了很多人，大家圍繞在在那裏，"似乎要在那一句話之外另外找出其他的字句！"可見民眾對於信息的渴求。"為什麼中文報不能像英文報一樣地迅速出號外"呢？薩空了解釋："這就是香港英文報不須經港政府檢查，而中文報必須經過華民司新聞檢查處檢查的結果出現了！戰事卒起，檢查老爺也還未辦公，報自然不能出！八日早的香港各報，在民眾心中，完全成了歷史，沒有人要看。香港新聞界的麻木遲緩，民眾到此才切實感到。"[8]

薩空了希望《光明報》繼續出版，然而由於負責印刷的民生公司在九龍無法堅持，《光明報》以及同樣在這家印刷廠印刷的《華商晚報》不得不停刊。出乎意料的是，印刷條件較好的《大公報》也在同一天停刊。12 月 15 日，薩空了在華人行門口碰到國民黨中宣部國際宣傳處駐港負責人溫源寧，溫轉告他說：英國情報部駐港辦事處主任麥克都格（D.M. MacKougall）知道報紙已經停刊，但仍要求他們出來作宣傳工作。薩空了認為，"香港當局未屈服前，我們是決定能盡一份力量，便盡一份力量，不必有什麼人要求，我們已經計劃如何使報刊復刊"。[9]次日，他在香港酒店找到了《華商報》的范長江，范長江也表示了復刊的計劃。薩空了表示："今天為了印刷的困難，經濟的艱辛，我們為什麼不出聯合版？現在停刊的還有《大公報》、《立報》，如果第一步先把這四個報聯合起來發刊，對英國當局也可表示我們合作

8　薩空了：《香港淪陷日記》，7-8 頁。

9　薩空了：《香港淪陷日記》，61 頁。

抗敵精神"。[10]

12 月 17 日下午，薩空了、范長江與《大公報》的徐鑄成、《國民日報》的陳訓畬等在港報刊各方在香港酒店聚會，《立報》社長成舍我因不在香港而缺席。會上沒人反對聯合出報，不過陳訓畬提出：希望邀請《華僑日報》和《工商日報》等一起參加，怕國民黨中宣部指責他，為什麼別的報能夠單獨發行，《國民日報》卻要參加聯合版？只好再去找《華僑日報》與《工商日報》，結果是兩方均不同意加入聯合報。薩空了堅持出聯合報，因為隨局勢發展，單獨一家報紙怕很難自己出版。沒想到，局勢發展之快出乎意料。12 月 22 日，聯合報的房子已經找到，就在他們進一步落實報紙出版的時候，港英當局已投降，香港淪陷。薩空了感歎："一直到昨天我還想着聯合的，想着在香港奮鬥，今夜是全幻滅了，下步計劃是離開香港再找可努力的地方……這一夜睡得不熟，顯然為了思想紛亂！"[11]

這裏補充一下戴望舒所記載的《星島日報》在淪陷前的最後情形。日軍轟炸開始後，原來下午上班的戴望舒上午就趕到報館，報館亂哄哄的，戰爭的消息被證實。他所負責的"星座"副刊，被臨時改成了"戰時生活"特刊，但只出了一天。第二天他再去報館的時候，他已經不能編輯副刊了。因為人員不整齊，他什麼都得幹，"白天冒着炮火去中環去探聽消息，夜間在館中譯電"。到了香港投降前三天，報館的四周已經被炮火所包圍，報紙已經實在出不下去了，"同事們都充滿了悲傷的情緒，互相望着，眼睛裏含着眼淚，然後靜靜地走開去"。最後還出現了一個喜劇性插曲，報館傳來一個好消息，說中國軍隊已經打到新界，這時候報館只剩下戴望舒和周新兩個人，排字房的工人已經散

10　薩空了：《香港淪陷日記》，67 頁。
11　薩空了：《香港淪陷日記》，105 頁。

了，無法再將消息傳出去。他們倆就拿了一張白報紙，用紅墨水寫下大字："確息：我軍已經開到新界，日寇望風披靡，本港可保無虞。"[12] 然後貼到報館門口。當然，這不是一個"確息"，戴望舒本人其實都不太相信，但它是絕望中的一個安慰。

　　1941 年 12 月 26 日，日佔港島第一天，街上仍有叫賣報紙的聲音。薩空了出門買到了《華僑日報》與《國民日報》。《國民日報》還在出版，很讓薩空了驚訝，看了以後才發現，報上並沒有日軍佔領全港的消息，"我推想他們的報是昨日下午就已編好，當時還不知道日軍已佔全港的消息，社長編輯都已離開，印刷發行部照例的將報印就發出，不想已是兩種局面"。《華僑日報》則已經是另一種情況，"《華僑日報》我早就知道他們是抱着'誰來給誰納糧'的意念，打算繼續出下去的。他記載敵軍佔領香港這條消息時，寫得真夠冷靜，冷靜到人會懷疑他們的血也是冷的。他們很輕描淡寫地說'日軍已於昨日下午佔領全港'，也許他們在以為自己很客觀，可是今日的日本不只是英國的敵人，也是中國的敵人，而且這種法西斯主義的攻略也是人類和正義的敵人，怎麼能坐視無睹或以為自己是旁觀者？我想他們的知識既能辦報，當然不應該連這個也不懂，那麼今日的裝成旁觀者，大約還是為保持自己的利益遂不顧一切了罷！"[13] 抗日戰爭結束後，民國政府在"肅奸"過程中，果然對於《華僑日報》窮追猛打，這驗證了薩空了的感覺。

　　12 月 28 日，薩空了早起買到了《華僑日報》，出乎意料的是，又看到了《南華日報》，才知道這個汪偽機關報竟然已經復刊。據這一期《南華日報》記載，該報經理"在港變後，隱匿起

12　戴望舒：《十年前的星島與星座》，載《星島日報》，1948 年 8 月 1 日，增刊 10 版。

13　薩空了：《香港淪陷日記》，106-107 頁。

來怕英人逮捕，及日軍一到即去哀求敵報道部許其出版"。[14] 薩空了同時知道，汪偽系統的《天演日報》、《自由日報》都要復刊，而日方所辦的《香港日報》已經復刊。轉過年來，1942 年 1 月 3 日，薩空了早起買報，發現《循環日報》、《華字日報》也已經復刊，"於是香港四大地方報紙只餘一《工商日報》未復刊了"。[15]

1942 年 1 月 25 日早晨，薩空了乘坐"宜陽丸"號輪船離開香港，他對於香港報刊的觀察到此結束。下面，筆者對薩空了離開以後香港的報刊變動情況，做進一步的交代。

總括香港淪陷前的報紙，依據其立場大致可分為以下幾種類型：一，國民政府方面的，如《國民日報》；二，共產黨方面的，如《華商報》；三，日本方面的，如《香港日報》；四，汪偽方面的，如《南華日報》；五，商業性報紙，如《華僑日報》、《循環日報》等。香港淪陷前後，主張抗日的國民政府及共產黨方面的報刊全部停刊，而戰時被港英政府關閉的日本方面及汪偽方面的報紙大行其道，商業性的報紙不甘心停刊的命運，《華僑日報》一直在堅持，其他戰時短暫停刊的報紙也在淪陷後陸續復刊，走上與日本統治者合作的道路。

1942 年 6 月 1 日，日軍政府為了管理方便，將香港現存的報紙進行了合併。其中《香港日報》作為官方報紙不變，並且還有日文和英文版，汪偽報紙《自由日報》、《天演日報》、《新晚報》合併入《南華日報》，《華字日報》與《星島日報》合併為《香島日報》，《循環日報》和《大光報》合併為《東亞晚報》，《大眾日報》併入《華僑日報》。再加上趣味性的《大成報》，香港只剩下了 6 份報紙。

在刊物方面，則只有《大眾周報》和《亞洲商報》兩家，前

14　薩空了：《香港淪陷日記》，120-121 頁。

15　薩空了：《香港淪陷日記》，143 頁。

者是文藝性的，後者是商業性的。1942 年 7 月，日軍方面逼迫胡文虎、何東出資港幣 50 萬元，成立了大同圖書印務局，出版《新東亞》雜誌、《大同畫報》及漫畫雜誌、兒童雜誌等。該局由胡文虎之子胡好負全責，編輯方面由葉靈鳳等人負責。

第二節　戴望舒"附敵"事件

淪陷期間滯留香港的內地文人，數戴望舒和葉靈鳳名氣最大，他們自然不會被日本統治者所放過，不過他們倆的表現並不相同。關於戴望舒，戰後文壇曾有左翼文人聯名檢舉他是漢奸，逼得戴望舒專門回上海去說明。關於葉靈鳳，1957 年版《魯迅全集》的註釋曾將其列為漢奸，不過 1981 年版《魯迅全集》又摘下了這頂帽子。對於戴望舒和葉靈鳳的討論，主要限於個人回憶，囿於文獻很難看到，這兩位作家在淪陷期間所發表的文字反倒並沒有成為討論的中心。而這些公開發表的文字，無疑才是最有說服力的。筆者打算從報刊的角度，考察戴望舒與葉靈鳳在香港淪陷期間文字發表的情況，以此呈現淪陷時期香港文壇的不同面向。

提到戴望舒，我們不妨從抗戰勝利後文壇對於戴望舒"附敵"的檢舉說起。1946 年，《文藝生活》光復版 2 期及《文藝陣地》光復版 2 號同時刊出了一份由何家槐、黃藥眠、陳殘雲和司馬文森等 21 人聯合署名的"留港粵作家為檢舉戴望舒附敵向中華全國文藝協會重慶總會建議書"，文中認為"戴望舒在香港淪陷期間，與敵偽往來，已證據確鑿（另見附件）"，"附件"有三份：一是 1942 年 1 月 28 日偽《東亞晚報》所載，戴望舒任"香港佔領地總督部成立二週年紀念東亞晚報徵求文藝佳作"新選委員會委員；二是昭和二十年八月十日發行的偽文化刊物"南方文叢"第 1 輯一本，上面載有周作人、陳季博、葉靈鳳、戴望舒、黃魯、羅拔及敵作家火野葦平等人的文字；三是剪貼戴望舒為

1944年9月1日在香港出版的羅拔高《山城雨景》所寫的"跋山城雨景"。戴望舒的文章出現在敵偽刊物上，並且還為漢奸羅拔寫"跋"，指控者的邏輯不言而喻。

戴望舒很悲憤，他在《我的辯白》[16]一文中說：

諸君是生活在自由的土地上，而我卻在魔爪下捱苦難的歲月。我曾經在這裏坐過七星期的地牢，捱毒打，受飢餓，受盡殘酷的苦刑（然而我並沒有供出任何一個人）。我是到垂死的時候才被保釋出來抬回家中的。從那裏出來以後，我就失去一切的自由了。我的行動被追蹤、記錄、查考，我的生活是比俘虜更悲慘了。我不得離港是我被保釋的條件，而我兩次離港的企圖也都失敗了。這個境遇之中，如果人家利用了我的姓名（如徵文事），我能夠登報否認嗎？如果敵人的爪牙要求我做一件事，而這件事又是無關國家民族利害的（如寫小說集跋事），我能夠斷然拒絕嗎？我不能脫離虎口，然而我卻要活下去。我只在一切方法都沒有了的時候，才開始寫文章的（在香港淪陷整整一年餘，我還沒有發表過一篇文章，諸君也了解這片苦心嗎？）但是我沒有寫過一句危害國家民族的文字，就連和政治社會有關的文章，我再一個字沒寫過。我的抵抗只是消極的、沉默的。我拒絕參加敵人的文學者大會（當時同盟社的電訊，東京的雜誌，都已登出了香港派我出席的消息了），我兩次拒絕了組織敵人授意的香港文化協會。我所能做到的，如此而已。

戴望舒強調，"我沒有寫過一句危害國家民族的文字，就連和政治社會有關的文章，我再一個字也沒寫過"。在文章的最後，戴望舒仍然強調，"我在淪陷期的作品，也全部在這裏，請諸君公覽"。既然如此，我們不妨考察一下戴望舒在淪陷期間的寫作，在此基礎上才能對戴望舒進行客觀判斷。

---

16 李輝：《難以走出的雨巷》，載《收穫》，第 6 期，1999 年。

戴望舒為什麼沒離開香港？大致有兩個原因。一是不捨得他的書，徐遲是當時和戴望舒交往密切的人，他的《江南小鎮》記載："還在林泉居住着的詩人，每天盤弄他的藏書。不知他從哪裏弄來的許多木箱子。今天搬過這一箱子來，打開，非常珍惜地捧出一疊疊的寶貝書來，拂拭它們。挑出一本來看了半天又把它放回去。半天過去了，又把箱子歸還原處，長歎短吁一番，沒精打采地想心思。明天搬出另一個木箱子來，打開，搬出一堆書，把它們放進另一個大木箱子裏。一天天的就這樣給書搬家，他是六神無主了。我們則每天出去奔走，看能怎麼走出香港，回到大陸去。我們約他一塊兒走，他說：'我的書怎麼辦？'、'到內地再買！' 我這樣對望舒說過。他苦笑笑。我對能欣說，'看樣子他不會走了。' 能欣說：'不行，怎麼也要勸他走，萬萬不能讓他留下來。' 我跟他說了，他無辭以對。也許他是在等麗娟到香港來吧，他是下不來面子的，不願去上海乞求麗娟的，他只好在這裏等着事態的發展。"[17] 杜宣的說法，也與此相吻合，他當時問過戴望舒為什麼不離開香港，戴望舒說："他捨不得這一屋子多年收集起來的好書，他怕顛沛流離的生活。"[18]

徐遲引文中提到的有關於麗娟的幾句話，應該是戴望舒沒有離開香港的另一更重要的原因。戴望舒的妻子穆麗娟乃穆時英的妹妹，其時穆時英已經附敵，並在上海遭刺殺。穆麗娟回上海料理喪事，並和戴望舒提出離婚。戴望舒去上海求和，穆麗娟不同意。據說漢奸頭目李士群借此要挾戴望舒參加敵偽工作，被戴望舒拒絕。徐遲的意思，是猜想戴望舒不願意再去上海乞求麗娟，故在這裏等待事態發展。戴望舒在自辯書中也涉及到此，但他的說法不一樣。戴望舒說："我的妻子因為受了刺激（穆時英被打

17 徐遲：《徐遲文集》第 9 卷（北京：作家出版社，2014），386 頁。
18 杜宣：《憶望舒》，載《文學報》，1983 年 8 月 18 日。

死，她母親服毒自盡），鬧着要和我離婚，我曾為此到上海去過一次，而我沒有受汪派威逼溜回香港來這件事，似乎使她感動了，而在戰爭爆發出來的時候，她的態度已顯然地轉好了。香港淪陷後，我唯一的思想便是等船到上海去，然後帶她轉入內地；然而在這個計劃沒有實現之前，我就落在敵人憲兵隊的魔手中了。而最使我慘痛的，就是她後來終於離開了我，而嫁給了附逆的周黎庵，這就是隱秘的傷痕。"戴望舒的意思是希望乘船去上海，但還沒來得及走就被抓捕了。

戴望舒於 1942 年 3 月入獄，5 月出獄後到大同圖書印務局工作。一年以後，他開始在葉靈鳳主編的《大眾周報》上發表文章。不過，他寫的"廣東俗語圖解"，是語言民俗類的短文。戴望舒在淪陷期間寫得最多的就是這一專欄，共有 80 篇，從 1943 年 4 月 3 號《大眾周報》1 卷 1 期創刊號上的《竹織鴨》開始，一直寫到 1944 年 10 月 12 日《大眾周報》4 卷 2 號第 80 期的《鏡箱櫃桶》。其後，自 1945 年 7 月 6 日《大眾周報》第 117 期開始，他又接下來寫了一些"廣東俗語補解"，內容與"圖解"類似。戴望舒選擇民俗土語作為寫作對象，看起來是有意為之，它在內容上與政治無關，同時也可以寄託作者對於粵港鄉土中國文化的熱愛。

1944 年 1 月 30 日，葉靈鳳主編《華僑日報》的"文藝週刊"。這是香港淪陷後出現的第一個文藝副刊，它發行了 72 期，至 1945 年 6 月 17 日停刊。由於葉靈鳳的關係，戴望舒也在這個副刊上發表作品。戴望舒在《華僑日報》"文藝週刊"上發表的作品有：《致螢火》（第 1 期）、《論詩零札》（第 2 期）、《古小說鉤沉校輯之時代和逸序》（第 8 期）、《李娃傳非白行簡作說辯證》（第 14 期）、《凌濛初的劇本 —— 蠖廬讀稗乙錄之三》（第 16 期）、《詩二章》（"未長女"，"在天晴了的時候"，第 19 期）、《詩二章》（"贈內"，"墓邊口占"，第 33 期）、《對山居讀書雜記》

（第 34 期）、《讀日擇"元曲金錢記"》（第 37 期）、《秋二章》（"夜思"，"煩憂"，第 38 期）、《記馬德里的書市》（第 58 期）、《張山人小考》（上下，第 60、61 期）、《巴巴羅特的屋子 —— 記都德的一個故居》（第 64 期）、《尋常的故事》（第 72 期）、《過舊居》（第 74 期）、《寄友人》（第 75 期）、《老人的呼喊》（第 76 期）、《窗帷》（第 77 期）、《孩子》（第 78 期）、《燈》（第 79 期）和《守窗獨語》（"蒼蠅"，"幻夢"）。除"文藝週刊"之外，戴望舒還在 1944 年 8 月 1 日《華僑日報》"僑樂村"欄目發表過《跋山城雨景》，這是給羅拔高《山城雨景》一書所寫的"跋"，此書後由華僑日報出版社在 1944 年 9 月 1 日出版。

1944 年 12 月，戴望舒開始為日本人辦的官方報紙《香港日報》"香港藝文"欄目寫文章。他在這裏發表的文章有：《釋"高法"》（第 1 期）、《元曲和金瓶梅的流傳者》（第 2 期）、《宋江綽號"呼保義"解》（第 3 期）、《葫蘆提及酩子裏解》（第 5 期）、《日本日光輪王寺所藏中國小說 —— 西班牙愛斯高里亞爾靜院所藏中國小說戲曲》（第 9 期）、《李紳鴛鴦歌逸句》（第 11 期）、《"合生"小考》（第 12 期）、《元曲的蒙古方言》（第 19 期）。以上均為讀書雜記和學術類文章，此後戴望舒開始發表作品，計有：《舊作三章》（"答客問"，"對燈"，"秋夜思"）、《偶成》、《粗獷的華爾茲》、《流星》、《蟹與人》和《回家》。

前文曾提到，《香島日報》係由《星島日報》與《華字日報》合併而成，戴望舒是戰前《星島日報》副刊"星座"的主編，因此與該報有淵源。1945 年，戴望舒應邀主編《香島日報》的"日曜副刊"，時間是 7 月 1 日至 8 月 26 日。統計一下，戴望舒本人所發表的作品有：《贈友》（創刊號）、《山居雜綴》（第 2 號）、《五月的寂寞》（上，第 3 號）、《五月的寂寞》（下）、《巴黎的書攤》（第 4 號）、《巴黎的書攤》（第 5 號）、《父與子》（第 6 號）和《茉莉》（第 7 號），還有一些翻譯作品。

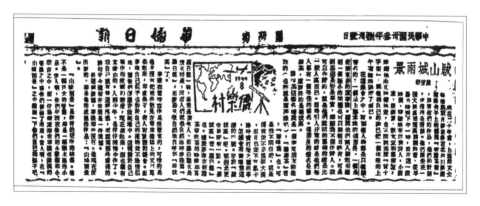

戴望舒為羅拔高著作《山城雨景》寫跋，曾載於《華僑日報・僑樂村》。

　　從上述可見，在 1943 年《大眾周報》"廣東俗語圖解" 專欄後，戴望舒所寫的文章，主要分佈在《華僑日報》、《香港日報》和《香島日報》上。這些文章多是迴避現實之作：一是返回古代的讀書雜記類文章，他在日方刊物《香港日報》上發表的文章，尤以學術為主，在當時的環境下，這不失為一種安全的寫作方法；二是介紹法國見聞的文章，如《記馬德里的書市》、《巴巴羅特的屋子 —— 記都德的一個故居》、《巴黎的書攤》等，這也是不涉及時政的；三是詩歌創作及詩論，這些詩歌或者反映詩人在監獄裏的非人待遇（《等待》），或者反映詩人在婚姻家庭及個人生活的感懷（《過舊居》）等。真正能夠代表戴望舒思想的詩歌，是他秘密寫下而至戰後才公開發表的詩作，如寫於 1942 年 4 月 27 日的《獄中題壁》（發表於 1946 年 1 月 5 日《新生日報新語》），寫於 1942 年 7 月 3 日的《我用殘損的手掌》（發表於 1946 年 12 月《文藝春秋》第 3 卷 6 期）。這兩首詩抒寫詩人在日本人的牢獄中的遭遇和感受，詩人雖然受盡苦刑折磨，但並沒有屈服，他深深地懷念祖國，懷抱勝利的信念，"我把全部的力量運在手掌，/ 貼在上面，寄與愛和一切希望，/ 因為只有那裏是太陽，是春，/ 將驅逐陰暗，帶來蘇生，/ 因為只有那裏我們不像牲口一樣活，/ 螻蟻一樣死……/ 那裏，永恆的中國"！詩人自己已經做好了心理準備，為國捐軀，"在日本佔領地的牢裏，他懷着的深深仇恨，你們應該永遠地記憶。當你們回來，從泥土掘起他傷損的肢體，用你們勝利的歡呼，把他的靈魂高高揚起"。這幾首詩是戴望舒前期現代主義詩歌的昇華，也是香港淪陷時期文學的最高峰。

　　現在可以來確認一下，何家槐等 21 人所檢舉的戴望舒的問題，究竟是否 "與敵偽往來，已證據確鑿"？所檢舉文章，一是戴望舒為 1944 年為羅拔高《山城雨景》所寫的《跋山城雨景》。如上所述，此文已經先發表在 1944 年 8 月 1 日《華僑日報》"僑樂村"欄目。羅拔高係盧夢殊的筆名，他長期在《華僑日報》任職，並曾參加東京"大東亞文學者大會"，回來後在《華僑日報》上刊載《東遊觀感》。據戴望舒在辯白中所說，他為此書寫序是被迫的，"如果敵人的爪牙要求我做一件事，而這件事又是無關國家民族利害的（如寫小說集跋事），我能夠斷然拒絕嗎"？這篇跋寫得較短，開始部分寫 20 年前作者在上海"新雅茶室"時遇到盧夢殊的情形，接着交代了盧夢殊的筆名"羅拔高"的來歷，最後才提到這部《山城雨景》，文章中評價性的文字僅如下一段，"《山城雨景》是作者的近作的結集。它不是一幅巨大的壁畫，卻是一幅幅水墨的小品。世人啊，你們生活在你們的小歡樂和小悲哀之中，而一位藝術家卻在素樸而淋漓的筆墨之中將你們描畫出來。世人啊，在《山城雨景》之中鑒照一下你們自己的影子吧"。可以說，這些基本上是應酬文字，並無實質性內容。

另外被檢舉的，是戴望舒在"南方文叢"第 1 輯的文章，它們與周作人、火野葦平等敵偽人物的作品一起發表，似乎比較嚴重。事實上，在淪陷的環境下，在敵偽刊物發表文章是無可奈何的事情，事實上所有的報刊都得聽命於日本侵略者。從上述史料看，戴望舒還有不少直接發表於香港的日本官方報刊《香港日報》的文章，關鍵還是看文章內容。戴望舒發於"南方文叢"第 1 輯的兩篇文章，題目分別是《詩人梵樂希去世》和《對山居讀書札記》，顯然並非政治性的文章。

至於戴望舒被檢舉任"香港佔領地總督部成立二週年紀念東亞晚報徵求文藝佳作"新選委員會委員一事，戴望舒自辯"人家利用了我的姓名"。而足以證明他不願意參加敵偽文化活動的，有兩件更重要的事情，一是拒絕參加"大東亞文學者大會"，二是拒絕參加"香港文化協會"。戴望舒所言姓名被利用是可能的，況且，在筆者看來，即使不是被別人利用的，掛名"委員"實在並不是一件重要的事情。

從現有史料看，戴望舒在香港淪陷期間的表現的確是清白的，如果不苛責的話，可以說他在那種嚴酷的條件下是具有民族氣節的，無怪乎當時中共黨組織對他很信任。1945 年 9 月，老舍從重慶給戴望舒發電報，委託戴望舒調查附逆文化人。10 月，"文協"又委託戴望舒組織文協駐港通訊處的工作。檢舉事件出現後，戴望舒於 1946 年 4 月至 5 月回到上海，向"文協"澄清自己。這一年 11 月 18 日，《華商報》發表了馬凡陀的《香港的戰時民謠》，提到戴望舒在香港淪陷期間寫過幾首抗日歌謠，廣泛流傳於民間，"據香港朋友的證實，這首民謠的確是戴先生寫的，而且當時寫的民謠不只這一首，共有十幾首之多，因為它單純易懂，富於民謠的特色，立刻為香港民間所接受而流傳了。環境使他不得不隱去作者的姓名，大家以為真是人民自己創造的真貨，只有知識分子也許知道這是一位詩人的作品，至於懂得內情、曉得是戴望舒寫的，則難得一二人而已"。這篇"文聯社特稿"表明了組織審查的態度，不但沒有對他進行追究，還表彰了他的貢獻。

"檢舉"事件的出現，應該有其特殊背景。戰後"文協"讓從淪陷區過來的戴望舒組織工作，並調查附逆，本身的確容易讓人產生疑慮。從 1946 年 1 月 29 日重新成立的"文協港粵分會"看，這件事大概與戰後外來港粵文化人爭奪領導權有關。盧瑋鑾即認為："當初戴望舒惹禍，我相信是由於戰後省港澳的文化人急於佔領有利位置'爭地盤'而被牽連。"[19]

---

19 盧瑋鑾、鄭樹森編：《淪陷時期香港文學資料選（1941-1945 年）》（香港：天地圖書有限公司，2017），10 頁。

第三節　視線之外的葉靈鳳

（一）

　　葉靈鳳是一個充滿爭議的人物。早在 20 年代加入後期創造社時，他就曾被捕入獄。1931 年 4 月，葉靈鳳被左聯以"屈服於反動勢力，向國民黨寫'悔過書'"為由開除。[20] 葉靈鳳更知名的事情，是由於侮辱魯迅而咎由自取。1929 年 11 月，葉靈鳳在自己主編的《現代小說》上發表小說《窮愁的自傳》，小說中的主角魏日青稱："照着老例，起身後我便將十二枚銅元從舊貨攤上買來的五冊《吶喊》撕下三頁到露台上去大便。"魯迅譏諷他，"生吞比亞茲萊，活剝路谷虹兒，今年突變為'革命藝術家'"[21]。1938 年，葉靈鳳到香港，不過仍未逃過是非。香港淪陷期間，葉靈鳳未離開香港，後再次被捕，出獄後在日本軍方辦的文化機構工作。

　　1949 年，葉靈鳳並未像戴望舒一樣回國，洗清冤白，而是留在了香港。1957 年版《魯迅全集》在《三閒集·文壇的掌故》葉靈鳳詞條下註解："葉靈鳳，當時曾投機加入創造社，不久即轉向國民黨方面去，抗日時期成為漢奸文人。"[22] 1949 年後，葉靈鳳在香港期間，一直在他的老東家《星島日報》系統工作，多在左翼系統的報刊發表文章。1959 年，他甚至應邀到北京參加建國十週年慶典。1975 年，葉靈鳳在香港去世。

　　1949 年戴望舒離港去京前，是住在葉靈鳳家裏的。葉靈鳳送戴望舒北上，但他自己卻並沒有離開香港。1950 年戴望舒在北京因哮喘突發去世，葉靈鳳寫文章悼念，文中說："我想他一定

---

20 《文學導報》（即《前哨》），第 1 卷第 2 期，1931 年 8 月 5 日。

21 魯迅：《〈集外集〉·〈奔流〉校編後記》，載《魯迅全集》第 7 卷（北京：人民文學出版社，1981），160 頁。

22 魯迅：《魯迅全集》第 4 卷（北京：人民文學出版社，1957），509 頁。

葉靈鳳（右）與羅孚

是可以死得瞑目的，雖然有點依依不捨。因為他終於能夠埋骨在新生的祖國土地上；若是客死在這孤寂的島上，我想作為詩人的他，一定死得不能瞑目了。"[23] 是不是可以反過來說，葉靈鳳客死香港就不能瞑目了？

1975 年葉靈鳳去世的時候，香港出現過一批悼念文章，如羅孚的《我所知道的葉靈鳳先生》、黃蒙田的《小記葉靈鳳先生》、三蘇的《悼葉靈鳳先生》和劉以鬯的《記葉靈鳳》等。不過，這些文章都避開了葉靈鳳的淪陷區經歷，免談 "漢奸" 問題。

新時期以後，葉靈鳳的 "漢奸" 問題始被揭開。首先，1981 年版《魯迅全集》改變了對於葉靈鳳的註釋。該版《魯迅全集》在《革命咖啡店》一文中將潘漢年與葉靈鳳合註，曰："葉靈鳳（1904-1975），江蘇南京人，作家，畫家。他們都曾參加創造社"。拿掉了葉靈鳳 "漢奸文人" 的帽子，這在後來被稱為 "註釋平反"。

致力於為葉靈鳳平反的代表人物，是香港資深文化人羅孚。自 1985 年起，羅孚發表了一系列有關葉靈鳳的文章，為他辯護。1985 年 9 月 16 日，羅孚寫下《葉靈鳳的後半生》一文，文中提到有 "金王" 之稱的香港金融界鉅子胡漢輝寫於 1984 年的一篇回憶文章。在這篇回憶文章中，胡漢輝說：被國民黨中宣部派到廣州灣的陳在韶，"要求我配合文藝作家葉靈鳳先生做點敵後工作。靈鳳先生利用他在日本文化部所屬大岡公司工作的方便，暗中挑選來自東京的各種書報雜誌，交給我負責轉運"。[24] 羅孚由此認為，"這至少說明，葉靈鳳名義上雖然是在日本文化部門工作，實際上卻是暗中在幹胡漢輝所說的抗日的 '情報工作' 的"。

---

23 葉靈鳳：《望舒和〈災難的歲月〉》，載陳智德編：《香港當代作家作品選集·葉靈鳳卷》（香港：天地圖書有限公司，2017），225 頁。

24 註：葉靈鳳工作的是大同公司，這裡的 "大岡" 公司應係筆誤。

有關於 1957 年版《魯迅全集》對葉靈鳳的註釋，羅孚認為“1957
年版《魯迅全集》的那一條注文，顯然是‘左’手揮寫出來的，
那些迷霧應該隨着新的註文而散去”。[25]

羅孚以“柳蘇”之名發表於 1988 年第 6 期《讀書》雜誌的
《鳳兮鳳兮葉靈鳳》，是一篇較有影響的文章。在這篇文章中，
羅孚開始涉及葉靈鳳在淪陷期間發表的文字。他主要提到了三篇
文章：（1）1942 年發表於《新東亞》月刊上的《吞旃隨筆》；（2）
1944 年發表於《華僑日報》副刊“僑樂村”的《煤山悲劇三百年
紀念 —— 民族盛衰歷史教訓之再接受》；（3）1945 年在《香島日
報》連載兩期的小說《南荒泣天錄》。羅孚高度讚揚了葉靈鳳在
日本統治下借古喻今，“寄故國之思，揚民族大義”的做法。羅
孚也提到了《大眾周報》，“而在可能是他自辦的《大眾周報》中，
每期都有署名‘豐’的《小評論》，就看到的幾篇來說，也多是
不痛不癢的文字。這一切看來屬於負面的東西，似乎並不能掩蓋
‘吞旃’、‘情報’和坐牢的正色”。由此，他再次強調：“舊版《魯
迅全集》（1957）的注文，說葉靈鳳抗日時期成為漢奸文人，不
能說它毫無‘似是’的根據（連戴望舒在抗戰勝利後也被檢舉過
曾經‘附敵’呢），而‘文革’後新版《魯迅全集》（1981）注文
中替他摘下了‘漢奸文人’的帽子，就更不能說不是實事求是的
平反了。”[26]

羅孚的文章奠定了 80 年代以後學界對於葉靈鳳的基本評
價，後來出現的材料和文章則在不斷地進一步地驗證和深入這種
說法。羅孚本人在後來的文章中，也不斷推進自己的看法。1990
年 4 月，朱魯大在香港《南北極月刊》發表《日本憲兵部檔案中

---

25 羅孚：《葉靈鳳的後半生》，載馮偉才編：《香港當代作家作品選集‧羅孚卷》
　　（香港：天地圖書有限公司，2015），224、226 頁。

26 柳蘇：《鳳兮鳳兮葉靈鳳》，載《讀書》，第 6 期，1988 年，22-28 頁。

新東亞

十二月號

大東亞戰爭·香港新生一週年紀念

第一卷 第五期

《新東亞》

的葉靈鳳和楊秀瓊》一文，披露出日佔時期香港憲兵隊本部編寫的“極秘”文件《重慶中國國民黨在港秘密機關檢舉狀況》，其中提到淪陷時期的葉靈鳳，在“中國國民黨港澳總支部調查統計室香港站任特別情報員，後來更兼任國民黨港澳總支部香港黨務辦事處幹事”，“每月支領工作費五十元”。朱魯大稱讚羅孚在《鳳兮鳳兮葉靈鳳》一文中對於葉靈鳳的平反，不過同時批評了羅孚認為葉靈鳳並非“正規”地下工作者的說法，並且認為羅孚忌諱葉靈鳳與國民黨的關係，“不可因葉靈鳳早年參加創造社，受過國民黨警憲拘捕，便斷然一口咬定‘不能把葉靈鳳稱為國民黨的地下工作者’。當時的中共不也要搞統一戰線，為了抗日可以捐棄一切成見麼”？[27]

　　如朱魯大所言，羅孚的確不願意把葉靈鳳與國民黨扯到一起，他辯解說：“他不是國民黨員。他是先成為‘特別情況員’後，才成為‘常務幹事’的。他似乎不是為‘國民黨’辦事，而是為國辦事，為中國對日抗戰的大業服務”。反過來，羅孚似乎很希望把葉靈鳳與中共聯繫起來，他專門提到葉靈鳳與潘漢年乃親密朋友，“潘漢年後來又是著名的中共情報高手，開展甚至主持對國民黨、尤其是對日本佔領軍的情報工作，取得輝煌的成績。葉靈鳳這個‘特別情報員’和他沒有關係，在這方面，葉是遠遠不能和他相比了。但戰爭結束後，潘漢年又來到香港，兩人還是有來往的。共同有些什麼‘機密’，一般人就不會知道了”。[28]

　　羅孚將葉靈鳳與中共聯繫起來的說法，還真的不無根據。

27　朱魯大：《日本憲兵部檔案中的葉靈鳳和楊秀瓊》，載《南北極月刊》，第239期，1990年4月18日，58-62頁。

28　羅孚：《葉靈鳳的地下工作和坐牢》，載《香港筆薈》，第11期，1997年3月，158-160頁。

據姜德明，早在戰後戴望舒與葉靈鳳被聲討為"漢奸"的時候，夏衍就在 1945 年 10 月 24 日終刊號《建國日報》"春風"副刊上以編者名義為戴望舒和葉靈鳳辯護。關於葉靈鳳，夏衍這樣寫，"葉靈鳳也是香港文協分會理事，他也是當時香港反對汪逆'和平'的健將，香港淪陷後，本報同人之一曾和葉氏在防空洞中相遇，約其同行離港，葉答以有事不能遽離……"。夏衍的措詞還是較為謹慎的，他提到葉靈鳳在淪陷時期出獄後編過敵偽刊物的事，同時也提到葉靈鳳自淪陷後即負有使命留港的說法，"葉氏經過詳情，恐怕要等他脫險後自己來說明，我們希望暫時不作過早的結論"。1988 年，姜德明在回顧這段往事的時候，感到"夏衍同志公開發表這意見是用心良苦和實事求是的，或者還有什麼難言之隱"。他便致函夏公詢問此事，夏衍在 8 月 12 日回覆了他，言："在防空洞裏遇他的是我，他說'有事'則是 1939 年潘漢年交給他的'事'，後來（解放前的四七、四八年）潘說過：要他（指葉）保持超然的態度，不直接介入政治，留待將來'為我們幫忙'。"[29]

此外，有關於葉靈鳳出席"大東亞文學家會議"的事情，也被洗冤。葉靈鳳夫人趙克臻於 1988 年 6 月 24 日致信羅孚，對此進行了說明。羅孚在 1988 年 8 月的《葉靈鳳二三事》一文中予以了糾正："還弄錯了一件事情。一九四二年，東京召開了一個'大東亞文學家會議'，當時的香港報紙上有消息，說香港將有兩名代表出席，其中之一就是葉靈鳳，另一人不見刊出姓名。但這以後，我所見到的資料中就不再有葉靈鳳和另一人參加會議的報道了，推想大致是人出席了──而沉默對待，沒有發言，因而無事可記。這是想當然，事實卻並不如此，葉靈鳳夫人趙克臻說，

---

29 姜德明：《夏衍為戴望舒、葉靈鳳辯護》，載《文匯報》，1988 年 9 月 24 日。

他根本就沒有參加過這個會議，也從來沒有去過東京。"[30] 隨着證據的不斷出現，葉靈鳳的形象愈來愈 "完美" 了。

此後，對於葉靈鳳淪陷時期的研究，基本停留在羅孚的方向上，於微言大義之間解讀他的 "民族大義"。這一點可以張詠梅於 2005 年發表的《信非吾罪而棄逐兮，何口夜而忘之 —— 讀〈華僑週刊·文藝週刊〉（1944 年 01 月 30 日至 1945 年 12 月 25 日）葉靈鳳的作品》一文為代表。從題目上屈原的詩句就能看出來作者的思路，此文對於葉靈鳳發表於《華僑日報》的《鄉愁》、《讀獨漉堂詩》、《記鄭所南》、《風情小品·杜鵑》和《少年維特之重讀》等文章進行了重讀，分析 "葉靈鳳在文章中借用中外歷史文學典故，暗中抒發家國情懷" 的做法。作者專門提醒我們，"葉靈鳳沒有離開香港，還要在日本統治下寫稿編輯，恐怕內心不無所感，在現實環境的種種限制下，他不能公然表白個人立場，只能夠盡量在文章中埋下伏筆，筆者循此方向解讀葉靈觀淪陷時期的作品，希望能夠讀懂其 '真' 意"。[31]

（二）

筆者對於葉靈鳳的印象，原先基本上來自於上述研究，但在實際看到葉靈鳳在香港淪陷時期所發表的文字後，看法卻完全改觀，並且感覺相當意外。

羅孚在談到《大眾周報》的時候說："就看到的幾篇來說，也多是不痛不癢的文字"，其他學者給人的印象，也是這些材料無足輕重，完全不能掩住葉靈鳳抵抗日本人的光輝。事實怎樣

30 羅孚：《葉靈鳳二三事》（1988），載馮偉才編：《香港當代作家作品選集·羅孚卷》，244 頁。

31 張詠梅：《信非吾罪而棄逐兮，何日夜而忘之 —— 讀〈華僑週刊·文藝週刊〉（1944.01.30-1945.12.25）葉靈鳳的作品》，載《作家》，第 37 期，2005 年 7 月。

呢？下面，我把葉靈鳳的這些媚日親汪的文字大致整理出來，請讀者自行判斷。

香港淪陷以後，葉靈鳳任職於日本軍方辦的大同圖書印務局，1942年8月主持《新東亞》雜誌，1943年4月任《大眾周報》社長，1944年1月主編《華僑日報》"文藝週報"，1944年11月30日主編了《香港日報》"香港藝文"。葉靈鳳在多種報刊發表了大量的文章，這裏面除了"書淫艷異錄"系列、讀書筆記、電影評論等之外，還有大量的公然支持日本侵略者和汪偽的文章，這些文章主要發表在《大眾周報》上。

1943年12月，是太平洋戰爭也是日本侵佔香港兩週年，葉靈鳳發表《聖戰禮讚》，稱："為了東亞，也為了自身，我們應該協力日本從事大東亞戰爭。這也就是東亞戰爭之所以為聖戰。""為了東亞的未來，為了中國的未來，協力日本完成這名副其實的聖戰，我們責無旁貸。"[32] 文章公然沿用日本侵略者的邏輯，將日本對於中國的侵略說成是"聖戰"，是對於中國的拯救，並號召中國人協力支持。

在《日本真意之認識》一文中，葉靈鳳代表四萬萬中國人表示理解日本人的善意，"中國民眾已經從日本所表示的真誠態度上，理解日本所企望於中國者，決不是四萬萬人成為日本的奴隸，而是四萬萬人成為日本的友人。"[33] 在《當前局勢之認識》一文中，葉靈鳳居然為自己這一代人能夠趕上這個"解放亞洲"的機會而榮幸，"這一場戰爭的執行責任恰巧落在我們這一代身上，我們應感到自己所肩負的歷史責任之重大，同時也應感到一種光

---

32 葉靈鳳：《聖戰禮讚》，載《大眾周報》，2卷11號37期，1943年12月11日，署名"豐"。

33 葉靈鳳：《日本真意之認識》，載《大眾周報》，2卷23號49期，1944年3月4日，署名"豐"。

榮。如果驅逐英美侵略勢力，解放亞洲的大任能在我們這一代的手中完成，為了子孫，則目前任何艱苦的忍受也是值得"。[34] 日本侵略中國，美英幫助中國抗擊日本，是中國的同盟國，葉靈鳳反倒認為，日本是幫助中國抗擊美英，這無疑是一種顛倒的說法。

葉靈鳳認為，在這"聖戰"中，文化人應該承擔自己的責任。在《筆桿報國——紀念大東亞戰爭兩週年》一文中，葉靈鳳響應日本文學報國會及言論報國會的主張，談到"道義的戰爭必然是長期的，不僅是物質的建設戰，而且也是思想的建設戰。長期建設戰的真諦，不在'全國皆兵'，而在動員所有的人力和物力，各就本位去從事戰爭所需要的各方面的生產工作。因此在文化人在長期建設戰爭中的任務，不是'投筆從戎'，而是'筆桿報國'"。[35] 他還提出了"生活決戰化"的口號，認為"不要誤認戰爭是國家的事，至少是前線戰士的事"，而是與我們的生活息息相關，所以我們要將生活看成是一場戰鬥，"人生無一刻不是在戰鬥中，尤其是目前的這場戰爭，戰爭的勝敗不僅關係着我們自身，也關係着我們的子孫。我們如果不願再做旁人的奴隸，我們如果想獲得一個自由的將來，則唯一可靠的保證便是在這戰爭中戰勝英美"。[36]

那麼，大東亞戰爭與中國民族文化之間是什麼關係呢？葉靈鳳在《中國人之心》一文中回應了日本人谷川徹三在香港有關"日本人之心"的演講，認為中國人的"民族意識"是與正在進行的大東亞戰爭的基本立場是一致的，他甚至於提出："也許是由於中國民眾的'民族意識'的醒覺太遲鈍了一點，否則，發動大東

34 葉靈鳳：《當前局勢之認識》，載《大眾週報》，2 卷 26 號 51 期，1944 年 3 月 18 日，署名"豐"。

35 葉靈鳳：《筆桿報國——紀念大東亞戰爭兩週年》，載《大眾週報》，2 卷 10 號 36 期，1943 年 12 月 4 日。

36 《大眾週報》，2 卷 18 號 44 期，1944 年 1 月 29 日，署名"豐"。

《大眾周報》1

《大眾周報》2

亞大戰的責任，早已在多年以前由中國，或者中日雙方共同擔負了也說不定"。"從當前的環境說，為了中國的未來，為了東亞的未來，我們在協力完成大東亞戰爭的過程中，除了加緊認識日本之外，應該一面更加緊認識自己"。[37] 也就是說，由於中國人思想落後，"大東亞戰爭"才由日本人領了先，當下的中國人只能提高覺悟，配合日本人的"大東亞戰爭"。

葉靈鳳還發表了不少直接吹捧日本統治者的文章。《記香港三長官》一文，分三個部分分別寫日本在香港的司法官栗本一夫、稅務所長廣瀨駿二和電訊局長今村守三。日本侵略者在葉靈鳳的筆下無不誠懇可親，在第一部分中有栗本一夫與葉靈鳳的對話，栗本一夫說："我立心要使中國人詳解我們的好意，所以我決心要用誠懇的態度和平等的待遇來對中國人，使中國人漸漸地對我們明白詳解而和我們站在同一陣線，你以為我的政策對嗎？"葉靈鳳寫到，"是的，'誠懇的態度，平等的待遇'，這正是我們中國人夢寐求之的事。""兩國間的聯合和融洽，就可以從這短短的兩句話中實現了。"[38]

葉靈鳳對於日本人的吹捧，常和"中日友好"的論述結合起來。他在《華僑日報》"文藝週刊"第 9 期"編輯後記"中，感謝神田先生和島田先生兩位，並提到"中日事變已相持了六七年，但無論在怎樣的情形下，中國文藝者從不曾在文化上將日本當作過敵人。這一種信念，我相信日本文藝家聽了之後和我們一樣從這上面會感到無限慰藉的"。葉靈鳳吹捧日本人的文章非止一處，其他還有《兩長陸大的飯村穰中將》、《日本駐德大使大島

37　葉靈鳳：《中國人之心》，載《大眾周報》，1 卷 24 期，1943 年 9 月 11 日，署名"葉靈鳳"。

38　葉靈鳳：《記香港三長官》，載《大眾周報》，2 卷 12 號 38 期，1943 年 12 月 18 日，署名"鳳兮"。

浩》和《秋燈照顏錄》等，從文中看，葉靈鳳與日本官員來往密切，相當熟稔。

葉靈鳳吹捧日本海軍，甚至不惜以中國甲午戰爭之敗作為陪襯，"四十年前，日本海軍以戰勝滿清北洋艦隊餘威，進而殲滅帝俄龐大艦隊，遂成為東方唯一大海軍國"。葉靈鳳認為，"巍立於東亞"的日本海軍今日與英美海軍一戰，頗有當年日本戰勝中國與俄國的氣勢，"今日日本海軍主力艦隊深自韜晦，靜候良機，未始不是在襲用當年東鄉元帥的故智"。讀這篇文章，感覺作者像是日本人，而不是中國人。[39]

除支持日本侵略者，葉靈鳳還鼓吹汪偽投降主義。他創作了《和平救國》一劇，在日本官方報紙《香港日報》"綠洲"上連載。這個劇本的主要情節，是中國抗日部隊中的軍長、參謀長等官兵間的對話，內容是主張中國將士不應該抗擊日本，因為日本不是侵略中國，而是幫助中國人實現國父的理想。劇中指出："現在的戰爭，是國父的理想，是為了完成'大亞洲主義'，實現大東亞和平的戰爭，並非是日本對於中國侵略的戰爭，因此，一般人的作戰目標，也就為了這一大轉變而放棄和日本敵對的態度了。"劇中甚至還提出，戰爭"是我方主動的，並非日本主動的，只要我們不惹他，不敵視他，日本決不來侵犯我們"。劇中明確提倡"和平救國"，這"'和平救國'的論調，就是一個當小兵的，也都能了解，只是膽小的不敢說，膽大的呢？就是槍斃他，他還是要說，所以少數人還抱着抗戰到底的意念之外，多數都不願意再打了"。這個劇本看起來就是公然在替日本策反，劇本中的確也提到，"我們所逮捕的'漢奸'，多半是兵士的家屬親友，他們在軍人監獄所講述的一切，非但能激起反叛的局面，更足以引起

---

39 葉靈鳳：《日本海軍》，載《大眾周報》，3 卷 9 號 61 期，1944 年 5 月 27 日，署名"豐"。

厭戰的心情"。劇中認為,國內之所以主張"抗戰救國",其原因是"中國要人"的財產寄存在英美兩國,"我們現在是為了保護中國要人的財產而抗戰,並不是為了國家興亡而抗戰了"!由此,官兵們今後的目標,不是對付日本人,而是對付"英美",對付"共產黨",並且喚醒抗戰分子,"我們今後,進一步的作戰目標,都是對付'亞洲公敵英美',同時要負責'維持中國的治安,肅清危害中國的共產黨',更加要努力,把'盲目抗戰分子,喚醒過來',造成'整個東亞的和平體勢'"。[40]

對於漢奸劉吶鷗,葉靈鳳也不吝吹捧。本來私下的朋友,即使漢奸,從個人角度懷念也並無不可,但葉靈鳳卻是從"中日親善"的角度去稱讚劉吶鷗的,"他是中日親善的實踐者,他愛日本,他更愛中國,他對於中日親善,東亞共榮的努力,可惜壯志未酬,竟以身殉"!由此他認為,劉吶鷗的去世,是"中國文化界和電影界的重大損失"。[41] 聯想到新感覺派的另一位大將穆時英附逆的時候,戴望舒毫不容情地將自己的這位妻兄驅逐出香港文協,葉、戴兩人在境界上無疑有天壤之別。

葉靈鳳這些公然支持日本侵略者及汪偽的賣國文字,實在讓人難以置信。上述文字多數來自於《大眾周報》的"小評論",這些"小評論"並不"小",而是置於首頁最顯著位置的社論,是每期《大眾周報》的靈魂文章。事實上《大眾周報》剛創刊的時候,用的都是"社論",後來"社論"和"小評論"交替使用。作為負責人的葉靈鳳,在此發佈媚日親汪的思想,無疑具有惡劣的社會影響,絕非無足輕重。

---

40 葉靈鳳:《和平救國》,載《香港日報》,1944 年 2 月 10-11 日、1944 年 2 月 13-18 日、1944 年 2 月 22 日,署名"趙克臻"。

41 葉靈鳳:《看"瓊宵綺夢"有感》,載《大眾周報》,1 卷 25 期,1943 年 9 月 18 日,署名"趙克臻"。

羅孚認為《大眾周報》"小評論"的文章是"不痛不癢"的，這顯然是誤判。由於沒有看到原始文獻，羅孚先生還產生了另外一些誤判。在《鳳兮鳳兮葉靈鳳》一文中，羅孚說：《南荒泣天靈》"很可能是以南宋在廣東抗元的故事為背景的一個歷史小說"，"如果是這樣，這顯然是在日軍統治之下，寄故國之思，揚民族大義的作品"。事實上，《南荒泣天靈》所寫的並非南宋發生在廣東的抗元故事，而是關於明清之際的。羅孚的主要錯誤並不在於朝代這一點，而在於他對於葉靈鳳以南宋寄託民族大義的一廂情願的想法。葉靈鳳恰恰有一篇論述南宋與今天中日戰爭的文章，可以說直接打了羅孚的臉。這篇文章題為《國破山河在》，發表於1943年10月23日《大眾周報》。文章提到："聽說國內的論者，近來很喜歡將中國目前的現狀比作南宋。不錯，羶腥遍地，半壁偏安，粗粗一看，確是有點南宋末年的淒涼情狀；可是仔細一想，醒覺了的中華民族意識，決不是臨安小朝廷君臣那麼的銷沉頹唐，而今日的日本帝國，一再反覆申說對中國並無絲毫領域野心，也決非意存牧馬中原的當年金人可比，則這比喻，不僅不倫不類，而且根本沒有認清當前的局勢。""如果我們能夠協力日本完成大東亞戰爭，則我們必然從這次戰爭中擺脫世紀的桎梏而獲得解放。""這就是我們所以要沉着努力的原因，這也是當前的中國局勢決不能同南宋末年相提並論的原因。"在葉靈鳳看來，今日之日本人對中國毫無領土野心，怎能與宋金相比，而當下進入了日本"大東亞共榮圈"的中華民族意識，又怎能與南宋臨安小朝廷相比？羅孚如果看到這篇文章，大概要跌破眼鏡了。

　　陳君葆是一位知名的香港文化人，當時也留在香港淪陷區，與葉靈鳳過從較多，他對於葉靈鳳的記錄評論，無疑具有重要價值。當時，葉靈鳳經常動員他去參加日本人組織的活動，約他寫文章，讓他不無怨言。在《陳君葆日記》中，1944年7月6日有一則葉靈鳳動員他參加香港新聞學會成立大會的記載：

葉靈鳳們組織新聞學會邀我作名譽會員，已設法推辭，今天他們開成立大會，靈鳳又寫信來約去參加並說"總督也出席，而且有午餐"，我待不去，他打電話來說"座位是排好的，缺席恐不好看"，於是我只得去了，在一方面看，倒像哺飲似的。

午前便到東亞酒家去，坐在我旁邊的是鮑少游，佈置倒有些特別。這也許因為幾年來參加這種儀式還是第一次。演說台兩旁分列各官員座位，首為磯谷總督，他右手是大熊海軍司令，以下則左右分開計泊總務長官，市來民治部長，那邊則為野間憲兵隊長等武官，和羅旭和周壽臣等，環繞着在中心的來賓和會員座位，這種排法，很有些特別，彷彿有點像北帝廟裏的情形。[42]

文中開頭提到"葉靈鳳們"組織新聞學會，下文又提到學會理事長是際籐俊彥，顯然學會是日本人成立的，葉靈鳳是中方組織者，所以他積極催請陳君葆。在成立大會上，葉靈鳳與總督及日本軍方上層濟濟一堂，儼然風光一時。從行文看，陳君葆對於葉靈鳳的做法不太以為然。

至日本投降，陳君葆覺得葉靈鳳的作風仍未改變，並因此對於他的人格發生了懷疑。據 1945 年 8 月 23 日記載，"靈鳳的意志似見動搖了，他的《文藝週刊》時期的作風仍未能免。我真不明白，他留港的目的在發財呢，抑或在有所建樹？現在的結局不曉得當時他曾否有着真正的信心；抑或純然投機主義"？[43]這個問題，到現在還沒有答案。

需要提及的是，2013 年盧瑋鑾、鄭樹森主編，熊志琴編校的《淪陷時期香港文學作品選：葉靈鳳、戴望舒合集》就已經披露了葉靈鳳的相關材料，但並沒有引起注意。這應該與編者的態

---

42 謝榮滾主編：《陳君葆日記全集》卷 2〔香港：商務印書館（香港）有限公司，2004〕，262-263 頁。

43 謝榮滾主編：《陳君葆日記全集》卷 2，399-400 頁。

度有關，盧瑋鑾等人自身就沒有重視葉靈鳳的這些賣國文字，而是一如既往地維持着羅孚等人的看法。直至 2017 年，盧瑋鑾等人在編另一本《淪陷時期香港文學資料選》時，仍然只是輕描淡寫地說：“他最為人詬病的寫作是為《大眾周報》寫的‘社論’、‘小評論’欄目。作為該刊負責人，代表該刊或統治者發言，社論非寫不可。題材必須應付時局，但又不能只抒己見，夾於兩難中，那就要靠筆鋒轉彎抹角處了。” 2018 年陳智德出版的《板蕩時代的抒情 —— 抗戰時期的香港與文學》一書，是香港學界研究香港抗戰時期文學的最新成果，其中對於葉靈鳳的評價仍然未有變化。

（三）

前文提到葉靈鳳之妻趙克臻曾給羅孚寫過一封信，說明葉靈鳳並沒有出席大東亞會議。信中還提及葉靈鳳出獄的情況。

信中說：“在香港淪陷後，那時國民政府的特務頭子‘葉秀峰’，他指揮留港的特務人員，組織了一個通訊機構，負責人名叫‘邱雲’，他暗中聯絡各界人士，計有金融界的胡漢輝、教育界的羅四維、文化界的葉靈鳳等人。並在另一特務人員‘孫伯年’的家中，設有小型電台。可惜此組合進行不到一年，已被日軍偵破，在孫君家抄到一份名單，就此將葉靈鳳、羅四維等，及其他被拘捕的約有五十多人。”三個月後，葉靈鳳終於出獄，“不久邱氏兄弟及羅四維亦相繼出獄，聽說在某種條件下，要為對方服務。可惜其他四十多人，大都被判死罪，或病死獄中，內中也有無辜的，此案就此了結”。在這裏，香港學者鄭明仁的疑問是，“由於趙克臻認為葉靈鳳的‘同黨’邱氏兄弟是答應為日本人服務才獲得釋放，故很難相信葉靈鳳的釋放，是沒有條件的”。[44] 這

---

44 鄭明仁：《淪陷時期香港報業與“漢奸”》（香港：練習文化實驗室有限公司，2017），149 頁。

個疑問，我以為是有啟發意義。

從趙克臻的敘述上看，被釋放的都是有身份的人，除胡漢輝事先逃脫外，國民黨這個地下通訊機構的負責人邱氏兄弟、教育界的羅四維、文化界的葉靈鳳等人俱被釋放。很顯然，是因為這些人尚有利用價值，在他們答應某種為日本人服務的條件後，釋放出來是對日本人有利的。葉靈鳳被釋放的原因，大概就是如此。

這可能是解釋問題的一條思路：即葉靈鳳開始的確是地下黨員，然而在被捕後，答應了日方某種條件，於是後來積極為日方服務。葉靈鳳被捕的時間是 1943 年 5 月，而他所寫的媚日文章的確都在此後，不知道這是不是一種偶然？在沒有充分依據的情況下，這只能是一種推測。至於葉靈鳳內心仍有痛苦和掙扎，並通過微言大意和弦外之音表現出來，我覺得這並不奇怪，畢竟他還是中國人。

以上的論述，主要從真偽、表裏的角度着眼，我總覺得，將葉靈鳳的行為完全視為被脅迫，有點過於簡單，這裏試圖從另外一個路徑深化我們對於這個問題的認識。在我看來，葉靈鳳的言論其實有其內在思想脈絡，它與香港的殖民地處境密切相關。

在有關抵抗與投降的問題上，葉靈鳳有自己獨特的看法。葉靈鳳認為在勝利無望的情況下，為拯救國民於水火而選擇和平，是明智的做法，它較之於統治者為了個人利益而戰，犧牲國民生命，更為高明。葉靈鳳在《投降，賣國與光榮的和平》一文中指出：“眼見戰爭的目的一時無法達到，或是除了訴諸武力之外尚有其他途徑可循，這時，為了國家民族的福利，為了不忍生靈塗炭，領導戰爭者毅然將戰爭結束，抱着‘留得青山在，不怕沒柴燒’的絕大決心，只要對於國家民族有利，即使與敵人作城下之盟也不辭，即使自己成為一時唾罵的目標也不辭，這樣的‘和平’就是光榮的和平，而這樣的和平工作也非真正的大勇者不能擔任。"[45] 葉靈鳳對於戰爭的這種看法，其實並不孤立。值得注意的是，葉靈鳳的這篇文章寫於 1943 年 9 月 18 日 "九一八" 12 週年紀念的時候，而在 12 年前的時候，這正是張學良和蔣介石國民政府的想法。葉靈鳳對於汪偽 "和平救國" 思想的同情，應該就是從此思路延伸而來的。

另外一個更重要的問題，是香港的特殊性。日本的 "大東亞戰爭"，對於中國與對於香港的意義是大不一樣的。日本的 "大東亞共榮圈" 理論以解放殖民地為號召，其前提是歐美殖民主義對於世界的霸權，特別是對於東亞的殖民侵略，其基本點是以東亞為單位抵抗歐洲的殖民主義。就此而言，"大東亞宣言" 認為，東亞各國應該攜起手來，"使大東亞解脫英美之桎梏，保障其自存自衛"，而大東亞各國之間的關係，是 "互相尊重其自主獨立"、"互相尊重其傳統" 和 "撤廢人種的差別" 等。[46]

對於主權獨立的中國而言，"大東亞理論" 就是侵略的借口，對於香港以及東南亞前殖民地國家而言，"大東亞理論" 卻有恰中懷抱的意味。香港本來是英國殖民統治地區，在日本人看來，是他們幫助香港人推翻了英國殖民統治，恢復了東方文化。就認同來說，香港人的確處於尷尬的地位。一般來說，殖民地是通過認同舊的政權來抵抗外族侵略的，然而香港之舊政權本身卻是英國殖民統治。日本之推翻西洋殖民主義，恢復東方文化，對於香港人來說，不能不說具有一定的迷惑性。事實上，同樣受到日本侵略的東南亞國家，事後並不怎麼憎恨日本，原因就在於日本幫助他們推翻了西方帝國主義。

---

45 葉靈鳳：《投降，賣國與光榮的和平》，載《大眾周報》，第 1 卷 25 期，1943 年 9 月 18 日。

46 《大東亞共同宣言》，載《大眾周報》，第 2 卷 7 號 33 期，1943 年 11 月 13 日。

對於日本在香港的"去殖"行為，學界很少予以注意，而從葉靈鳳的記載看，正是這種行為在某種程度上打動了他。在葉靈鳳主編的《新東亞》雜誌第 1 期上，有一篇署名"黃連"的文章，題為《香港的透視》，其中這樣描寫日本佔領香港後的新貌："香港重光後，文化事業有着很大的改變。換句話說，香港的文化，已由洋化回復東方文化了。流行的洋文、洋話，已完全不合時宜；厚厚的重重的而價值又特殊昂貴的洋書，多成廢物，不為人所珍愛。街道的洋名，已經更改了。日文書籍，特殊暢銷；中國國文國語，也頓見抬頭而顯見其原有的價值。港大馮平山圖書館的國粹書籍，幸能保存，當局很重視它。除好好保存它外，還計劃設立一間博物館。"日本佔領香港之初，即把香港大街上的英文招牌全部拆除，又把維多利亞皇后像移走。對於中文的圖書館、書局則加以保存。據《陳君葆日記》，日本佔領香港後，要找陳君葆談話，陳君葆及同事都忐忑不安，召見他的是日本人肥田木，"他所命的，是我要主持整個圖事，其名稱為香港圖書館，要我作一個計劃，先事'搜集然後整理編製，以期此為一完善的東方圖書館'"。[47] 陳君葆這才釋然，從日記中可以看到，他此後的工作就是聯繫調查各個學校機構的圖書館，以期合併。

對於日本人的這種行為，葉靈鳳是加以肯定的。他在《新東亞》雜誌第 2 期發表了"香港放送局特約放送稿"《新香港的文化活動》，文章一開頭就寫道："如果戰前離開香港的人，現在再回到香港來看看，旁的不用說，第一件使他們吃驚的是，馬路上以前觸目皆是的英文招牌，現在一家也沒有了。"接着，葉靈鳳批判了英國殖民統治者對於香港中文文化的忽視，"本來，嚴格地說，過去的香港本身是沒有文化可言的"。在這種情形下，日本可以說解放了香港，"現在，香港已經進入大日本皇軍的掌

---

47 謝榮滾主編：《陳君葆日記全集》卷 2，55 頁。

握，已經成為東亞人的香港。過去英國殖民地政策的毒素一律要徹底的加以掃除，因此英國殘餘的文化毒素當然也在掃除之列。新香港文化的趨向，不僅將發揚中國固有的東方文化，而且要介紹日本的新文化，使她能在大東亞共榮圈內，擔負起中日文化交流總站的任務"。

　　在教育上，日本人也有動作，"戰前公立私立的英文學校，差不多可說是經已無復存在"，"學校復課的，經有好幾間；課程注重中文和日語"。[48] 對此，葉靈鳳也是贊成的，他說："在過去英國人的統治下，整個的香港教育，從大學以至小學，不是'洋化教育'，便是'奴隸教育'，而且對於課程的選擇和師資的標準也荒唐得嚇人，因此非徹底加以推翻，根本重新做起不可"。[49]

　　值得一提的是，葉靈鳳不僅在公共場合公開發表文章，私下在自己的書房裏也進行"革命"。他貫徹"英美思想應該從東亞驅逐出去"的思想，重新組織自己的讀書生活。葉靈鳳觀察自己的書架，"架上僅有的幾冊線裝書，不僅沒有去動過，而且早給逐漸添置的西洋文化史、藝術史之類，擠到書架背後去了"。他覺得慚愧，"於是放任着自己眼和手，將一些線裝書都搬了出來，從正史讀到野史，從散文讀到韻文，每晚在燈下，將闊別了許多的舊時愛讀的許多作品，重新盡情地溫讀了一遍"。[50]

　　從葉靈鳳的敘述來看，他把日本人在香港的行為，看作是驅除英國殖民文化，恢復中國文化，這的確是他所支持的。在他看來，日本之抵抗英美，亞洲及中國都是受益者，而最受益者是香港，他引用劉鐵城先生之語說："英美以廣義的鴉片政策毒害東亞民眾，受禍害最深者為中國，而歷時最久者恰為香港。香港

48　黃連：《新香港的透視》，載《新東亞》，1 卷 1 期，1942 年 8 月 1 日。

49　葉靈鳳：《新香港的文化活動》，載《新東亞》，1 卷 2 期，1942 年 9 月 1 日。

50　葉靈鳳：《秋燈夜讀抄》，載《新東亞》，1 卷 3 期，1942 年 10 月 1 日。

'土生華人'以及旅居斯土稍久之僑胞，所受英人殖民政策毒害之烈，凡略有民族思想者無不扼腕太息"。如此，日本人"去殖"就顯得很有必要了。[51]

值得注意的是，葉靈鳳對於英國殖民主義之反省，對於香港史地之熱愛，非一時之現象，而是一直持之以恆。1947年，葉靈鳳在《星島日報》主編"香港史地"。1953年，他在《大公報》發表系列文章，後來結集為《香港方物誌》。60年代，他在《新晚報》"霜紅室隨筆"專欄發表香港史地的文章，後來結集為《張保仔的傳說和真相》（1970）和《香江舊事》（1971）。後來他又出版了《香島滄桑錄》、《香海浮沉錄》和《香港的失落》等書。在較少有殖民反省的香港史上，葉靈鳳的這些著述是很獨特的。筆者在《小說香港》一書中，曾經評論說："（香港）開埠百年來的歷史全是由西人敘述的，葉靈鳳以詳盡的歷史敘事的方式申訴了中國人的立場，打破了西方人對於香港的知識壟斷，這是他的香港著述的根本意義所在。葉靈鳳在著述中，以詳盡的歷史材料揭露了英國殖民者侵略中國的各種史實，這就戳穿了西方歷史敘事中對於自己侵略行為的'美化'。"[52]由此看來，葉靈鳳對於日本"大東亞共榮圈"的正面評價，都是建立在香港的特殊歷史經驗的基礎之上的，葉靈鳳的歷史選擇，有其獨特的思想基礎，這是歷史的弔詭之處。

51 葉靈鳳：《精神食糧之重要》，載《大眾周報》，第2卷12號38期，1943年12月18日。

52 趙稀方：《小說香港》（北京：生活·讀書·新知三聯書店，2003），118-121頁。

第七章

批評的風暴

第一節 《大眾文藝叢刊》：清理文壇

（一）

1945 年 8 月，日本宣佈無條件投降。8 月 30 日，英國恢復對香港的殖民統治，當日遂定為重光紀念日。

香港的重光，是國共兩黨較量的開始。1945 年 9 月，日本一投降，中共中央就給廣東區黨委發來電報，指示在香港建立宣傳陣地。尹林平書記從東江縱隊的機關報《前進報》抽出楊奇和黃少濤等 6 人，於 9 月 16 日迅速到了香港，這一天正是英軍夏愨少將接受日本投降之日。1945 年 11 月 13 日，《正午報》創刊。時值國民黨大舉進攻，國共血戰，國民黨新八軍軍長高樹勳率部起義。《正午報》發表了相關報道，震動海內外。1946 年 7 月，《正午報》改為雜誌（初為旬刊，後為週刊），由黃文俞和李超負責，一直出到 1948 年 11 月停刊。

1945 年 9 月，南方局和周恩來派夏衍和徐邁進去上海籌備黨報《新華日報》和民主報《救亡日報》，但受到國民黨阻撓，《新華日報》未能出版，《救亡日報》出版 12 天就遭國民黨上海市黨部查禁，"於是，黨中央，南方局就決定派章漢夫、胡繩、喬冠華、龔澎、廖沫沙、林默涵、范劍涯、邵荃麟等同志到香港，會同廣東區黨委派出的饒彰風、楊奇等同志，重新建立新的傳播據點"。[1] 1946 年 1 月 4 日《華商報》復刊，總經理仍是薩空了，總編是劉思慕。《新華日報》停刊後，《華商報》成為中共唯一的黨報，這也可見當時香港在中國左翼文壇的中心位置。1946 年 1 月 29 日 "文協港粵分會" 正式成立，取代了 1945 年 11 月戴望舒牽頭組織的 "全國文協香港會員通訊處"。

國民黨方面，早在 1945 年 12 月 1 日，《國民日報》就在香

---

1 夏衍：《懶尋舊夢錄》（北京：生活・讀書・新知三聯書店，2000），382 頁。

港復刊。"《國民日報》的副刊並不出色，只關心'文化漢奸'問題"。[2]《國民日報》追究"文化漢奸"問題，確乎在當時引起了較大的關注。《國民日報》在 1946 年 6 月 7 日發表《通緝岑維休》一文，告知全港，《華僑日報》老總岑維休是香港頭號文化漢奸，讓港人監視和活捉岑維休。結果很有戲劇性，岑維休不但沒有被活捉，《國民日報》反倒被港英當局以違反香港法律之名，停刊一個月。據分析，由於抗戰勝利後，國民黨政府一度試圖收回香港，導致港英當局對於國民黨勢力有所防範。

《華僑日報》和《星島日報》都是香港老牌報紙，從淪陷區延續而來。戰後的《華僑日報》，由侶倫任"文藝週刊"主編，他本人在上面發表了大量的文學作品，如《轟炸》、《愛與仇》和《那個露西亞女人》等。《星島日報》在香港淪陷期間，被迫改為《香島日報》，後於 1945 年 10 月 14 日復刊。葉靈鳳繼續主編《星島日報》"星座"，連載了傑克的長篇小說《合歡草》和望雲的專欄"星下談"，這兩位都是香港的通俗小說家。所刊載的其他作品，政治性也不強。《新生晚報》則是 1945 年 12 月新創辦的，這份較為本地化的報紙由高雄主持文藝副刊，也由於他的《經紀日記》的連載而暢銷一時。

在抗戰勝利之初，香港文壇並不熱鬧。1946 年 4 月 13 日，茅盾經過廣州去上海，順道去了香港。因為等船票，他在香港和澳門呆了一個多月。據茅盾說，"香港經過戰亂，文化工作正在恢復，《華商報》已經復刊，一些進步的文化團體也在陸續建立，但與一九四一香港文化界的局面相比，就差得多了。在四一年香港知名的文化人就有幾百人，而現在我所熟悉的朋友只有劉思慕、薩空了、章泯、韓北屏、呂劍等有數的幾位"。

2　鄭樹森、黃繼持、盧瑋鑾編：《國共內戰時期香港本地與南來文人作品選（1945-1949 年）》（香港：天地圖書有限公司，1999），7 頁。

及至 1946 年夏天以後，南下香港的左翼文人才開始增多。國共內戰爆發後，左翼人士的活動在內地受到限制，由於二戰後租界已被取消，他們除了去解放區之外，只有南下香港一條路。來香港的內地人大致來自於三個地方：一是廣東附近的，二是由重慶來的，三是由上海來的。1947 年 10 月下旬，郭沫若和茅盾等大批左翼文化人到達香港，這種聚集在 1948 年前後達到高峰。1947 年底，茅盾再到香港的時候，發現香港已經發生了很大變化，熱鬧非凡，"一九四八的香港十分熱鬧，從蔣管區各大城市以及海外彙集到這裏來的各界民主人士和文化人總在千數以上，隨便參加什麼集會，都能見到許多熟悉的面孔"。[3] 周而復也曾描繪這一時期香港的極盛狀況，"香港當時形成以郭沫若、茅盾為首的臨時文化中心，重慶的、上海的和廣東的文化界著名人士幾乎都來了，'群賢畢至，少長咸集'，極一時之盛"。"可以說，這是全國文藝界著名人士第二次在香港大集會（第一次是抗日戰爭時期太平洋戰爭爆發以前），其陣容、聲勢和影響遠遠超過第一次"。[4]

中共在香港的活動，由華南分局香港工委負責。華南分局書記是方方，副書記是尹林平。工委書記由方方兼任，副書記是章漢夫。工委屬下的文化工作委員會負責香港的文化工作，文委書記是夏衍，副書記是馮乃超，委員有胡繩、邵荃麟和周而復等。夏衍去新加坡後，書記由馮乃超擔任，周而復擔任副書記。文委的主要工作是在香港及南洋宣傳中共方針政策，在文藝上宣傳實踐毛澤東的"講話"精神。

《群眾》週刊以中國共產黨機關刊物名義登記，於 1947 年 1 月 30 號由章漢夫創立，刊務由林默涵、廖沫沙、黎澍和范劍雄

3　茅盾：《我走過的道路》（北京：人民文學出版社，1988），405-406 頁。
4　周而復：《往事回首錄》，載《新文學史料》，第 2 期，1992 年，111 頁。

等負責。其內容主要是宣傳中共中央的方針和政策，報道、評論全國解放戰爭的形勢和戰績，揭露國民黨反動派的獨裁統治。《群眾》第 15 期連載了《新民主主義論》和《在延安文藝座談會上的講話》的部分內容。

《華商報》副刊"熱風"初期由呂劍主編，在呂劍 1947 年 7、8 月間北上解放區後，由華嘉接編，直至 1948 年 8 月 24 日，然後又由杜埃接編，後者將"熱風"改為"茶亭"。關於《華商報》副刊，除了"熱風"和"茶亭"，還有嚴傑編的"文藝專頁"（只出了 5 期）、呂劍與洪遒編的"港粵文協"、李門編的"電影與戲劇"和呂劍編的"書報春秋"等。《華商報》副刊刊登的連載有郭沫若的《抗戰回憶錄》（此即後來的《洪波曲》）、茅盾的《蘇聯見聞》、薩空了的《兩年的政治犯生活》和愛倫堡的《美國印象》等。《華商報》上最有名的小說，是自 1947 年 11 月 14 日起開始連載的黃谷柳的長篇小說《蝦球傳》。

據周而復，"為了宣傳介紹馬列主義和毛澤東思想，並有計劃澄清和批評一些資產階級文藝思想，乃超、荃麟和我們經常在醞釀準備創辦一個以文藝理論為主的刊物"，那就是 1948 年 3 月 1 日創辦的《大眾文藝叢刊》。此刊係由中共香港文委發起，生活書店出版。《大眾文藝叢刊》每期以主要文章為刊名，不設主編，實際負責人是馮乃超和邵荃麟，積極參與其事者有潘漢年、胡繩、喬冠華和周而復等，多是文委的負責人，夏衍從新加坡回港後，也大力支持此刊。

有感於發表創作的陣地太少，尤其中篇小說及萬字以上的作品難以發表，周而復想辦一個類似 30 年代左聯領導下的《小說家》那樣一個刊物。他和葉以群、樓適夷談了想法，兩人都很支持。周而復和葉以群去拜訪茅盾，請他出馬主編《小說》月刊。茅盾支持這個想法，但他沒時間主編，建議讓樓適夷來主編。後來，《小說》月刊乾脆不設主編，由樓適夷負責具體工作，編委有茅盾、巴人、葛琴、孟超、蔣牧良、周而復、葉以群和適夷等人。稿源上是充足的，"葉以群負責'文藝通訊社'，把解放區的、國統區的進步和優秀的各種形式的文藝作品寄往南洋一帶報刊發表。他手裏有一些解放區作家比較短小的作品。我收到解放區帶出來的作品轉給他處理"。[5]《小說》月刊於 1948 年 7 月 1 日創刊，是這一時期最有分量的小說雜誌。《小說》月刊創刊號發表了茅盾的《驚蟄》、西戎的《喜事》、沙汀的《選災》、巴人的《一個頭家》、適夷的《山村》和郭沫若的《塗家埠》等作品，還分 6 期連載了周而復的《白求恩大夫》。

　　需要提及的，還有周而復主編的《北方文叢》。按照周而復的說法，《北方文叢》即"解放區文叢"，這一"文叢"囊括了解放區多數代表性作品：第 1 輯包括馬烽、西戎的《呂梁英雄傳》、馬加的《濾沱河流域》、丁玲的《我在霞村的時候》和柳青的《地雷》等，第 2 輯包括趙樹理的《李有才板話》、孫犁的《荷花澱》、李季的《王貴與李香香》和韓起祥的《劉巧團圓》等，第 3 輯包括趙樹理的《李家莊的變遷》，康濯的《我的兩家房東》，柳青的《犧牲者》和賀敬之、丁毅的《白毛女》等。香港雖然處於南方殖民統治地區，現在儼然成為了宣傳毛澤東"講話"政策以及宣傳解放區文學的一個中心。

　　需要提及的，還有《大公報》和《文匯報》。《大公報》在抗戰勝利後面臨着左右之間的選擇，國民黨和共產黨都在爭取它。1948 年 3 月 15 日，《大公報》在香港復刊，同年 11 月 10 日發表《和平無望》，宣告"向人民靠攏"，從此成為左翼報刊。《文匯報》是民革的機關報，1948 年 9 月 9 日在香港復刊。其督印人徐鑄成乃中共地下黨員，因此《文匯報》也為左翼所掌握。《大公報》和《文匯報》後來成為 1949 年後香港左翼文學的主要陣地。

5　夏衍：《懶尋舊夢錄》，261 頁。

可惜的是，香港文壇的繁榮時間並不長。1948年5月1日，中共中央發出號召，建議成立新的政治協商會議，召集人民代表大會，為成立民主聯合政府做準備。各民主黨派和人民團體立即通電全國，熱烈響應。自此以後，香港成為討論建國運動的中心。1948年9月底，沈鈞儒等第一批民主人士乘船北上，郭沫若等人於11月下旬第二批離開香港，茅盾等人則於1948年除夕離開香港北上。大批左翼及民主人士的北上，把香港丟在了後面。據統計，1948年在香港市面流通的刊物有11種，至1949年1月變成了5種，再過一個月後，就變成3種了，香港畢竟只是一個過渡之地。

（二）

這一時期香港最有影響的報刊，並非文學創作刊物，而是理論批評刊物《大眾文藝叢刊》。在新中國成立之前，《大眾文藝叢刊》主動發起批判，清理文壇，引起相當大的震動。

由邵荃麟執筆，"本刊同人"共同署名，刊登於《大眾文藝叢刊》創刊號首篇的《對於當前文藝運動的意見——檢討·批判·和今後的方向》一文，可以看作是這一場批評運動的開始。這篇文章明確提出：當前思想批評的指導思想是毛澤東1947年12月25日在陝北米脂縣楊家溝的講話《目前的形勢和我們的任務》，"它是當前中國一切運動的總指標"。就文藝來說，中國當前文藝的性質已經發生變化，即不再是一般的民主主義文藝或者人民的文藝，而是新民主主義的文藝，"所謂新民主主義的文藝，一般說，是以無產階級思想和馬列主義文藝觀作為領導的，主要為工農兵服務的，以徹底反帝反封建為內容的文藝"。在這種新的目標之下，我們需要重新檢討文壇。文章認為："這十年來我們的文藝運動是處在一種右傾狀態之中。形成這右傾狀態的，是由於長期抗日統一戰線運動中，我們忽略了對於兩條路線鬥爭的堅持，在克服‘關門主義’的傾向的同時，卻也自覺不自覺地削弱了自己的階級立場”，“因此，我們的文藝運動中就缺乏一個以工農階級意識為領導的強旺思想主流，缺乏這種思想的組織力量”。也就是說，對於抗日統一戰線以來的文藝寬鬆政策，現在要開始“收”了。文章指出：需要徹底打擊的對象，“首先是美帝國主義對中國的直接文化侵略”，“其次，也是更主要的，是地主大資產階級的幫兇和幫閒文藝。這中間有朱光潛、梁實秋、沈從文之流的‘為藝術而藝術論’，有徐仲年的‘唯生主義文藝論’和‘文藝再生產論’，有顧一樵的‘文藝的復興論’，以及易君左、蕭乾、張道藩之流一切莫明其妙的怪論。這些人，或則公然擺出四大家族奴才總管的面目，或者扭扭捏捏化裝為‘自由主義者’的姿態，但同樣掩遮不了他們鼻子上的白粉”。看得出來，“為藝術而藝術”以及“自由主義者”等中間派，現在已經與張道藩等國民黨文藝完全一鍋煮了，不是左翼的，就是反動的。

《對於當前文藝運動的意見 —— 檢討‧批判‧和今後的方向》一文對於朱光潛、梁實秋、沈從文和蕭乾等人的直接點名，讓人感覺火藥味很濃。接下來郭沫若在《斥反動文藝》一文中的批評，則更為直接和激烈。

郭沫若開頭就指出：在當前形勢下，首先需要“衡定是非善惡”，其標準是“凡是有利於人民解放的革命戰爭的，便是善，便是是，便是正動；反之，便是惡，便是非，便是對革命的反動。我們今天來衡論文藝也就是立在這個標準上的，所謂反動文藝，就是不利於人民解放戰爭的那種作品、傾向和提倡”。看得出，在郭沫若看來，當前的任務是區分敵我，從後面的論述來看，區分的標準相當苛刻。郭沫若將沈從文、朱光潛和蕭乾分別指為“紅”、“藍”、“黑”色的作家，這裏除朱光潛是學者外，沈從文和蕭乾都是作家。郭沫若首先將矛頭對準沈從文，他將沈

《文藝的新方向》

從文的《摘星錄》和《看雲錄》等看作是"文字上的裸體畫"和"文字上的春宮"，並歷數他的反動行徑，"特別是沈從文，他一直是有意識地作為反動派而活動着。在抗戰初期全民族對日寇爭生死存亡的時候，他高唱着'與抗戰無關'論；在抗戰後期作家們正加強團結，爭取民主的時候，他又喊出'反對作家從政'。今天人民正'用革命戰爭反對反革命戰爭'，也正是鳳凰毀滅自己、從火裏再生的時候，他又裝起一個悲天憫人的面孔，謐之為'民族自殺悲劇'"。對於蕭乾，郭沫若的評價更加嚴厲，"什麼是黑？人們在這一色下最好請想到鴉片，而我所想舉以為代表的，便是《大公報》的蕭乾。這標準的買辦型。自命所代表的是'貴族的芝蘭'，其實何嘗是芝蘭又何嘗是貴族！舶來商品中的阿芙蓉，帝國主義者的康伯度而已！""對於這種黑色反動文藝，我今天不僅想大聲疾呼，而且想代之以怒吼"。聯想到抗戰初期，沈從文同時在《星島日報》"星座"和《大公報》"文藝"連載小說，聯想到蕭乾在《大公報》"文藝"刊載延安解放區文學作品，我們不能不感慨時代變了。

對於沈從文與蕭乾的批判，說明在革命即將取得勝利的時候，左翼文藝已經不能容納自己以外的文藝流派。事實上，郭沫若單單挑出沈從文與蕭乾幾個人，也有個人恩怨在裏面。本着反對文學政治化的立場，沈從文一直很看不上郭沫若的小說創作。早在 30 年代起，他就發表文章貶低郭沫若的小說。1948 年郭沫若的這篇反擊文章，給沈從文帶來了滅頂之災。1949 年前夕，沈從文所在的北京大學校園轉抄《斥反動文藝》的大字報，讓沈從文走上了自殺之路。至於蕭乾，開罪郭沫若，緣於 1947 年 5 月他在《大公報》上發表的一篇批評郭沫若"稱公稱老"的文章，這四個字讓蕭乾惹上大禍，並導致他後來被打成右派。

即使在左翼內部，也不再允許有不同傾向的存在，《大眾文藝叢刊》在對外批判的同時，又開始進行內部清理，那就是對於胡風"主觀精神"的批判。《對於當前文藝運動的意見——檢討・批判・和今後的方向》一文對於胡風的"主觀精神"是這樣概括的,"對抗着那些自然主義的傾向,便出現了所謂追求主觀精神的傾向。他們認為創作衰落的原因,是作家熱情的衰退,生命力的枯萎,缺乏向客觀突入的主觀精神,因此要求這種精神的加強,強調了文藝的生命力與作家個人的人格力量,強調了創作上內在精神世界的追求"。文章認為,雖然這種"追求主觀精神的傾向"是針對內容的蒼白而提出來的,但仍然是不正確的,它"是個人主義意識的一種強烈的表現。因為它不是把問題從階級的基礎上,從社會經濟原因上,而卻是從個人的基礎上出發;不是首先從文藝與社會關係上,而只是從文藝與作家個人關係上去認識問題"。從一再出現的"階級"和"文藝與社會關係"等關鍵詞來看,邵荃麟等人都在以毛澤東"講話"以來的中共文藝思想統一左翼文藝界的認識。從措詞上看,對於胡風的內部批判較之於對朱光潛、沈從文和蕭乾等人的批判要緩和一些。

此後,沿着內外兩條路徑,《大眾文藝叢刊》上分別出現了不少批判專論,批判朱光潛、沈從文、蕭乾等人的文章有乃超的《評沈從文的"熊公館"》和荃麟的《朱光潛的怯懦與凶殘》等文,批判胡風的文章有邵荃麟的《論主觀問題》、喬冠華的《文藝創作與主觀》和胡繩的《評路翎的短篇小說》等文。

除胡風之外,其他左翼作家作品也受到批評。在這一方面,《大眾文藝叢刊》發表的文章有默涵的《評臧克家的"泥土的歌"》、黎紫的《評柯藍的"紅旗呼啦啦飄"》和胡繩《評姚雪垠的幾本小說》等。

《小說》月刊本是文學創作期刊,但在批評上也並不落後,並且與《大眾文藝叢刊》有一種配合的關係。《小說》月刊的批評目標,主要是《大眾文藝叢刊》沒太涉及到的國統區作家,如《小說》月刊創刊號上發表的"無咎"(巴人)的批評錢鍾書的長

《小說》

文《讀〈圍城〉》、1 卷 2 期發表的胡繩批評駱賓基的文章《關於〈北望園的春天〉》和 1 卷 3 期發表的巴人的批評李廣田的文章《讀〈引力〉並論及其他》等。這些批評覆蓋面廣，論述的套路也差不多，無非以 "講話" 為標準，批評知識分子作家的資產階級傾向，語調也是批判式的，它們大致奠定了 1949 年後文學批評的模式。

第二節　《華商報》：《蝦球傳》

我們注意到，由邵荃麟執筆的《對於當前文藝運動的意見——檢討·批判·和今後的方向》一文提出一年來的文藝創作 "已經跌落到前所未有的慘狀"，《小說》月刊編輯樓適夷在 1 卷 6 期的《回顧》一文以及 2 卷 2 期的《一九四八年小說鳥瞰》一文中，也提到 1948 年是"可怕的歉收的一年"、"呈現了極度沉寂的氣象"。大凡批評興盛的時代，文學創作大約就不得不"歉收"了。不過，這裏所說的"歉收"，其實是指解放區以外的文學，對於解放區文學，他們還是引以為驕傲的。

就香港而言，抗戰時期與國共內戰時期是香港文壇的兩次高峰。不過，這兩個時期的特徵是完全不同的。抗戰時期的香港組成了抗日統一戰線，文壇相當兼容，各種不同的文學派別和刊物並存，左翼作家與京派、海派、自由主義等各路文人濟濟一堂，文學創作成就斐然。國共內戰時期，香港則成了中共文藝思想清理文壇的陣地。在創作上，香港這一時期注重引進宣傳解放區文學，自身的創作卻有強弩之末的感覺。從郭沫若的《洪波曲》、茅盾的《蘇聯見聞》到薩空了的《兩年的政治犯生活》等作品看，這些名家似乎都在回顧過去。

這一時期的小說成就，較為值得一提的只有黃谷柳的《蝦球傳》。茅盾在第一次文代會上將其稱為國統區的代表性作品，這個說法顯然並不準確，因為香港並非國統區，而是英國殖民統治區，不過這已經是對於香港文學很高的褒揚了。黃谷柳在抗戰勝利後的 1946 年重回香港，貧困潦倒，受夏衍鼓勵，他開始在《華商報》上連載小說。《蝦球傳》第一部《春風秋雨》自 1947 年 11 月 14 日起在《華商報》連載，直至 12 月 28 日結束，第二部《白雲珠海》連載於《華商報》1948 年 2 月 8 日至 5 月 20 日，第三部《山長水遠》連載於《華商報》1948 年 8 月 25 日至 12 月 30 日。《蝦球傳》發表後，在文壇引起轟動，受到廣大讀者的熱烈歡迎。1948 年當年，這三部著作就由香港新民主出版社出版單行本，並由吳祖光改編，由香港大中華影業公司拍成電影。

《蝦球傳》是一部成長小說，寫香港少年蝦球的流浪經歷。第一部《春風秋雨》一開始，少年蝦球在香港紅磡船塢附近賣麵包，後來生意被一個賣牛腩粉的搶走了，賣牛腩粉的生意不久又

《華商報》

被價格更加便宜的賣白粥的搶走了。蝦球被迫採取了賒帳的方法，因為拿不到錢而被媽媽責打。倔強的蝦球離家出走，先跟王狗仔做馬仔，有了飯吃，然而在海上碰到緝私船的時候，他被無情拋棄了。蝦球又被鱷魚頭收為馬仔，跟着參加"爆倉"，事情敗露被抓捕，在獄中呆了三個月。出獄後，他無處可去，又加入了王狗仔的扒手圈。蝦球沒想到自己偷了從金山回來的老父親的錢，導致老父親發了瘋，這對他刺激很大，他自此決定離開這個圈子，和牛仔一起向北方去尋找遊擊隊。小說第二部《白雲珠海》開始，蝦球和牛仔已經到了廣州。他倆找不到遊擊隊，卻被抓了壯丁，中途逃脫，遇到已經到廣州的鱷魚頭，又加入了他們一夥。在廣州至海口的途中，因為私貨超載軍艦沉沒，鱷魚頭打死了牛仔，這讓蝦球對鱷魚頭徹底絕望了。第三部《山長水遠》寫蝦球投奔遊擊隊，並最終擊敗了鱷魚頭。

　　《蝦球傳》的成功之處，主要在於其濃郁的地方色彩。《蝦球傳》有兩個主要人物，一是蝦球，二是鱷魚頭，他們倆分別代表了香港的底層和黑社會兩個領域。蝦球、牛仔、亞娣和六姑等人，分別向我們呈現了香港流浪兒、漁家、妓女等下層人的生活方式，鱷魚頭、馬專員、洪少奶、蟹王七和王狗仔等人則向我們呈現了黑社會及上層官員的所作所為。由於蝦球後來當了馬仔，加入了黑社會，兩條線索就交織起來了。

　　黃谷柳自幼熟悉香港下層生活，寫起來如數家珍。小說既有傳奇性的故事，又富於質感的生活場面。第二部《白雲珠海》一開始，鱷魚頭從香港逃到廣州，船上遇到廣州黑社會煙屎陳的搜查，武力衝突後，煙屎陳"弄一弄手勢，露出三根香煙頭，中間一根突出最高，左右兩根稍低，仰手遞給鱷魚頭。鱷魚頭很內行地伸手把中間最高一根按下去，把最低的一根拔出來"。這是香港黑社會千百種秘密手語中的一種，意思是鱷魚頭不自居老大哥，把突出的上位讓給煙屎陳。他們兩人心領神會，接着就互相

黃谷柳與家人

稱兄道弟了。這個細節，讓我們看到作者對於港穗黑社會秘密行規的熟悉。

　　接下來，小說提到鱷魚頭對於從香港到廣州這 90 里航道的了解，"鱷魚頭簡直是一個船長，又好像是一個帶水人，口講指劃，把沿途的小地名背得爛熟。例如青州、燈台、交椅洲、汲水門、大磨刀、小磨刀、沙洲、銅鼓燈台、孖洲、大產、小產、三板洲、……等等小地方，連地圖都沒有記下來的，他也十分清楚，令九叔異常敬佩。鱷魚頭還有一個本領，他看河水混濁的程度，就知道離廣州白鵝潭有好遠。他告訴九叔道：'廣州長堤碼頭邊的水色和荔枝灣的不同，荔枝灣的又和白鵝潭不同，白鵝潭的又和黃埔不同，黃埔的又和虎門的不同，我一看就分得出來'。九叔問鱷魚頭，'洪先生，你看，我們現在來到什麼縣了呢'？鱷魚頭說：'我們右岸是東莞縣，現在將要到番禺縣境了。'九叔問：'看水色也分得出縣境來的嗎？'鱷魚頭回答：'我是看

《蝦球傳》第一部《春風秋雨》

（自 1947 年 11 月 14 日起在《華商報‧熱風》連載）

岸邊的水草看出來的。'亞娣插嘴說:'到處楊梅一樣花,到處河邊一樣草。我看不出有什麼分別。'鱷魚頭指着岸上說:'這種草是東莞縣的特產。英國駐香港的商務專員,很看得起這種草哩。英國人說,用這種草織成的席,鋪在名貴的地板上,地板就不會生白蟻。'"正是這種真實的地貌人情,再加上傳奇的故事,牢牢地抓住了讀者。

《蝦球傳》後來出現丁大哥和三姐,這兩個人牽出小說另一個維度,即蝦球所嚮往的遊擊隊生活。由於脫離了作者所熟悉的區域,這部分的寫作較為理念化,致使第三集虎頭蛇尾,人物模糊。黃谷柳計劃中的第四部,則徹底寫不下去了。

《蝦球傳》面世後,引起了巨大反響,受到讀者的廣泛閱讀和喜愛。據馮乃超:"谷柳先生的這一部尚待繼續完成的作品,在報紙上連載的時候,就開始為文藝界所重視。據說:'還引起成千成萬的勞苦大眾的共鳴共感'(林清),這句話決不會太誇張。"不過,奇怪的是,馮乃超在文章中並沒有把批評矛頭對準反面人物鱷魚頭和馬專員,卻指向了小說中的"劉導師","作者對於馬專員和鱷魚頭一類人物的罪惡,僅表示厭惡的心情;但對於人間'天國'的暴露,卻流露出他的最高度的憎惡。——對於一面殺人一面超渡的陰險惡毒的做法;對於貌為慈善,心地兇惡的做法,對於從人的內部,從人的精神來殺人的做法;即磨滅窮苦人的獨立不羈的精神的做法,對於這些,作者是痛恨入骨的。因此那個劉導師的嘴臉,就刻畫得非常的成功"。在小說中,蝦球出獄後無處可去,經人介紹進入了香港的一家兒童俱樂部。在這裏,劉導師教他們唱歌,並教育他們"有恆"。以偷竊為業的蝦球和馬仔不能忍受這裏的管束,終於逃了出來。馮乃超的眼光,可以說相當離奇。劉導師在小說中並非主要人物,連次要人物也算不上,只是一個插曲中的臨時人物,以後再也沒有出現,小說中只有三言兩語的描寫,肯定說不上是"刻畫得非常的成功"。此外,劉導師是慈善組織兒童俱樂部的教師或管理人,把他作為小說中"最高度的憎惡"的對象,可以說完全脫離了小說自身。事實上,蝦球後來為了不讓牛仔再偷竊,還親自把他送進了另外一家基督教浸信會的孤兒院,並且喜歡上了那裏的一個紅褲小姑娘。

馮乃超上面這段評論的下文是,"這個劉導師就是今天中國一切失去中國性平民性的洋奴'自由主義者'的化身"。由此我們才發現了馮乃超的邏輯所在,他在延續《大眾文藝叢刊》對於自由主義知識分子的批評。這篇評《蝦球傳》的文章,題為《〈春風秋雨〉評價 —— 讀〈蝦球傳〉第一部》,寫於 1948 年 4 月 17 日,發表於《正報週刊》第 35 期(總第 85 期),時間上離《對於當前文藝運動的意見 —— 檢討‧批判‧和今後的方向》一文僅僅差一個月的時間。馮乃超認為:"拿蝦球傳來做一個鏡子,照照知識分子自己的軟弱性,我想是最好的一種研究它的方法。"某一文藝青年團體討論《蝦球傳》,提出下列問題:"是不是方言小說?""蝦球的出走是否突然?""蝦球與亞娣的戀愛是不是健康?""作者寫這本書,寫的是暴露黑社會的剝削關係,還是封建剝削抑資本主義剝削?"馮乃超指出,這些問題的討論是沒有"益處"的。事實上,馮乃超本人的批評,是一種脫離了小說文本的主觀發揮,肯定不是"最好"的研究方法。

如上所說,《蝦球傳》發表和風靡的 1947 年至 1948 年,正是香港文壇刮起左翼批評風暴的時候,《蝦球傳》也未能倖免。對於《蝦球傳》的左翼批評,可以樓適夷的文章為代表。1948 年 8 月 1 日,樓適夷在《青年知識》36 期發表了《蝦球是怎樣一個人?》。他在文中承認《蝦球傳》中"有一種濃郁深沉的人情味流露着,這構成它強烈的感人力量"。然而,在他看來,這種愛"是用非階級的、溫情的人道主義的愛來教育人的。(這只是一種虛偽的教育),因此,它不能給予讀者以更多的生活與鬥爭的教育"。由此，他斷定蝦球的形象是失敗的。被《蝦球傳》所感動的讀者，不能接受這種批評。秋雲在 1948 年 9 月 16 日《文匯報》第 2 期發表了《重讀〈蝦球傳〉—— 並就教於適夷先生》一文，提出"無產階級也有無產階級的'愛'與'人情'"。為此，樓適夷又專門發表了一篇回應文章《重來一次申述 —— 關於〈蝦球傳〉第二部》，刊登於 1948 年 10 月 21 日《文匯報》上。在這篇文章中，樓適夷向讀者說明，他的批評立場出自於"現實主義文學的基本命題"，它的要求是"反映出現實的本質的關係來"，這個本質關係就是階級關係，"正如階級集團的一般性必須通過人物個性來表現，個性的特徵不能離開一般性的特徵由作者主觀去安排"。由此，樓適夷認為《蝦球傳》是"非現實主義的"，小說中運用了過多的"偶然"因素，未能體現蝦球的階級必然性。

左翼批評影響了黃谷柳，同在《文匯報》第 2 期上，他在秋雲文章之外，同時發表了《答小讀者》一文，像模像樣地談論階級理論和"典型環境中的典型人物"，追隨先進。黃谷柳在文中表示："愛並不是姑息和對弱點的饒恕，愛並不妨礙我去鞭策他，批判他。我不願意滿足於做一個人道主義者，無原則地憐憫一個弱小者。"他對蝦球做了階級分析，"蝦球如果入了工廠做機器仔，那他就變成一個產業式人，成為一個可以配稱做無產階級的工人了。不幸他沒有這樣幸福，他僅能在船塢的大門外賣麵包求活，而且還活不下去，這就是他的境遇"。如此，蝦球的出路就是投入革命，"今天中國的革命要求，是拔除帝根和封建的根，而不是消滅任何人身。這件大工程，工農兵和革命先進固然是開路先鋒和不可少的建築師，但單是他們還完成不了。還需要喚醒大的落後的群眾，連二流子和流浪兒小撈家在內，自覺地而不是被驅使地參加進來，才能加速或提早完成這件大工程。這是擺在政治家也是文藝工作者的面前的重要議題之一"。顯然，黃谷柳已經接受了左翼的批評，其結果就是他在《蝦球傳》第三集《山長水遠》寫蝦球投奔遊擊隊。事實上，黃谷柳的修改不限於第三集，在這篇文章的最後，他表示對第一集和第二集也進行了修改，"事實上，我從人家的身上已經學到不少了。在三版《春風秋雨》和二版《白雲珠海》中，可以看出我糾正錯誤的痕跡"。這種後期修改，從《蝦球傳》的第一句話就可以看出來。在《華商報》連載時，小說的第一句話是，"在船塢的附近，蝦球的生意碰到了勁敵"。1956 年通俗文學出版社版本的第一句是"在香港紅磡船的附近，蝦球好容易逃過了英國警察的追趕，想不到他的生意又碰到了勁敵"。黃谷柳不顧句子的拗口，無端加上了"英國警察的追趕"一句，顯然是因為"反帝反殖"政治意識形態的需要。

第三節　《新生晚報》：《經紀日記》

當時也有脫離了左翼文學批評視線的作品，那就是香港本地報載流行小說。倒不是因為這些小說令人滿意，恰恰相反，是因為左翼文壇認為它們根本不值得批評。

不過，對於這些通俗小說的暢銷，追求"大眾化"的左翼文人卻十分羨慕。1948 年 1 月，茅盾在《雜談方言文學》一文中轉引華嘉的話說："這是香港出版界的事實，一般作家的作品（解放區除外），二三千本要銷一年半載才銷得完，而香港市民作家'書仔'，如《牛精良》就不止一萬份。"[6] 左翼文壇倡導"方言文學"正是緣起於此，其目的就是想佔領流行小說的市場。然而，左翼方言文學並不成功，正如黃繼持所說："作為方言文學整體後來的發展，則與政治的文藝路線相關。這關涉到發動華南工農群眾反抗國民黨政府，希望文章可以為工農所閱讀。所以華嘉、樓棲、薛汕等人純粹方言結合民族、民眾、農民的形式去寫作。

6　茅盾：《雜談方言文學》，載《群眾》，第 53 期，1948 年 1 月 29 日。

但這裏卻有一個很大的現實問題，他們實際面向的讀者是香港的小市民，他們意想的讀者則是廣東工農，實際讀者與意想讀者分割，所以社會作用遠遜於華北方言文學的成效。"[7]

香港本地流行小說的特點，恰恰是在內容上迎合了香港市民的胃口。上文提到的《牛精良》乃周白蘋（任護花）的小說，描寫"香港淪陷期間最大膽而又最殺得人多之好漢"牛精良。事實上，這一時期最有影響的報載作品並不是傳奇性的《牛精良》，而是經紀拉的紀實小說《經紀日記》。

經紀拉是高雄的筆名，他的筆名還有三蘇、小生姓高、許德、史德和石狗公等。《經紀日記》初刊於《新生晚報》1947年4月20日，連載至1955年1月27日更名《拉哥日記》，至1957年再次更名為《茶經》，直至1958年2月19日才結束，連載時間前後長達11年，是這一時期最為流行的連載小說。正如今聖歎所說："香港有一本名書，在《新生晚報》連載了四五年，可以說是最通行的了，那便是人人知道的《經紀日記》；香港有一個作家的筆名，他幾乎已成了'香港名流'，這人便是《經紀日記》的作者經紀拉。這篇連載數年不衰的日記體長篇小說，不但為一般讀者所欣賞，文人學士、商行夥計，三百六十行，幾乎包括香港的各色人等，都人手一篇，其影響與魔力之大，真是未之有也。本來讀報章上的連載長篇，不是一件容易的事，這'天天追'，要保持四五年的歲月，一天也不間斷，說來容易，做來卻難。如果說我讀某一種或某一部書最有興趣而又最有恆心的話，此生至今只得一部，那便是《經紀日記》了。"[8] 不同於其他

---

7 鄭樹森、黃繼持、盧瑋鑾編：《國共內戰時期香港文學資料選（1945-1949年）》（香港：天地圖書有限公司，1999），14頁。

8 今聖歎：《經紀日記‧序》，原載經紀拉：《經紀日記》（香港：大公書局，1953）。

《經紀日記》作者高雄

《經紀日記》單行本

傳奇類通俗小說，《經紀日記》是一種日記體寫實文類，寫實到了瑣碎。小說主人公經紀拉，人稱拉哥，是香港的一個經紀人。香港本是商埠，經紀人多如牛毛，拉哥只是中下流經紀人中的一個。他只是在商品轉手過程中掙點差價，並非有錢人，連經紀人必有的電話都裝不起，"做我們這行的人，家中非有一個電話不可，但是電話黑市已漲到三四千元，真是談何容易"（"經紀拉登場"）。有時拉哥真不想幹了，但又沒錢幹別的，"連日不發市，甚無聊。做經紀真難，如有機會，我真有轉行之想，但轉什麼行，人家手上有一百幾十萬者都冇生意做，我之本錢連一棟買雪糕之小型冰室本錢都未夠，真係不知做什麼好也"（"孔家駒辦學"）。

別看一個小小的經紀，牽扯的卻是戰後香港經濟政治、文化教育和風土人情各個方面，具有強烈的時代特徵和地方色彩。

這一時期的時代特徵是"戰後"，一切都與此相關。"海派辛直氣"中有上海客人要買翁老先生的舖位，不過"此舖乃淪陷時期所買，至今政府還未承認，恐怕有困難也"。淪陷時期之房產交易，政府還沒有承認，可見香港還處於戰後過渡階段。抗戰勝利後之內地政治，也與香港息息相關。在"濕身鍾行逢"一節中，拉哥得到一筆生意，是賣某公在廣州的物業，此公抗戰時期在廣州曾"落水濕身"，後來事發，政府要查封他的財產。

戰後不久國內又陷入內戰，而香港相對穩定，於是香港成為國內的投奔和投資之處。首先是上海的投資客，"中午，辛直氣來時，另攜兩個上海佬，據言今晨始乘飛機來者，謂要找寫字樓，倘有佳者，一二百兩黃金，亦非所吝……頻頻問我，香港之金融統制條例如何，出入口貨物之管理辦法如何，上海話國語英文，夾雜而來，有如大學教授之盤問學生，我實在所知無多，不敢胡亂答覆"。在"大舅廣州來"一節中也提到，"據上海客眼中看來，半山區地域之產價，將必高漲，因內戰關係，內地無

《經紀日記》於 1947 年 4 月 20 日開始在報上連載

業可營，闊佬大亨，空群南下，無錢者不能來，來者多係手上有美鈔之人，投資建屋，當不在市區而在半山以上也。上海人之口氣，亦自不凡"。除有錢人來香港投資外，戰後也頗有公務員來香港。"孔家駒辦學"一節提到，好多內地省城公務員來到香港，做不了別的，又有幾個錢，就開學校。"冇得撈，就辦學。一來佢等手上有幾個錢，二是不會做生意，亦冇做生意咁多本錢。如果搵工打，香港對公務員冇有位置，既不要中國公文格式，又不要中國法規條例，公務員多數不識英文，確冇謀。最好出路就係教書，教書未必有人請，既然手上有兩個錢，不如夾夾埋埋頂間學校也。"香港商人將學校當成"舖位"來經營，連拉哥都覺得有點彆扭，"鄭伯父居然將校址稱舖位，真奇"。

《經紀日記》中所呈現的，完全是香港的市民商業世界，與前文所談的戰後左翼文化政治"主流"完全無關，這也說明左翼文化只是停留在南來文人的圈子裏，不太能夠進入市民社會。不過，《經紀日記》裏有一個小事件，可以作為國共兩黨政治在香港的反映。"孔家駒辦學"一節裏提到金新城問他是否有門路租船去華北，並幫他的兒子買一張船票。拉哥奇怪，金新城之子一向在香港讀書，今年中學畢業，日前金新城還提到讓他在公司做事，怎麼突然要去華北？金新城說：他兒子"醉心老共主義，日中讀埋曬都係個種書，連我同國民黨人員來往都話唔好也"。還說，他的一個朋友的孩子，才讀初中二年級，都"走左"，害得家長"猛登尋人"。金新城表示，"佢自己成日想去，我亦不願阻止。"拉哥笑曰："將來豈非父子，一人一邊"？金新城曰："是亦無所謂，而且，佢在個便對我亦未必冇好處，我遲早都會返過去矣，不過未到時機。"香港青少年投奔中共的現象，說明了左翼文壇的青少年工作還是有成效的。金新城對於國共兩黨的兩可態度，也說明了香港商人的投機心態。

另外一個與政治相關的事件，是拉嫂想競選國大代表。拉嫂對拉哥說："我等要援助全港婦發，舉辦貧民義學、幼兒園……"
繼以演說，無非增加女權，解除女人痛苦之類，其中更夾有"總
動員法案"、"三民主義新中國"等等名詞。拉哥笑曰："一旦女
經紀而做國大代表，料可謂認真能代表今日香港之社會也。"拉
嫂笑曰："人家想做國大代表耳！我不過藉此多識幾個人，好做
頂屋經紀耳。其實那一班人亦無非撈撈吓耳。"拉哥暗笑，"如
此則應以周二娘為委員長，因係女撈家也。"拉嫂想競選國大代
表之事，說明中共在香港成年市民中影響不大。當然，拉嫂競選
國大代表的目的，只是為了多認識幾個人，好做頂級經紀，這種
可笑的做法，再次說明港人對於政治的商業心態。

　　在香港，文化常常也是生意之一種，自然也是經紀拉的工
作對象。"經紀拉登場"後不久，就碰到辦報發家的梁君，"他私
下辦了三家小報，因為門路走得通，他的小報以超額'鹹濕'著
名，大行其道，聽說他每天至低程度要拉一隻牛仔回來"。此
類黃色小報非為文化，乃為賺錢。"大舅廣州來"中，有電影界
中人向周二娘介紹香港拍電影的方法，"一套粵語片只需二萬餘
元，就可拍成。製片之法，先行找現金萬餘元，以支銷一部分賞
薪金片場租膠片等等之用，各項費用，皆可先給若干，於是開
拍，拍到之半，自然不夠錢，那時節，可以將片權出賣，向戲院
又賒又借，班夠條數，就此大功千成，公開面世。據該人云：本
港方面可以收得萬餘二萬元，南洋片權可收萬餘，便已夠本，廣
州上海美洲等地，可以作利。照普通計，起碼有五六分錢生意，
何況本錢實出一半，更為着數"。這裏所談的拍電影，完全就是
生意經，考慮的是如何掙錢，沒想過內容的事，內容上自然也是
愈吸引觀眾愈好。由此看，左翼文化批評香港本地流行文學乃
"黃色小說"是有針對性的，不過香港本埠流行小說有各種層次
類型，"黃色"只是其中一種，並非全部。《牛精良》不是，《經
紀日記》更不是。如果說，它們基本上都是商業文字，則基本沒

235

《新生晚報》1

《新生晚報》2

錯，高雄從來認為自己只是寫手，不敢稱作家。當然，商業性的文字，也並非都沒有可取之處。今天在學界十分風光的金庸的新派武俠小說，當初即是商業性文字。

在社會文化習俗風貌上，《經紀日記》也有不少表現。"孔家駒辦學"一節提到，孔德成公開演說的時候，上着長衫，下着臘腸褲，孔家駒解釋說："長衫所以表示中國本位文化，臘腸褲所以表示接受西洋文明。我來港雖不久，唯觀察所得，已深得其中三昧。"他接下來進一步解釋香港文化特徵："最上流之人，都係一口講四書五經，一口講英文者。東華三院總理上場都要拜關帝，同時有一部分人又係教徒，可知中西文化，盡集一身，此乃香港之本位文明也"。戰後上海人來到香港，帶來了與本地不同的風格，這一點在小說中也有表現。"大舅廣州來"一節拉哥拜訪辛直氣，只見其公司"家俬簇新，佈置整然"，感覺"上海佬派頭確非廣州人可及。生意大小別人不知，排場講究嚇壞人也"。在拉哥表示有貨先給辛直氣，並不要佣金時，辛直氣稱讚拉哥說："你有上海人氣質也！"直讓作為廣東人的拉哥"思之甚覺吹漲！"

在《經紀日記》的社會史價值方面，論者多沒有異議，正如鄭樹森所說："小說通過主角經紀拉所接觸的人物，讓讀者看到社會上中下階層，展現當時香港社會的一個'全景視野'。"在小說的藝術性方面，論者的評價卻有較大分歧。《經紀日記》是日記體，完全由經紀拉這個人物的活動過程構成。全書並無中心事件，是拉哥的一本流水賬，他到哪裏，小說便到哪裏。內地學者袁良駿將《經紀日記》收入小說史，是有眼光的，然而他的評價很低，甚至認為它根本算不上是文學作品。他列舉了《經紀日記》第一日的人物和活動，"《經紀拉日記》[9]的這'第一日'，便

9　袁良駿此處有誤，書名應是《經紀日記》，而非《經紀拉日記》，經紀拉是作者名。

出現了‘我’、‘她’、周二娘、王仔、莫伯、‘一西人’、大班陳、陳姑娘、陳子（細路）等9人，而事件頭緒則更紛繁：飲早茶、買鑽石、‘猛擦’一輪、打電話問金價、與莫伯吃飯、到陸羽（店）、途遇大班陳、‘作了他一尺水’，見陳姑娘暨細路。第一天便這樣多人多事，一年三百六十天又該有多少人，多少事？四年、五年豈不更加可觀？說它是活生生的香港社會史豈有誇張？”不過，在袁良駿看來，《經紀日記》的社會史價值，並不等於它的文學價值。在他看來，“在中外文學史上，日記體小說甚多，但大都有中心事件和主要人物，而不是漫無邊際”。由此看來，“《經紀日記》的寫作違背了文學創作的一系列規律和要求，它算不算文學作品，很值得懷疑”。[10]

香港學者鄭樹森也認為，僅僅有社會材料的展示，是遠遠不夠的，“《經紀日記》提到香煙、牌子、價錢、衣服質地、領帶和鑽石等等，這些細節雖然增加小說的真實感，但日子一久，時空變異不免成為閱讀鴻溝。假如社會風貌小說本身沒有其他層面（例如人性、道德等超越時空的因素），很容易只成為社會生活的流水注，失去更大的提升意義，其中的平衡殊不容易。”然而，鄭樹森的看法與袁良駿完全不同，他認為《經紀日記》恰恰達到了平衡，“《經紀日記》可說是兩方面都能兼顧，既有人性層面，也有社會記錄”。[11] 給《經紀日記》寫序的今聖歎，更認為《經紀日記》在人物上取得了巨大的成功，“讀到相當時日之後，我和其他讀者一樣，發現我們另有一群時常見面的男女朋友，如鄒伯父、莫伯、飛天南、吳抽富、周二娘……他們和她們都好像同我很熟，很要好，而且有生意往來似的。每一個《經紀日記》的讀

10 袁良駿：《香港小說史》第 1 卷（香港：海天出版社，1999），111-112 頁。

11 鄭樹森：《地方色彩與社會風貌 —— 高雄的“經紀日記”》，載熊志琴編：《經紀眼界 —— 經紀拉系列選》（香港：天地圖書有限公司，2011），327 頁。

者，一定都生活在這些書上朋友之中。同時每到中環，對那熙來攘往的忙人中，總覺得其中有飛天南、斬眼蔡、麥小姐、孔老校之流內，他們幾乎已是活生生的香港人了。就文學言，我這裏不妨借幾句古人對施耐庵《水滸傳》的序言：'所敘，敘一百八人，人有其性情，人有其氣質，人有其形狀，人有其聲口。夫一手而畫數面，則將有兄弟之形……，耐庵以一心所運而一百八人各自入妙者，無他，十年格物，而一朝物格，斯以一筆而寫百千萬人，固不以為難也。' 經紀拉先生寫《經紀日記》，而使其中的人物，人各有性情、氣質、形狀、聲口者，非格十年香港之物而一朝香港之物格，不可得也"。[12]

在對《經紀日記》的評價上，內地學者袁良駿何以與香港學者鄭樹森、今聖歎有如此大的差異呢？作為與袁良駿同為北方學者的我初讀《經紀日記》第一章，感受和他差不多，覺得線索汗漫，人物隨出隨隱，的確不像小說。加之對於粵語上的陌生，閱讀吃力，自然難以卒讀了。袁良駿先生讀了開頭就打住了，只留下了一團糟的印象。我倒是硬着頭皮讀下去了，速度雖慢，倒也慢慢順暢了不少。開始猝遇那麼多人物出場，的確難以適應，但接下來，這些人物慢慢又在不同場合再次出現了。需要注意今聖歎的頭一句話，"讀到相當時日之後"，的確，《經紀日記》是連載了 11 年的小說，拉哥所接觸的人畢竟有限，慢慢就會熟悉起來。

《經紀日記》是"三及第"小說，使用由白話、文言及粵語構成的混合語言，這讓我們非粵語區的讀者大致能看明白。今聖歎對於《經紀日記》的語言特點概括如下，"（一）粵語詞彙用於必須用這種詞彙才能狀述的描寫敘述中，以及對白的聲口中。

12　今聖歎：《經紀日記·序》，原載經紀拉：《經紀日記》。熊志琴編：《經紀眼界——經紀拉系列選》，273-274 頁。

（二）用幾個常見的文言字，如‘者之也矣’、‘曰’、‘乎’等，其中尤以用‘曰’字代表‘說道’於文白夾雜之文體中，最為簡單生動。（三）這日記並沒有全用土白粵語的意思，它要使不懂粵語的人也能讀懂。它包含國語、文言、粵語詞彙，以及‘上海人’傳入的‘吃豆腐’之類的其他中國流行方言。正如《水滸傳》是山東語，《紅樓夢》是北京話，但全國人都能讀得懂”。較之於 40 年代後期左翼文學的方言文學作品，《經紀日記》反而好讀得多。不過，今聖歎將《經紀日記》的語言比之以《水滸傳》和《紅樓夢》，未免誇張。如上所言，高雄雖然盡量改良了三及第文體，令其通俗，然而對於外地人來說，《經紀日記》中粵語還是不易讀的。

40 年代後半期，香港最有影響的小說是《蝦球傳》和《經紀日記》。這兩部小說都具有濃郁的地方性，《蝦球傳》寫香港底層流浪兒和黑社會，有傳奇色彩，《經紀日記》寫經紀人的工作，是香港商業社會的日常生活。在語言上，《蝦球傳》以白話為主，雖有地方方言，但只增加生動性卻不影響外地人閱讀，《經紀日記》是“三及第”文體，在白話中混入了文言和粵語，地方性更強。左翼文學評論認為，《蝦球傳》的價值是蝦球後來走向了革命，香港學者的看法卻恰恰相反，“《經紀日記》和《蝦球傳》都用方言，但兩者最大的分別是，《經紀日記》完全是都市的，《蝦球傳》寫下去則漸漸發展成‘勞動人民回大陸搞革命’的一套，由此可見《經紀日記》在當時的突破性”。[13]

---

13 鄭樹森：《地方色彩與社會風貌 —— 高雄的“經紀日記”》，載熊志琴編：《經紀眼界 —— 經紀拉系列選》，324 頁。

第八章

綠背文學

第一節 《自由陣綫》與《人人文學》

（一）

　　1949 年前後，左翼文人北上，不容於新中國的文人南下。香港文壇由此變得蕭索，但並沒有立刻變色。據當年反共文學的主要人物趙滋蕃回憶："當年香港的三大報 ── '華僑'、'星島'、'工商' ── 的副刊，還把持在 '廣幫' 的手裏。除 '工商' 外，其他兩大報嚴守中立，態度灰色。""《香港時報》、《工商日報》、《自然日報》、《呼聲報》，當時號稱 '四大金剛'，稍微大一點的東西都裝不下。可以投稿的雜誌，前有《大道》後有《前途》，刊載的盡是學院派的狼犺論文。" 從出版上看，當時主要以流行小說為主，"黃天石（傑克）先生似為當年文壇祭酒，張恨水馮玉奇的小說，仍擁有廣大讀者，'小生姓高' 的方言小說與鹹濕短篇，嶄然顯露頭角"。[1]

　　同屬右翼文人的慕容羽軍對當時文壇的情形也有回憶，他將這段時間與抗戰結束的情形相比較，"四十年代末期的香港，情況當然比起日本投降那段時間像樣許多，至少，舊日的三份老牌報紙《星島》、《工商》、《華僑》復刊了，外加一份大眾化的《成報》，便顯示這一階段的香港並不寂寞。可是，如果把目光專注於 '文學' 的方向看，那就未免過分沉寂了"。[2] 按照慕容羽軍的說法，左翼文學抽身北上，剩下的只有傳統和半傳統的文人填補留下來的真空地帶。所謂半傳統文人，即趙滋蕃所說的流行小說作者，慕容羽軍在這裏提到的是孟君、碧侶、望雲和俊人等。所謂傳統文人，即如王香琴、靈霄生和怡紅生等文言小說群

1　趙滋蕃：《港九文藝戰鬥十五年》，載《文學原理》（台北：東大圖書股份有限公司，1988），601-603 頁。

2　慕容羽軍：《為文學作證 ── 親歷的香港文學史》（香港：普文社，2005），11 頁。

體。趙滋蕃與慕容羽軍兩人所提到的情況大致相同，即在 1949 年前後左翼文人北上以後，香港文壇凋落，被新老通俗文人所佔領。

香港文壇的變化，開始於 1950 年春美國大使吉賽普（Philip Jessup）訪問香港。吉賽普大使在香港的談話，"在當時的人聽來，不啻注射了一針強有力的興奮劑"。決定性的因素是韓戰，韓戰使香港在美國人心目中的地位發生了變化，"韓戰既起，香港由'難民城'成為'民主櫥窗'與'大陸觀光站'"。[3] 美國的資金，由此開始進入香港文化界。

美國在香港活動最重要的機關，是美國新聞處（USIS—Hong Kong）。美國新聞處原屬於 1942 年成立的美國戰時情報局（US Office of War Information），1945 年二戰結束後，美國戰時情報局完成了歷史使命後撤消。新成立的美國新聞處附設在美國各地大使館內，隸屬美國國務院，主要工作是負責美國的對外文化宣傳。美國新聞處聯合了多家非政府基金組織，共同資助香港文化。這其中，最有影響的是人們常常提到的亞洲基金會。其實，在 50 年代初並無所謂的亞洲基金會，它的原名為"自由亞洲協會"（Committee on Free Asia），1954 年才更名為亞洲基金會（Asia Foundation）。

在 50 年代初的香港，最早受美元資助的文化機構是哪個呢？據筆者所見，是來自於第三勢力的《自由陣綫》。《自由陣綫》是香港綠背文化最早的一個陣地，頗具規模和影響，可惜未被研究者所注意。

《自由陣綫》創辦於 1949 年 12 月 3 日，社址在香港九龍鑽石山上元嶺石堪村 456 號 A。發行人是"自由陣綫社"，督印人是"柳林"。1951 年 9 月 28 日 7 卷 3 期，督印人改為"謝澄平"。

3 　趙滋蕃：《港九文藝戰鬥十五年》，載《文學原理》，603-604 頁。

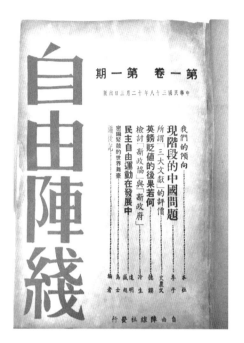

《自由陣綫》1

《自由陣綫》2

《自由陣綫》主要是一本政論刊物，原係青年黨左舜生和謝澄平南來香港所辦。《自由陣綫》與美元文化的聯繫，發生於 1950 年春美國大使吉賽普來港以後。在吉賽普未到香港之前，《自由陣綫》就十分期待。1950 年 1 月 7 日《自由陣綫》1 卷 5 期發表了史農夫的《吉賽普與亞洲局勢》，表示："吉賽普先生奉命到亞洲來調查，我們非常興奮、非常歡迎，並寄以很大的希望"。吉賽普來港希望尋找並扶植第三勢力，《自由陣綫》正好符合期待，加之謝澄平是吉賽普在美國哥倫比亞大學時的校友，兩者一拍即合，資助的事情很快確定。此後，謝澄平接手《自由陣綫》。他還在 1950 年 5 月 1 日特別出版 "第三勢力運動專號"，表明其作為第三勢力旗手的決心，專號中的文章包括史農夫的《第三勢力起來了》、張一之的《第三勢力的歷史使命》和盛超的《中國第三勢力與自由世界》等文。張一之在《第三勢力的歷史使命》一文中，將第三勢力的歷史使命概括為，"一，摧毀中共政權，恢復祖國獨立；二，確立民主制度，還我人民自由；三打倒極權主義，永建世界和平"。

有了美元資助後，《自由陣綫》創辦了 "自由出版社"。"自由出版社" 出版了大量的反共書籍，根據《自由陣綫》刊登的書目，其中包括：胡越的《辯證法的新發展》、李微塵的《中國局勢的必然發展》、張仁正的《光復大陸戰略戰術》、于平凡的《中國民主自由運動史話》、何自求的《無法好轉的中共財政經濟》、鍾國仁的《清算毛澤東思想》、董時進的《我認識了共產黨》、衛聚賢的《我為什麼反對共產黨》和董時進的《共區回憶》等。自由出版社最火的反共作家是陳寒波，他的《我怎麼樣當毛澤東的特務》、《今日北平》、《地下火》和《反共宣傳與文藝運動》等書流行一時。陳寒波因為寫反共作品而被中共刺殺的說法，轟動香港。自由出版社還藉機為自己做宣傳，出版其遺著。此事的過程，可以參照慕容羽軍的回憶[4]。不過，慕容羽軍並不認同陳寒波被中共殺害的說法，他認為那只是陳寒波和給他提供材料的人分贓不均所造成的結果。

《自由陣綫》開始時幾乎沒有文學作品，後來開始有少量連載小說。最早連載的小說是黃思騁的長篇小說《漩渦的邊緣》，從 1951 年 1 月第 4 卷第 1 期至同年 6 月第 5 卷第 12 期，計連載 19 篇次。

《自由陣綫》最有影響力的作家是徐速。徐速（1924-1981）原名徐斌，又名徐直平，抗戰時期考入中央陸軍軍官學校，畢業後曾出任青年遠征軍參謀。抗戰勝利後，隨軍進駐北平。1948 年，徐速在北京創辦了《新大陸》月刊。1949 年，隨着時局變化，徐速在兵荒馬亂中抵達香港。在香港，他舉目無親，只能住在客棧的一處樓梯底下。他偶然發現有一本叫《自由陣綫》的週刊公開徵稿，稿費頗豐，於是投去稿子，並附上他在《新大陸》發表的處女作中篇小說《春曉》。沒想到，徐速遇到了伯樂，自由出版社的重要人物丁廷標賞識徐速的文才，親自來到徐速的住所，替他付清了房費，並請他去《自由陣綫》任編輯。

徐速開始在《自由陣綫》上發表的兩個短篇小說，分別是《操刀者》[5]和《重上梁山》[6]。兩者都寫共產黨在土改中胡作非為，霸佔婦女，導致百姓走投無路，暴力反抗。徐速到香港的第一個長篇小說，是在《自由陣綫》連載 15 次的《星星之

4　慕容羽軍：《五十年代的香港文學概述》，載《文學研究》，第 8 期，2007 年，106-112 頁。

5　徐速：《操刀者（上、下）》，載《自由陣綫》，7 卷 11 至 12 期，1951 年 11 月 23 至 30 日。

6　徐速：《重上梁山（上、中、下）》，載《自由陣綫》，8 卷 7 至 9 期，1951 年 11 月 8 日至 1 月 30 日。

火》[7]。這篇小說寫 1949 年大陸解放前夕，國內的年青知識者進行政治選擇，最終出走香港、投奔自由的故事。以上三篇小說都是標準的反共小說。徐速在香港最有影響的作品，是接着《星星之火》在《自由陣綫》上連載 20 次的長篇小說《星星‧月亮‧太陽》[8]。這篇小說的連載出自偶然。據徐速回憶，當時《自由陣綫》的總編是張葆恩，文藝版負責人是端木青。徐速的《星星之火》剛剛連載結束，本來沒有繼續連載小說的計劃。有一天，大概稿件臨時出了問題，到田風印刷廠校對時，張葆恩讓徐速即席寫了一篇千字散文頂上。哪知徐速下筆不能自休，竟然寫出了一部三四十萬字的長篇小說《星星‧月亮‧太陽》。這是一部愛情小說，描寫 "我"（徐堅白）與三個女性 —— 其中阿蘭代表真，秋明代表善，亞南代表美 —— 在抗戰時期悲歡離合的故事，政治色彩沒有前三篇小說濃重。《星星‧月亮‧太陽》面世後風行一時，高原出版社所出版的單行本，從 1953 年至 1962 年，印了 12 版，銷量達 10 萬冊以上，還被分別改編成電影、話劇、廣播劇和電視，影響巨大。

（二）

　　人人出版社由許冠三和孫述憲（齊恆）創辦於 1951 年，地址最初設在鑽石山上元嶺 566A 號，1953 年 3 月遷往彌敦道 749 號 A2 樓。

　　關於美元資助這樣一個問題，當事者常常含糊其詞，人人出版社卻並不避諱。孫述憲承認幫助美國新聞處出書，"那是美國新聞處提供稿件、版權，供我們出版，賣得的利益，歸出版社所

7　徐速：《星星之火》，載《自由陣綫》，9 卷 1 期至 10 卷 4 期，1952 年 2 月 27 日至 6 月 11 日。

8　徐速：《星星‧月亮‧太陽》，載《自由陣綫》，10 卷 12 期至 12 卷 8 期，1952 年 8 月 6 日至 12 月 26 日。

有，賣不好，他們可以包銷……出版社經濟當時十分拮据，為了生存，這樣一種商業交易，未嘗不可接受……"[9]。黃思騁也坦認出版《人人文學》的錢，來自於給美國新聞處出書賺的錢："《人人文學》的出版，和美國新聞處（現稱國際交流總署）是有點關係。因為人人出版社替它們印了十多本書籍，如《美國通史》，賺了點錢，便用來辦這個刊物"[10]。

人人出版社給美國新聞處出了哪些書呢？想知道並不難，《人人文學》前三期上都刊出了書目。人人出版社開始時出版"四大叢書"：一是"平凡叢書"，二是"美國問題叢書"，三是"蘇聯問題叢書"，四是"人人叢書"。"美國問題叢書"的宗旨是，"它告訴你美國真相，幫助你展望未來"。"蘇聯問題叢書"的宗旨是，"它掀開鐵幕，讓你細看俄羅斯的真面目"。在"新書欄"中，黃思騁提到的《美國通史》在列，其他的還有《蘇俄的強迫勞工》、《奴役之路》和《列寧傳》等。由此看來，這些書的冷戰政治色彩相當深厚。

至於"人人叢書"，則是一套創作叢書，包括黃思騁的《當春天再來的時候》、力匡的《燕語》、百木的《北窗集》和夏侯無忌的《夜曲》等。至第 5 期，"四大叢書"加上"世界文學精華選"，變成了"五大叢書"。"世界文學精華選"是一套譯著，包括馬克吐溫著《頑童流浪記》、愛倫坡著《愛倫坡故事集》和梭羅著《湖濱散記》等。

《人人文學》於 1952 年 5 月 20 日創刊，社長是許冠三，經理是孫述憲（齊恆），主編是黃思騁。力匡開始擔任"學生文壇"

9　關夢南：《感覺、現象和影響 ──"五六十年代香港文學的波瀾"》，載《信報》，1994 年 9 月 11 日，第 12 版。

10　《回顧過去，展望未來 ──記"香港文學三十年"座談會》，載《新晚報》，1980 年 9 月 23 日。

《人人文學》1

《人人文學》2

編輯，從第 8 期起與齊恆一起主編《人人文學》，自第 16 期開始單獨主編《人人文學》。[11]《人人文學》的作家，包括黃思騁、力匡、徐速、慕容羽軍、黃崖、柳惠、齊恆、姚拓、岳騫、李素和貝娜苔等。這樣一個作家群及其作品，在當時很受關注，也產生了較大影響。

《人人文學》一出場，就先聲奪人，反共味十足。在第 1 期《人人文學》上，主編黃思騁發表了小說《殉道》。小說的主人公是江西省共產黨縣委書記林青，他因為在暴亂中"殺人放火"而被捕，在國民黨的監獄裏懺悔。他知道活着出來沒有出路，因為古田那邊正在"清黨"。在律師的幫助下，林青被釋放，然而他最終沒有逃過 1949 年後共產黨的審判。小說利用審判這個結構，借林青本人之口，對於共產政權進行了無情的揭露和批判。在第 2 期《人人文學》上，黃思騁又發表了《古城夜談》。小說中的主人公金偉成，是追求"進步"的學生，他積極參加遊行和發傳單，挨警棍也在所不惜，最終卻因為家庭不好而不能加入共產黨，最後跳樓而死。

《人人文學》上的另一個反共色彩濃重的作家，是孫述憲。他在《人人文學》第 1 期上以夏侯無忌的筆名發表的《金貴彪同志》，是這一期的重頭小說。金貴彪本來是一個土匪頭子，後來擄了些肉票賣到上海的妓院，賺了不少，成為上海灘上無惡不作的流氓商人。抗戰時期，他又投靠了日本人。1949 年後跑到香港，後卻因為投資大陸經濟，受到共產黨人民政府的熱烈歡迎，毛主席還要接見他。就這樣，小說以一幅諷刺的筆墨，描寫了流氓金貴彪與中共的投合，以此諷刺新政權。《金貴彪同志》以外，孫述憲還以"齊恆"之名在《人人文學》第 1 期發表了另外一篇

---

11 力匡：《關於阿黃——黃思騁》，載《香港文學》，第 22 期，1986 年 10 月 5 日。

小說《愛情圈外》。小說中的女主人公是家庭條件優越的玲玲，她看不上周圍的花花公子，愛情很不順利。後來她喜歡上一個神秘的男青年陳諒，沒想到，陳諒是一個負有特殊使命的人，"他不願看着中國和這個社會從此就慢慢地衰微而興亡在異族和異教的魔爪裏，他在盡自己的力量從事意識形態的戰爭來挽救她"。只有玲玲答應和他一起獻身，他才能答應她的愛情。愛情的故事，再一次回到了反共的意識形態鬥爭中。

值得一提的是，美國新聞處處長 R.M. 麥卡錫還親自上陣。他撰寫的小說《北方的故事》，發表於《人人文學》第 1 期。這篇小說寫美國人在上海受到中共糾纏的故事，枝節橫生。麥卡錫本人在《人人文學》發表作品，可見《人人文學》與美新處關係之密切。

《人人文學》是一個文學刊物，然而第 2 期還發表了一個新聞"文藝整風運動在上海"，大概不願意放棄這樣一個大陸知識分子受迫害的消息。《人人文學》第 1 期甚至刊載了一組諷刺蘇聯的笑話，題為"如此幸福"：包括"史太林與上帝"、"奇妙的電話"、"原來如此"、"姑妄聽之"和"分裂的世界"。這些新聞和笑話，與小說一起，構成了刊物反俄反共主題的一個部分，然而顯然破壞了《人人文學》的文學體例，不太諧調。

《人人文學》除了介紹人人出版社的書目外，還刊登了《自由陣綫》的目錄，台灣《中國文藝》的目錄，還有錢穆和唐君毅等人創辦的《人生雜誌》的目錄等，這些書刊從不同領域構成了50 年代初反共文化的平台。

《人人文學》頭兩期反共色彩深厚，其後政治色彩逐漸平淡。這一點後文還會談到。

第二節 《今日世界》與亞洲出版社

（一）

值得一提的是，美方還直接援助知識分子難民進行反共寫作。1952 年春，親國民黨的美國共和黨議員，利用基金會的資金，成立了"救助中國流亡知識分子難民協會"（Aid Refugee Chinese Intellectuals Inc）。它總部設在紐約，在香港和澳門設辦事處，旨在援助流亡香港的中國知識分子。1953 年 4 月，美方在香港啟動"遠東難民項目"（Far East Refugee Program），與"救助中國流亡知識分子難民協會"進行合作，援助香港的文人，讓他們參加到反共文化中來。"救助中國流亡知識分子難民協會"，以"資助寫作"的方式，救助流亡文化人。主持這一機構的是丁文淵博士，機構下屬三個部分：左舜生負責審查社會性稿件，王聿修負責審查翻譯稿件，易君左負責審查文學稿件。稿費資助的標準是千字 10 元，較之於當時香港報刊的一般千字 5 元的標準，價格已經翻了一倍。

1952 年 3 月 15 日，美國新聞處親自創刊《今日美國》（兩年後改為《今日世界》），稍後成立今日世界出版社。今日世界出版社的翻譯引人注目。《今日世界譯叢目錄》便列出了三百多本譯本，包括文學類、科技類、人文與社會科學類等不同性質的書籍，其中以文學作品數量最多。據統計，其中包括文學史與文學評論 15 本、小說 70 本、詩歌與散文 15 本、戲劇 18 本。參與翻譯其事的，包括林以亮、張愛玲、董橋、李如桐和戴天等人，俱一時之選[12]。這些譯作，雖然目的在於"文化外交"，宣傳美國自由世界的形象，然而畢竟引進了大量的外國

---

12 參見單德興：《冷戰時代的美國文學中譯——今日世界出版社之文學翻譯與文化政治》，載《翻譯與脈絡》（北京：清華大學出版社，2007），109-144 頁。

文學經典，自有其貢獻，這些書日後在港台海外產生了較大影響。

《今日世界》第 1 號 "寫在前面" 說："'今日美國' 在兩年前創刊，最初，只是介紹美國的生活方式及其他種種給讀者。後來，時局瞬息萬變，世界其他各地的實況，亦在報導與分析之列。因此，'今日美國' 這個名稱，已不太適合。在過去的數月中，迭接讀者來函，要求改名。為順從讀者意旨，改名為 '今日世界'。"《今日世界》上文學作品的數量較少，第 1 期刊載了秦風的《清算》，第 2 期刊載了秦風的《巴蕾舞人的瘋狂 —— 共區的學習班裏的悲劇》，都是反共小說。第 1、2 期連載的桑簡流的《鳥麗谷》，寫世外桃源鳥麗谷，並不涉及反共。徐訏的小說常在《今日世界》上連載，他的《盲戀》分 13 次連載於《今日世界》1953 年 52 期至 73 期，他的《江湖行》第一部刊登於《今日世界》69 期至 88 期，最後一期文末有云："第一部完。作者正續寫《江湖行》之第二部，不日將在《祖國週刊》發表，本刊因與作者合約期滿，未克續刊，謹向讀者致歉"。

就綠背文學而言，《今日世界》刊載的最出名的小說是 1953 年和 1954 年連載的張愛玲的《秧歌》和《赤地之戀》。這兩部小說獲得了外界的高度評價。《秧歌》的扉頁上就影印着胡適之先生的親筆題讚：此書 "寫的真細緻，忠厚，可以說是寫到了 '平淡而近自然' 的境界。近年我讀的中國文藝作品，此書當然是最好的了"。夏志清在其小說史中也稱 "《秧歌》在中國現代小說史上已經是本不朽之作"。龍應台女士更將其稱為 "世界級的作品"。如果將張愛玲的這兩部小說放回綠背小說的背景中去，其獨特性將會大打折扣，因為類似的反共小說實在不少。

張愛玲著作《秧歌》，先在《今日世界》連載，連載結束後出版單行本。

（二）

　　談及“綠背文學”，最具規模的是 1952 年 9 月成立的亞洲出版社。據慕容羽軍說：“50 年代屬於美援支持的出版社，還有‘亞洲出版社’。在大形勢下，與‘自由’、‘友聯’鼎足而立。論結構、規模，‘亞洲出版社’比前兩者更具氣派”。在他看來，自由、友聯和亞洲是當時三足鼎立的出版社，而亞洲的氣派更大。慕容羽軍所沒有提到的是，自由出版社和“友聯”出版社出版的書籍以政經為主，而亞洲出版社側重於人文方面的作品。因此，對於討論綠背文學而言，亞洲出版社的重要性更為突出。

　　亞洲出版社的創辦出自“偶然”。中共出逃黨員馬義（司馬璐）寫了一本《鬥爭十八年》，向“亞洲協會”和“救助中國流亡知識分子難民協會”尋求出版資助。“亞洲協會”很有興趣，不但同意資助該書出版，並且建議建立機構系統出版此類書籍。就這樣，“亞洲出版社”在“亞洲協會”的支持下成立了。亞洲出版社由黃震遐擔任主編，司馬璐和楊仲碩擔任副主編，編輯有趙滋蕃和李建白等。出版社出版了《亞洲畫報》，主編是蔡漢生。出版社還有附設機構"亞洲電影公司"，曾經拍攝過趙滋蕃的《半下流社會》和沙千夢的《長巷》等電影。

亞洲出版社出版的書籍，數量龐大，人文方面涉及小說、報告文學、社科、人物傳記、翻譯以至連環畫等等。比如，"報告文學"：許瑾《毛澤東殺了我丈夫》、蔡慕年《潮汕淪陷三年》、裴有明《我來自東北奴工營》；"學術著作"：趙蘭坪《馬克思經濟學說批評》、崔書琴《孫中山與共產主義》；"專題研究"：馬伯樂《蘇聯能戰勝嗎》、何雨文《中共財政解剖》、丁淼《中共文藝總批判》；"人物評傳"：鄭學稼《魯迅正傳》、史劍《郭沫若批判》；"翻譯名著"：雷神父著、李潘郁譯《中國赤潮記》等；"文學作品"：趙滋蕃《半下流社會》、林適存《鴕鳥》、張一帆《春到調景嶺》、傑克《隔溪香霧》和《山樓夢雨》等等。

1957 年 10 月，亞洲出版社的旗艦刊物《亞洲畫報》刊登了一篇題為《五年來之亞洲出版社》的文章，總結 1952 年至 1957 年的工作成果，談到出版叢書 250 種，吸納 260 多位作家進行寫作，而全部工作的目標是：

1，創立中共脫黨人員挺身報道之英勇榜樣；
2，堅定香港流亡知識分子之政治信念；
3，豐富自由創作之範圍及內容；
4，促進港台間及海外間之文化交流。

亞洲出版社等之所以能夠有這麼多稿源，與其高額資助有關。當時香港報刊的一般稿酬均為千字 5 元，亞洲出版社的稿酬卻高達每千字 20 元。賀寶善在回憶亞洲出版社創辦人張國興的時候，提到：

當時由大陸南來香港的文化界人士甚多，經濟環境極差，不少人住在木屋區，國興將稿費提高，每千字二十元，且可預支稿費，幫助他們解決不少生活問題。我記得當時我家傭人工資每月約四十元，可見當時的稿費是相當高的了。至一九六〇年，亞洲出版社已經出版四百多部書籍。

從內地南來香港的人，剛來的時候因為攜帶了數目不同的資金，尚能周轉，以至過花天酒地的生活，但時間一長，坐吃山空，就窮困潦倒下來，很多人就從酒店淪落到了公寓，最後就到了難民營。當時香港的難民營所在地調景嶺，是這些小說中最常見的場景。小說《春到調景嶺》對於當時香港南來人物的住房遷移有一個描繪，"住公寓的人還是大批向林屋區移殖，住酒店的人又向公寓裏轉移。這象徵着自己的天地愈移愈小"。小說的開始，住在公寓裏的李志良等人去難民營參觀了一次，讓我們得以一窺那裏的情狀："見公路下邊的山坡，儘是搭蓋的油紙小棚，高者五六尺，低者三四尺，鱗次櫛比，直到海邊……這兒的人，大半是衣衫襤褸，面帶菜色。" 在張一帆的小說《春到調景嶺》中，王仲鳴曾和主人公李志良談起在香港寫作的情形，"目前香港的稿子出路並不寬……除非是內容兼臻上乘，或是在國內鼎鼎大名的作家，可能佔得一席一盤。至於如你我這種人，儘管文筆不在水準以下，也很難得被編者採用"。林適存的小說《駝鳥》的第 19 節題為 "八千字"，主人公李維文與朋友黃汕淪落到棚戶裏，只能靠給黃色小報寫稿為生，但仍然想去舞廳跳舞。他們直接以文章的字數計算可以跳舞的時間："八千字夠兩人快樂一個晚上。""這麼罷，我們只跳兩千字，兩千字寫一個多鐘頭。""好！兩個人跳三千字，再加一千字。" 這段看起來詼諧的文字，形象地表明了文學寫作對於南來難民生計至關重要的作用。在這種情形下，高額美元稿費的吸引力就可以想像了。對於艱於生計的難民來說，為了掙錢，什麼不能寫呢？況且，他們本來就是因為不滿大陸政治而出來的。這就是當時香港的出版社稿源爆滿，反共文學不斷地被製造出來的原因。

香港都市的燈紅酒綠、難民生活的流落失所、大陸紅色政權土改中的暴力迫害，對於"自由"、"民主"的追求等，這些元素的不同組合，構成了反共難民小說的不同模式。[13]

第三節　"友聯"與《中國學生周報》

（一）

"友聯"是 1949 年後香港的一個受美國資助的反共文化組織，擁有研究所、出版社和一批報刊，持續了幾十年，影響了好幾代香港文化人，成為引人矚目的文化現象。不過，由於政治敏感，當事人有所忌諱，"友聯"的面目一直隱晦不清，產生了各種不同說法，莫衷一是。

所幸的是，自 2002 開始，香港中文大學香港文學研究中心發起"口述歷史：香港文學及文化"工作項目，首先將目光聚焦於"友聯"及《中國學生周報》。盧瑋鑾帶領博士生熊志琴走訪了"友聯"歷年來的重要人物何振亞、奚會暲、古梅、孫述宇、王健武、林悅恆、胡菊人和戴天等人，受訪者多能直言，採訪者記錄下來，整理成口述史，再經過當事人修改定稿。這一過程前後歷經十二年，成果終於在近年公開出版[14]。在這裏，很多內幕首次被披露出來。儘管受到記憶及立場的影響，受訪者的說法不盡一致，但經過相互印證，再參照其他的研究資料，"友聯"及《中

13　參見趙稀方：《五十年代美元文化與香港小說》，載《二十一世紀》，2006年第 12 號。

14　盧瑋鑾、熊志琴：《香港文化眾聲道》第 1 冊〔香港：三聯書店（香港）有限公司，2014〕。《香港文化眾聲道》第 2 冊於 2017 年 1 月出版。

國學生周報》的歷史輪廓現在大致可以呈現出來了。

此前有關"友聯"的緣起，權威說法來自於鄭樹森、黃繼持和盧瑋鑾合編的《香港新文學年表》（1950-1969）："一九五一年四月友聯出版社受資助成立"。[15] 現在看起來，這短短一句話就充滿了問題，"友聯"成立的時間和受資助的時間都成了疑問。

據 1950 年加入"友聯"、曾任總經理的何振亞回憶：他是 1950 年經中央大學同學陳濯生介紹加入"友聯"的，那時候"友聯"已經存在，"我加入的時候是一九五〇年，還是很早，他們成立應該在一九四九至一九五〇年間"[16]。這把"友聯"成立的時間提前了不少。據稱，"友聯"研究所開始成立的時候，並沒有受到資助。《中國學生周報》後期社長林悅恆說："'友聯'的工作是從一開始就進行的，到了後期尤其是韓戰之後，美國覺得要加強對遠東和中國事務的了解，覺得'友聯'的工作對他們有幫助，於是支持研究所"。"友聯"早期的工作開始於"友聯"研究所，也即剪貼搜集研究大陸情報，最早一批人有陳濯生、徐東濱、史誠之、燕歸來和胡越（司馬長風）等，許冠三和孫述憲等有興趣的人也來參加。[17] 林悅恆認為，"友聯"的工作早已經在做了，只不過後來得到美方賞識，撥款鼓勵他們繼續做下去。他專門強調，"《周報》早期也不是他們撥款才搞的"。[18]

後來《周報》的編輯羅卡，在 1975 年 7 月至 8 月香港大學學生會和文社開設的"香港四十年文學史學習班"上，談到"友

---

15 鄭樹森、黃繼持、盧瑋鑾編：《香港新文學年表（1950-1969 年）》（香港：天地圖書有限公司，2000），14 頁。

16 對於何振亞的採訪，見盧瑋鑾、熊志琴：《香港文化眾聲道》第一冊，10-46頁。

17 後因合作上有分歧，許冠三和孫述憲退出另辦《人人文學》。

18 對於林悅恆的採訪，見盧瑋鑾、熊志琴：《香港文化眾聲道》第一冊，176-213 頁。

聯"研究所是由台灣政府在亞洲基金會的支持下成立的。這一說法，與《周報》元老人物奚會暲和王健武的說法相牴觸，這一點我們後面還會談到。

美方資助的牽頭人，一直是一個謎。訪談者進行了多方詢問，當事者多不清楚，說法不一。不過，據現有線索看，大體可以確定是桂中樞。他是"友聯"核心人物燕雲（燕歸來）父親的朋友，通過燕雲認識了這幫年輕人以後，將他們介紹給"自由亞洲協會"的代表 James Ivy。燕雲也成為"友聯"的主要"外務"聯繫人，負責與美國基金方面的接洽。

資助方式，說法不一。何振亞說："所有的出版物都接受資助，《兒童樂園》、《周報》、《大學生活》、《祖國》、'友聯'研究所的出版社物，還有一些小書。"燕雲之後，奚會暲曾在 1956年至 1959 年擔任"外務"工作，並於 1963 年後正式代表"友聯"和美方聯繫。他大體也持這種說法，"我們都是做 budget（預算），我們的研究所要多少，我們的收入可以有多少，那麼basically，financially，it supported（基礎上，財政上，它支持）。我們有印刷廠，也有賺錢的，有發行的，但是大部分，I should say（我應該說），大部分是 Asia Foundation 贊助的。有段時間，I represented（我代表）（'友聯'），跟他們接觸的，所以我跟他們也做了還不錯的朋友。他們的 headquarter（總部）在 San Francisco（三藩市）。"徐東濱的看法不太一樣，他曾發表文章指出："'友聯'也從不曾全部由外資助，而是個別項目在不同時期按具體需要向'亞洲協會'申請援助。"[19] 林悅恆則認為美方只資助了"友聯"研究所、《中國學生周報》和《大學生活》等部分項目，其他如出版"活頁文選"和教科書的編譯所及《祖國週

---

19 王延濱（徐東濱）:《漫談"周報"和"友聯"》，載《星島日報·灌茶家言》，1988 年 11 月 1 日，10 頁。

刊》、《兒童樂園》等刊物都沒有得到資助，"我們常常以為所有出版社都是他們支持的。他們只支持他們認為應該支持的工作，由他們選項目，給'友聯'的錢不是給'友聯'文化事業有限公司的"。[20] 這兩種說法，固有分歧，不過問題似乎不大，大概是"友聯"所提出的項目，做出的預算，美方多會同意並資助，所以容易給人全部資助的印象。

美元資助撤離的時間，此前也一直眾說紛紜。這一點多位訪談者的說法大體一致，即 60 年代末。據回憶，當時通知"友聯"的人，是接替 James Ivy 成為亞洲基金會代表的袁倫仁，"他說舊金山總部通知他，經費沒有了，他們願意資助我們最後一次"。[21] 這最後一筆錢，1969 年至 1973 年擔任"友聯"董事長和社長的王健武說，"友聯"用來購買了香港新蒲利森大廈。林悅恆則說是設立了印刷廠。"友聯"出版社業務一直持續到 1997 年香港回歸，而結束刊憲的時間在 2000 年以後，當時一直由林悅恆負責。

"友聯"的人很多來自於新亞書院，如余英時、黎永振、奚會暲、古梅、孫述宇和陸離等，其中有不少都是在讀時就兼職，後來留下來工作。新亞書院成立於 1949 年 10 月，是由從大陸南下的錢穆、唐君毅和張丕介幾個人發起的，旨在重振中國文化。新亞書院不但為"友聯"提供人才，錢穆和唐君毅等還親自為《中國學生周報》寫文章，他們的書也由"友聯"出版。新亞書院所提倡的新儒家思想，也是"友聯"的精神資源所在。1955 年加入"友聯"，後來歷任社長、督印人的胡菊人認為，"'友聯'雖然沒有特別談新儒家，沒有以此作為刊物的理想或什麼，但基本上

---

20 對於林悅恆的採訪，見盧瑋鑾、熊志琴：《香港文化眾聲道》第 1 冊，176-213 頁。

21 對於王健武的採訪，見盧瑋鑾、熊志琴：《香港文化眾聲道》第 1 冊，142-172 頁。

《中國學生周報》

263

可以說是有新儒家精神，對‘新亞’幾位先生都十分尊重”。[22]

新亞書院的情況，與“友聯”有點相似，也是後來主要由美方基金資助而成的。因為體量大，資助新亞書院的美方基金除亞洲協會外，還有美國雅禮協會、哈佛燕京學社和福特基金會。稍有不同的是，新亞書院初期曾受蔣介石總統基金的支持，不過在接受美方資助後，台灣方面的資助就取消了。“友聯”初期則與台灣關係有點緊張，“友聯”的報刊甚至都不能進入台灣。奚會暲說，“其實我們並非‘反台’，更不是他們的敵人，只是我們不贊同國民黨在大陸時做的一套，到了台灣後也未施行民主，我們對他們有所批評，而這正是他們不樂意聽到的。反正是別人叫我們第三勢力的，不是我自己戴上的帽子”。王健武也說：“當時我們這群人，都是對國內情形不贊同而出來的，既不是國民黨，也不贊同共產黨，這群人出來以後，台灣也不想去，所以很多人以為‘友聯’是第三勢力。”[23]“友聯”與台灣方面的關係後來得到了改善，王健武說：“最初他們認為‘友聯’是共產黨，後來他們認為‘友聯’是第三勢力，慢慢才對‘友聯’了解，才拉攏。”奚會暲曾以“友聯”社長的身份受邀去台灣，和蔣介石見面。王健武也受邀去過兩次台灣。70年代初，“友聯”由《祖國》雜誌而來的《中華月報》，開始得到國民黨方面的資助。

“友聯”與在港美方機構關係相當密切。開始的時候，美新處自己沒有出版機構，就委託“友聯”替他們做出版發行，當時所出版的主要是翻譯方面的書。據林悅恆，當時他們還替張愛玲出書，記得有張愛玲的英文版《赤地之戀》。美新處在《今日世

---

22 對於胡菊人的採訪，見盧瑋鑾、熊志琴：《香港文化眾聲道》第1冊，216-232頁。

23 對於王健武的採訪，見盧瑋鑾、熊志琴：《香港文化眾聲道》第1冊，142-172頁。

界》站住腳跟後，成立了今日世界出版社，才開始自己獨立出版。曾在 50 年代中期同時負責《中國學生周報》和《大學生活》的孫述宇，談及美國新聞處也曾資助過"友聯"，他認為："友聯"得自美方的資助主要有兩個來源，一是美國新聞處，二是亞洲基金會，不過以後者為主。聯想到多人談到"友聯"初期曾幫美國新聞處出書發行，從中獲得資金，不知道孫述宇所說的資助是否與此有關？[24]

"友聯"研究所很吸引美國人，很多美國的漢學家都出自於此。何振亞說："我們曾培養過很多外國人才，比如我們'友聯'研究所出了很多中國通……當時我們'友聯'還有記者群，比如有一個叫 Martin Welber。"[25] 他們還組織了一個顧問小組，成員為哥倫比亞大學的 Doak Barmet（鮑大可），加州大學的 Franz Schurman（修曼）及李卓敏教授，"這幾位都是中國專家，又是'友聯'老友，在建議及精神上非常支持研究所的工作及發展方向"。[26]

"友聯"總稱"友聯文化事業有限公司"，下分"友聯"研究所、"友聯"出版社有限公司和香港文化事業有限公司。文化事業有限公司出版教科書，"友聯"出版社負責《中國學生周報》、《兒童樂園》、《祖國》和《中華月報》等刊物及書籍出版，"友聯"編譯所屬於"友聯"出版社，負責"友聯活頁文選"和四大小說的出版。

"友聯"的視野不止於香港，《中國學生周報》的通訊員不

---

24 對於孫述宇的採訪，見盧瑋鑾、熊志琴：《香港文化眾聲道》第 1 冊，108-138 頁。

25 對於何振亞的採訪，見盧瑋鑾、熊志琴：《香港文化眾聲道》第 1 冊，10-46 頁。

26 對於奚會暲的採訪，見盧瑋鑾、熊志琴：《香港文化眾聲道》第 1 冊，50-80 頁。

但來自港、澳、台，還有新馬、緬甸和印尼等地。1956年，"友聯"決定發展在新馬的事務，先後派余德寬、王健武、王兆麟、陳濯生、邱然和奚會暲等核心成員去那邊工作，後來又有姚拓、黃崖、古梅、黎永振和劉國堅等人過去。"友聯"在新馬辦了《學生周報》新馬版和《蕉風》雜誌等，開展青年華文教育活動。除新馬版《中國學生周報》外，後來又出現了緬甸版和印尼版等。

無需徵引，所有受訪者在這一點上都高度一致，即認為雖然美方對"友聯"予以資助，但是不會干涉"友聯"的事務，"友聯"辦報是獨立的。徐東濱早在1988年的時候就斬釘截鐵地說過："'友聯'的一切政策、立場、人事、業務絕對獨立自由，向來不受任何人支配，包括對友聯支援了二十多年的'亞洲協會'在內。"[27] 這句話可以代表所有的"友聯"受訪者，不少人都談到，接受資助時他們只知道亞洲基金會，並不知道背後有美國中央情報局的背景。那麼，美方為什麼要資助"友聯"呢？

據何振亞，"我們可以說，辦《中國學生周報》是為青年辦一份刊物，所謂編輯政策是沒有的，反共是有的，除了這個就沒有其他政策可言"。孫述宇在回答作為資助方的美方是否對於《周報》內容有所指令的時候，持否定態度，不過他又說："談民主自由和反共的，這一點當然很明顯跟美國人的資助配合，美國人主要就是反共。其實美國人拿錢來……美國政府透過CIA——我暫且當作是CIA——拿一筆錢出來，在國外做這些宣傳和對抗的工作。不但在香港，我聽說當年在法國……"看起來孫述宇的頭腦比較清楚，看得比較遠：即使美方並無指令，但"友聯"的反共和擁護西方的自由民主都正符合美國人的胃口，美國人在香港的文化資助其實是美國全球文化冷戰的一個部分。當然，這

---

27 王延濱（徐東濱）：《漫談"周報"和"友聯"》，載《星島日報‧灌茶家言》，1988年11月1日，10頁。

大概是孫述宇的後見之明了。

在反共上，“友聯”的確不遺餘力。“友聯”研究所的本職工作，就是搜集反共資料。“友聯”出版社還出版了大量的反共著作。1952年5月創刊的《人人文學》第1期，就刊登了“友聯”出版社的著作廣告，包括對於每一本書的說明，從這些書名和說明中，我們可以感受到其內容：

1，《紅旗下的大學生活》（1952：3），燕歸來著。

“本書作者在中共統治的大陸上有長期生活經驗，對‘解放’後各大學情形知道很多，對北京大學的情況更是身經目睹。本書就是作者根據親身經驗所作的忠實敘述。”

2，《什麼東西專政！》，蕭獨評著毛澤東原著《論人民民主專政》。

“中共所謂人民是什麼？它所謂民主是什麼？它所謂專政是什麼？究竟是什麼東西專政？這些問題值得深究。本書以新穎的評注方式，詳細討論中共政權基礎理論中各個問題，立論精闢而文字淺顯，本社特鄭重推薦。”

3，《細菌戰》，岳鴻文著。

“這本書是對共產黨惡毒陰謀的無情揭露：鐵案如山，無法狡賴！我們向共產黨挑戰。你們誰能駁倒這本書裏任何一個論點？誰能駁倒這嚴正的鐵案？站出來！”

4，《論中共軍事發展》，史誠之著。

“本書對中共軍事發展分為六個階段討論，每一階段分為七方而加以剖析，實為最具系統性之權威著作。”[28]

此外，“友聯”出版社出版的反共著作還有：徐東濱的《反共鬥爭與人類前途》、《中共怎樣對待學生？》和《中共的高等教

28《人人文學》，第1期，1952年5月20日，68頁。

育》，趙聰的《中共的文藝工作》和《大陸文壇風景畫》，史誠之的《論中共的軍事發展》，楊力的《中共怎樣對待教師？》，王時進的《認識中共土改》等，也有部分文學作品，如燕歸來的《謝謝你們：雲、海、山》，張威等的《叛徒》和《魔》（獨幕劇）等。

（二）

　　《中國學生周報》[29]創刊於 1952 年 7 月 25 日，創刊號的 "督印人" 是余德寬，第一任主編是余英時。《中國學生周報》篇首是社論或評論性質的文章，其後的評論都置於 "學壇" 欄目中，估計多數出自主編余德寬之手，主題基本上都是反共的。主編余德寬還以申青之名，在《周報》第 3 版開闢了一個欄目 "扯麻集"，就各種具體問題發表反共評論。

　　除了評議文字的引導外，《周報》每期都有 "大陸文教拾零"，報導大陸文教新聞，當然都是負面新聞。《周報》第 1 期 "大陸文教拾零" 的新聞是 "福州各中合併：程度普遍的低落，變成秧歌訓練班"、"大罵運動如火如荼"、"山東大學提前畢業，學生反抗統一分配" 等。從題目上，我們就可以看到內容所在。這裏解釋一下 "大罵運動"，它是指大陸知識分子在改造運動中的批評與自我批評，被稱為 "自罵" 與 "被罵"。《周報》第 4 期的 "大陸文教拾零" 是 "氣殺毛澤東"、"暑假不許回家"、"萬世師表"、"學人的悲哀" 和 "黨報與 '三靠'" 等。所謂 "氣殺毛澤東"，是指中共北京黨政機關領導進行 "時事測驗"，結果

---

29 《中國學生周報》開始的時候只有 4 版，自 1952 年 11 月 14 日第 17 期起，開始擴大為 6 版。1952 年 12 月 2 日第 21 期起，開始擴大為 8 版。第 21 期第 4 版，有《編餘走筆》一文，介紹《周報》的欄目設置情況："第一版著重報導海外及大陸的文教"、"第二版著重討論生活與思想"、"第三版主要是登載有關讀書研究的文章"、"第四版是體育"、"第五版是文藝"、"第六版是 '拓墾'"、"第七版是 '快活谷'"、"第八版專闢為藝術生活版。"

百分之六十八的人不合格，使毛澤東大怒。"萬世師表"是反義諷刺，報導的是大陸老師強姦、侮辱學生。如此等等。

《中國學生周報》本身所刊發的文學作品，也不乏反共內容。身為《中國學生周報》編輯的姚拓，在《周報》第 43 期（1952年 5 月 15 日）發表了《豐收的故事》。小說是寫大陸農村的周老頭一家，他兒子先被徵去當兵，家裏又被鄉政府徵去大部分公糧，眼看沒有糧吃了，周大娘一氣之下刺死了政府人員，結果老倆口被償了命。朱蘭的《萬里行》是一篇長篇連載反共小說，從第 58 期（1953 年 8 月 28 日）登到來年的第 78 期（1954 年 1月 15 日）。小說是寫北平解放前，"我"和其他北平學生逃離北平，經過內蒙、西北、四川和貴州等地，一路艱辛，追求"自由"，終於到達香港。

《周報》主要面對中學生，所以學生的作品篇幅很多，遠多於成年作家的作品篇幅，這應該說是《周報》的特色。《周報》創立的政治使命，就是以反共思想影響中學生。從這一點來看，《周報》在一定程度上是成功了。《周報》採取了徵文和開展活動等辦法，吸引了大量的中學生來稿。而從內容看，反共思想應該說已經輸入到大多數學生的頭腦中。

《周報》刊載的中學生文章多如牛毛，很難量化處理。這裏姑且以《周報》徵文第一次獲獎作品為對象，分析學生作品的思想傾向。第一次徵文的消息首先刊載於 1952 年 9 月 12 日《周報》第 8 期，題為 "本報舉辦獎學金徵文" 和 "徵文辦法"。徵文範圍分為大學、高中和初中，題目分別為：大學組 ——"中國學生的……"，高中組 "我的……"，初中組 "我的……"。《周報》第 11 期公佈了 "徵文評議委員會名單"，計有 10 人，都是本港學界著名人士，新亞書院的錢穆和唐君毅等都不出意料地名列其中。徵文通知發出以後，學生反應踴躍，《周報》共收到來稿 304份。約 2 個月後，1952 年 11 月 7 日，《周報》開獎，公佈了大學組、高中組和初中組 3 個組別前十名獲獎名單，新亞書院唐君毅親自頒獎。《周報》在隨後的第 17、18、19 三期刊登了 3 個組前 5 名的獲獎作品。

大致統計一下，全部 15 篇徵文中，有反共內容的有 9 篇，將近三分之二，這說明《周報》的反共宣傳是有很大作用的。在初中組 5 部得獎作品中，與反共無關的有 3 篇，佔據了全部非反共作品 5 篇的一大半，這大概與初中孩子尚不太明白政治有關。夏茂林的《我的家庭》和鄭錫雄的《我的家》寫父母家庭，何美娥的《我的玻璃小杯》寫自己最喜歡的玩具，這些都與社會和政治無關，的確是孩子的視野。有兩篇徵文涉及反共。王淑芸的《我的懷念》絕大多數篇幅都在回憶祖母，寫祖母身為童養媳的不幸，文末卻將祖母之死安排在"翻身"以後。何謙求的《我的眼睛》寫眼睛所見，最後突然見到大陸水深火熱，文末提出要"拯救"他們。

在高中組五部得獎作品中，除了家梁炳驊的家庭小說《我的鄰居》外，其他 4 篇全是反共之作。高中組第一名黎華標的《我的啟蒙老師》，描寫堅持文化操守的啟蒙老師清叔死於"善霸"。伍偉梁的《我的飄燕》寫一位名叫飄燕的同學的回國遭遇，馬冠榮的《我的回顧》寫自己逃離大陸的經歷，梁錦旗的《我的同伴》則寫自己離開大陸後朋友的遭遇。文章均為控訴大陸黑暗的模式，儘管他們對於大陸並沒有什麼了解。大概高中同學剛剛走向社會，比較容易受輿論影響，也知道投《周報》之所好，卒章顯志，足見《中國學生周報》在反共宣傳上的效果。

大學組的文章，相對成熟，具有一定的獨立思考。唐端正和陳負東等人的文章，主要都從文化角度進行論述，不輕易政治站隊，然而，它們的文化邏輯其實在無形中受到操縱。

"友聯"並非為反共而反共，其背後有一套敘述邏輯，這種邏輯來自於新亞書院的文化民族主義，即痛感中國文化在大陸的淪亡，花果飄零，需要在海外保存中國文化之根，拯救中國。《中國學生周報》第 1 期的創刊詞題為《負起時代責任》，文章的開頭是："人類文明正面臨着空前的危機，中國文化已遭受到徹底的破壞？我們這一代的青年學生面對這股歷史的逆流，實在無法再緘默了。""我們能眼看自己的國家這樣沉淪下去嗎？我們能讓中國的歷史悲劇這樣延續下去嗎？基於這些想法，我們才鼓起勇氣，在極艱苦的條件下，出版了這份刊物——《中國學生周報》"。看得出來，這裏的關鍵詞是"文化"。從江山角度說，大陸只不過是政權更替，說不上"危機"、"破壞"和"沉淪"，這裏的"危機"、"破壞"和"沉淪"的對象指的是中國文化，因為在他們看來，共產主義是剷除中國文化的，此所謂"中國文化已遭受到徹底的破壞"。《中國學生周報》第 2 期署名見新的《在苦難中成長的新亞書院》一文中說："該院的創辦人是當代的史學大師錢穆先生……他看準了一切問題的癥結所在都是文化的問題，於是不顧現實環境的限制，便赤手空拳辦起這新亞書院來。"此其謂也！

徵文大學組第一名的唐端正，本身就出自新亞書院哲學系。他的徵文題目是《中國學生的時代精神和歷史任務》。文章並不進行政治判斷，並且反對打打殺殺。作者主要從文化角度進行討論，認為這個時代的精神是"仁為己仁"的孔子精神，而時代任務是豎起人文主義旗幟，溝通中西文化。同為新亞書院的陳負東的《中國學生的責任》，偶爾涉及對於大陸的負面判斷，不過主旨與唐端正的較為接近，重點論述中國的現代化和創造世界性文化體系。

正因為如此，香港的位置被賦予了重要意義，原因是香港可以在中國的邊緣保存中國文化，是唯一的自由、民主空間。因此，上文提到的見新的《在苦難中成長的新亞書院》開頭就說："正在我們的國家在風雨飄搖的今天，我們該是如何高興地看着新亞書院把人文主義的旗幟插在這自由的海島上呵！"無獨有偶，《中國學生周報》第 5 期頭版 "學壇" 上，發表了一篇題為《香港教育的特殊責任》的文章，介紹香港大學教授、系主任皮里斯尼（K.E. Priestley）對於香港教育的評論。文中同樣提到，當下時代在香港的學生是如何的幸運，"大多數的中國同學已經失去接觸中西文化的機會，而在鐵幕邊緣的我們卻還保有這最後的自由文化的堡壘，這多麼值得珍貴呢"！

對於港英當局，《中國學生周報》多以正面形象進行報導，這與對中國大陸黑暗的抨擊形成鮮明對比。說起來，港英當局在文化上一貫以英文為中心，歧視漢文，後為避免英國殖民主義口實和中國民族主義思潮，便在教育上便提出以 "溝通中西文化" 為目標。港英當局對於中文的歧視，即使在 50 年代依然很明顯。50 年代香港的中文中學遠少於英文中學，結果是大量的中文小學的學生無處升學。香港僅有一所英文的香港大學，生源主要來自英文中學，這又導致中文中學的學生在香港無處升學。在發表皮里斯尼講話的《中國學生周報》第 5 期，即有 "香港讀書大不易，官校僅招新生四百名，一萬多孩子報名投考" 的報導。《中國學生周報》第 19 期刊登的徵文比賽大學組第三名羅球慶的文章題目是《中國學生的苦難與彷徨》，這裏的 "苦難與彷徨" 即緣於香港中學生畢業後升大學無門，"目前最彷徨的還算是剛剛跨過中學大門的學生，大學的門牆橫在目前，但有沒有辦法進去，卻是一件最成問題的事。一向在中文學校念的中學畢業生，自然難以考進英文大學，然而在這殖民地，除了升學外國大學，又有什麼地給你求深造"？對於港英當局的中文歧視，《中國學生周報》卻不敢面對。

諷刺的是，《中國學生周報》第 17 期居然出現了 "當局採取措施，促進本港教育 —— 對中文研究特別重視" 的文章。《中國學生周報》第 20 期頭版發表了 "二百多學生，在英接受訓練，研究殖民地教育問題"的新聞,談論香港等地接受殖民地教育的問題。"殖民地"在此並非貶義詞,相反,文章是報導香港教育的師資從宗主國那裏得到了加強。《中國學生周報》和新亞書院以儒家中國文化為宗旨,卻對於殖民主義視而不見,甚至於刻意奉迎,很耐人尋味。由此看來,後來在 1967 年"反英抗暴"運動中,《中國學生周報》旗幟鮮明地站在港英政府一面並非偶然。

對於美方的態度,因為有資金的資助,《中國學生周報》當然更是感激涕零。《中國學生周報》對於美國的報導幾乎全是歌功頌德的。以《中國學生周報》第 1 期為例,這一期第一版除發刊詞《負起時代責任》,號召挽救中國文化之外,新聞部分主要由兩部分構成,一方面是有關大陸的負面消息,另一方面是有關美國援助中國的正面消息,如"美國哈特維克大學增加中國文化學系,哈大校長表示,把中國文化介紹給現代美國人民,目前沒有比這件事更重要了",如"美國紐伯理學院歡迎中國學生前往讀書"等等。潛台詞非常清楚,中國文化必須挽救,而這種挽救只有得利於美國的支持。

50 年代美方對於"友聯"及新亞書院的支持,目的是否在於支持中國文化呢?香港只不過是美國圍堵社會主義陣營的冷戰前線的一個部分,中國文化在這裏只不過是一個文化工具而已。香港本來是一個殖民受害者,需要從政治上反抗殖民壓迫,從文化上反省東方主義,然而,在兩大陣營的冷戰格局中,香港卻被塑造和自我認同成了一個"民主櫥窗"、"自由天堂",用來對比中國大陸的政治黑暗。也就是說,共產主義與資本主義的當代冷戰政治,完全遮蔽了香港作為殖民地的種族維度和歷史處境。"友聯"和《中國學生周報》在 50 年代冷戰的背景下如何敘述西方、中國及香港自身,鑄造出一套新的文本的政治,很值得玩味。

還有一點值得注意。香港雖為自由民主寶地,然而這似乎僅僅是政治上的,在南來者看來,香港本土文化卻仍是落後的,需要南來者啟蒙。何振亞說："我們當時的目的不是為香港而搞，我們總的目的，在意識形態上我們是反共，實際工作上，我們做文化工作，你說宣揚也好，改變也好，但最終我們走不出這條路，就衰落了。"這也就是說，《中國學生周報》的關注始終在反共，在中國文化，並不在香港。如此，在 60、70 年代反共不再為人注意以及本土文化崛起以後，"友聯"和《中國學生周報》就跟不上時代步伐了，終於被香港人拋棄。

二次大戰以後，多數殖民地國家獲得了獨立，以美國為代表的西方國家在喪失了軍事、政治統治後，卻以經濟、文化的方式繼續實施殖民控制，圍堵社會主義政權，這被稱為"新殖民主義"。關於新殖民主義，較早的著作是 1965 年出版的恩克魯瑪（Kwame Nkrumah）的《新殖民主義：帝國主義的最後階段》一書。這本書側重於經濟角度的分析批判，同時也揭示了以美國新聞出版署在非洲冷戰情報和宣傳工作中的運作情況。最近的一本書，是 1999 年出版的桑德斯的《文化冷戰：美國中央情報局及其文學藝術的世界》。這本書詳細披露了在 1947 年至 1967 年間美國中央情報局對於文學藝術的操控情況，包括出資創辦刊物、資助作家等等，"美國間諜情報機構在長達 20 年的時候裏，一直以可觀的財力支持着西方高層文化領域……如果我們把它界定為思想戰，那麼這場戰爭就具有一個龐大的文化武器庫，所藏的武器是刊物、圖書、會議、研討會、美術展覽、音樂會、授獎等等"。這些受資助的人群是哪些人呢？"這支隊伍由各色人等構成，其中一批是原來的激進派知識分子，但斯大林的極權主義粉碎了他們對馬克思主義和共產主義的信仰……這個非共產主義的群體受到強大機構的鍾愛，在其金錢的支持下，就像幾年前的共產主義那樣，這群人（其實，其中許多人是同一批人）已經形成卡特爾式的西方知識分子聯合體了。"由此我們得以知道，很多知名的右翼傾向的文學作品，原來是美元資助的產物。這一事實，打破人們心目中文學藝術自主性的幻想。很明顯，美國新聞處及亞洲基金會資助以至操縱香港的文化活動，正是美國冷戰的亞洲部分。遺憾的是，可能因為資料的原因，這部書並未涉及到亞洲。本文所涉及的是美國新聞處及亞洲基金會所操縱的香港綠背文化，可以算得上是對於這部書的有關亞洲方面的補充。香港的特殊性在於，它當時尚未獨立，仍是英國的殖民地，卻由其盟友美國進行文化冷戰工作。也就是說，香港既承受英國的殖民統治，同時又承受着美國的文化控制，這在新殖民主義的歷史上是頗值得注意的。

對於這種行為，有一種"空白支票"論，即"如果從中央情報局的經費中受益的人對此毫不知情，而且他們的所作所為也並未因為接受了中央情報局的資助而有所改變，那麼他們作為富有批判精神的思想者，其獨立性就並未因此而受到影響"。對於這種看法，桑德斯認為歷史已經予以否定，"有關冷戰的官方文件卻系統地否定了這種利他主義的神話。凡是接受中央情報局津貼的個人和機構，都被要求成為這場範圍廣泛的宣傳運動的一個組成部分，成為宣傳運動中的一分子"。桑德斯用了一個諺語："如果你跳進湖裏，你就不可能乾着身子走上岸來。西方的文化冷戰鬥士們紛紛用所謂的民主程序來做擋箭牌，使他們的所做所為合法化，但是由於他們不誠實，連帶着民主程序也受到了玷污。"[30]

30 Frances Stonor Saunders, *The Cultural Cold War: The CIA and the World of Arts and Letters*, (New York: The New Press, 1999)。弗朗西斯・斯托納・桑德斯（Frances Stonor Saunders）：《文化冷戰與中央情報局・前言》，曹大鵬譯（北京：國際文化出版公司，2002），469 頁。

第九章

現代主義運動

第一節 《詩朵》：緣起

　　50 年代初香港最受歡迎的詩人是力匡。力匡是 1949 年後來港的南下作家，曾主編《人人文學》和《海瀾》，50 年代上半葉他曾在《星島晚報》、《人人文學》、《祖國週刊》、《中國學生周報》等報刊上發表了大量詩歌，風靡一時。不少當事人在回顧 50 年代上半葉香港文壇的時候，都談及偶像詩人力匡。西西說，"我們那時同學們大多看力匡的作品，都是些比較講究形式的'格律詩'，那時我讀初中，大概有十多二十年吧，應該是五零年代那段日子"。[1] 方蘆荻回憶："力匡在《星島晚報》副刊所發表的十四行詩體，成為我們年青一代的偶像。於是，我們寫詩，就模仿'力匡體'的十四行詩體，一時風氣極盛，力匡那時的詩壇地位，相當於今日的余光中。"[2]

　　從內容上看，力匡的詩的主題多去國還鄉之感，直接涉及政治的不多。他的詩不去直接議論，而是運用意象，渲染心境。夏侯無忌曾在發表於《人人文學》上的給青年作者的文章中，列舉了郭沫若的《地球，我的母親》，又列舉了力匡《寂寞》中的幾句："旅途中歇息於村舍客店，店伙端進了黯淡的油燈，正計算着未盡的旅程，窗外開始了連綿的秋雨。"[3] 認為郭沫若的詩是空洞的，而"力匡的詩的憂鬱和感傷來得多麼深切啊"！

　　力匡並不喜歡香港，和其他南來文人一樣，他在香港只是暫居，即使是表達"我並不喜歡這個地方"，他也並不直言，而是

1　康夫：《西西訪問記》，載《羅盤》，第 1 期，1976 年 7 月 20 日，3 頁。

2　方蘆荻：《談〈文藝新潮〉對我的影響》，載《星島晚報》，第 13 期，1989 年 3 月 7 日。

3　夏侯無忌：《詩的形式與內容 —— 給青年作者的第二封信》，載《人人文學》，第 10 期，1953 年 5 月 16 日。

採取意象化的方式："這裏的樹上不會結果，/這裏的花朵沒有芳香，/這裏的女人沒有眼淚，/這裏的男人不會思想"。[4] 50 年代初期，大量的移民來到香港，其中有很多文人和學生，他們對於力匡的詩作很有共鳴之感。50 年代的香港詩人還有徐訏、夏侯無忌、曹聚仁等，內容大體上也無非是流广之音，形式上較為注重詩行的整齊與格律。

這種詩風逐漸引起一些本地年輕人的不滿，變化從 1955 年 8 月 1 日創立的《詩朵》開始，領頭者是崑南。據當事人之一的盧因回憶："一九五四年後，《人人文學》帶給香港文壇的高潮開始退卻，詩人鄭力匡掀起的風雨熱鬧，也跟着逐漸消散；儘管徐訏和曹聚仁仍擁有不少讀者，記憶中，似無法滿足像我這一類追求文學理想的、以宗教家事奉上帝的熱情、轉而事奉文學的年輕一代的渴求。當時我和崑南、王無邪、葉維廉、蔡炎培，已成了經常會面的文學知音。[5]"西西也說："力匡的詩，我後來覺得太簡單了……因為台灣方面的現代詩也開始傳來。"這幫年輕人的相識，要追溯到《星島日報·學生園地》。1954 年夏末秋初，《星島日報》組織過一次以文會友的"《星島日報·學生園地》旅行團"，使得當年在上面發表作品的年輕作者崑南、王無邪、葉維廉、盧因、王敬義和藍子（西西）等人有了互相認識的機會，這為後來香港文學的發展提供了新鮮血液。不久以後，他們在羅便臣王府聚會，參加者有崑南、蔡炎培、王無邪和盧因等，結果便是 1955 年 8 月《詩朵》的誕生。

《詩朵》反對現代詩回歸傳統，主張向當代西方學習。《詩朵》的"獻詩"《八月的火花》最後說，"這裏，我們願意提出新詩和

4　《星島晚報》，1952 年 2 月 29 日。

5　盧因：《從〈詩朵〉看〈新思潮〉——五、六十年代香港文學的一鱗半爪》，載《香港文學》，第 13 期，1986 年。

第九章　現代主義運動

279

《詩朵》1

《詩朵》2

遺產的商榷，也為了新詩向‘名作家’們駁斥；我們奏着雪萊的‘愛杜納斯’輓詩，來弔新詩的沒落，波特萊爾的‘夜梟’來悲哀時代”。與香港當前“名作家”不同，在新詩和遺產的態度上，《詩朵》願意站在雪萊和波特萊爾的立場上。

《詩朵》以年輕人特有的銳氣，對既有詩壇發起了挑戰。《詩朵》第 3 期發表了雨莨的《試評〈高原的牧鈴〉》，直接批評力匡的這部新詩作，“《高原的牧鈴》那樣叫人失望，而著者卻一向領導着本港詩壇的，這難怪一般從事新詩研究的年輕朋友們失了信念，氣餒起來。”更加激烈的，是崑南化名為班鹿在《詩朵》第 1 期發表的《免徐速的詩籍》。崑南主要在兩個方面批判了徐速新詩觀念的落後：一是音樂性，徐速以新詩不像舊詩那樣可以為人朗誦為據，對其進行批評，崑南反駁說：“新詩的旋律和古詩音韻是不同的，拿古詩讀起來可以使像徐速那些人搖頭擺腦的態度來批評新詩，未免是一個大笑話！”二是有關於詩是否可以看明白的問題，徐速認為，“詩是教我們說話的”，反對那些“印象派、感覺派、野獸派的新詩”，崑南則舉出馬拉美、梅特林克和波特萊爾等一堆外國現代詩人的話來駁斥徐速，認為他對於詩的理解過於幼稚。鑒於此，崑南說：“假如文化界有‘詩籍’的存在，我們得免徐速的‘詩籍’！”

整體來說，《詩朵》只是過渡性的刊物，它只面世了 3 期，對於香港詩壇沒有多大影響。《詩朵》上的翻譯，多為歐洲浪漫主義詩人，如雪萊、華滋華斯、濟慈和海涅等，也有波特萊爾、魏爾倫和馬拉美等現代主義詩人的名字。正如“獻詩”中將雪萊和波特萊爾並舉，《詩朵》上的詩呈現出從浪漫到現代詩的過渡狀態。《詩朵》只是揭開了 50 年代香港現代主義的序幕。

崑南、王無邪、葉維廉和蔡炎培等年輕詩人的名字，標誌着香港詩壇新人浮出歷史水面，他們日後逐漸取代了趙滋蕃、徐速、力匡、徐訏、夏侯無忌、曹聚仁等人，成為新一代的詩人。

不過，香港還要等待另一個詩人和刊物的出現，才能成就 50 年代中期後的現代主義詩潮，那就是馬朗和《文藝新潮》。

第二節　《文藝新潮》：翻譯與創作

（一）

馬朗，原名馬博良，1933 年（一說 1930 年）出生，祖籍廣東中山，自幼在香港讀書。40 年代青少年時代就在上海從事文藝活動，被稱為神童。他編輯過《社會日報》、《文潮》、《水銀燈》等報刊，出版過短篇小說集《第一理想樹》（1947），並從事詩歌創作。他的小說創作大致上屬於都市新感覺派風格，詩歌上追求現代主義。在文壇上，他與張愛玲、劉以鬯、紀弦、萬方和邵洵美等人交往。1949 年後，因為政治破滅，他來到香港。

在商業社會的香港，辦純文學刊物並非易事，好在馬博良早在上海的時候就擅長辦通俗刊物，他辦的有關電影的大眾刊物《水銀燈》就很暢銷。在香港，他幫環球出版社辦《藍皮書》、《大偵探》、《西點》和《迷你》等報刊，銷路也不錯。靠這些通俗刊物掙了錢，馬博良就辦起了賠錢的《文藝新潮》，目的就是為了他的理想。《文藝新潮》面世於 1956 年 2 月 18 日，印行者是環球出版社。這個刊物非左非右，沒有政治背景，大陸自然不能進去，在東南亞也被禁止，台灣也不能發行，說是共產黨的刊物。

《文藝新潮》為何創辦？宗旨是什麼？我們可以看它的發刊詞《人類靈魂的工程師，到我們的旗下來！》。發刊詞的開頭是：

"這是禁果！"如果想看"巴黎的陷落"那暴風雨前夕的混亂，靜靜的頓河岸上壯麗的鬥爭圖，或者想知道老人與海的奮鬥和勝利，踏遍剃刀邊緣是否成仙印度便是正果？盲女日特露德耳中貫過的田園交響樂，在樂園裏，我們會受到告誡。然而，那是禁果嗎？夜未央時波蘭少女窗前的一盞燈，水仙辭中一個臨淵自顧的美少年，這世界是多彩的，有各形各式的美麗。但是，告誡一再擲來："這是禁果！"……

這不是可以自由採摘的，可是那是真正美麗的呵！

第一段主要是由外國作品的名稱構成，因為文中沒有標明，也沒有加書名號，這裏不妨翻譯一下。《巴黎的陷落》是愛倫堡的小說，《靜靜的頓河》是肖洛霍夫的小說，《老人與海》是海明威的小說，《剃刀邊緣》是毛姆的小說，即《刀鋒》，《田園交響曲》是紀德的小說，《夜未央》是波蘭廖抗夫的劇本，《水仙辭》是瓦雷里的詩。發刊詞表達了對於這些外國文學名著中的詩意境界的憧憬，然而這些"真正美麗"的東西卻是禁果。在戰爭和政治的世界裏，文學只能成為政治的工具，真正的文學反被禁止。我們離那個文學的世界，愈來愈遙遠了。《文藝新潮》想把這些真正的文學介紹進來。

為什麼是文學，而不是別的？文學在這裏被賦予重要的功能。發刊詞接下來說，我們身處一個前所未有的"黑暗"和"悲劇"的時代，原因就是政治爭鬥毀滅了社會價值，毀滅了人的理想，曾經摸索和奮鬥的人們，最終發現自己被欺騙，所得到的只能是荒涼和絕望。政治已經破產，無論左的政治、右的政治，都不能讓人相信。這個時候，什麼能挽救我們呢？馬博良給出的答案是：文學。

沒有希望嗎？不，十六世紀的文藝復興帶來了新的世紀。今日，在一切希望滅絕以後，新的希望會在廢墟間應運復甦，豎琴會再謳歌，我們恢復夢想。也許在開始，我們祇想到一片小小的淨土，我們可以唱一些小歌，講一些故事，也可以任意推開窗去聽遙遠的歌，遙遠的故事，然後我們想到這原是千萬人的嚮往，一切理想的出發點，於是再想到一個我們敢哭、敢歌唱、敢說話的烏托邦。那樣的新世界總會到來的，——如果，我們憧憬、悲哀、追求、快樂和爭鬥的本能沒有湮消。因此，我們想到呼喊，要舉起一個信號。

面對政治所帶來的人性廢墟，面對文學被政治所主宰的命運，作為一個文人的馬博良所提出的方法就是尋找真正的文學。開始時，他認為我們可以用它"唱一些小歌"、"講一些故事"，讓文學給混亂的時代提供"一片小小的淨土"。繼之，在文學成為"千萬人的嚮往"和"理想的出發點"以後，新的烏托邦世界就會來到。

看得出來，馬博良的思想與他主編《文潮》的時候有一脈相承的地方。他回憶："那幾十年，從我誕生前到成長時期，天下不停變亂，幾次翻天覆地，在 1944 年創辦主編當時罕見的純文學雜誌《文潮》的創刊辭中，我說明'這世界，已經呈現出空前的混亂動盪和不安'，理想和現實相繼崩潰毀滅，茫然遠處回顧與前瞻之間，焚琴的浪子擔承了'注定為悲劇的鬥爭'，以行動、立論、創詩，力闢荊途。"[6] 有變化的，大概就是對待現代主義的態度。馬博良一直對現代主義有興趣，但他自述，早年還有一些左翼的追求，"當時也有一些左翼朋友，他們在當時也辦一些地下詩刊，我也有份參與。我在最近的一個講演中，曾提到當時已經接觸過現代主義，但當時我覺得自己應像俄國的馬雅剋夫斯基一樣，要走到時代的最前線，叫口號。所以我不要選擇現代主義，但當時我已對現代主義很有興趣了"。1949 年後的政治破滅，把他導向戰後西方現代主義。雖然如此，現代主義卻並不能簡單地概括《文藝新潮》，發刊詞開頭所提到的愛倫堡、肖洛霍夫、海明威、毛姆、紀德、廖抗夫和瓦雷里等作家的作品，都非

6　馬博良：《半世紀掠影自序》，載《半世紀掠影 —— 馬博良小說集》〔香港：中華書局 (香港) 有限公司，2013〕。

《文藝新潮》創刊號

《文藝新潮》第 1 卷第 1 期目錄

《文藝新潮》第 1 卷第 3 期目錄

現代主義可以限定。

　　如果從目錄上看，《文藝新潮》是創作和翻譯並重，但如果從篇幅上看，翻譯卻超過了創作。《文藝新潮》在 1 卷 1 期《編輯後記》中提及刊物的"編製"時說："我們預備翻譯和創作並重。"人們一般說"創作與翻譯"，但這裏是"翻譯和創作"，"翻譯"放在"創作"的前面。接着，馬朗似乎已經把創作忘記了，只談起了翻譯：

翻譯方面，決定有系統地介紹一點世界各國的現代文學，讓大家看到現階段國際水準上的新作品。可能的話，我們計劃專闢一些特輯和專號，譬如，第四期暫定是法國文學專號，再下去或者是日本小說特輯，或者是介紹一位作家的特輯。同時還有一項嘗試，每期擬闢數萬字的地位，一次登完一篇"一本書那麼長的"的特輯，讓作者能給人一氣呵成的印象，而讀者可窺全豹，但負擔的只是一本雜誌的價錢。[7]

　　《文藝新潮》每期只有 80 頁的篇幅，是一本薄薄的刊物，每期要花費巨大篇幅刊登外國小說，再加上專輯、專號等等，刊物在翻譯上的篇幅實在不少。果然，第 1 卷 2 期"編輯後記"中就說有人提出意見，"意見之中，有人認為我們偏重翻譯"。馬朗解釋說："其實優秀的創作還是我們最重視的，這一期就有不同風格的三篇；只是在推動一個新的文藝思潮之時，需要借鏡者甚多，而介紹世界現代文學過去又是比較脫節的工作，至少有十年讀者已被蒙蔽。因此，這道藩籬應該首先拆除"。[8]雖然他認為"優秀的創作"需要重視，但認為要倡導文藝新潮，首先需要翻譯和介紹外國文學作品，中國因為戰爭動亂，已經有十年時間與外國文學

7　"編輯後記"，《文藝新潮》，第 1 期，51 頁。

8　"編輯後記"，《文藝新潮》，第 2 期，21 頁。

思潮隔絕，因此首先了解外國新思潮，才談得上我們自己的創作。

《文藝新潮》對於法國文學特別予以關注，其 1 卷 1 期發刊詞後的第一篇文章就是《法蘭西文學者的思想鬥爭》，署名是翼文。這篇文章對於法國戰後思想背景的介紹，與馬朗在發刊詞中所說的戰後心境十分吻合。《文藝新潮》1 卷 4 期是 "法國文學專號"，在 "編輯後記"《向法蘭西致敬》中，我們看到《文藝新潮》對於法國文學的高度推崇，認為 "事實上，這幾十年來，領導着世界文壇主流的不是英美，更不是蘇聯，而是法蘭西。這才是我們應該依循的方向"。不但如此，編者甚至認為，美國文學 "從海明威到愛倫坡都是在法蘭西文學的熏陶下成長起來的"。

法國存在主義是二次大戰後西方最為流行的文學思潮，是戰後人心絕望的表現，最為合乎馬朗等人的心理。《文藝新潮》第 1 卷 1 期《法蘭西文學者的思想鬥爭》一文專門指出，存在主義就是二次大戰後的對於世界和人性的新解釋：

嘉謬大聲疾呼："……我們所必須居住的世界是一個荒謬的世界，再沒有其他的東西了，連我們可以匿避的地方也沒有。"

在街道上，流行的字成為薩泰的 "存在主義"（Existentialism）。人不過孤獨地 "生存" 在一個上帝已死去的世界裏，沒有一些價值。[9]

馬朗本人對於存在主義有高度興趣，堅持翻譯介紹薩特。早在《文藝新潮》1 卷 2 期，他就刊出了自己所翻譯的薩特小說《伊樂斯特拉土士》，在《文藝新潮》第 1 卷 4 期他又刊出了自己所翻譯的薩特的另一部小說《牆》，在《文藝新潮》第 1 卷 11 期上，他翻譯發表了薩特的論文《論杜斯·帕索斯和〈一九一九〉》。馬朗翻譯的薩特小說《伊樂斯特拉土士》，是最早的中譯本。直

---

9   翼文：《法蘭西文學者的思想鬥爭》，載《文藝新潮》，第 1 卷第 1 期，3-9 頁。

到 1965 年，內地的作家出版社才內部印行鄭永慧譯本，譯名為《艾羅斯特拉特》，這是內地後來固定譯名。

馬朗喜歡薩特，但不喜歡他後期的轉向。我們注意到，馬朗所翻譯的《牆》和《伊樂斯特拉土士》分別出版於 1937 年和 1938 年，都是薩特前期書寫人生荒謬絕望的小說。在翻譯《伊樂斯特拉土士》的說明中，馬朗明確地說明："《伊樂斯特拉土士》是在他未轉向時的早期作品，所用技巧類乎現代畫的點彩派，允稱現代小說的示範作，絕非轉向後的流俗可比。時至今日，薩泰等於已經完了，但是他真正為文學努力的一段還是不可忘懷的豐收。"[10] 曾身為《文藝新潮》一員的盧昭靈對馬朗所說的 "薩泰等於已經完了" 等話耿耿於懷，認為馬朗所說不準確，薩特彼時創作力還十分旺盛，1964 年才獲諾貝爾獎，1981 年才去世。[11] 盧昭靈不清楚，馬朗對於薩特的貶低是從思想上來說，他認為薩特自政治轉向以後，就已經完了。

馬朗雖然多次翻譯薩特的作品，然而他更傾向於卡繆。在《卡繆和〈異客〉簡介》一文中，馬朗高度評價卡繆，認為他 "近數年來一再以其現代人的呼聲，證實他是這苦難時代的良知，一躍而成今日自由世界知識界精神和思想的救主"。馬朗還引用匈牙利作家亞瑟・柯斯特勒的評語："在法國，三位最重要的作家便是馬爾勞、薩特和卡繆。在其中，最偉大的就是卡繆。"在《文藝新潮》第 2 卷 2 期，馬朗刊發了羅謬（楊際光）翻譯的《嘉謬答客問 —— 論政黨及真理》，在文章的附記中，編者介紹了卡繆當年（1954）獲諾貝爾文學獎的情況，並提到卡繆是 "法國存在主義運動領袖薩德的主要支持者，但不久又因為意見不合與薩德

---

10 《文藝新潮》，第 1 卷第 2 期，23 頁。

11 盧昭靈：《五十年代的現代主義運動 ——〈文藝新潮〉的意義和價值》，載《香港文學》，總第 49 期，1989 年第 1 期。

決裂，提出所謂'荒謬'哲學，認為人生是荒謬的，每個人須自行從中探求意義。其思想基本上仍不脫存在主義影響，雖然他本人斷然否認"。[12]《文藝新潮》最後一期（2 卷 15 期），刊登了馬朗和余慶共同翻譯的卡繆的《異客》。《異客》計六萬多字，佔據了全刊大半的篇幅，可見其重要性。在《文藝新潮》這 2 卷 15 期的"編輯後記"上，馬朗說明，"因我們要償還一個心願，將卡繆的《異客》介紹給讀者，結果這篇六萬多字的翻譯工作費了半年的時候"。為此，不惜導致了這一期的拖延。不過，這部小說也給了《文藝新潮》這期終刊號一個有分量的結局，同時表明《文藝新潮》翻譯介紹存在主義的有頭有尾。

卡繆雖然在 1949 年前的中國有過介紹，但沒有任何作品翻譯。直至 1961 年 12 月，作家出版社上海編譯所才出版了孟安根據 1958 年法文版翻譯的卡繆的小說《局外人》，此版本係內部發行，所見很少。馬朗苦心費力半年翻譯的《異客》，是《局外人》的第一個漢譯本。有關於"局外人"這樣一個譯名，馬朗其實有不同看法。馬朗譯本根據的是 Stuart Gilbert 英譯本，他解釋說："查 L'Etranger 一字，日譯本譯為'異鄉人'，是較狹義的闡釋，英譯本有譯為'局外人'（The Outsider），則較意譯；比較貼切的字似應是《異客》。因為卡繆認為現代人被他的本性及環境所判定而流入精神上的放逐，一直在尋覓一個可以令其再生的內在的王國；在未覓到這王國之前，現代人的處境就和'異'鄉作'客'差不多，同時他的行逕也不得不像局外人一樣怪異冷漠。"[13] 顯然，他將這部小說譯為《異客》，而不是《局外人》，有自己的精心思考。

《文藝新潮》還翻譯介紹了薩特的親密戰友西蒙·波伏娃。

12《文藝新潮》，第 2 卷第 2 期，61 頁。

13 馬朗：《卡繆和〈異客〉簡介》，載《文藝新潮》，第 2 卷第 3 期，80 頁。

《文藝新潮》1 卷 7 期刊登了羅謬翻譯的波伏娃的《士紳們 ——愛之插曲》。《士紳們》是波伏娃 1954 年獲法國龔古獎的著名小說，《愛之插曲》是其中的一章。譯者是將波伏娃作為存在主義作家來看待的，在《士紳們·作者簡介》中，譯者說明"西蒙·地·波芙亞與保爾·薩泰同是法國存在主義哲學的創建者"。對於這部小說，譯者也從存在主義的角度進行簡要分析："《士紳們》一書在對戰後法國知識分子複雜混亂生活的深入描寫中，充分發揮了作者的存在主義思想，但也駁斥了存在主義主要是一種樂觀主義哲學的謬說。"[14] 西蒙·波伏娃的作品進入內地更晚。1986 年，她的《第二性》節譯本由湖南文藝出版社出版，此後她以女性主義的身份影響中國。她的小說《士紳們》，直到 1991 年才由許鈞翻譯、漓江出版社出版，譯名為《名士風流》。由此可見，《文藝新潮》對於波伏娃的翻譯介紹是相當領先的。

如果說，《文藝新潮》在思想上傾向於存在主義小說，那麼在詩歌上，他們則傾向於歐美現代詩，這應該與 50 年代初期以來的台港現代詩運動有關。《文藝新潮》翻譯介紹了大量的法英美等國的現代詩，堪稱翻譯史和文學史上值得書寫的一章。

《文藝新潮》1 卷 4 期是"法國文學專號"，共 15 部作品，其中刊載了 9 個法國現代詩人的詩作，佔據專號大部分篇幅，算得上是一個"法國現代詩專輯"。這其中包括：

桑簡流譯：梵樂希《海濱墓園》（長詩）

紀弦譯：《阿保里奈爾詩選》（詩）

葉泥譯：《保爾·福爾詩抄》（詩）

卜量譯：《瑪克司·夏考白散文詩抄》（散文詩）

葉泥譯：《古爾蒙詩選》（詩）

---

14 《文藝新潮》，第 1 卷第 7 期，63 頁。

孟白蘭譯：《茹勒・蘇貝維爾詩抄》（詩）

貝娜苔譯：《艾呂雅詩選》（詩）

巴亮譯：《米修詩文抄》（詩及散文詩）

聞倫譯：賈琪・普雷維爾《塞納路》（詩）

法國現代詩，到此還沒完，《文藝新潮》2 卷 2 期，又有一個
"法國詩一輯"，刊登了 3 個法國現代詩人的詩作：

馬朗譯：安得列・布勒東（兩首）

穆昂譯：羅貝・德思諾斯（兩首）

無邪譯：艾瑪紐艾爾（三首）

法國現代詩之外，還有英美現代詩，《文藝新潮》分別刊登
了兩個馬朗本人翻譯的"英美現代詩特輯"。

1 卷 7 期的是"英美現代詩特輯"（上）

美國部分：

（一）華雷士・史蒂文斯（二）威廉・卡洛士・威廉斯（三）龐特
（四）瑪麗安妮・摩亞（五）艾略脫（六）阿茨波・麥克列許（七）E.E.
康敏士（八）哈特・克侖（九）穆蕾兒・魯吉沙（十）卡爾哈汝洛

1 卷 8 期是"英美現代詩特輯"（下）

英國部分：

（一）葉芝（二）勞倫斯（三）薛惠兒（四）劉易士（五）麥克尼
司（六）奧登（七）史班德（八）喬治・巴克（九）戴蘭・湯瑪斯（十）
大衛・葛思康

　　《文藝新潮》對於歐美現代詩的介紹相當用力。在詩人詩作的選擇上，既有代表性詩人，也有新近崛起的作家。刊物不但對於每一個詩人及其詩作都有簡要介紹分析，並且力圖勾勒出了歐美現代詩的大勢。馬朗談到，"在創立現代詩的大旗方面，大家誰也忘不了法國的阿保里奈爾，然而在推廣現代詩的這幾十年來，英美的現代詩卻佔着後來居上的地位。"在英美詩中，本來是英詩不可一世，美詩下里巴人，但後來美詩後來居上了，"至一九一二年是一個大轉變，艾茨拉·龐特、史坦恩女士、艾略特受法國的影響，領導着美國詩壇投入了現代派的潮流……英詩反被蓋罩，而逐漸追隨於後了"。[15] 至於英詩的內在線索，馬朗疏理得也很清楚，"英國現代詩的起源並沒有美國那樣清楚，象徵派和美國人領導的意象派是一種啟迪，葉芝最早就看到了駕馭時間，應有機械的中產階級驅逐了貴族和農戶，接着艾略脫在英國文壇投下了一顆炸彈，但是直到 1932 年才到臨一個轉折點，具有深澈社會觀和政治概念的'詩壇三英'奧登、史班德和劉易士，抗拒了艾略脫建立的'艱深'，把英國詩推到社會改革這方面的問題上去。這傾向直至第二次世界大戰，才由戴蘭·湯瑪斯和喬治·巴克等倡導了新浪漫派，回到個人世界的象牙塔來"。[16]看得出來，馬朗對於歐美現代詩相當諳熟，經由作品翻譯和介紹，相當清晰地向讀者展現出了歐美現代詩的走勢。

　　中國詩壇對於西方現代的系統譯介，主要開始於 30 年代施蟄存、戴望舒等人。1928 年，由劉吶鷗創辦的《無軌列車》第 1、2 期連載了徐霞村翻譯的瓦雷里（L. Galantiere，徐霞村譯為哇萊荔）的詩。1929 年，由劉吶鷗、施蟄存、戴望舒編輯的《新文藝》第 1 期發表了戴望舒翻譯的"耶麥（Francis Jammes）詩

---

15 《文藝新潮》，第 1 卷第 7 期，47 頁。

16 《文藝新潮》，第 1 卷第 8 期，46 頁。

抄"，施蟄存還翻譯介紹了一本美國人所寫的有關現代詩派的著作《近代法蘭西詩人》，分期發表。1932 年，由施蟄存等人創辦的《現代》，以專輯形式對於西方現代詩開始進行較大規模的翻譯介紹。總體而言，30 年代進入中國的西方現代詩，主要來自於法美英三個國家：一是以果爾蒙、瓦雷里為代表的法國象徵主義詩歌，二是以龐德為代表的美國意象主義詩歌，三是以由美轉英的以艾略特為代表的現代主義詩潮。可惜隨着左翼文學和抗戰的興起，歐美現代詩的引入逐漸衰減，但艾略特和奧登等現代詩人仍在中國受到歡迎，特別是艾略特的《荒原》於 1937 年被趙蘿蕤翻譯出版，成為翻譯史上一件值得書寫的事情。整體來說，中國文壇對於歐美現代詩已經缺乏系統介紹。1949 年以後，歐美現代詩的翻譯引進更是基本終止。在中國詩壇對於歐美現代詩愈來愈陌生的情形下，《文藝新潮》在 50 年代中期重新對於法國、美國和英國三個現代詩系統的進展進行翻譯介紹，無疑重新接續了中國現代詩的傳統，其重要意義不言而喻。需要提及的是，在這種譯介影響下的台港現代詩創作，同樣也填補了中國現代主義創作在 50、60 年代的空白。

《文藝新潮》固然突出法國文學，推崇存在主義，並着力翻譯和介紹現代詩，但同時又大量譯介了其他世界各地文學，它的目標本來就是全面地介紹十年來 "世界各國的現代文學，讓大家看到現階段國際水準上的新作品"。這裏的現代文學既包括二戰後風靡世界的現代主義傑作，也包括其他非現代主義優秀作品。

除了上面提到的存在主義思潮和歐美現代詩之外，《文藝新潮》還翻譯和介紹了不少其他外國現代主義作家作品，其中頗多在中國現代文學史上產生了較大影響的經典作家，如里爾克、洛爾迦、橫光利一和海明威等。後來對中國當代產生了巨大影響的博爾赫斯的作品，也早已在《文藝新潮》上被翻譯過來。

《文藝新潮》第 1 卷第 1 期刊登了林靖翻譯的黎爾克 "詩兩

章"。黎爾克即里爾克，譯者將其稱為"德國近代最偉大的抒情詩人"（里爾克係奧地利人，嚴格說應該是德語詩人），《文藝新潮》所譯的兩首詩歌為《孤獨》和《時間傾瀉着》，正如譯者所說"悲哀和死是他詩中的主題"，這正符合《文藝新潮》的心境。里爾克早在 20 年代就由馮至等人介紹到中國，後來對中國新詩產生了重要影響。不過對於里爾克的譯介到 1949 年便告一段落，《文藝新潮》倡導現代詩，當然不會放過里爾克。《文藝新潮》1 卷 10 期再次刊載方思翻譯的里爾克的詩《西班牙舞女及其他》。譯者方思自 1952 年開始譯里爾克作品，迄今已經五年，他表示：雖然里爾克已有譯本在前，但他仍然精益求精，希望譯得更好，"《西班牙舞女》（Spanisohu Tanzetirs）一詩久已想譯，未果。今年元月六日之夜，居然譯成，且後與其他譯比較，似覺至少拙譯更忠實於原作，不禁為今年試筆之順遂喜"。[17]

《文藝新潮》1 卷 5 期刊登了明明翻譯的卡夫卡的"思想小品"《比喻箴言錄》。卡夫卡是西方現代派鉅子，然而在中國的翻譯卻很晚。直到 1948 年，天津《益世報》9 月 13 日《文學週刊》110 期第 6 版才刊登了由葉汝璉翻譯的卡夫卡日記片段《親密日記》。1966 年，作家出版社內部出版了李文俊、曹庸翻譯的《〈審判〉及其他小說》，其中包括《判決》、《變形記》、《在流放地》、《鄉村醫生》、《致科學院的報告》、《審判》6 部小說，這是我國第一次完整地翻譯卡夫卡小說，不過是內部發行。《比喻箴言錄》來自於卡夫卡的散文集《最親愛的父親》，包括《麵包》、《雙手》、《圈子》、《真偽》等 16 節，應該是卡夫卡散文的較早漢譯。

《文藝新潮》1 卷 5 期還刊登了由馬朗翻譯的西班牙詩人卡西雅·洛迦的《洛迦詩抄》。洛迦即洛爾迦，被馬朗稱為"西班牙現代最偉大的詩人"，30 年代即由戴望舒譯介到中國。1956 年，

---

17 《文藝新潮》，第 1 卷第 10 期，25 頁。

作家出版社內部印行了由施蟄存整理的戴望舒遺稿《洛爾迦詩抄》。這個譯本對於北島等"文革"地下詩人產生了很大的影響。很巧合的是，馬朗在《文藝新潮》上翻譯洛爾迦，正好是大陸出版《洛爾加詩抄》的同年，這對於洛爾迦在海外漢語世界的傳播做出了貢獻。

《文藝新潮》1卷10期以三分之二的巨大篇幅，刊登了由東方儀翻譯的日本橫光利一的長篇小說《寢園》，並且在小說前翻譯了日本古谷綱武的評介《〈寢園〉解說》，又刊登了由譯者東方儀撰寫的介紹文章《橫光利一與橫光文學》。橫光利一的名字為中國現代文學的讀者所熟悉，正如東方儀所介紹的，"他的短篇名作《拿破侖的輪癬》早經周作人等先後介紹過，我國劉吶鷗並曾翻譯過以橫光利一為首的新感覺小說集《色情文學》。""中國的穆時英、劉吶鷗等的小說也是由此而來"。不過，橫光利一的長篇小說卻未曾譯介到中國，這次譯者徵求橫光利一夫人之同意，將《寢園》翻譯成漢語，讓漢語讀者一睹這位"在日本文學史上至今仍然站在最高位置上"的橫光利一的長篇風采。

阿根廷作家博爾赫斯在新時期中國是炙手可熱的作家，多數中國現代主義乃至後現代主義作家都不同程度地受到他的影響。有關於博爾赫斯在中國的翻譯，1979年，《外國文藝》刊登了王央樂翻譯的《交叉小徑的花園》等4篇博爾赫斯小說。1981年4月，《世界文學》雜誌刊登過一則簡訊，提到博爾赫斯（時譯為"波爾茲斯"）。這是Borges之名在中國的最初出現。香港翻譯博爾赫斯作品較內地早了20多年，在1957年8月1日出版的《文藝新潮》1卷12期上，就出現了思果翻譯的博爾赫斯（時譯為"鮑蓋士"）的小說《劍痕》。譯文前有對於博爾赫斯的簡單介紹："J·L·鮑蓋士（Jorge Luis Borges）是阿根廷人，通曉德、法、英、西語言，對古典文學也有研究，是一位著名的現代派詩人、批評家、小說家。十八歲即去西班牙留學三年，曾參加第一次大戰後西班牙之文藝革新運動。一九二一年返阿根廷，成為該國現代文學的倡導者之一，現居阿京貝內艾理斯。"[18]

海明威是中國讀者喜愛的作家，早在海明威剛剛成名的 1929 年，黃嘉謨就翻譯了他的短篇小說《兩個死刑犯》，收錄於上海水沫書店出版的《美國現代短篇選集》中。海明威於 1941 年抗戰期間來過中國，在中國頗受歡迎，以至 1949 年後仍有少量出版。不過受政治氣氛影響，海明威在中國逐漸受到冷落，以至 1961 年海明威開槍自殺，舉世震驚，中國卻沒有多少表示。《文藝新潮》在 1958 年 1 月 10 日 2 卷 2 期上發表了楊際光翻譯的海明威（時譯為 "漢明威"）兩部最新創作的短篇小說，總題為 "黑暗的故事"，包括《找條帶路狗》和《通達的人》。海明威自 1952 年出版名著《老人與海》之後，多年未有新作發表，"黑暗的故事" 兩篇是他發表於 1957 年 10 月《大西洋》的最新作品，也是他在 30 年代以來第一次寫短篇。《文藝新潮》的譯介之及時，令人稱道。

（二）

在《文藝新潮》創刊號上，馬朗發表了一組題為 "獻給中國的戰鬥者" 的組詩，共兩首：一是《焚琴的浪子》，二是《國殤祭》。這兩首詩是寫戰爭的，看起來和當時流行的反共詩歌題材相近。然而，細看的話，會發現其中的微妙差別。

《焚琴的浪子》：
什麼夢甚至理想樹上的花
都變成水流過臉上一去不返。

18《文藝新潮》，第 1 卷第 12 期，42 頁。

《國殤祭》：

一種霸權打倒另一種霸權

你們去這樣消滅了

可是換來了什麼呀。

你們為廣大的人群扛起了死亡的十字架

春天，人們便會快樂了

可是到了春天人們的憂鬱更加深。

宣言和法令全是圈套

騙了你們

斷送了青春和光榮的歲月

你們是為的什麼

永遠回不來了

可以看出來，馬朗的重點並不在於反共，不是以一種政治批判另一種政治，而在於批判政治和戰爭本身對於人的欺騙和毀滅，表現了詩人的困惑和幻滅感。馬朗曾在《文藝新潮·發刊詞》中就描繪過這種感受，"曾經是惶惑的一群，在翻天覆地的大動亂中，摸索過，爭鬥過，吶喊過，同時，也被領導過，被屠幸過，我們曾一再相信找到了完美的樂園，又再一次被欺騙了，心阱和魔道代替了幸福的遠景"。這種心境與《焚琴的浪子》、《國殤祭》是互相呼應的。

在《文藝新潮》第 3 期上，馬朗刊登了台灣現代主義代表詩人紀弦的《詩十章》。紀弦現代詩的出現至關重要，在香港詩壇起到了引領的作用。紀弦在台灣倡導波德萊爾以來的現代詩，追求詩的"知性"和"純粹性"。《詩十章》中的前兩首是新作，寫於 1956 年 1 月，自《火葬》到《十一月的新抒情主義》後八首寫於 1955 年，可以看到紀弦在現代詩的寫作中不斷進步，確如紀弦自己在後記中所說："不斷地追求，探險和試驗，而始終保持個性，這就是我所企圖的了。"

紀弦的《詩十章》之後，馬朗發表了自己新近寫作的《一九五〇年車過湖南（外五首）》，表明了香港詩歌的新姿態。他這 6 首詩，已經告別了《焚琴的浪子》、《國殤祭》的政治感歎和抒情，而是在奇特的意象中冷靜地寄寓了自己的思考。

《空虛》：
簾幕慵倦低垂
如兵敗時捲着的旗幟

人去後
樓台外寂寥而蒼鬱的天
伸到空中去的一雙雙手
一支支無線電桿
要抓住逝去的什麼

鴉雀無聲
去滯留在一個定點
風停了

一片記憶裏的空白
映現在對面的牆上

這 6 首詩，水平不一，《空虛》是比較的好一首。整體來說，這些詩已經遠離抒情詩，不過有些詩還僅僅停留在意像詩階段。

緊接着《一九五〇年車過湖南（外五首）》，《文藝新潮》發表了葉冬翻譯的艾略特的名詩《空洞的人》。葉冬是崑南的筆名，這首詩的翻譯是崑南第一次登上《文藝新潮》。至《文藝新潮》第 5 期，崑南發表了一首 400 行長詩《買夢的人》，讓人耳目一新。

崑南開始時也是以"力匡體"起步的，他在回顧自己寫作生涯的時候，首先追溯到力匡的影響："他以'力匡'筆名，在《星島晚報》副刊發表過不少'短髮圓臉'的白話詩，瘋魔了不少男女學生。"[19] 崑南那個時候也很崇拜力匡，慕名排隊請他簽名，並希望能夠登門拜訪。崑南早期的詩有不少模仿力匡的痕跡，甚至於有些句子都很相似。從 1955 年《詩朵》開始，崑南走向反叛。不過，真正點燒崑南反叛熱情的，是《文藝新潮》。[20] 崑南被《文藝新潮》的發刊詞所感召，翻譯了艾略特《空洞的人》投稿，馬朗給了他很多意見，兩人從此結識。受艾略特和無名氏的影響，崑南在《文藝新潮》上徹底展開了自己汪洋恣肆的詩歌空間。《買夢的人》表現的是自己成長經歷中的夢魘和焦慮，意識流式的非邏輯片斷，已經完全不同於從前的抒情風格，而一連喊出 6 個"空洞"也足見艾略特的影響。

到了《文藝新潮》第 7 期，崑南連續發表了長詩《布爾喬亞之歌》和《窮巷裏的呼聲》。如果說，《布爾喬亞之歌》引用艾略特的話"這個時代，沒有悲劇，只有毀滅⋯⋯"作為小引，繼續《買夢的人》中的個人青春焦慮，那麼《窮巷裏的呼聲》則已經

19　崑南：《文之不可絕於天地間者 —— 我的回顧》，載《中國學生周報》，第 679 期，1965 年 7 月 23 日。

20　崑南高度評價《文藝新潮》的歷史地位，認為它"是香港文壇的一座永遠矗立不倒的里程碑"，"這十五本冊子，對於近十年來中國文化影響之巨大，是難以臆斷的。至少，台港的各新銳詩人們都承認曾受《文藝新潮》的感召"。崑南：《文之不可絕於天地間者 —— 我的回顧》，載《中國學生周報》，第 679 期，1965 年 7 月 23 日。

更具社會維度，頗具深度地從個人角度表現了香港歷史文化的錯綜。詩人感覺"現代的人不是'原人'，更不是完人"。尤其在1956年10月10日"九龍暴動"事件後，崑南真正感覺到自己是一個香港人，是"一個在殖民地生長的中國青年呵"。香港人，意味着很多的分裂和錯亂：

為什麼我們要有兩個祖國？

為什麼我們在異族的統治下才肯馴服地過活？

為什麼單為了死板的主義，我們要左手劈右手？

為什麼我們不團結一起，反分別依賴別國的力量？

為什麼硬把錦繡河山、民間的藝術塗上政治的色彩，作獨裁者的偏見、野心的幌子？

為什麼拿人民的骨和肉做橋基，或者埋於異國的戰地？

為什麼七年來老着一套什麼"救國高於一切"，而事實關着門打盹？

這些句子具體化了艾略特所說的人的悲劇。詩人說："我想在這島上的百萬人都不時這樣問自己。一個分不出和找不到真正祖國的民族，是萬分沉痛的！"問題是沒有答案，明天依然如此，"天亮了便有路走了？然而，光幾時才出現？而路又要血才能開闢嗎"？《文藝新潮》第13期，崑南再次發表長詩《悲愴交響曲——一九三三年發生在柏林深夜的故事》，以長詩形式寫政治和歷史。上述詩歌看起來有點像政治抒情詩，其實不然，崑南在詩中表現的並非政治呼籲，而是個人迷惘及歷史錯綜，在形式上也是非邏輯意識流化的，有超現實主義的傾向。

如此，崑南便成了《文藝新潮》的主要現代詩人，是馬朗現代主義實踐最有力的支持者。至第10期，崑南和馬朗兩個人的詩作就排到了一起。馬朗發表的是《憶江南二題》，崑南發表的是《思懷四章》。馬朗的《憶江南二題》和崑南的《思懷四章》都是回憶性短詩,讓我們能夠清楚地看到兩人之間的風格差異。相對來說,馬朗的意象性和抒情味更重,而崑南的現代感更強。

從詩歌上看,馬朗、紀弦、崑南是《文藝新潮》的三個最為關鍵的人物,其他重要作者都分別是追隨這三個人物的。

首先要提到的,是以貝娜苔為筆名寫詩的楊際光。楊際光早在 40 年代,就和劉以鬯一起辦懷正出版社,來港後和李維陵合作詩畫,在劉以鬯主編的"淺水灣副刊"發表。楊際光對於馬朗所寫的《文藝新潮》發刊詞很有同感,"跟馬朗一樣,我們也屬於'失落'的一群。因此,同在《文藝新潮》旗下,尋找脫出頹廢死亡的道路"。[21] 楊際光在《文藝新潮》刊登最多的是翻譯,他分別以楊際光、羅繆、貝娜苔不同的筆名翻譯了大量的外國詩歌、小說和論文,其中包括:(希臘)喬治・沙伐利斯的《舟子頌》(譯詩)、(法國)紀德的《德秀斯》(中篇小說)、(德國)湯馬斯・曼的《藝術家與社會》(論文)、(印度)山莎・拉瑪・羅的《給青年作家的一封信》(論文)、(法國)西蒙・地・波芙亞的《士紳們 —— 愛之插曲》(小說)、(丹麥)J.顏生的《孤兒》(小說)、(西班牙)希門涅斯的《睡與歸》(詩)、(瑞典)彼德・威士的《文件之一》(小說)、(法國)嘉謬的《論政黨及真理》(論談)和(美國)漢明威《黑暗的故事》(短篇小說)。在《文藝新潮》譯介外國文學思潮的過程中,楊際光發揮了舉足輕重的作用。"匈牙利事件"爆發後,楊際光還採訪了匈牙利詩人保羅・伊格諾托斯,並採寫了一篇《匈牙利革命詩人會見記》,發表於《文藝新潮》2 卷 1 期。

說到詩歌,楊際光也是香港早期現代詩的開拓者之一,崑南曾回憶:"還是學生的年代,在《星島晚報》每晚一篇力匡的

21　楊際光:《香港憶舊:靈魂的工程師》,載《香港文學》,第 167 期,1998 年。

十四行，他筆下的短髮圓臉的小姑娘，催眠着我們一群中學生，可是當接觸到貝娜苔的作品之後，力匡的魔力便很快消失了，至少對我個人如此。"[22] 馬朗在第 2 期《文藝新潮》上居然把貝娜苔的小詩《水邊・靜室》放在大名鼎鼎的徐訏之前，可見貝娜苔是馬朗的知音。能看得出來，貝娜苔這兩首小詩《水邊》和《靜室》，在風格上已經完全不同於徐訏、夏侯無忌等詩人。《水邊》的最後第三段是："水面映出怪形的臉，/ 唇上綴起兩瓣嬌艷的花，/ 微波仍將花影載去，/ 送入沒有定處的墓穴。"格調之低沉、想像之豐富，很有 30、40 年代中國現代詩的味道。楊際光自言追求的是詩歌的"純境"，他被李維陵稱為"邁向到時代的前面去了"、"挽救了詩"[23] 的詩人。然而，後來他只在《文藝新潮》上發表過《少年軌跡》6 首（第 6 期）等幾首詩，整體上數量不多，他把主要精力放在了翻譯介紹上。

如果說，楊際光是屬於馬朗集團的，那麼《文藝新潮》還有另外一個更大的集團，那就是崑南集團。跟崑南辦《詩朵》的幾個詩人，後來都被《文藝新潮》吸引過來了。在《文藝新潮》上，崑南主要發表詩歌，兼及小說；盧因主要發表小說，兼及詩歌；王無邪和蔡炎培主要發表詩歌；葉維廉去了台大唸書，成為台灣現代派重要詩人，不過他也在《文藝新潮》發表詩作。

在羅便臣王府聚會時，蔡炎培喊出："崑南，你的理想很了不起。我願意為《詩朵》流最後一滴血！"[24] 可見他對於詩歌的熱情。蔡炎培以"杜紅"之名，在《文藝新潮》上發表了《癡雲和

22 崑南：《挽救了詩的詩人 —— 讀楊際光的〈雨天集〉》，載《香港文學》，第 206 期，2002 年 2 月。

23 楊際光：《李維陵描繪的香港面貌》，載《香港文學》，第 162 期，1998 年 6 月。

24 盧因：《從〈詩朵〉看〈新思潮〉—— 五、六十年代香港文學的一鱗半爪》，載《香港文學》，第 13 期，1986 年。

小憩》、《安魂曲外一章》等詩。蔡炎培一開始喜歡何其芳，後來追隨梁文星（吳興華）。從上述詩歌來看，蔡炎培的詩較受古典詩歌影響，內容感傷，形式唯美，詩行也大多整齊。無怪乎他不太同意現代詩有關於“知性”、“感性”的區分，而認同他的詩歌是“感人的”這一說法。[25]

王無邪是一個詩人，也是一個畫家，後來畫名超過文名。上面提到楊際光與李維陵配畫，王無邪則在報刊上與崑南配畫，這也算是香港詩歌的一個特色。據王無邪本人自述，他最初加入《詩朵》時，主要是浪漫主義和唯美主義一路，“徘徊在十九世紀浪漫主義和後來西蒙茲（J.A. Symonds）、斯溫伯恩（A.A. Swinburne）和羅塞蒂（D.G. Rassetti）的作品之中”。《文藝新潮》出現後，他才開始轉變，“《文藝新潮》創刊，我們就開始由浪漫主義轉向現代主義”。[26] 這種轉變和翻譯有關，王無邪在《文藝新潮》上翻譯發表了不少現代詩，作者包括艾略特和奧登等。他在《文藝新潮》發表了最有名的詩歌，是組詩《一九五七年春·香港》（第 13 期）。這組詩分為十節，分別從不同方面書寫了自己對於香港歷史和現實的思考和感受，與崑南的長詩可以互相呼應。

葉維廉與崑南、王無邪並稱香港現代詩壇“三劍客”。1955年去台大留學後，葉維廉又參與了台灣詩壇活動。在台期間，葉維廉仍然關注香港文壇，他在《文藝新潮》第 11 期刊登的長詩《我們只期待月落的時分》，被馬朗所激賞。馬朗不知道葉維廉是香港詩人，居然將之視為“投稿中有才能的新發現”。在“編輯後記”中，他認為葉維廉的長詩“深邃嚴緊，可以直追奧登”，評價不可謂不高。到了《新思潮》，葉維廉已經成為主要撰稿人。

---

25 羈魂：《專訪蔡炎培》，載《詩風》，第 81 期，1979 年 2 月 1 日。

26 王無邪：《在畫家中我覺得自己是個文人 —— 王無邪訪談錄》，載《香港文學》，第 311 期，2010 年 11 月。

（三）

　　香港現代主義運動起源於 1955 年崑南等人編輯的《詩朵》，不過《詩朵》只是詩刊，小說的變化是從《文藝新潮》開始的。

　　《文藝新潮》一開始重點推出翻譯，在詩歌上馬朗祭出自己寫於 1949 年前後的《獻給中國的戰鬥者》，開創了詩歌新潮，在小說上則準備不足。《文藝新潮》第 1 期發表了兩篇小說，分別是徐訏的《心病》和萬方的《勇士》；第 2 期發表了三篇小說，分別是平可的《秘密》、齊桓的《擺渡》和唐舟的《女體》。小說作者雖然都算是當時的名家，但如果就《小說新潮》的現代主義追求來說，這起點顯然不高。

　　齊桓是 50 年代初的反共小說家，其作品《擺渡》也不例外。《擺渡》寫一位年輕的共產黨幹部在擺渡上飛揚跋扈，最終咎由自取，被老伯遺棄在激流裏。徐訏的《心病》、萬方的《勇士》和平可的《秘密》都是愛情婚姻題材的，風格寫實，有傳奇色彩，稱之為通俗小說也不為過。唐舟的《女體》是唯一一篇具有實驗色彩的小說。小說寫一位渴望女人的軍人，在野外的一間小屋裏發現一個安眠的裸女，他的內心被這個女體的美所強烈震撼，從而愛上了這個聖潔少女，渴望吻她，渴望她被時光喚醒，然而最後他發現這是一具屍體。小說對於男性性心理的呈現，有點像穆時英的《白金的女體塑像》。

　　《文藝新潮》第 5 期篇首，赫然出現了李維陵的《魔道》，這篇小說和崑南的四百行長詩《買夢的人》同時出現，奠定了《文藝新潮》的現代主義氣象。李維陵是香港的一位優秀畫家，馬朗在編輯後記中說："《魔道》證明他同時也是非常優秀的小說家。"李維陵走出了徐訏、齊桓、平可等小說的路數，初步建立了香港現代主義小說的獨特品格。《魔道》出現於香港文壇，顯得面目奇特。小說的主人公上過大學，參加過在國外訓練的抗戰部隊，當過執行清算的公安幹部，後流落香港。他知識非常廣博，尤其熱衷罪惡意識，熱愛波德萊爾、王爾德和妥思托耶夫斯基的令人心悸的意象。他能寫現代詩，"那的確是現代詩的傑作，純粹的美和純粹的感覺，風格上幾乎比起艾略特或奧登也無所遜色"。他懷疑社會正常的價值觀，行為異於常人。他強姦了供養他的老婦人，並毆打老婦人的丈夫。不過在老婦人憤而保護她的丈夫時，他卻受到了強烈震動，明白了自我犧牲的意義，也明白了新道德的必要性。小說並沒有批判何種政治，也非寫犯罪因果，而是旨在探討人的存在的問題，探討人性深處的美惡錯綜及其與社會規範的關係，存在主義的味道十足。

李維凌厚積薄發，接下來在《文藝新潮》上又發表了一系列小說。《疑犯》（第 11 期）寫香港攤主卓記素來受老婆的欺負，最後實在受不了了，出走香港，因為沒有證件，所以被香港警方扣留了。卓記的老婆以為他自殺了，後悔不迭，為他辦喪事。沒想到卓記卻回來了，他的老婆完全忘了她的後悔，破口大罵，生活又開始了循環。小說在敘事上頗具功力，看起來很寫實，細節細微準確，引人入勝，然而讀着讀着就讓人有荒謬之感。

《荊棘》（第 14 期）的寫法又有所不同，這是一篇較為文壇推崇的小說。小說寫一對父子，父親是一個有天賦的詩人哲學家，整天為人類命運憂心忡忡，思考一些形而上的問題，然而卻丟了大學教職，連自己都養不活，還得讓兒子在工廠辛苦掙錢供養自己。他的兒子正相反，完全從實利的角度看待問題，認為他父親就是廢物，野心大而不切實際。父親後來雖然獲得外界承認，然而於他的生活並無幫助，他終於窮困潦倒而死。與《魔道》有點相似，小說仍在探討人性的偏執。有評論認為，小說旨在批判庸眾對於天才的扼殺，這種理解有點簡單，小說中的兒子其實是一個很有責任心的人，他不但供養父親，並且歸還了"我"替他父親負擔的出書經費。他只是看不慣父親的瘋瘋癲癲，百無一用。小說事實上是將父親和兒子並舉，探討在實利與精神兩端的人性。

《火焰》（第 9 期）則完全是一部意識流小說。小說開始寫敘述者在電影院門口等他的女友，一直到小說結束仍然沒有等到，而小說已經在敘述者有關於他和女友的種種思緒中完成了。在政治小說為主流的 50 年代香港文壇，這種意識流小說嘗試是較為少見的。

值得注意的是，李維陵不但是現代小說的嘗試者，還是理論倡導者。馬朗在《文藝新潮‧發刊詞》上並沒有正式闡述現代主義，只是在"編輯後記"約略提到要為現代主義而"奮鬥"。李維陵填補了這一缺憾，他在《文藝新潮》上公開發表了《現代人‧現代生活‧現代文藝》（第 7 期）等文章，系統地論述了現代主義。在《現代人‧現代生活‧現代文藝》一文中，李維陵談到，現代主義是在反對 19 世紀自然主義與寫實主義的過程中發展起來的，其特徵是"委棄了傳統的文學藝術形式，獻身致力於一個感覺世界的探索"，它背後的哲學支持，是弗洛伊德、柏格森等各種自我主義思潮。在李維陵看來，現代主義思潮在 20 世紀頭 20 年迅速蔓延，已經取得了完全的成功，"喬埃司和高克多的小說安排在塞萬提斯和費爾丁的書架上，艾略特和梵樂希的詩在書店櫥窗裏和歌德及雪萊同樣可吸引愛詩的讀者"。不過，他認為現代主義現在已經進入了消沉階段，它不能再滿足於像過去那樣借助於形式技巧去表現感覺，而是深入地去探討人存在的意義，"文學藝術不只如實地表現作家與藝術家的自我感覺，也不只如實地表現他們和外界的關係，它的現代任務是：怎樣鼓勵人在維繫與變動劇烈的現代生活中找求他自己和其他人存在的意義"。看得出來，李維陵是站在 50 年代香港左右派政治衝突的背景下論述現代主義的，並且他的觀察深受薩特等法國存在主義的影響。李維陵的這篇文章，堪稱《文藝新潮》的現代主義理論宣言。

大概是忙於翻譯和詩歌創作，馬朗的小說直至《文藝新潮》

第 7 期才出現，不過他一出手就不同凡響。他以不同筆名同時發表了兩篇小說，一是署名"馬朗"的《太陽下的街》，另一篇是署名"趙覽星"的《秋天乘馬車》。這兩篇小說在敘事上與當時寫實小說、反共小說乃至於通俗小說比較起來都完全不同，與李維陵的小說相比也不太一樣。如果說李維陵的小說有存在主義的味道，那麼馬朗的小說追求的則是心理分析和意識流。

《太陽下的街》寫的是剛剛在香港九龍發生的"雙十暴動"。1956 年 10 月 10 日"雙十節"，因"中華民國"國旗被移除，九龍發生暴動，釀成多人傷亡。小說並沒有描述這起暴力事件過程，更沒有對這一政治事件表明立場，而只是寫捲入這一暴力事件中的人物的心理活動。"他"對於這一事件完全不明所以，只是在街上目睹打砸的人流，就被捲進去了。他喊了一聲，讓大家去拆旁邊的竹籬，大家像發現寶藏一樣，都拿起了竹竿當武器。這句話改變了他的身份，讓他儼然成為了領袖，他就更起勁了。不過，他所想的都是自己過去在戀愛中的屈辱經歷，現在終於找到了情緒的發洩口。他彷彿成了英雄，可以傲視以前那些看不起他的人。然而，在警察來了之後，眾人都退去了，他莫名其妙地成了領頭者，這時候他才感覺到後悔和空虛。在這裏，我們完全沒有看到作為政治事件的"雙十暴動"的前因後果，但從小說所聚焦的人物內心活動中，我們卻看到了參加者的盲目心理，看到了我們稱之為"暴動"或"革命"人群到底是怎麼回事？較之於無論"左"還是"右"的政治敘事，這篇小說顯得與眾不同。

如果說，《太陽下的街》還有一個暴動故事作為背景，那麼《秋天乘馬車》則連故事都沒有，只是寫"他"在秋天的時候乘馬車回鄉探望戀人的心境。"他"最終並沒有去尋找這個"戀人"，而是悄悄回頭了，連馬車伕都不明所以。小說自始至終都是"他"的心緒流動，文字優美古典，"秋草獨尋人去後，寒林空照日斜時，已是宿鳥歸飛急的時分了，再說些什麼呢？他低頭走了出來，不敢回首作最後一瞥，在馬車旁邊，他沉吟的自言自語，問這莊子裏人都哪裏去了"？從文體上看，這篇小說風格接近於散文。

在《文藝新潮》第9期上，馬朗接着發表了另一篇短篇小說《雪落在中國的原野上》。小說寫一個軍官營長，因不滿軍閥混戰，決定劫持軍火，支持北伐軍，不過在最後時刻被手下出賣，被槍殺於荒野之外。小說並沒有刻意展現故事的戲劇性，而是以營長的所思所想結構全文，引出背景和故事。作者自述以"意識流手法"[27]寫了這篇小說，其實這篇小說反而較為寫實。馬朗在《文藝新潮》發表的小說不多，他最後在第12期上發表的《秋火》，與《秋天乘馬車》風格接近，這一次，他將其乾脆標記為"散文"了，不過多年後他仍然將其編進了小說集。

馬朗的小說形態，與他對於現代主義的理解有關。他將現代主義小說概括為"失去焦點的小說"，也就是"心理分析小說"，"因為心理分析小說以意識活動為主，而人類意識活動是零碎的斷片之連續，沒有目的和邏輯，也沒有程序，等於十分隨意不定的潮流，表現出來，恰似沒有對準焦點的攝影，沒有一定的中心，表面上好像不清晰"。誰是"失去焦點的小說"的代表人物呢？有人認為是紀德，有人認為是卡夫卡或伍爾芙，馬朗認為喬伊思更具代表性。他很佩服喬伊思和普魯斯特的"非自動回憶"手法，"普魯斯特處置時間和記憶的概念，非常有名，那是一種名為'非自動回憶'的手法，凡事都由一些意外的感覺或去回溯到舊的一幕，甚至想得比當時發生的更鮮明，整個《往事追憶錄》實在就是這樣一本回憶的大書，記載着不斷在主人公心目中循環重現的事物，完全沒有時間次序，也就是意識活動的零碎斷片連

27　馬博良：《半世紀掠影自序》，載《半世紀掠影——馬博良小說集》。

續"。[28] 看得出來，馬朗的小說明顯在實踐這種"非自動回憶"的手法，試圖以主人公的非線性、非邏輯的意識為主線，只不過程度不一。《雪落在中國的原野上》過實，《秋在乘馬車》與《秋火》則過虛。《太陽下的街》則較為恰切，它已經成為香港"心理分析小說"的名篇。

崑南在發表長詩的同時，也嘗試寫小說。在《文藝新潮》上，他發表了《夜之夜》（第 8 期）、《海岸線上》（第 12 期）等小說。他寫小說不拘常規，不願意遵照線性邏輯敘述故事，而是喜歡運用長短句和斷片式場面。《海岸線上》寫一個海盜情仇的故事，很像蒙太奇電影。《夜之夜》則是蒙太奇加上意識流，寫男主人公文生在兩個女人之間的掙扎。不過，他在敘述上常常是場面轉化過快，語言突兀，讓讀者覺得線索不清。崑南小說的引人注目，是幾年之後的《地的門》。

另一個比較活躍的小說家是盧因。他是《文藝新潮》的主要小說家之一，在《文藝新潮》上發表了《餘溫》（第 8 期）、《父親》（第 9 期）、《瘋婆》（第 10 期）和《私生子》（第 12 期）等為數不少的小說。盧因的小說雖然嘗試不同的形式，但相對來說還是較為寫實。《餘溫》採用心理分析的形式，寫一個朋友內心善與惡的糾結。《瘋婆》採用對話體的形式，寫一個瘋婆的悲慘命運。最終，他以完全寫實的小說《私生子》獲得"文藝新潮小說獎金短篇小說入選作品"第二名。

《文藝新潮》所舉辦的小說獎，頒佈於第 12 期，前三名分別為高陽的《獵》、盧因的《私生子》和波臣的《風》，全部是寫實小說，可見當時香港的小說風氣，也說明《文藝新潮》現代小說探索的難能可貴。

---

28 馬博良：《失去焦點的現代小說》，載《半世紀掠影 —— 馬博良小說集》，236 頁。

最後要提到的，是小說家劉以鬯。劉以鬯直到最後才登上《文藝新潮》，他先是在《文藝新潮》第 14 期上發表了《四短篇》，時間已經到了 1958 年 1 月。劉以鬯的《四短篇》被置於目錄的首篇，壓過了排在第二的李維陵的力作《荊棘》。不過，這春、夏、秋、冬（《春》、《夏日兜橋》、《秋扇》、《冬天來到了》）四篇，大致上只能說是小品。14 期出版後，《文藝新潮》已經支撐不下去了，直到一年半以後的 1959 年 5 月，《文藝新潮》才出版最後的第 15 期。在這最後一期上，劉以鬯發表了《黑白蝴蝶》。這確乎是一篇意識流之作，寫喪失了行走能力的太太和樓下另一個女人之間的心理對話，小說意識跳躍，文字靈動，預示着劉以鬯意識流小說的能力。果然，兩年後的 1962 年，劉以鬯就開始在《星島晚報》上連載《酒徒》了。劉以鬯的《黑白蝴蝶》，算是給了《文藝新潮》的小說一個精巧的結局。

第三節　《新思潮》、《香港時報‧淺水灣》、《好望角》：現代主義的演進

（一）

15 期以後，《文藝新潮》就停刊了。馬朗解釋說，停刊並非錢的問題，而是因為他要出國。他說，原來想把《文藝新潮》交給崑南，他知道崑南有熱情，不過因為"崑南吊兒郎當的"，所以他把所有文稿都交給了楊際光，結果楊際光什麼也沒做。馬朗後悔："可能我交給崑南後，崑南做出些東西還說不定"。[29]

《文藝新潮》的停刊，讓崑南很受打擊。不過，未能接手《文藝新潮》的崑南，事實上已經在做其他準備。1958 年 12 月 12

29《為什麼是現代主義？——杜家祁、馬朗對談》，載《香港文學》，第 224 期，2003 年 8 月。

《新思潮》1

《新思潮》2

日，崑南組建了"現代文學美術協會"。1959 年 5 月 1 日，他又與王無邪等創辦了《新思潮》雙月刊。《新思潮》的創刊和《文藝新潮》的停刊正好是同一天，銜接十分完美。

因為是"現代文學美術協會"的刊物，《新思潮》除文學外，也具藝術特色。如《新思潮》第 2 期刊登了狄吾《最近的畫展》、韋禹的《中國現代音樂作品演唱會聽後》和《納根論藝術》等文，第 3 期主辦了"第一屆香港國際繪畫沙龍"。除此之外，《新思潮》還關心當代，發表時事政論文章，如《新思潮》第 2 期刊登了《聯合書院風潮紀實》、《社論剪貼 —— 華僑何辜？護僑何解？》和《社論剪貼 ——"和平共存"與"兩個中國"》等。不過，整體而言，與《詩朵》和《文藝新潮》相一致，《新思潮》是以追求現代主義文藝為宗旨的。

《新思潮》在創刊詞中說："我們作為新一代的人，必然感到環境的鞭策，前途的彷徨，思想的空白，傳統與現代的矛盾，新舊兩代的距離與不了解以及家國之愛。我們感到同樣的苦悶，但我們必求衝破這個苦悶，必求所有新一代的人衝破這苦悶。"[30] 這一說法與馬朗辦《文藝新潮》是較為一致的，即旨在打破戰後政治文化破產所帶來的苦悶。崑南的視野較為開闊，他立足於宏觀層面介紹世界新思潮，寫下了《西方文學潮流的最新動向》、《人類文化思想之轉機》等文。在 20 世紀 60 年代到來的時候，崑南是有信心的，他仍然看好存在主義，認為它帶動了戰後西方的文化，"存在主義仍有其積極的意義，至少強調做人的職責，這種'新英雄'的姿態，是相當果敢的。這類的充沛活力在藝術部門上開拓了新的天地，其中尤以繪畫的抽象表現，漸達巔峰。詩歌雖有走向陰性（純抒情）之趨勢，可是戲劇與小說對於人性心理

---

30 崑南：《文之不可絕於天地間者 —— 我的回顧》，載《中國學生周報》，第679 期，1965 年 7 月 23 日。

的刻畫，淋漓盡至，收穫不淺"。[31] 面對這種世界文學主流，日本在模仿之中，而中國目下 "正受着兩個政府之慘痛，文化處於流離的階段，在這一個看來悲觀的局面下，國人應該互勉與不斷努力，完成東西文化的交流"。[32]

《新思潮》很重視翻譯介紹西方現代主義。第 3 期幾乎可以說是一個翻譯專輯，出現了一個 "最新法國詩選錄"，翻譯介紹了尚·盧斯洛、米歇爾·馬諾爾、愛崙·布斯蓋、克勞特·羅依和羅撥·沙巴蒂亞 5 位法國當代詩人的詩作，"雖然不足以概括當代法國的全貌，但亦足窺見法國詩自超現實主義之後的趨向"。編者顯然對於這些詩人相當熟悉，在譯詩之前分別進行了介紹，"尚·盧斯洛（Jean Rousselot，一九一三年生）的 '噢，女人……' 仍滯留於本世紀初的象徵派的作風，米歇爾·馬諾爾（Mlchel Manoll）顯然是英國的狄倫·湯瑪士（Dylan Thomas）的摹仿者，愛崙·布斯蓋（Alain Bosluet）、克勞特·羅依（Clande Roy，一九一五年生）及羅拔·沙巴蒂亞（Robert Sabatier，一九二三年生）三人尚有若許的超現實影子，但其傾向仍很保守"。《新思潮》對於當代法國文學評價很高，認為 "我們不能夠否認法國在近代的西方文學及藝術中擔任重要的角色，並往往居於領導的地位"。這種推崇顯然和《文藝新潮》的態度相一致。此外，《新思潮》這一期還介紹了 1959 年度諾貝爾文學獎得主卡摩西度的兩首詩歌，這是漢語世界對於當年諾貝爾獎的較快反映。在小說上，《新思潮》這一期還介紹了德國作家雷馬克和日本作家三島由紀夫。

31　崑南：《人類文化思想之轉機》，載《新思潮》，第 3 期，1960 年 2 月 1 日。

32　崑南：《西方文學潮流的最新動向》，載《新思潮》，第 2 期，1959 年 12 月 1 日。

《新思潮》刊載的創作反而不多，第 2 期刊登了 4 篇小說。藍布衣的《白姆》和新潮的《表姐》都是短篇小品，介於散文與小說之間。高麗的《愛情的主意》是一篇淺白的無名氏式的傳奇故事。相對來說，盧因的小說《肉之贗品》較有立意和構造。《新思潮》第 3 期只發表了一首詩歌，就是葉維廉的《賦格》。葉維廉在《新思潮》第 2 期發表了《論現階段中國現代詩》一文，討論中國現代詩的前景是 "用現代的方法和表現去發掘和表現中國多方的豐富的特質"。《賦格》就是這樣一篇詩歌實踐。在這首詩中，作者將《詩經》、古文評注以及西洋的意象融為一體，試圖創造出將 "現代性、古代性、本土性及 exoticism" 合而為一的空間。這一期 "編後手記" 認為，這首詩 "確實是一篇不可多得的力作"。

（二）

《新思潮》之外，需要提到的是劉以鬯主編、1960 年 2 月 15 日改版的《香港時報・淺水灣》。香港現代主義在馬朗、崑南之後，由劉以鬯接棒。

1948 年冬天，劉以鬯從上海來到香港。有國民黨背景的《香港時報》請他去做副刊編輯，這個副刊就是 "淺水灣"。劉以鬯曾在抗戰時期編輯過《掃蕩報》和《國民公報》副刊，抗戰後又在上海編《和平日報》副刊，《香港時報》看中的就是他的這個背景。不過，劉以鬯這次編 "淺水灣" 時間並不長，因為他不願意在副刊上刊載舊詩，得罪了老闆，被迫走人。他去了《星島週報》，後來又去新加坡的《益世報》。1957 年，劉以鬯重回香港，《香港時報》再次請劉以鬯加盟。

《香港時報・淺水灣》並不是一個純粹的文學副刊，它兩邊的固定專欄，一邊是《香港時報》老總李秋生以 "且文" 的筆名寫的 "天竺零簡" 專欄，另一邊是張列宿的政論專欄，反共意識相當突出。劉以鬯主動約來的一個專欄，是"十三妹漫談"。十三妹當時在《新生晚報》的專欄文字相當流行，引起了劉以鬯注意。十三妹外語好，是一個具有相當西方文化素養的作者，可以按照劉以鬯的要求介紹西學。十三妹在"淺水灣"的專欄上刊載了《關於歐金‧奧尼爾》、《關於存在主義的文藝思潮》、《續談存在主義的反響》、《關於意識流小說》、《意識流小說與我們》、《意識流小說的接受障礙》和《標榜現代思潮，謝絕八股老套》等文。看得出來，十三妹具有現代視野，領域又相當開闊。不過，她畢竟只是一個專欄作者，並非文學專業工作者，難免浮光掠影，徐速當時就曾經委婉地批評過她不夠專業。1961 年 6 月 30 日，十三妹的專欄被停止。她並無特定黨派立場，而是無論左右都敢開罵，這大概得罪了《香港時報》上層。十三妹得知專欄被停，很生氣，寫信怒斥劉以鬯。劉以鬯向十三妹解釋後，她又寫信向劉以鬯道歉，可見其直率性格。十三妹當時名聲很大，在"淺水灣"上所寫的有關於現代主義的文章產生了一定影響，也帶動了其他作者。

《文藝新潮》的作者，馬朗、崑南、王無邪、盧因以至劉以鬯本人，都繼續在"淺水灣"上大量發表文章，延續他們對於現代主義的倡導。馬朗因為去美國，中止了《文藝新潮》，不過他對於劉以鬯辦的"淺水灣"仍然是關注的。馬朗發表的文章，有《失去焦點的現代小說》（1960 年 3 月 30 日）、《洛迦新詩》（1960 年 7 月 28 日），還有介紹米拉堡的詩與歌、野獸派大師等的文章等。劉以鬯本人除了以筆名"太平山人"寫"香港故事"專欄外，也發表了不少介紹西方現代主義的文章。他介紹了海明威去世的消息，介紹了 1958 年諾貝爾文學獎獲得者帕斯捷爾納克。除此之外，劉以鬯還在 1962 年 10 月 18 日至 1963 年 3 月 20 日《星島晚報》上連載長篇小說《酒徒》，此書當年（1963）10 月就由香港海濱圖書公司出版，成為了 50、60 年代香港現代主義創作的高峰。

在《香港時報‧淺水灣》上，崑南是較多寫稿的一個。據崑南回憶，劉以鬯主動向他們這一夥倡導現代主義的年輕人約稿，並且還有意識地組織專輯。崑南寫稿的量很大，"淺水灣" 創刊不久，他就用不同筆名發表了為數可觀的文章，如《從去年奧亨利小說獎說起》、《抽象藝術的意義》、《泛論尼采存在主義哲學》、《五四談現階段各地的青年運動》、《美國詩壇的實況：兼論中國新詩的難懂問題》和《端午節談中國新詩三大問題：新詩是洋化的產物？》等，涉及範圍很廣，既有對於西方思潮的譯介，也有對於中國新詩的評論。此外，崑南還與王無邪合作詩畫，發表了一系列作品。崑南的創作也在這個時期達到了高峰，1961 年他創作出版了長篇小說《地的門》，由香港美術協會出版，這是劉以鬯《酒徒》之外的香港現代主義小說的另一實績。

沒想到，劉以鬯因為發表了崑南等人的文章而受到了上層的批評。報紙的老總和副老總都不喜歡文學，認為崑南、盧因和王無邪等人的稿子全是 "衰稿"，是其他報紙 "青年園地"、"學生園地" 都不給稿費的學生稿，認為劉以鬯根本找不到好稿，拿這些青年人的稿子來濫竽充數。劉以鬯並不退讓，他說："我是認稿不認人的。我不管作者年紀有多大，他在‘青年園地’還是‘學生園地’寫稿，只要他們的文章好我就會刊登"。劉以鬯後來解釋自己的辦刊思路："當時我想介紹現代主義文學，他們就為我撰寫有關現代主義文學的文章。換句話說，這些作者的文章可以幫助我實踐編輯方針。" [33]

雖然報紙副刊篇幅有限，劉以鬯也沒有放棄刊登長篇作品。"淺水灣" 刊登了兩個長篇連載：一是連載了學工翻譯的海明威的小說《危險的夏天》，時間是 1960 年 10 月 4 日至 12 月 18 日，

---

33 劉以鬯：《訪問劉以鬯先生》，載《文學世紀》，第 4 卷第 1 期，總第 34 期。

分 74 次登完;二是連載了矜式翻譯的意大利存在主義小說家莫拉維亞的《兩婦人》,時間是 1960 年 12 月 20 日至 1961 年 2 月 14 日,分 49 次登完。《危險的夏天》係海明威生前最後一部未完成的作品,它於 1960 年 9 月分三期刊登在美國《生活》雜誌上,"淺水灣"10 月就譯成了中文,相當及時。這本書的內地中文譯本,直至 1999 年才由主萬翻譯出版。

(三)

劉以鬯主編的"淺水灣"文學副刊,只維持了一年零四個月,至 1962 年 6 月 30 日停止。年輕氣盛的李英豪動員崑南重振"現代文學美術協會",新辦刊物。崑南已經對香港的文化風氣痛心疾首,加之又有家庭需要負擔,對李英豪大潑冷水,但架不住李英豪苦苦相勸,終於點頭。在從台灣回來的金炳興和香港著名畫家呂壽琨的幫助下,香港現代文學美術協會東山再起。李英豪出任協會會長和國際繪畫沙龍的主席,並於 1963 年 3 月出版了半月刊《好望角》,香港現代主義終於由李英豪再續最後一柱香火。

《好望角》的創刊詞由崑南撰寫。較之從前,他已經沒有那麼高調,《夢與證物 —— 代創刊詞》中說:"從籌備到付印一份刊物,我們彷彿經歷着熟悉卻殊異的夢境,其中重複的苦痛與工作,確實標誌了特別的解說或意義。""處於現代社會中,人們似乎漸漸感到文學藝術陌生起來,或者他們認為所謂文學藝術已被科學朝代所淘汰,發覺不接觸什麼'存在'、'意識流'、'抽象'等等,一樣舒適地、快樂地生活着;寧願服膺那種群眾文化的潮流(MASS CULTURE),因此,朋友們忠告我們不要冒險,說'一點火花在無限黑暗中算得什麼呢?'"看起來,崑南對於在商業文化主導的香港倡導現代主義已經沒有多少信心。《好望角》是香港現代文學美術協會的刊物,特點與《新思潮》接近,即不限於文學，有不少藝術方面的內容，如《好望角》第 1 期就推出了介紹金嘉倫的繪畫和薩德肯恩的雕塑的文章，還有王無邪討論 "二十世紀中繪畫問題" 和呂壽琨討論藝術風格的文章。《好望角》一如既往地譯介西方現代主義思潮，常常有專輯出現，佔據了相當的篇幅，《好望角》第 2 期有美國詩人 "甘明新（E.E. Cummings）專輯"，第 5 期有美國詩人 "威廉斯（William Carlos Williams）紀念專輯"，第 7 期有意大利莫拉維亞（Alberto Moravia）專輯，第 10 期有法國詩人保爾·艾呂雅詩選。其他非專輯形式的翻譯介紹，當然就更多。

在作品發表上，《好望角》依然不多。在小說上，第 1 期發表了陳映真的小說《哦！蘇珊娜》，第 2 期發表了梓人的小說《長廊短調》，第 4 期發表了崑南的小說《攜風的姑娘》，都是知名作品。台港詩人的作品，也時有發表。李英豪在刊物上以各種不同筆名發表了大量的不同類型的文章，有的時候簡直就是一個人在唱獨角戲，如《好望角》第 10 期，大部分的譯作和文章都由李英豪一人包辦。

較為值得注意的，是李英豪的文學批評。李英豪早在學生時代就已經為《中國學生周報》等刊寫稿，但他的文藝批評是從 1962 年初為 "淺水灣" 寫稿開始的。應該說，李英豪只趕上 "淺水灣" 的最後半年，不過他仍以本名及 "余橫山"、"冰川"、"李吻冰" 和 "李冷" 等筆名發表了不少文章，並且時常連載，如 1962 年 4 月 24 日至 27 日連載了《論超現實主義繪畫（1-4）》、1962 年 5 月 4 日至 8 日連載了《論抽象藝術的創作：欣賞與批評（1-5）》。那時候，李英豪才 21 歲，可見劉以鬯對他的重視。

在自己主辦的《好望角》上，李英豪承接了 "淺水灣" 的勢頭，發表了大量的專業文學評論文章，如《論現代批評》（第 1 期）、《論甘明新》（第 2 期）、《論詩語言之動向》（第 4 期）、《論小說、小說批評》（第 5 期）、《小說技巧芻論》（第 6 期）、《論

商禽的詩 ── 變調的鳥》（第 7 期）、《小說與神話》（上、中、下，第 8 期、第 9 期、第 10 期），差不多每期都有。李英豪發表批評的陣地不止於《好望角》，還有《中國學生周報》、《創世紀》等多種港台報刊。這些不同的批評文章，從不同角度構建起李英豪文學批評的體系。

李英豪文學批評的獨特之處，在於它是一種以當代英美新批評為基礎的文本批評，這在中國現代文學批評史上是較為少見的。李英豪在《批評的視覺・自序》中謙稱這些論文說不上是嚴肅的"批評"，然而"當我們嚮往蘭松（J.C. Ransom，現譯蘭色姆）、屈靈（Lionel Trilling）、亞倫・泰特（Allen Tate）、勃魯克斯（V.W. Brooks）、恩普遜（William Empson）、畢克（Kenneth Burke）、勃拉尼穆爾（R.P. Black Mun）等人建立的批評風氣時，再加上我們只有數數半個劉西渭或瑞恰茲的嫡系弟子李廣田、韓侍衍或錢鍾書，還能束手無視，不試作拋磚引玉之舉嗎？中國當代文學創作之不振，部分該歸咎於欠缺一種真誠的批評推動"。[34] 李英豪在這裏所列出來的名單，多是以耶魯大學為大本營的新批評派的代表人物，這表明他是以 40、50 年代風行西方世界的新批評派為目標的。後面的評論，表明李英豪對於"五四"以來中國文學批評的不滿。李英豪對"五四"以來的主流批評評價不高，卻推崇劉西渭等人。他談到："'五四'的文學批評往往被錯用或濫用。一是多被錯用作攻擊罵人的工具，或作為推動'學究氣'、'黨八股'的'利器'；一是變成千篇一律，句句落空。劉西渭的《咀華集》正強烈地反撥這兩種趨向。"不過，在李英豪看來，時至今日，劉西渭等人的批評也過時了，因為他"未受新批評（如 J.C. Ransom，A. Tate，Y. Winters，Empson，L. Trilling 等人）的啟示"，"未深研瑞恰慈（I.A. Richards）"，所

---

34 李英豪：《批評的視覺》（台灣：文星書店，1966）。

《好望角》

以劉西渭未能在《咀華集》之後，更進一步。[35]

李英豪運用 Allen Tate 有關 "張力" 的概念，來構建自己詩歌批評的理論。李英豪說："一首詩的存在，有賴於詩之張力。詩之張力就是我們在詩中所能找到一切外延力及內涵力的完整有機體。""外延力" 及 "內涵力" 是李英豪對於 Allen Tate 的 extension 和 intension 兩個概念的翻譯，不過有所改造。他對此進行了具體的闡述，認為缺乏張力的詩，僅是散文的演繹，詩質稀薄，而詩人可以運用 "矛盾語法"、"相剋相生的情境"、"示現和轉位法" 等方法，增加詩歌的張力。當然，李英豪對於新批評也並非毫無批評。在《批評的視覺·自序》中，李英豪在談到

---

35 李英豪：《劉西渭與五四以來的文藝批評》，載《中國學生周報》，1954 年 7 月 24 日。

人們評論作品的錯誤方法時，先是按圖索驥地闡述了新批評理論所批評的 intensional fallacy（意圖謬誤）和 affective fallacy（感受謬誤）兩種方法，然後，他又出人意料地批評了"新批評"理論提出的有關於"藝術本體"的解決方法，認為這種有關明晰的 object 的說法，導致了美國詩歌在一個時期內"走入理論的邏輯的路"。李英豪認為這種方法割裂了"自然與作品、人與作品、思想與作品、情與知、直覺與推理等"，他反而認為中國傳統的詩話詩論，多少可以避免這種"分屍認人法"。[36]

我們知道，50 年代初期以來，現代主義思潮在香港得到了廣泛傳播，不過理論論述上仍然不多，台灣也是這樣，李英豪的系列批評因此顯得難能可貴。李英豪的文章集輯《批評的視覺》1966 年由台灣文星書店出版，成為 50 年代台港詩歌批評的力作。其中《論現代詩之張力》一篇，更是成為台港現代詩批評的經典論文，這篇文章分別入選過洛夫、張默、瘂弦主編的《中國現代詩論選》（1969），張漢良、蕭蕭主編的《現代詩導讀》（1979）和瘂弦、簡政珍主編的《創世紀四十年評論選 1954-1994》（1994）等不同年代的選本，產生了較大的影響。

第四節　新的歷史面向

從《詩朵》、《文藝新潮》、《新思潮》、《香港時報‧淺水灣》乃至《好望角》，香港的現代主義譯介和實踐差不多前後延續了十年，綿延不絕，展現了諸多新的歷史面向。

就縱向而言，50、60 年代香港現代主義思潮銜接了 1949 年前中國現代文學的現代主義純文學傳統。大體而言，中國現代主義起始於 20 年代李金髮之後，高峰在 30 年代，延續至 40 年

36　李英豪：《批評的視覺》，1-5 頁。

代，在 1949 年後停滯。

在 1955 年《詩朵》第 1 期中，崑南在《免徐速的詩籍》一文批駁徐速認為現代詩不成功的時候，就引用了九葉詩人辛笛的詩《再見，藍馬店》和波德萊爾的詩《無名的城市》，認為辛笛"他的文字不是艱深，但情感的旋律方面很成功。這是一首自由體，沒有押韻，我們可看出離別和送別的淒涼情緒"。他認為辛笛和波德萊爾成功的奧秘都在於"神秘的旋律"，這種"新文藝乃是'使感覺'的文學，欲傳達近代人特有的深刻的情愁悲哀中所潛有的隱微，除了用神秘、象徵的方法，導讀者於空靈縹緲之境，使其陶醉戰怵的剎那間，即刻影響於讀者底胸坎裏，是沒有別的方法的"。將辛笛與波德萊爾相提並論，可見崑南對於辛笛評價之高，也說明崑南在開拓香港 50 年代新詩的時候是引辛笛為前輩的。

至於《文藝新潮》的作者馬朗、葉靈鳳、曹聚仁和劉以鬯等人，原就是中國現代文人。曹聚仁在《文藝新潮》1 卷 1 期上發表了《虛無主義 —— 灰色馬》一文，將馬朗所說的政治絕望追溯到了魯迅的虛無主義。曹聚仁談到，"魯迅的虛無主義色彩那麼濃厚，正和樂觀的社會革命是不相容的"。馬朗在《文藝新潮》1 卷 2 期翻譯和介紹薩特的《伊樂斯特拉土士》這部小說的時候，認為："這是一部世紀末文明下新的《狂人日記》，法蘭西的《阿Q正傳》"，然後又做了存在主義的上升，認為小說主人公雖然"跡近猥褻"，然而"存在主義的觀點下就是這麼可笑，瘋狂。"[37]將存在主義與魯迅接在一起，這思路與曹聚仁接近。

葉靈鳳在《文藝新潮》1 卷 4 期"法國文學專號"發表的《法國文學的印象》一文對於法國文壇的介紹，以魯迅開頭，內容還停留在 30 年代中國文壇對於法國文學的接受上。葉靈鳳在文中

---

37 《文藝新潮》，第 2 期，23 頁。

所涉及的法國作家有高克多、紀德、法朗士、普洛斯特、羅曼羅蘭、巴比基、保爾‧穆杭和安德烈‧馬爾洛等，與這一期"法國文學專號"所介紹的法國作家事實上並無對應關係，頗多出入。《文藝新潮》的重點薩特等人以及現代詩部分，葉靈鳳根本沒有提及。由此可見，《文藝新潮》既接續又發展了 30 年代以來中國文壇對於法國現代主義的譯介。

　　能夠表明《文藝新潮》接續中國現代文學史的事件，是 1 卷 3 期編輯的"三十年來中國最佳短篇小說選"。這一專輯重新刊登了沈從文的《蕭蕭》、端木蕻良的《遙遠的風沙》、師陀的《期待》、鄭定文的《大姊》及張天翼的《二十一個》5 篇現代文學佳作。這 5 個作家，除張天翼外，都不是左翼作家，在大陸也都不再為人提起。從"編輯的話"中，我們能看到，《文藝新潮》所感興趣是哪些作品？"中國新文學書籍湮沒的程度實在超乎意外，令人吃驚。譬如，曾經哄動一時的新感覺派奇才穆時英的 Craven A、《一個本埠新聞欄廢稿的故事》、《白金的女體塑像》、《公墓》等等之中，似乎可以選擇一篇的，因為他首先迎接了時代尖端的潮流；還有直追梅里美擅寫心理的施蟄存，他的《將軍的頭》和《梅雨之夕》兩本書；以致偽滿時代的"中國紀德"爵青，他的《歐陽家的人們》；再有蕭紅的《手》和《牛車上》，羅烽描寫瀋陽事變的《第七個坑》、萬迪鶴的《劈刺》、荒煤的《長江上》、戰後的路翎和農村……前者已永遠在中國書肆中消失了，後者卻在香港找不到"。

　　繼承了馬朗的作家論述的，是劉以鬯的小說《酒徒》。《酒徒》中的主人公"十四歲開始從事嚴肅的文藝工作，編過純文藝副刊，編過文藝叢書，又搞過頗具規範的出版社，出了一些'五四'以來的最優秀的文學作品"。"我"對於中國現代文學有很獨特的看法，不同於主流論述。《酒徒》第 5 節，荷西門在談到"五四"以來中國文學成就的時候，提出茅盾的《子夜》和巴金的《激流》

324

三部曲，"我" 卻提出 "以我個人的趣味來說，我倒是比較喜歡李劼人的《死水微瀾》、《暴風雨前》、《大波》與端木蕻良的《科爾沁旗草原》"。至於短篇小說，"我" 並不認同茅盾的短篇小說，而認為它們只是 "中篇或長篇的大綱"，巴金的短篇只有《將軍》值得 提，"照我看來，在短篇小說這一領域內，最有成就，最具中國作風與中國氣派的，首推沈從文"。"談到 Style，不能不想起張愛玲、端木蕻良與蘆焚（即師陀）。張愛玲出現在中國文壇，猶如黑暗中出現的光"。《酒徒》有自己獨特的理念，它認為 "現實主義應該死去了，現代小說家必須探求人類的內在真實"，而西方現代主義無疑是追求 "內在真實" 的榜樣。在《酒徒》中，有大量介紹西方現代主義的文字，涉及到卡夫卡、薩特、加謬、海明威、福克納、喬也斯、吳爾芙、普魯斯特和帕索斯等等，看得出來主人公對於西方現代主義的熟悉。在 "我" 看來，目前香港的 "文藝小說" 尚沒有達到 "五四" 時代的水準，而 "五四" 時代的小說與同時代的世界西方一流小說相比，仍然是落後的。

　　如果說，馬朗和劉以鬯的論述主要涉及小說，葉維廉則將港台現代詩與中國現代詩的歷史聯繫了起來。在《新思潮》第 2 期的《論現階段中國現代詩》一文中，葉維廉在當代西方思潮的背景下，將港台現代詩放在中國現代詩的脈絡裏面進行論述，從而廓清了港台詩的歷史位置。1949 年後，台灣封鎖中國現代作家，使得台灣現代詩只能追求 "橫的移植"，香港文壇則有條件接觸中國現代作家作品。從香港去台灣的葉維廉就有了得天獨厚的條件，從歷史的線索上總結港台現代詩。葉維廉在文中首先提到，在目下西方現代主義處於窮途末路的時候，中國卻在全面擁抱現代主義，原因是它給中國提供了新的思想和方向。然而，中國現代主義應該如何發展呢？文中先追溯了中國現代詩的起源，專門討論了李金髮、戴望舒和卞之琳，其後就接上了台灣詩人白萩、覃子豪、余光中等詩人。他認為，中國現代詩很有希望跨進一個偉大的時代，然而目前還說不上多少成就，原因是還停留在對於艾略特、奧登等人的模仿階段。中國現代詩努力的方向，是"用現代的方法和表現去發掘和表現中國多方的豐富的特質"。

我們知道，中國內地新時期對於中國現代異端作家的解禁，在很大程度上受到了夏志清的《中國現代小說史》的影響。夏氏治比較文學，他從西洋文學的標準出發，解放了諸如張愛玲、沈從文等一大批作家。夏氏所提到的這些作家的名字，在馬朗和劉以鬯的筆下早已經出現了，其實崑南、李英豪等人都有類似論述。

就橫向而言，引人注目的是現代主義思潮中的港台互動。似乎沒人注意到，50年代在台灣詩壇暴得大名的紀弦，其實與香港詩壇有着不解之緣。30年代中期，他就以"路易士"之名在香港的《紅豆》上發表了大量詩作和詩論，參與了30年代香港的現代詩運動。1950年代紀弦在台灣反共文學的浪潮中倡導現代詩，他於1953年2月創辦《現代詩》，於1956年1月發起創立台灣第一個現代詩團體"現代派"。據馬朗回憶，他在大陸時就和紀弦熟悉。從時間上看，《文藝新潮》第1期創立於1956年2月，緊隨紀弦"現代派"成立之後，用紀弦的話來說，兩者之間有"呼應"的關係。由於馬朗和紀弦的關係，《文藝新潮》與台灣的聯繫主要來自於"現代派"詩人。早在《文藝新潮》第3期，紀弦就發表了《詩十章》。《文藝新潮》第4期是"法國文學專號"，沒有發表作品，不過紀弦翻譯發表了《阿保里奈爾詩選》，另一位台灣"現代派"詩人葉泥也翻譯發表了《古爾蒙詩選》和《保爾·福爾詩抄》。《文藝新潮》第5期又刊登了台灣詩人方思的詩歌《在無定河畔》，這一期"編輯後記"專門推薦了"台灣的傑出詩人方思先生"，"給這裏培植了新的花朵"。這說明以紀弦為代表的台灣"現代派"詩人，已經開始加入《文藝新潮》。至《文藝新潮》第9期，除了刊登紀弦的《存在主義外一帖》（詩），"台灣現代派新銳詩人作品專輯”赫然出現。專輯中出現的台灣現代詩人有林泠《秋泛之輯》、黃荷生《羊齒秩序》、薛柏谷《秋日薄暮一輯》、羅行《季感詩》和羅馬《溺酒的天使》。《文藝新潮》第 12 期，“台灣現代派詩人作品第二輯”再次出現，專輯中的詩歌包括林亨泰《二倍距離外二章》、於而《消息外一首》、季紅《樹外兩貼》、秀陶《雨中一輯》和流沙《碟形的海洋及其他》等。

　　1950 年代中後期，台灣現代詩爭論的第一仗是覃子豪與紀弦的爭論，其中就牽涉到《文藝新潮》。1956 年春，紀弦領導的“現代派”正式成立，他邀請覃子豪合作，但被拒絕了。次年，覃子豪反倒在《藍星詩選》第 1 輯上發表了《新詩往何處去？》，質疑紀弦的“新現代主義”的提法。覃子豪批判紀弦的“最致命的一槍”，是引用《文藝新潮》第 2 期的一篇雲夫翻譯的英國史班德的《現代主義的消沉》一文，說明現代主義在西方已經過時，而紀弦等現代主義者卻撿其餘唾。紀弦讀了這篇文章，在《現代詩》第 19 和 20 期發表了《從現代主義到新現代主義》和《對於所謂六原則之批判》兩篇文章，反擊覃子豪的觀點，認為覃子豪對於史班德的文章理解有誤。現代派與藍星派的這場爭論，本文不擬評判，這裏僅僅想說明香港《文藝新潮》對於台灣詩壇的影響。的確，紀弦後來在評判這場爭論的是非時，明確肯定了他的老友馬朗創辦的《文藝新潮》對於台灣詩壇的“很大”影響，“《文藝新潮》是馬朗主編的在香港發行的一份非常之進步的文藝刊物，跟我在台灣創辦的《現代詩》遙相呼應，形成了以台港兩地為中心的東方現代主義文藝運動之不可阻遏的潮流，對台灣文壇有很大的影響。”[38]

　　如果說《文藝新潮》還不能發行到台灣，那麼等到崑南等人

38　戈雲：《與紀弦漫談現代詩》，載《香港文學》，第 12 期，總第 96 期，1992年。

創辦《新思潮》的時候，葉維廉已經成為了《新思潮》的台灣代理人。《香港時報》是有台灣背景的報紙，可以在台灣發行，台灣文壇由此參與較多。紀弦在“淺水灣”連續發表了《袖珍詩論》（1961 年 10 月），是當時台港現代詩的重要主張。張默也在“淺水灣”上刊載詩論，題為《現代詩的技巧》（1-6，1962 年 4 月）。其他如魏子雲、葉泥等為數不少的台灣作家，也都投稿過來。據說《香港時報》副總編張繼高是欣賞劉以鬯的，原因是他來自於台灣，喜歡紀弦、張默等台灣作家的文章。

李英豪編《好望角》的時候，第 1 期就發表了陳映真的小說《哦！蘇珊娜》，台灣詩人如洛夫、張默、商禽、鄭愁予和白荻等都在上面發表詩作，作品數量甚至超過了香港詩人。更能說明問題的是，李英豪的《批評的視覺》一書所分析的大多是台灣現代詩人。在此書第三部分詩人論中，第一篇是“論洛夫的《石室之死亡》”，第二篇“從《拜波之塔》到《沉層》”談的是張默，第三篇是“釋葉維廉之《河想》”，第四篇“變調的鳥”論述的是商禽，第五篇“膜拜膜拜”談的是方莘，第五篇是“簡釋紀弦的《阿富羅底之死》”，這裏面除了葉維廉之外，全部是台灣詩人。

港台文學之間交流，不但體現在詩藝上，也體現在理論觀念上。《文藝新潮》以開創香港 50 年代現代主義馳名，然而馬朗在發刊詞中事實上並沒有明確提到現代主義。香港學者區仲桃提出：“事實上從《文藝新潮》的發刊詞《人類靈魂的工程師，到我們的旗下來》到馬朗詩集《焚琴的浪子》、《美洲三十弦》的跋中，詩人都沒有清晰指出要在香港推動現代主義。”[39] 斷言《文藝新潮》沒有倡導現代主義這一說法，是不確切的。姑且不論李維陵的現代主義論述，即馬朗本人也明確提出過倡導現代主義的意思。在《文藝新潮》第 10 期編輯後記中，馬朗在談到本刊和台

39　區仲桃：《試論馬朗的現代主義》，載《文學評論》，第 10 期，2010 年 10 月。

灣現代詩的交換時，明確表示《文藝新潮》和台灣的《現代詩》都是"並肩為現代主義奮鬥的刊物"，並且褒揚台灣《現代詩》，"在台灣，聚集在這旗下的詩人群以紀弦先生為首，不下百人，他們的璀璨成就表示了現代主義的勝利"。馬朗在這裏已經明確地表示了為現代主義而奮鬥的信念，這其中的重要推動力，就是以紀弦為首的台灣"現代派"。

香港詩人也影響台灣。台灣著名詩人洛夫曾談到，葉維廉對於台灣詩壇的現代主義有重要貢獻，"葉維廉來到台灣的時候，台灣詩人們摒棄了中國古典詩歌，對'五四'新文學過分口語化的詩也有不滿，葉維廉翻譯了艾略特的《荒原》並在《創世紀》上發表，《荒原》形而上的表現和晦澀的風格對當時台灣的年輕詩人產生了很大的影響，但這種風格也為詩人和讀者之間製造了距離。葉維廉隨即發文《詩的再認》指出漢語詩歌不應過分西化，而忽略中國古典詩歌美學"。《文藝新潮》固然發表台灣現代詩專輯，台灣《現代詩》也同樣發表了香港現代詩專輯。台灣《現代詩》雙月刊第 19 期也發表了"香港現代派詩人作品一輯"，專輯中包括馬朗、貝苔娜、李維陵、崑南和盧因等 5 名《文藝新潮》的詩人。事實上，《文藝新潮》雖不能發行到台灣，然而在台灣也很具影響，據稱這本刊物居然以手抄本的形式流傳於台灣，可見其吸引力之大。馬朗明確表示，《文藝新潮》對於台灣文壇有相當大的影響，"所有《創世紀》、《現代詩》的人都可以告訴你，如紀弦、瘂弦、葉維廉等人都可以告訴你，是手抄本的。他們帶了一本進去後，就用手抄。……香港的《文藝新潮》對台灣的影響你是知道的，如果是沒用的，為什麼要用手抄，而手抄的全是已成名的詩人、藝術家、作家等人"。[40] 李英豪也是影響台灣的另

---

40 《為什麼是現代主義？——杜家祁、馬朗對談》，載《香港文學》，第 224 期，2003 年 8 月，27 頁。

一個重要人物，他堅稱香港的現代主義運動時間更早，是香港影響了台灣，"另外有一點，我想順便說話。很多人向來以為是台灣六十年代的現代主義運動，影響香港文壇。我的看法並不一樣，我們六十年代甚至五十年代末期的一群現代文藝界朋友是最佳見證人。那時，香港的現代運動，十分前衛性，和台灣方面互為影響。嚴格地算算，推介現代文學藝術較早的，卻是香港方面，五十年代的《文藝新潮》、《新思潮》、《淺水灣》副刊，尤其是後者，天天大版篇幅容納很多現代作品，在譯介方面，起了肯定性的作用。我們介紹很多尖銳性與前衛性的現代作家，台灣方面很多朋友仍是聞所未聞，對他們的作品或學說感陌生。文化是互相交流，互為影響的，並非誰依附誰，更非香港為台灣的驥尾。我們只要翻翻一些可靠的文史資料，就不必管窺蠡測，胡言亂語了"。[41]

從香港文學史看，香港現代主義思潮的意義在於衝破了 50年代年初期以來綠背反共文學主導文壇的局面。在 1960 年 6 月 1日《新思潮》第 5 期上，崑南曾發表《文學的自覺運動》一文，回顧 50 年代以來的香港文壇。他指出：香港文壇往往被外國基金機構所主導，文學只能成為被美元和政治支配的產物，"因為香港的環境特殊，大部分人士為了切身生活，對國事發生 '冷感'。在他們的心目中，香港的政治刊物是與外國基金機構有關聯的，有了津貼，其立場自然啟人疑竇了"。崑南強調，50 年代中期以來現代主義文學運動的可貴之處，在於它是獨立的，沒有基金資助，"民國四十四年出版的《詩朵》，是值得一提。它是本港有史之來一本純新詩的刊物，又是沒有機構支持，由幾位年青人所主辦的。它是 '壽命' 很短，但它意味兩點：文學藝術需要新血，需在 '沒有背景的自由' 中滋長。果然，一年後，《文藝

41 李英豪：《喝著舊日 —— 懷六十年代》，載《香港文學》，第 8 期，1985 年。

新潮》的出現，證實了文學藝術應定的道路（請留意這是個絕好的轉折點）。該刊沒有什麼背景的經濟援助，而且主編人具有遠大的眼光，介紹世界的思潮，提拔一代的作家"。崑南的話具有代表性，香港現代主義運動的確希望以純文學運動打破文壇的政治壟斷。馬朗那時候很蔑視綠背文學，"我和'新潮社'的一班朋友，不喜歡看它們，是覺得他們的水平太差，不行。右派的文章都不行"。[42] 在劉以鬯的《酒徒》中，荷門希望辦一個《前衛文學》，"我"說："荷門，《前衛文學》注定是一個短命的刊物，我勸你還是放棄這個念頭吧！在香港，只有那些依靠'綠背'津貼的刊物才站得住腳"。劉以鬯很清楚，在香港只能依靠"綠背"津貼，搞前衛文學是沒有出路的，然而，他自己卻一直在堅持。

在美元文化主導下，50 年代以來香港文壇以宣揚美國文化為主。就翻譯上看，可以今日世界出版社為代表，其目標很明確，即服從文化冷戰的目的，宣揚美國文化價值。從《文藝新潮》開始，馬朗等人轉而翻譯介紹以法國存在主義領銜的外國現代文學，打破了美國文學主導的格局。在翻譯者的構成上，親美的林以亮、李如桐和張愛玲等人，也變成了馬朗、曹聚仁和葉靈鳳等較為"中間"派的人物。《文藝新潮》明確地說："事實上，這幾十年來，領導着世界文壇主流的不是英美，更不是蘇聯，而是法蘭西。這才是我們應該依循的方向。"[43] 可以說，《文藝新潮》在一定程度上打破了 50 年代的美元文化潮流。

最後需要指出的是，崑南、馬朗、劉以鬯等人雖然反對綠背文學，但並不意味着他們是左翼的。當時香港的確存在着以《大

42 《為什麼是現代主義？——杜家祁、馬朗對談》，載《香港文學》，第 224 期，2003 年 8 月，27 頁。

43 "編輯後記"《向法蘭西致敬》，載《文藝新潮》，第 1 卷 4 期 "法國文學專號"。

公報》、《文匯報》及作家阮朗為代表的左翼文學，與綠背文化相對抗，然而這與他們無關。崑南、馬朗、劉以鬯等人毋寧說是反政治的，反對政治對於文學的主導，希望以純文學開出一片獨立於政治的新天地。如果一定要區別左右，那麼他們應該是偏右的。馬朗、劉以鬯等人其實與反共作家一樣，都是1949年不能接受新中國而南來的文人，只不過他們這些人純文學的傾向較為強烈而已。在《文藝新潮》等刊物中，反共文字並不乏見，反共小說（如齊恆的《擺渡》）也依然出現。在當時的政治環境下，香港現代主義所表現出來的反共現象不足為奇。事實上，他們所追求的現代主義，在當時冷戰的格局中，本身就是一種隱晦的文化政治形式。

第十章

左右分流

在我看來，香港綠背文學浪潮主要是 50 年代初期的現象，中期以後開始回落，刻意反共之作逐漸減少，右翼文學卻繼續延續。左翼報紙在 50 年代初期力量較弱，中期以後開始加強，於是香港文壇上形成了勢均力敵的左右兩大群體的對立。反共作家趙滋蕃正是將香港文壇左右對立的時間，放置於 1955 年。他將其稱為一場"會戰"，雙方的形勢是："對方以'文匯'、'新晚'、'週末'、'晶報'、'商報'為主，而以'商報'掛帥，統一高度指揮。我方則以'時報'、'工商'、'自由人'、'新生晚報'、'中聲晚報'、'真報'為主，各自為戰。出版社方面，'亞洲'、'友聯'、'自由'結成一體，並倉猝組織了'出版人發行人協會'，準備應戰，對方卻'三聯'、'商務'、'中華'為主，大舉出擊。"有趣的是，即在地理位置上，雙方也虎視眈眈，"凡有我方門市部的地方，總有對方的門市部前後環侍或正面對壘。佈署區分，一絲不紊。當然，報館的佈置，就不在話下了。從北角起算：香港書店的左右有文通出版社、海光出版社。亞洲門市部斜對面是學術書店與商務印書館銅鑼灣分館。友聯門市部與三聯、商務、中華對峙。九龍方面，介乎平安書店（自由出版社門市部）與集成圖書公司之間，有三育圖書公司、三聯書店分店，左邊有學生書店，右邊有中華書局彌敦分店，幾個和尚挾一個禿子，當面鑼，對面鼓，真可以說是虎視眈眈"。[1] 需要指出的是，這種左右兩大群體的對立，非一時之現象，而是形成了 50 年代以後香港文學的一個基本結構。

1　趙滋蕃：《港九文藝戰鬥十五年》，載《文學原理》（台北：東大圖書股份有限公司，1988），611 頁。

第一節　從《海瀾》到《當代文藝》：反共與本土

（一）

　　1954 年 8 月 1 日《人人文學》出版到第 36 期停刊[2]，1955 年 11 月《海瀾》雜誌創刊，香港文壇從綠背文學向右翼文學的轉變，時間點大致就在這裏。

　　《人人文學》第 1、2 期反共色彩十足，但從第 3 期開始，反共色彩開始降低。第 3 期頭兩篇重點小說是桑簡流的《雪葬》和蕭安宇的《前塵》，前者寫漢騰格里湖的雪葬，後者寫"我"與一個女孩的往事，均非反共小說。第 4 期的頭題小說平昆的《未寒天》寫香港生活，也不涉及反共問題。當然，這並不是說反共傾向消失了。《人人文學》第 5 期桑簡流的小說《孔雀河》、第 6 期齊恆的小說《八排瑤之戀》都間或有反共的情節在內，不過故事的主體與反共無關，基本立場上的反共則是無可避免的。筆者的看法是，如果小說主體不是圍繞反共展開的，大致就不能專指為反共小說。《人人文學》頭兩期的強勢反共，畢竟不能延續下去。隨着時間的推移，政治色彩終於要回歸於日常生活中去。

　　高原出版社係由徐速與余英時、力匡、孫述憲（夏侯無忌）等人共同創辦於 1955 年，由徐速任社長，余英時任總編，後來余英時去了哈佛，改由力匡任總編。《海瀾》雜誌由高原出版社出版，主編開始是黃思騁，後來是力匡。《海瀾》所介紹的報刊有《自由陣綫》、《中國學生周報》、《亞洲畫報》、《祖國》和《民主評論》等，可見《海瀾》仍然屬於綠背反共文化這個系統。

　　不過，《海瀾》所介紹的"高原出版社"自身的書目，內容已經有所不同。《海瀾》創刊號上所刊載的高原出版社的書目有：

2　有關《人人文學》的停刊時間，有不同說法，參見張詠梅：《開拓者的足跡──試論〈人人文學〉》，載《香港文學》，第 12 期，1997 年。

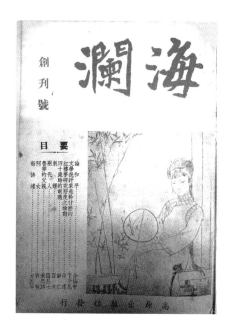

《海瀾》創刊號

《海瀾》代發刊詞

徐速的《星星‧太陽‧月亮》、胡叔仁譯的《傑佛遜民主言論錄》、柳惠的《經濟制度之研究》、余英時的《文明論衡》、力匡的《高源的牧鈴》、徐速的《星星之火》、齊恆的《溝渠》、李素譯的《紅色列車》、艾群譯的《到思維之路》和柳惠的《論處世接物》，那種八卦式的反共之作已經消失了，代之以較為學理的著作，而徐速、力匡等人的文學作品也說不上是反共之作。徐速開始在《自由陣綫》發表過幾部反共作品，後來在退出《自由陣綫》、自己創辦高原出版社之後，就開始強調脫離政治了。

《海瀾》有意識地強調自己的政治獨立性。1955 年 11 月《海瀾》創刊號上的《寫在前面（代發刊詞）》說，"我們不刊登政治八股，不表示反誰擁誰。我們不屬於任何黨派勢力，儘管我們也堅持自己所尊敬的思想和信仰。但我們希望《海瀾》的風格是獨立的"。1956 年 9 月 1 日第 11 期《海瀾》刊登《我們希望這樣來編〈海瀾〉》一文，在面對 "你們究竟想把《海瀾》編成怎麼一個刊物呢" 的問題時，文中回答："在基本原則上，我們堅持創作態度必須嚴肅和不能以政治標準來代替藝術標準。" 1957 年 2 月 1 日第 16 期《海瀾》上《新春的感謝》一文說："如果有朋友們現在還在問：'你們希望它在文壇上起哪種作用？開什麼風氣？' 那我們的回答還是一樣的。海瀾是起廓清黨派教條的作用的，海瀾是會建樹起把文藝當作嚴肅工作的風氣的"。《海瀾》聲稱旨在藝術，"我們希望，能辦出一份態度嚴肅的、立場正確的、水準較高的、內容較豐富的文藝雜誌來"。為強調藝術性，《海瀾》有意排斥政治的干涉，為此它不惜左右開弓，認為中國大陸與台灣兩地 "執政者過敏的政治警覺，有意的加以控制，窒息所有學術的自由生命，文藝也無法超出生天"。[3]

《海瀾》說不上是一個純文藝刊物，其中包括大量的論述性

3　《我們希望這樣來編〈海瀾〉》，載《海瀾》，第 11 期，1956 年 9 月 1 日。

文字，包括評論、雜文乃至研究論文。《海瀾》第 1 期發表的論述性文字就有：余協中的《論和平》（"專論"）、于平凡的《文學批評家是幹些什麼的？》（"文藝理論"）、徐速的《紅樓夢研究態度之檢討》（"文藝理論"）、穗軒的《憶許地山》（"人物"）、周祥的《魯迅的反抗性格》（"人物"）和靜仁的《四十歲時的胡適》（"人物"）等。這些文章與以前的反共批判之作已經不同，包括評價魯迅等人的文章都較為平和，至於徐速本人研究《紅樓夢》的文章更是追求學術之作。

《海瀾》的文學作品篇幅不算多，第 1 期只發表了 4 個短篇小說，分別是百木（力匡）的《刺蝟》、路易士的《兩代人》、黃思騁的《魯莽的父親》和齊恆的《阿女》，4 篇均非反共小說。"我們的純文藝的方針是到第 4 期之後才確定下來的。"[4] 不過從第 5 期開始，《海瀾》的小說數量也只多了一篇，變成 5 篇。第 6 期增加到 6 篇，第 7 期又回到 4 篇。第 8 期"編後話"稱："從第 4 期開始，我們就決定了加強小說的方針，這，一直沒有非常滿意地做到。"原因是稿源有限，"好的作家都惜墨如金"。

《海瀾》的主要作者有力匡、徐速、齊恆、黃思騁、費力、姚拓、黃崖、路易士、雲碧琳和郭良蕙等。作為主編的力匡，發表的小說最多，他以"百木"之名，發表了《刺蝟》、《五姐》、《從襯衫說起》、《迷宮》、《潘多拉的盒子》、《柏魯圖的國土》、《邱比特與賽克》、《梅杜莎的頭》、《黃金的蘋果》和《赫克里士的外衣》等小說。前面的幾篇小說是香港題材的，從第 7 期《迷宮》起，全部是歐洲神話小說。台灣女作家郭良蕙自《一吻》登上《海瀾》第 7 期，又從 13 期至 16 期，連載了她的中篇愛情小說《癡種》。

---

4 《新春的感謝》，載《海瀾》，第 16 期，1957 年 2 月 1 日。

看得出來,《海瀾》的主要作者都來自《人人文學》,其中徐速、齊恆、黃思騁、費力、姚拓和黃崖等人都是反共文學作家,然而到了《海瀾》,他們的情形卻有所不同。徐速在《海瀾》上所發表的三篇小說《第一片落葉》、《燈影下的姑娘》和《猴戲》都不是反共題材。《第一片落葉》寫女性在愛情上的功利,《燈影下的姑娘》寫舞女生涯,《猴戲》則寫假扮猴子謀生的下層貧民。黃思騁在《海瀾》上共發表了6篇小說,均與反共無關。在這些小說中,《偶像》寫大陸農村偶像崇拜,其他均是寫香港本地生活的,《魯莽的父親》寫父親對於女兒婚姻的誤解,《良善的劊子手》寫屠宰鴨子,《水管匠的符咒》寫平民的精神,《行為》寫主人公從大火中救小女孩,《最後的交代》寫主人公臨終對貓狗的囑咐,題材雖然瑣碎,不過多有精巧的構思。姚拓的《仇恨》也不關乎政治,而是寫情愛上的仇恨。

有反共傾向的小說,只有費力的《陳大和》、《解救》和齊恆的《陰影底下》。費力即孫述宇,是友聯和《中國學生周報》的重要人物。《陳大和》是一篇諷刺小說,寫一個不學無術的體育老師陳大和。小說僅在結尾時涉及到反共:共產黨接管學校以後,陳大和學會了談論"工人階級"和"矛盾統一",升了體育主任。《解救》寫共產黨接管一個廟宇,試圖以物質說服一個和尚還俗,和尚不為所動,原來他出家以前是一個大地主。齊恆的《陰影底下》是一篇蘇聯題材的小說,寫蘇聯作家抗拒社會主義現實主義。從這幾篇小說看,那種黑白分明的政治說教少了,《海瀾》在發表齊恆《陰影底下》的第12期"編後語"說:"齊恆的《陰影下》,強烈地表現出了作者自我的愛憎之感,我們願意推薦這篇,是因為這是藝術作品中可有政治觀點而不寫成八股的例證。這一類的題材相當難以處理,香港幾年來除了張愛玲的《秧歌》之外,就很少見到具備了深刻的政治主題還能同時是藝術品的小說了。"這就是說,《海瀾》需要的是藝術作品,文學不能圖解政治，更值得注意的是，這句話表明徐速等人對於 50 年代初期以來大批量製作出來的反共小說並沒有認可。

《海瀾》有一個"新詩壇"欄目。第 1 期的"新詩壇"發表了力匡的《先知之死》、夏侯無忌的《海》、趙滋蕃的《歷史的車輪》、貝苔娜的《新酒》和徐速的《歸夢》等詩歌作品。徐速在《海瀾》的創刊號以羅·彭士的《我的心在高原》作為題頭，又在《海瀾》1956 年第 3 期上以同詩相和："生活在南國海濱，我的心仍在北方高原。誰想到 —— 高原上又燃起漫天烽火 / 多少老人 / 多少孤兒 / 都變成喪家犬，失巢燕 / 迷惑、彷徨！期待，流連。"這首詩是有代表性的，傳達了徐速等南來右翼文人的放逐心態。趙滋蕃在《海瀾》第 1 期發表了長詩《歷史的車輪》，第 8 期又發表了《易水歌》，引人注目。第 8 期"編後話"說："這以《半下流社會》、《旋風交響曲》獲致文壇聲譽的作者，能成為台灣青年最愛戴的作家自非偶然。"不過，這兩部詩歌均是古代題材史詩，並不是直接的政治批判。

（二）

60 至 70 年代香港右派文藝最有代表性的陣地，是徐速於 1965 年創刊、一直持續到 1978 年的《當代文藝》。不過，《海瀾》在 1957 年停刊後，至 1965 年間有一段空白。這一時期，我們可以討論一下《中國學生周報》。前面我們提到，1952 年 7 月創刊的《中國學生周報》是當時反共綠背文化的代表性報刊，這裏我們姑且觀察一下它在 50 年代中期以後的演變，從而呈現香港從反共到本土的思想轉折。

1955 年 2 月 12 日（134 期），《周報》發表"論壇"文章《學生與政治》，認為學生參加政治有種種弊害，明確反對學生參加政治。這一年 7 月 22 日，《周報》第 157 期發表的《中國學生與中國政治》也表達了同樣的觀點，提出"第一中學生不宜參加政治"、"壯年人中年人以至老年人應對國家社會多負起責任，使青年人得以安心完成其學業。"從濃郁的政治批判，到認為學生不宜參加政治，這是《周報》的一個變化。

更能說明問題的，是《中國學生周報》的另一次徵文。這次徵文的題目是"香港一日"，時在 1959 年。這一年 3 月 13 日（347期），《周報》打破慣例，在第一版全版刊登了"香港一日"徵文獲獎作品，其中包括第一名德明中學林枝的《茶居小事》、第二名明方中學方明的《"公眾四方"夜市》和第三名瑪利諾區松柏的《雨中的報販》，還有入選佳作聖芳濟的《小販的悲哀》和自修生吳羅拔的《可憐的小孩》。這些作品的描寫對象是香港的茶館、夜市、小販、雜耍等等，本地氣息相當濃厚。《周報》的徵文，從反共論述到"香港一日"，顯示出焦點的轉移。

在 1959 年 7 月 17 日至 18 日（365 期至 366 期）"文藝沙漠"上，《周報》連載了兩期署名"殘樵"的文章《香港是文藝沙漠嗎》。文章指出香港儘管報刊作品不少，但缺乏優秀的作品，原因有 5 個方面：一是作家本身缺乏素質，二是香港社會風氣不重視作家，三是報刊包辦"地盤"，四是缺少公正的文學評論，五是政治環境的影響。雖然是批評意見，然而文章本身表明了對於香港文壇的關注，這是並不多見的。

參加了《周報》早期初建、1956 年離開、1958 年至 1963 年又回去擔任社長的陳特，將《周報》前期稱為"共甘共苦"時期，特色是較為政治化，將他回去當社長的這一段稱為中期，特色是"香港化"。這一時期陸離（1958-1972）、羅卡（1961-1967）等人上任，而秋貞理（司馬長風）、胡菊人先後離開。

據陳特回憶，陸離等年輕人都是在本地接受教育的，較為香港化，講究個人自由，不願意參加《周報》的集體"讀書會"，並且興趣多元化，不限於只講一種政治文化。羅卡於 1961 年 8月加入《周報》，約 1962 年底開始編電影版。他覺得原來的電影

版比較 "老氣"，於是夥同陸離、張隨、戴天等進行改革。[5] 陸離則開始介紹漫畫，使 "快活谷" 增加趣味。在陳特看來，香港青年一代作者已經成長起來了，常和《周報》打交道的，如李英豪即是 "典型的香港人，土生土長，意識形態都是港式的"。而讀者層面，也歡迎這種 "香港化"。

《中國學生周報》文藝版的編輯，前期時間比較長的是古梅。古梅本身是隨父母南下而來的，又就讀新亞，從其徵文的反共傾向就可以看到，她的思想意識與友聯是較為一致的。其後執掌《周報》文藝版的是盛紫娟，她發表了不少台灣作家作品，如段彩華、朱西寧、郭衣洞（柏楊）、司馬中原乃至瓊瑤等在這一時期都登上了《周報》。1964 年底，吳平接替盛紫娟，接編文藝版，一直到 1971 年。這一時期台灣作家減少，香港本土作家開始成為《周報》的主力。

吳平接替盛紫娟，是一個代表着世代變化的象徵性事件。作為司馬長風太太的盛紫娟，延續着上一代的文化意識，而吳平則是香港長大的年輕人。據吳平回憶，"（盛紫娟）她本身也寫小說。她的小說與中國 1930、1940、1950 年代的小說有些銜接的地方，都是那一類風格。我想她不像我們香港長大的一群人，中間有個斷層，跟中國的文化、文學脫節，與 1940、1950 年代和 1930、1940 年代脫節。至於選稿的方針，她看不起香港 '番書仔' 寫出來的東西，直接向台灣名作家約稿，她很厲害，真的全約到。她就是寫信過去，很勤力，真的很厲害。當時台灣很出色的作家都會投稿到這兒來，因為這裏的稿費比台灣高，所以吸引了一些出色的作家。到我接手的時候，台灣的稿源少了，可能是因為我不夠勤力寫信邀請他們寫稿吧。一來稿源少了，我要繼續開

---

5 羅卡口述：《羅卡回首話電影》，載《博益月刊》，第 14 期，1988 年 10 月 15 日，132 頁。

拓稿源；二是我也在本地投稿中發現愈來愈多的人寫得不錯⋯⋯一些看《周報》、在《周報》投稿的人已經開始成熟。"[6] 通常，年輕人的初級作品發表在 "拓墾"，成熟作家的作品發表在 "穗華"。吳平來了以來，《周報》自己培養的作家開始也進入 "穗華" 版，這是香港文學本土化的一個標誌。

1965 年看起來是《周報》的一個轉折點。在 "文藝版" 上，香港作家全面進入文壇。香港作家關夢南整理了一份 1960 年至 1969 年《周報》小說作者及其作品的統計，發現一個有趣的現象："1965 年可以說是一個分水嶺，之前，《中周》小說作者群以台灣為主：童真、段彩華、水晶、郭衣洞、蔡文甫、朱星鶴、瓊瑤、墨人、桑呂載、吳玉音、吳癡、松青、宣建人、司馬中原、兆祥等；之後，本土作者才受到重視，他們是盧文敏、朱韻成、盧因、崑南、黃思騁、柯振中、張愛倫、陳炳藻、綠騎士、江詩侶、朱璽輝（朱珺）、亦舒、蔡炎培、蘇念秋、林琵琶、鄭牧川、伊曲、蓬草等"。[7] 吳平本人也證實了這一點，她說："在我上一任的編輯盛紫娟手中是刊登台灣的名家作品為主，如司馬中原、段彩華、柏楊先生用郭衣洞作筆名寫的短篇小說，也是穗華版常見的文稿。我接手之後，大膽起用了香港一些年輕作者的作品，如亦舒、崑南、西西、江詩侶、朱韻成、溫健騮、陳炳藻、藍山居、綠騎士、蓬草、林琵琶、杜杜、袁則難、鄭臻、也斯、李國威、李金鳳⋯⋯"[8]

這個時候，《周報》其他版面也發生了變化。如羅卡所說，

6　盧瑋鑾、熊志琴：《香港文化眾聲道》第二冊〔香港：三聯書店（香港）有限公司，2017〕，102-103 頁。

7　關夢南：《香港六十年代青年小說作家群像閱讀札記》，載《香港文學》，第 338 期，2013 年 2 月號，85 頁。

8　吳平：《〈周報〉的回憶》，載《博益月刊》，第 14 期，1988 年 10 月 15 日，144 頁。

1961 年進入《周報》以後,雖然開始改革,不過開始的步伐是比較小,"當然改變不是一下子的,初初是在從前遺留下來的東西中加一點點西洋的、現代的東西,轉向香港化的節奏"。而"到了一九六五年、一九六六年是電影版的全盛期,作者除了上述的一批,還加入了方圓、吳昊、梁濃剛、李成簡、西西和杜杜等,可說是人才濟濟。那段時間,西西和陸離很興奮,常常搞專輯,組織座談會"。[9] 羅卡還說:"也不光是電影版,《周報》的'快活谷'、英文版、'讀書研究'、'藝叢'都加強了內容,整份《周報》都活潑了、現代化了,加上其他通訊員活動,那是《周報》最強盛的時期,銷數最高。"[10] 那個時候《周報》的銷量,每期都能賣兩萬多冊。

香港本地年輕人的冒起,意味着《周報》政治意識的轉變。相較而言,《周報》後起一輩年輕人並沒有第一代南來作家那麼強烈的反共立場,兩代人的差異就逐漸表現出來。羅卡談到兩件事情。一是 1962 年內地難民潮湧入香港,《周報》參與了對於難民的幫助,並且報道這一事件。在報導的原則上,秋貞理強調,一定要寫他們偷渡來港是為了投奔自由,羅卡則覺得:"他們逃難根本不是為了自由,而是因為沒有食物,快要餓死了,是為麵包,根本沒有什麼自由民主理念,那些是農民,很窮的"。[11] 二是1967 年"六七暴動",《周報》的地址就在新蒲崗四美街,"人造花廠事件"就發生在那裏,他們目睹了事件的發生。在"六七暴動"的問題上,《周報》完全站在港英政府的一面,這引起了港人的不滿,連羅卡這些《周報》年輕人也有不同看法,羅卡回憶:

9　羅卡口述:《羅卡回首話電影》,載《博益月刊》,第 14 期,1988 年 10 月 15 日,132-133 頁。

10　盧瑋鑾、熊志琴:《香港文化眾聲道》第 2 冊,48 頁。

11　盧瑋鑾、熊志琴:《香港文化眾聲道》第 2 冊,48 頁。

無疑這是左派有政治目的而鼓動的"大暴動",但其中也反映了許多人對殖民地的不滿。我覺得背後的問題很多,不能簡化為完全為了政治目的,但是執筆的人可能要站在香港政府的立場,全盤否定事件,認為那是有政治目的的"暴動",或是要搞亂香港安定繁榮、犧牲香港的資源、犧牲人命、放炸彈等等。這有一部分是對的,但我的意思是,背後的許多因素可不可以拿出來討論呢?他(秋貞理,也即司馬長風——引者注)說這些問題以後再說,現在不可以說,說出來就是替左派說話,我們沒有條件討論這些,不可以在《周報》討論這些問題,即不宜討論殖民地教育的問題、殖民地的高壓政策、殖民地產生的社區問題、殖民地中的年輕人反叛問題或人們糊裏糊塗的參加"暴動"……他說這些暫時不要說,以後再談,我們現在應該站在政府一邊幫助平息"暴動",否定它。我雖然是總編輯,我也服從意見,那時也很難跟他對抗。[12]

"六七暴動"是《周報》極盛而衰的一個轉折點,因為它過於強調反共政治立場,不再能夠呼應工業化轉變之後的香港社會。與民眾的過於脫離,導致了它最後的失敗。新起的香港本地年輕人,已經不太在乎政治的界線。比如羅卡說到,《周報》另一位編輯陸離比較"情緒化",經常"越線",引起上級的不滿。陸離喜歡《新晚報》的某段內容,便會轉載到《周報》上來,這引起了上級的不滿,因為《新晚報》是左派的報紙。陸離還公開談論她喜歡的金庸,金庸當時是替《新晚報》、《大公報》等左派報紙寫作的人,也是《周報》的忌諱所在。[13] 對照陸離本人的說法,我們發現她其實也沒那麼輕鬆。她第一次被抽稿的時候,氣得坐在樓梯上哭,"不過哭也沒有人理會,總之就是不准刊登。"這讓她知道了"左派的東西得避開"。陸離其實並非不知道這些

---

12 盧瑋鑾、熊志琴:《香港文化眾聲道》第 2 冊,54 頁。

13 盧瑋鑾、熊志琴:《香港文化眾聲道》第 2 冊,50 頁。

"規矩"，"其實是知道的，不過嘗試冒險，這麼好的東西怎能不告訴別人呢？於是便發了，但排大版時就立刻被抽稿了"。她的想法是，"反共歸反共，但有像《紅樓夢》這麼好的作品出來，這也可以告訴別人。如果禁制到什麼都不能說的地步，我便不同意"。[14] 據陸離回憶，這種限制早期較為嚴格，愈到後來就愈難以維持了。"六七暴動"後，羅卡就離開了《周報》。

後來在談到《周報》最終停刊的時候，羅卡很清醒地說："我覺得《周報》結束在當時是必然的，它適應不了社會環境。"所謂"社會環境"是什麼呢？他說 70 年代的香港已經是"經濟掛帥"的時候，香港不能再依靠外在力量，而需要自求多福，即"本土化"，在東西兩大勢力之間求自我生存。[15] 在他看來，在"後暴動"的時代，《周報》依然堅持冷戰時期的所謂"科學民主"、"自由精神"和"文化中國"，已經不能再打動人了。

（三）

1957 年《海瀾》停刊後，徐速繼續經營高原出版社，出版了大量的"當代文藝叢書"。由於小說暢銷，加上《星星・太陽・月亮》改編電影所得的版稅，徐速手裏積存了一筆錢，約 5 萬港幣左右，他不顧反對，再次投資辦刊。

1965 年 12 月 1 日，《當代文藝》面世，題名來自於"當代文藝叢書"。香港的文藝環境很差，文藝報刊的生存如果沒有資金扶持的話難以生存，徐速以個人資金辦文藝刊物，的確不易。不過，徐速是很有使命感的。他在發刊詞中說："在這文藝荒蕪的時代，在這聲色狗馬籠罩下的社會環境，我們竟敢出版這樣純正的文藝刊物，的確是值得自傲、自慰的。""不容否認的事實，

---

14 盧瑋鑾、熊志琴：《香港文化眾聲道》第 2 冊，126-128 頁。
15 盧瑋鑾、熊志琴：《香港文化眾聲道》第 2 冊，58-59 頁。

近年來香港的文藝作品愈趨沒落了，幾十家報紙幾乎沒有一個純文藝副刊，刊載的都是些媚俗的消遣的流行作品，或者是替政治服務的‘羊頭’文章。”在此情形下，徐速覺得高原出版社應該有所作為，他決定發起香港的“文藝復興”運動，“於是，人人都希望杳港來一個‘文藝復興’運動，尤其是純潔地愛好文藝的青年。‘高原’是以出版文藝叢書稱著的，似乎是責無旁貸的應該負起這個神聖責任”。

《當代文藝》創刊號的作品，有徐訏的《旅印雜詩》、黃崖的《心願》、司馬長風的《咖啡館的世界》、盛紫娟的《璐璐的哭泣》、李輝英的《香港婚姻的悲喜劇》、黃思騁的《重男輕女》和徐速的《殺妻記》等。從作者隊伍看，《當代文藝》仍然是《人人文學》和《海瀾》的延續，用徐速的話來說，“大多是高原的朋友”。不過，這些昔日的反共作家，多數不復政治色彩，而是轉而寫香港題材。黃崖的《心願》寫的是女富翁王美琪因為回憶起自己的過去，願意贊助劇團並親自出演，這符合《當代文藝》純文學的想像。司馬長風的《咖啡館的世界》寫的是一個香港的情殺故事。盛紫娟的《璐璐的哭泣》寫香港夫婦去澳門睹博，疏於管理孩子。長於寫東北的李輝英這回寫了一個香港女性的婚姻故事。黃思騁的《重男輕女》只是一篇寫中國重男輕女風俗的散文。徐速的《殺妻》寫的是昔日國民黨部隊對於一椿風化案的處理，這篇小說後來成為徐速的名篇。

《當代文藝》1965年12月是“創刊號”，1966年1月才是“元月號”。“元月號”仍然延續了高原作家的勢頭，這一期開篇是黃思騁的小說《街頭》，是寫香港街頭的一個流浪漢范學聖與一條狗的故事，不但不政治，而且很“人性”。徐速則發表了《殺妻》的續篇，另外還發表了一篇散文《我與病魔搏鬥》，寫自己患病的過程。自第2期開始，徐速在《當代文藝》上連載長篇小說《媛媛》，直至《當代文藝》終刊還沒有刊載完。“元月號”和“二月號”出現的作家還有齊恆、趙聰、沙千夢和慕容羽軍等，基本上補齊了 50 年代初香港右翼作家的陣容。

由此看來，徐速的“文藝復興”運動，是以這批右翼作家為班底的。這些作家的重新聚集，不能不引起人們的注意。據《當代文藝》“元月號”的“編後”，刊物面世後，既受到歡迎，也受到批評。批評者中，被專門提到的是《新晚報》的霜崖先生（葉靈鳳 —— 引者注），“聽說霜崖先生就是當年在上海和魯迅大開筆戰的名老作家，從行文運字看來，果然名不虛傳，老而彌辣”。“編後”提到，霜崖先生對於《當代文藝》的鼓勵期望以及指責嘲諷照單全收，“但是有一點我們要向霜崖先生的朋友解釋，順便也向廣大讀者聲明的。因為那位霜先生的貴友竟給敝主編頭上糊裏糊塗地戴上一頂染着政治顏色的帽子”。徐速大吐苦水，“說起來可歎，當別人搞派分系時，咱們這一代人還是未成年的‘細佬哥’；當別人成王稱帝時，咱們正流落在香港屋簷下，成為無依無靠的無牌難民。這種心情絕非書齋裏的霜老前輩所能了解的了”。他藉機聲明《當代文藝》的非政治性，“在這裏我們再一次嚴正的聲明，我們不屬於任何黨派，也不為任何黨派服務。思想自由是個人的事，但《當代文藝》絕不捲入現實政治的漩渦，我們希望有權有勢的大政治家們高抬貴手，不必對這個小小的文藝刊物，擔心害怕，也不必派出槍手，攻擊不設防地的文藝園地。因為我們這個園地，既無‘香花’，更無‘毒草’，只是想為讀者弄一塊‘精神點心’（不敢自稱食糧）及為作家開闢一個筆耕的荒地而已”。

徐速在這裏未免過於“自謙”，他到香港一開始的確落難於屋簷之下，然而自從《自由陣綫》把他收羅後，他就成了香港反共文學的寫手，也是香港綠背文學的先驅。後來離開《自由陣綫》後，他才開始擺脫政治是非。雖然徐速屢屢聲明文學應該脫離政治，然而他不可能超越自己的政治立場，《當代文藝》的右翼傾

《當代文藝》創刊號

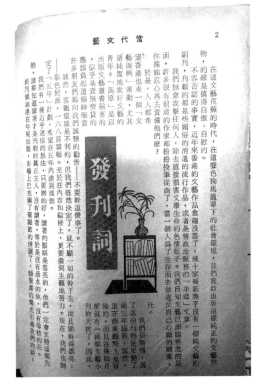

《當代文藝》發刊詞

向無可避免。正如評論家王家祺所言：徐速每每強調文藝去政治化，然而自己從來不脫政治性，所以"我們不能相信編輯之言"[16]。由此，《當代文藝》受到左翼批評家的批評也在情理之中。這場批評與回應，正是香港文壇左右對立的題中之義。

由於在香港看不到前途，右翼作家喜歡往後看，在對於過去的記憶中尋找慰藉。徐速喜歡寫戰爭題材，他的兩個長篇連載小說，連載於《自由陣綫》的《星星·月亮·太陽》和在《當代文藝》連載了6年的《媛媛》，都是抗戰題材的作品。徐速本人有過國民黨部隊經歷，小說描寫的對象是"國軍"，不過他一直刻意避免國共兩黨政治衝突，而是以戰爭為背景寫愛情傳奇。《當代文藝》的主打小說《媛媛》，是徐速的"浪淘沙"三部曲之一，也是一部寫愛情與戰爭的作品，情節曲折動人，非常吸引讀者。《媛媛》在《當代文藝》刊登後，再次風靡，使得原來1萬5千冊的《當代文藝》銷量跳至5萬7千冊。有讀者來信說：每期買《當代文藝》，只是為了看一段《媛媛》而已。

《當代文藝》在銷路上獲得了相當的成功。"元月號"編後提到，"堪可告慰我們的作者和讀者的，本刊創刊號超過於預期的成就，尤其是銷路，幾乎使我們難以想像；發刊第二天，本港重要地區就呈現缺貨狀態，我們是在發行商的電話催促裏，既興奮而又焦急地趕印了再版"。《當代文藝》在香港市場上的成功，相當不易，很值得慶幸。在很大程度上，《當代文藝》的暢銷是由徐速小說的通俗性所導致的。從反共文學中走出來，徐速成功地打造了"傳奇新文藝"的招牌。出版社要求《當代文藝》的封面上一定要寫上"徐速主編"四個字，就是看中這個招牌。

《當代文藝》銷售成功的原因之一，是徐速注重東南亞和台

---

16 王家祺：《"我的心仍在北方的高原"──從〈海瀾〉看五十年代南來作家的文學生產》，載《文學評論》，第26期，2013年6月15日。

《當代文藝》內頁的
作者介紹

灣市場。在籌備期間，徐速就專門去了南洋一趟，會晤當地華文作家，不但向他們約稿，也為刊物面世造勢。《當代文藝》後來果然行銷東南亞，包括新加坡、馬來西亞、泰國、印尼和南越等地，據說僅南越堤岸地區的銷量就達到上千本。徐速還很注意刊登台灣作家的作品，第 1 期就有謝冰瑩女士的一篇譯作，後來台灣作家的作品愈來愈多。及至 70 年代，《當代文藝》上的作品，差不多形成了香港、南洋和台灣三分天下的局面。可惜的是，因有諸多限制，台灣地區的發行後來被放棄了。

《當代文藝》也很注重年青人的培養。徐速創辦《當代文藝》，目的之一就是為了培養青年作家。創刊之前，徐速曾去拜訪青年黨領袖左舜生，左舜生感到他將資金投入於純文藝，不免冒險，徐速卻認為："我覺得寫作是個人事業，很難說有多大成就；辦刊物卻是從事文藝運動，說不定能培養出幾個青年作家，成功的公算也比較大；說來近乎高調，但我無法壓抑這個高調的誘惑"。[17]《當代文藝》一共進行過四次徵文比賽，第一次題為"初戀"（1969），第二次題為"我最難忘的一天"（1970），第三次題為"甘與樂"（1972），第四次題為"代溝"或"動物與我"（1975）。四次比賽的得獎入選作品，都由高原出版社正式出版。除此之外，《當代文藝》還舉辦過三期文藝函授班。從《當代文藝》中，的確也走出來不少青年作家。

《當代文藝》的社會影響，可以見諸於它在香港的兩次聚會。一是 1966 年春林語堂來港，徐速邀請林語堂參加《當代文藝》座談會及晚宴，應邀參加者有唐君毅、徐訏、李輝英、林太乙和易君左等人。二是 1975 年 12 月 20 日，《當代文藝》假九龍松竹樓舉辦創辦 10 週年慶典，徐訏、徐復觀、司馬長風、胡菊人、胡金銓、趙聰、高雄、慕容羽軍和柯振中等人參加。這兩次香港

---

17 徐速：《悼念左舜生》，載《百感集》（香港：高原出版社，1974），195 頁。

文藝界的公共活動,影響一時無兩,可以說蓋過了左翼文學的風頭。

1979 年 4 月,徐速以《質本潔來還潔去》的社論,宣佈了《當代文藝》的停刊。《當代文藝》歷時 13 年 5 個月(1965 年 12 月至 1979 年 4 月),共出版 161 期,並創下了每月 1 日出版從不脫期的紀錄。《當代文藝》停刊時,印數仍為 1 萬 2 千冊,頗不簡單。之所以停刊,據徐速的太太張慧貞說,是由於徐速的健康原因。徐速當時的身體狀況的確不太好,《當代文藝》停刊兩年後,即 1981 年,他就去世了。

徐速去世後,《當代文藝》曾兩度復刊。徐速在《當代文藝》上培養起來的作家黃南翔,在 1982 年 9 月復刊了《當代文藝》,不過只持續了兩年,至 1984 年 9 月停刊。1999 年,黃南翔向香港藝術發展局申請資助獲得批准,再次復刊了《當代文藝》(雙月刊),但這次復刊也只維持了兩年。

第二節　從《大公報》到《海洋文藝》:面向祖國

(一)

由於文人北上,1949 年後香港左翼文壇出現了萎縮的情況。1949 年 2 月 22 日,達德學院被取消在香港教育司署的註冊。1951 年 3 月 9 日,南方學院被取消在香港的註冊。1952 年 1 月 10 日,司馬文森、馬國亮、狄梵和劉瓊等左翼文人因政治活動被香港政府遞解出境。1952 年 5 月 5 日,《大公報》因為轉載《人民日報》批評港府的文章,督印人費彝民、總編李宗瀛被控刊載政治煽動言論,《大公報》被勒令停刊 6 個月(後減至 5 月 6 日至 17 日)。

50 年代初期,香港左翼文學處於低潮,連一個文藝期刊都沒有,如羅孚所說:"左派在五十年代初期,除了報紙的副刊,就沒有什麼文學上的陣地。"[18] 羅孚於 1948 年被派到香港參與《大公報》復刊工作，與羅孚差不多同時來香港的，還有嚴慶澍、夏易、何達和查良鏞等左翼文化人。與流落香港的右翼南來文人不一樣，他們是來香港工作的，在艱苦的情況下支撐起了 50 年代香港左翼文壇。

從報紙上看，50 年代初左翼報刊主要有《大公報》、《文匯報》，較為灰色的有《新晚報》，另外還有較為外圍的報紙《香港商報》等。考察《大公報‧文藝》和《文匯報‧新文藝》這兩個副刊，結果有點出人意料，它們的視野並不在香港，而主要是內地政治和文化的窗口。舉凡國內要聞，在《大公報》和《文匯報》報刊上悉有反映。副刊文章作者也頗多內地名家，如柳亞子、巴金、馮至、卞之琳、黃永玉、蕭乾和夏衍等。內容大致是內地政治文化的延續。香港的地方性反倒不太多見，本地作家的作品也不多。

事實上，兩報對於殖民地香港是很排斥的。1950 年 5 月 15 日《文匯報‧新文藝》發表了一篇題為《展開對墮落文藝的爭鬥》的文章，號召左翼文壇批判墮落的香港文藝。文章開頭就說："香港，這個墮落的城市，氾濫着墮落的文藝作品"。它認為這種墮落的文藝是香港社會的產物，"產生這種文藝作品，是有其政治的、社會的基礎的。殖民的、封建的政治經濟，荒淫無恥、腐化墮落的社會生活，必然會產生這種作品，而這種作品，剛好投合了小市民的落後意識，投合了他因為生活的灰白無恥，而強烈追求刺激的病態心理，於是乎，就滋長蔓延，成為這個都市的主要‘文化’了"。這顯然是 30、40 年代左翼文人對於香港印象的延續。如何與這種墮落文化鬥爭呢？文章指出：目前最積極的鬥爭方法，是"用思想意識健康而形式文字通俗的作者，去爭取它

---

18 羅孚：《香港文化漫遊》〔香港：中華書局（香港）有限公司，1993〕，106 頁。

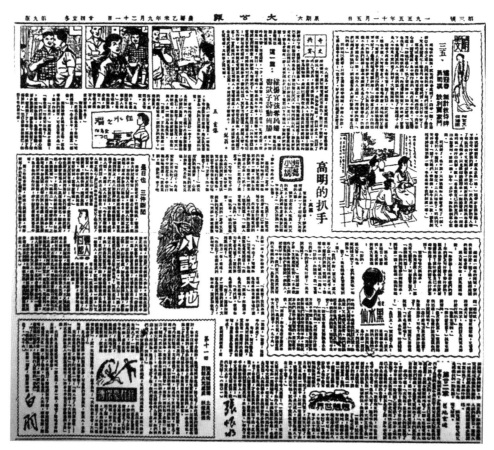

《大公報》1

355

的讀者"。

　　《文匯報‧新文藝》在發表《展開對墮落文藝的爭鬥》的同一期，發表了方生的一篇小說《祝捷》，文中從內地逃難香港的"黃科長"和"張縣長"聽說國民黨"海口大捷"後，舉杯慶祝，盼望反攻大陸成功，結果看到了海口解放的消息，大失所望。1950 年 4 月 17 日《文匯報‧新文藝》發表了鄭曙文的《領配給證》，寫生活無着的香港下層貧民排隊領配給證的混亂情景。鄭辛雄（海辛）在 1951 年 5 月 20 日《大公報‧文藝》上發表小說《這不是她的恥辱》，寫"美國為擴大戰爭禁止物資來港"，導致香港的工廠危機，女工蔡玉被迫下崗，為養活老小出賣自己的身體。在 1950 年 5 月 15 日第 7 期"新文藝"上，他又發表了《送工友回國支前》一詩，歡送工友"回到祖國參加革命鬥爭"，詩歌稱讚"支前英雄好野、支前英雄頂呱呱"，這顯然是將內地的政治術語，套用到了香港的頭上。

　　《文匯報》於 1952 年 12 月 28 日停刊，1956 年 3 月 2 日重新創刊。重新創刊的《文匯報》"文藝"副刊上的創作，國內作家的作品佔據較大比重。統計一下，在該副刊上露面的國內名家有艾蕪、楊朔、老舍、秦牧、馮至、茅盾、公劉、李瑛、葉君健、冰心、康白情、知堂、曹禺、徐遲和巴金等，內容當然也是反映國內生活的。不同的是，香港左派作家也開始較多在報刊上露面。在《文匯報‧文藝》上發表作品的香港作家有葉靈鳳、曹聚仁、阮朗、侶倫、舒巷城、夏易、黃谷柳、高旅、海辛、何達、鷗外鷗、柳木下、李育中和思果等。有趣的是，《文匯報》還發表了香港工人的集體創作，如海燕的《血海深仇 —— 港九各業工人會演話劇》（1958 年 10 月 25 日）、羅漫的《南國花開 —— 記香港工人文藝晚會》（1959 年 4 月 7 日）等，內地時代痕跡十分明顯。

　　較為活躍的，是《大公報》附出的《新晚報》。朝鮮戰爭後，

《文匯報》1

357

《大公報》2

《文匯報》2

因為《大公報》、《文匯報》只能發表新華社的報道，北京方面需要一個能夠及時報道戰事的報紙，面目不能太"左"，這就是《新晚報》的來源。《新晚報》創辦時間是 1950 年 10 月 5 日，據說既避開了 10 月 1 日內地國慶節，也避開了 10 月 10 日台灣的"雙十節"，可見其灰色定位。

當時《新晚報》的副刊，分別有由查良鏞（金庸）主持的"下午茶座"和嚴慶澍（阮朗、唐人）主持的"天方夜談"。"下午茶座"創辦後有兩個引人注意的專欄：一個是嚴慶澍以筆名"本宅管事"連載的《某公館散記》，一個是周楡瑞以"宋喬"連載的《侍衛官雜記》。《某公館散記》次年出版單行本時易名《人渣》，主題更加突出了。東京岩波書店也出了日譯本，題為《香港斜陽物語》。在嚴慶澍主編的"天方夜談"上，最有名的是他本人以筆名"唐人"連載的《金陵春夢》，這部小說自 1952 年 11 月 3 日開始，直到 1958 年 10 月 4 日才結束，連載 6 年。無論是《某公館散記》，還是《金陵春夢》，都是醜化國民黨乃至蔣介石的作品，《金陵春夢》一書後來成為了華人世界的暢銷書。[19]

《新晚報》可以載入史冊的，還有開創新派武俠小說。1953 年底，香港爆出一條熱點新聞：太極拳和白鶴拳宣佈在澳門舉行擂台賽。1954 年 1 月 20 日，《新晚報》開始連載梁羽生創作的《龍虎鬥京華》，次年 2 月金庸開始連載《書劍恩仇錄》，新派武

---

19 據嚴慶澍回憶，當時周瑜瑞用宋喬的筆名，在《新晚報》連載《侍衛官雜記》，"描寫蔣介石的膚淺和無聊"，社委記為最好再寫一篇有關老蔣的東西，"在讀者印像中塑造一個真正的蔣介石"。開會時，羅孚把任務交待下來，誰都不願意接受。後來《新晚報》建議請北京的老前輩幫忙，北京的答覆是大家都忙，沒時間為香港的報紙寫東西，由《新晚報》自己解決。最後，任務落到嚴慶澍的頭上，他說："接下這樣一個任務，我也實在頭痛。"參見杜漸：《良師益友說唐人：憶嚴慶澍先生》，載《長相憶：師友回眸》〔香港：三聯書店（香港）有限公司，2015〕，75 頁。

俠小說從此開始。刊載新派武俠小說是左翼文壇有意而為，背後有中央領導廖承志的支持，應該有吸引讀者、打破綠背文學壟斷文壇的動機。效果的確很明顯，《新晚報》刊載《龍虎鬥京華》等小說後，引得香港及東南亞報刊紛紛轉載，銷量大增。《新晚報》和競爭對手《星島晚報》市場份額原來是四六開，現在也追了上來，甚至超過了對手。

《新晚報》之外，金庸還在《香港商報》上寫武俠小說。《商報》成立於 1952 年，與 1956 年的《晶報》同屬左翼外圍報紙。金庸在《香港商報》上連載的第一篇新派武俠小說是《碧血劍》，連載一年，效果甚佳。改版後他開始寫成名作《射鵰英雄傳》，轟動一時。直到 1959 年，金庸創辦《明報》，將新派武俠小說轉移過去。在《香港商報》連載《射鵰英雄傳》的最後一天，金庸在文末留言，"《射鵰英雄傳》的後傳，在明天出版的《明報》刊出，敬請讀者留意"。自此，新派武俠小說才脫離新華社領導下的左派報系。[20]

《新晚報》的靈活性，還表現在它可以刊載一些內地不適宜出版的著作。它在 1960 年前後連載溥儀的《我的前半生》，在 1964 年 8 月連載周作人的《藥堂談往》（即《知堂回憶錄》，後被腰斬）。這些著作在內地直到新時期以後廣為人知，這已經是後話了。

（二）

50 年代中期前後，左翼文壇開始振興。左翼報刊增多，很明顯是以抗衡右翼報刊為目標的。1954 年 8 月創刊的《良友畫報》，對抗的是亞洲出版社的《亞洲畫報》。1956 年 4 月 14 日創

---

20 參見張初、許桑：《〈商報〉雙傑》，載黃仲鳴主編：《數風流人物 —— 香港報人口述歷史（上）》（香港：天地圖書有限公司，2017），203 頁。

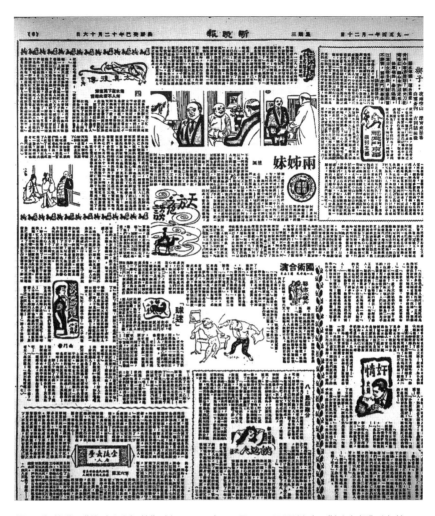

梁羽生著作《龍虎鬥京華》於 1954 年 1 月 20 日開始在《新晚報》連載

361

刊的《青年樂園》，針對的是《中國學生周報》。1959年4月25日創刊的《小朋友》，瞄準的則是友聯的《兒童樂園》。不過，這些都不是文藝刊物，真正的文藝刊物是1957年6月創刊、由夏果主辦的《文藝世紀》，這個刊物一直堅持到1969年才結束，共計出了151期，是50至60年代香港左翼文壇最重要的陣地。

提到《文藝世紀》的創刊，首先要提到張千帆。張千帆本是香港人，抗戰爆發之前，他是《華僑日報》的記者，後北上抗日，輾轉到了延安，主要從事宣傳工作，參加過《大眾日報》等報刊的工作。大約是因為他的香港背景，張千帆在1953年被派回香港，主要是開展中國新聞社的工作。1955年，在張千帆的推動下，由李林風（侶倫）辦起了對海外發稿的采風通訊社。1957年，張千帆找到夏果，辦起了《文藝世紀》。

夏果原名源克平，世居廣州，畢業於廣州美專圖案系。抗戰爆發後，他在廣州和蒲風、溫流等人參加中國詩歌社的抗日宣傳活動，後來流亡到了西南，參加文工團之類的活動。抗戰結束後，夏果回到香港，為解決生計，他在中環的街角開了一家小小的首飾舖子，這裏後來成了朋友會面和留轉信件的地方。1957年，張千帆就是在這裏找到了夏果，請他主編《文藝世紀》。據說，這個工作原來是讓侶倫擔任的，因為侶倫已經在組織中國新聞社，無暇分身，而夏果已經脫離了文壇，就此請他回來。

《文藝世紀》由上海書局出版，目錄上只印着"督印人"盧野橋，盧野橋據說是演員盧敦的兄弟，他來擔任持牌人，兼做內務和校對。夏果似乎一切都親力親為，據黃蒙田回憶："編輯《文藝世紀》，夏果是以全部心力投入的。這是基於個人的興趣，也由於雜誌組織者對他的絕對信任。他把刊物像一件心愛的藝術品那樣去進行雕琢，用他的話來說是像'繡花'那樣去對待它。雜誌還有一個助手做包括校對在內的事務工作，夏果卻事無大小如組

《文藝世紀》1

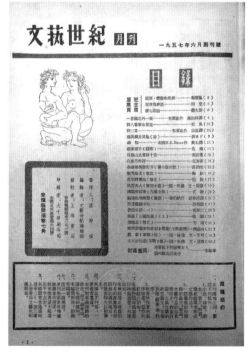

《文藝世紀》2

《文藝世紀》3

稿、編稿、發稿、校對到送稿費等都親力親為。"[21]《文藝世紀》每一期的封面，都是夏果親自設計的，這正好用上了他的美術才能。

從目錄看，《文藝世紀》並不是一個純文學刊物，而是一個綜合性文藝刊物。以第 1 期為例，《文藝世紀》由數個板塊構成。開頭就是"紀念屈原頁"專輯，刊登了葉靈鳳、閣堂和戴文斯幾篇紀念屈原的文章。接着是一個布萊克的翻譯專輯，刊登了燕如林翻譯的《一意難忘外一章》和白磊翻譯的《詩二首》，還有一篇史魚撰寫的《詩人畫家布萊克》。布萊克專輯的後面，是黃石翻譯的英國 H.E. Bates 的散文《時間》。黃石對於英國散文的翻譯，在《文藝世紀》上是一個系列專輯。《文藝世紀》第 2 期刊登了黃石翻譯的另外兩篇英國散文《七月的芳草》和《扇子操》，並在"編後小記"提到，"黃石先生分期為本刊翻譯英國名家散文選，今期先發表哲夫黎的《七月的芳草》和愛迭孫的《扇子操》。以後還陸續刊登共有十四位英國散文作家各家不同風格的作品。譯文後並有譯者對每位作家和作品的簡短介紹，使讀者對作品有更多的理解"。[22] 還有一個板塊是對於美術的評論介紹，第 1 期發表的文章有黃蒙田的《談兩個畫家的京戲水墨畫》，還有一個"印度尼西亞華僑畫家作品選"。在現代文學上，《文藝世紀》連載了曹聚仁撰寫的《魯迅年譜》。

餘下的文學創作的篇幅，就不太多了。第 1 期發表了兩篇圖文"掌篇小說"：平可的《職業》和望雲的《太太要知道》，還有

---

21 黃蒙田：《回憶詩人夏果》，載《香港文學》，總第 119 期，1994 年 11 月 1日。

22 許定銘在《跨年代的〈文藝世紀〉》（2006 年第 4 期）一文中，曾專門提到作為民俗學者和翻譯家的黃石，並談到：上面一段"編後小記"是這一年《文藝世紀》"唯一的編後話，也是編者唯一提及撰稿者的介紹，可見編者非常重視黃石的這一組翻譯作品"。引者註："唯一編後話"的說法並不準確，次期（8 月號）仍有"編後小記"。

唐歌的"歷史小說"《桃花夫人》。詩歌上有柳木下的《龍眼樹》等，散文上有侶倫的《花間抒情曲》，江源的《韓素音印象》就算是文學評論了。

從作者隊伍看，《文藝世紀》雖然還有來自大陸的作家，但已經大大減少了，作者主要由香港本地的左翼作家構成。左翼作家並非鐵板一塊，至少可以分為兩類：一類是較為堅定的左翼，另一類則是較為外圍的作家。前者如夏果、阮朗、侶倫、何達、羅孚和黃蒙田等，葉靈鳳和曹聚仁等資深作家在現代文學史上並非左翼，但在香港文壇上卻是左翼報刊的支持者，而如平可、望雲等則大體屬於中間人士，不排斥在左翼報刊上寫稿。我們知道，香港文壇左右涇渭分明，右派作家一般來說是不會在左派刊物上發表文章，一旦發表，即被站隊歸類，因此一些開明作家即使在左翼報刊上寫文章，也只能用筆名。

《文藝世紀》第 1 期刻意選擇平可、望雲的通俗小說，引人注意。30、40 年代的香港左翼文壇，雖然提倡大眾化，但對於平可、望雲等人的舊小說是不太看得上眼的。1949 年以後，左翼文壇卻有意借重通俗小說，《新晚報》開創了新派武俠小說。平可、望雲當時都是香港文壇的流行小說家，刊登他們的作品，對於提高《文藝世紀》的銷售量肯定是有幫助的。平可的《職業》寫"我"在香港找工作被騙的故事，望雲的《太太要知道》寫某太太的好奇心，兩部小說都以較為故事性的寫法寫香港生活，已經算不上是傳奇小說了。

不過，平可和望雲的名字在 6 月創刊號之後就很少出現了。7 月號第 1 期《文藝世紀》的小說除唐歌的"歷史小說"《桃花夫人》連載外，兩篇"掌篇小說"換成了阮朗的《看家狗》和金玉田的《病室裏的神鬼人》。8 月號《文藝世紀》的兩篇"掌篇小說"是侶倫的《默契》和西門穆的《地獄雨》。9 月號《文藝世紀》的"掌篇小說"改為"短篇小說"，10 月號"短篇小說"又改為"小說"。此後,《文藝世紀》發表的小說基本上每期只有兩三篇,作者集中於阮朗、侶倫、胡春冰、夏炎冰和韋量等人。1958年後6月號之後,翻譯小說大為增加,創作小說減少,常常只有一篇或者沒有。在翻譯上,《文藝世紀》較為注重第三世界國家的文學作品,這與國內文壇應該是相呼應的。1958年第5號總第24期後,創作小說部分又有所增加。范劍(海辛)在《文藝世紀》第5號上發表了小說《禮物》,在第6號又發表了《她和我》。與此同時,我們又見到了高旅的名字,他在6至7號發表了《補鞋匠傳奇》(上下篇)。

從1960年6月開始,《文藝世紀》開始連載阮朗的長篇小說《長相憶》,一直到1962年8月號結束,連載了2年2個月之久。《長相憶》寫印尼華僑秋生一家與當地印尼朋友共同抗擊荷蘭侵略者的故事,這顯然配合了內地亞非拉反帝反殖的主題。從此以後,阮朗的小說成為了《文藝世紀》的主打。他的《我是一棵搖錢樹》連載於1964年9月至1967年12月,從第88至127期,也是長達兩年多。當然,報刊連載有時是不連續的。此後,《文藝世紀》連載的阮朗小說還有《泰利父子的眼淚》(1968年1至3月號,第128至130期),《黑裙》(1968年4至6月號,第131至133期),《她還活着》(1968年7至9月號,第134至136期),《黃天霸》(1968年10至12月號,第137至139期),1969年的《第一個夾萬》則是阮朗在《文藝世紀》的最後一次連載了,它剛剛連載兩期,《文藝世紀》就停刊了。

值得一說的,還有《文藝世紀》的"青年文藝創作"專欄。1958年1月號《文藝世紀》"編後小記"說:"根據過去幾期的實際情況,我們給青年讀者的照顧還少,今後希望做到開闢一個'青年文藝創作'專欄,以副青年讀者及青年作者的要求。"於是,接下來一期,即2月號的總第9期,出現了"青年文藝專頁",其中包括沙里洪的《慕西河水緩緩流》、甘牛的《沫來泉的故事》、莎茹的《椰下·夜歌》、高青的《原野的迷戀》、念青的《遙寄》和佚君的《夜底的憂鬱》等幾篇青年習作。《文藝世紀》後期還設置了"文藝信箱",由高翔(何達)回答年輕人有關文藝的問題。1960 年代,"青年文藝專頁"還另出增刊本,附於《文藝世紀》內贈予讀者,很受歡迎。許定銘談到,很多文學史家都稱讚《文藝世紀》的成就,不過他們都沒有談到其實質貢獻。在他看來,《文藝世紀》的實質貢獻就是對於新人的培養。在許定銘看來,香港文壇的問題在於缺乏對於青年的培養,而這正是《文藝世紀》最重要的特色,它"每期提供的版位多為 2 至 4 頁,甚至我見過最大篇幅的,是 1967 年 12 月號的共佔 12 頁,刊登了 15 篇作品。""《文藝世紀》不單栽培了本地年輕的新一代,他還扶掖了南洋各地青少年,其對文藝的貢獻是肯定的!有志於寫香港文學史的學者,絕對不能忽視。""《文藝世紀》撒下去的種子,很多已經落地生根,發芽成長了,成了本港老中青代的文人,羅漫(羅琅)、范劍(海辛)、李怡、張君默、雪山櫻(林蔭)、陳浩泉、韓牧⋯⋯ 都是在《文藝世紀》的搖籃裏成長的。"[23]

從 1957 年創刊,到 1969 年停刊,《文藝世紀》持續了 12 年之久,在香港文壇產生了相當影響。侶倫在《記〈文藝世紀〉》一文中,提到兩位香港文壇老將曹聚仁和葉靈鳳對於《文藝世紀》的高度評價。曹聚仁在《海天談藪》一文中談到,"有一位朋友問我:'假如我袋中的錢只夠訂一份雜誌的話,叫我看那一種的好?'我想了一想,說'那只好選購《文藝世紀》了。'我的話並非由於偏好,而是由於這一刊物確乎讓我們對於文藝這一部門的常識知道得很不少;而編者對於選用稿件,對於表達的文字技巧上,同樣是注重了的"。1966 年《文藝世紀》創刊 10 週年的時候,葉靈鳳在發表於 2 月 6 日《新晚報》的"霜紅室隨筆"一文

---

23 許定銘:《跨年代的〈文藝世紀〉》,載《文學研究》,第 4 期,2006 年。

中說到：" 《文藝世紀》是一個已經有了十年歷史的純文藝刊物。一個銷路並不特別大，一直維持着一定水準的文藝月刊，在這裏居然能支持了十年，簡直是一個奇跡。如果說這個刊物已經有了什麼成功，我覺得它的存在就是最大的成功。十年樹木，經過十年的灌溉，無論有人說香港是什麼文藝沙漠，經過這樣長期的培育，撒下去的種子總有一些已經落地生根，發芽成長了。" [24]

　　不過，侶倫談到：" 這不是同人雜誌，而是容納所有香港各方面作家作品的文藝刊物。當時經常為《文藝世紀》撰稿的有：葉靈鳳、曹聚仁、陳君葆、張向天、胡春冰、辛文芷、阮朗、何達、黃蒙田、夏易、夏炎冰、洪膺、張千帆、王乃凡、蕭銅、吳其敏、侶倫、林檎、夏果、葉苗秀、吳羊璧、李陽、洛美、海辛、陳浩泉……等。" " 容納所有香港各方面作家作品" 的看法，顯然並不客觀，從名單上就可以發現，他們基本上是香港左翼作家或靠近左翼的作家。許定銘即不認同侶倫的這一說法，他認為：" 至於 ' 是容納所有香港各方面作家作品' ，則值得商榷，其實《文藝世紀》的作者群，只包括了當年國內及本港大部分左派作家的作品，中立或者右派名字，大都未見在此發表的。" [25] 黃蒙田在回憶夏果的時候，也談到這一點遺憾，" 即使在當時，我總覺得夏果的編輯方法稍為保守了些。也許是詩人的慣性低調決定了他不可能大膽地有所突破，也許是他刻意要求很好地符合 ' 老闆' 的宗旨 —— 所謂宗旨一定程度上變成了清規戒律。譬如，經常寫稿的帶有偶像性的老、中作家是由於 ' 老闆' 的關係而取得的，這些作品雖然較為分量，但清一色是左派，為什麼編者滿足於這種而不去組織左派以外的作家呢？雖然

---

24 侶倫：《記〈文藝世紀〉》，載《向水屋筆語》〔香港：三聯書店（香港）有限公司，1985〕，59-60頁。

25 許定銘：《跨年代的〈文藝世紀〉》，載《文學研究》，第 4 期，2006 年。

在當時來說有實際困難，由於相當廣泛地被人們了解到刊物的背景性質。正是因為相當多篇幅被包括在國內來稿的老、中作家所佔據，看來不免感到老氣，缺少一點活潑感。"[26] 絲韋（羅孚）在談到《文藝世紀》的時候，也認為"它也並不是十分完美。'文革'未起之前，就感到它有最大的薄弱之處：不能使站在比較右邊的作者替它寫稿"。[27]

（三）

正因為這種過於鮮明的左派特色，使得羅孚有了創辦一個更有包容性的刊物的想法，於是有了 1966 年 1 月《海光文藝》的創立。《海光文藝》上沒有刊出編者的名字，據羅孚回憶，"黃蒙田是主編，我只是協助他做些約稿的工作"。[28] 有關創刊宗旨，羅孚這麼說："從四十年代末期一直到六十年代中期，香港文化界一直是紅白對立，壁壘分明的。我們的設想是要來一個突破，紅紅白白，左左右右，大家都在一個調子不高，色彩不濃的刊物上發表文章，兼容並包，百花齊放。"為了讓更多的作家敢於為《海光文藝》寫稿，左派作家甚至於不敢用自己的真名，如何達為《海光文藝》寫了不少詩，但刊物上沒有出現過"何達"的名字，甚至於像曹聚仁、葉靈鳳這樣的作者，也用筆名寫作，曹聚仁用的是"丁秀"，葉靈鳳用的是"任訶"和"秦靜聞"，原因是，據羅孚透露，"當左的、紅的出現時，就可能使得右的甚至中間的望而卻步，因此，就不得不委屈那些被認為是左或接近於左的

---

26 黃蒙田：《回憶詩人夏果》，載《香港文學》，總第 119 期，1994 年 11 月 1 日。

27 絲韋：《〈海光文藝〉與〈文藝世紀〉——兼談夏果、張千帆和唐澤霖》，載《香港文學》，第 49 期，1989 年 1 月 5 日。

28 羅孚：《〈海光文藝〉二三事》，載馮偉才編：《香港當代作家作品選集‧羅孚卷》（香港：天地圖書有限公司，2015），468 頁。

《海光文藝》1　　　　　《海光文藝》2

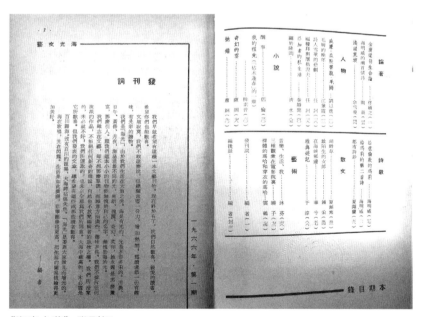

《海光文藝》發刊詞

知名作者，換一個陌生一些的筆名了”。[29]

《海光文藝》果然出現了較大變化。最大的變化，是劉以鬯、李英豪等人的名字開始出現在刊物上。正如我們前面所論，50 年代文壇除左右之分外，還有一條從《詩朵》到《好望角》的現代主義的線索。崑南、馬朗、劉以鬯和李英豪這一批人，對政治沒有興趣，應該說是中間偏右。真正的右派是與左派對立的，倒是這批純藝術派容易爭取一些。劉以鬯、李英豪等人給《海光文藝》所帶來的，是現代主義。《海光文藝》第 1 期就發表了劉以鬯的《威簾·森默賽脫·毛姆》，並組織了一個“毛姆專輯”，發表了江兼霞的《毛姆的晚年》和兼霞翻譯的《毛姆“一個作家的札記”選譯 —— 兩個朋友》。第 1 期同時還有一個“海明威專輯”，包括陶最譯海明威的《給在倫敦的瑪莉》和《給瑪麗的第二首詩》，還有海明威的圖片發表。有關於海明威，《海光文藝》第 12 期還有一個李英豪編的專輯。

劉以鬯後來在《海光文藝》上發表了《森格·姆罕拉葛》（第 2 期）、《飢餓》（第 5 期）、《窗前》（第 13 期）等一系列作品。李英豪寫譯兼顧，發表得更多，計有《〈從生命的原性〉到〈環境的逼力〉—— 和法國女作家蒙·地·波娃一席談》（第 5 期）、《“犀牛”與伊歐納斯柯》（第 8 期）和《論意大利當代新詩》（第 10、11 期）等。《海光文藝》發表的介紹現代主義的文章還有姚克的《法國的新興戲劇》（第 6、7、8 期）、何方的《現代主義溯源》和陳福善的《批評家與印象派繪畫》（第 7 期）等。我們知道，左翼文學一向稟持現實主義觀念，《海光文藝》能夠兼容現代主義，是一件很不容易的事情。

《文藝新潮》的小說家盧因後來曾回憶，《海光文藝》創辦

---

29 絲韋：《〈海光文藝〉與〈文藝世紀〉—— 兼談夏果、張千帆和唐澤霖》，載《香港文學》，第 49 期，1989 年 1 月 5 日。

後，羅孚通過海辛輾轉向他約稿，結果就是發表於《海光文藝》1966 年第 12 期的《颱風季》。小說發表後，羅孚親自約盧因見面，把稿費交給他。[30] 這種做法，顯然是要結交朋友的意思。盧因的回憶，驗證了羅孚當時想突破狹隘的左翼文學圈的意圖。

《海光文藝》的另一個特徵，是容納通俗文學。《海光文藝》頭三期，連載了梁羽生的名文《新派武俠小說兩大名家金庸梁羽生合論》（上、中、下）。據說，羅孚在約稿時，梁羽生擔心寫自己不好，提出讓羅孚冒名頂替，後以"佟碩之"的筆名發表。接着《海光文藝》第 4 期，又發表了金庸《一個"講故事人"的自白》。梁羽生、金庸的兩篇文章，形成了呼應的關係。發表通俗小說，原就是香港左翼文學的做法，這次發表兩篇評論，算是理論總結。更值得一提的是，武俠小說之外，言情小說也開始登場。《海光文藝》第 4 期發表了亦舒的《滿院落花簾不卷》，第 5 期發表了她的《豆蔻梢頭》，第 7 期發表了她的《叫我阿佛》，引起了讀者的關注。亦舒之外，《海光文藝》還發表了其他言情小說家的作品，如第 9 期發表了依達的《三十八·女人》和鄭慧的《薔薇與幽蘭》等。《海光文藝》還在 4 月和 5 月號兩期，刊登盈若思有關瓊瑤小說的評論。此外，《海光文藝》還發表了日本推理小說家松本清張的《跨越天城山》，並發表晏洲的《松本清張和他的推理小說》一文加以介紹。

左翼作家則變換筆名，發表作品。侶倫除以"侶倫"之名發表了《醜事》（第 1 期）、《狹窄的都市 —— 致高貴女人們（四個巧合的故事）》（第 2 期）等小說外，又以"林下風"的筆名，在第 8 至 10 期連載了著名的《香港新文化滋長期瑣憶》。舒巷城以"舒巷城"之名發表《眼睛》（第 3 期）、《流浪的貓》（第 7 期）等小說，又以"秦西寧"之名發表了《第一次》（第 5 期）。海辛

30　盧因：《悼念羅孚之外》，載《香港文學》，第 12 期，2014 年。

以 "范劍" 之名發表了《典當者》（第 7 期）等小說。曹聚仁則以 "丁秀" 之名連載了《文壇感舊錄》（第 2 至 5 期）。

可惜的是，《海光文藝》生不逢時，創刊不久就碰到 "文革" 爆發。《海光文藝》試圖容納不同聲音的 "灰而不紅" 的做法，在極左思潮面前無法存在下去。1967 年 1 月，《海光文藝》出了第 13 期後，就不聲不響地結束了。

（四）

1967 年 6 月，香港爆發 "六七暴動"。左翼報刊以 "文革" 的方式介入，受到港英政府打擊。除此之外，左翼報刊內部也搞反 "封資修"，取消副刊、馬經、狗經，這在娛樂至上的香港無異於自殺政策。"反英抗暴" 之前，《大公報》、《文匯報》、《新晚報》合起來銷量十多萬份，外圍左報《香港商報》、《晶報》、《正午報》各約十多萬份，六報加起來總銷量約佔香港報刊總量的一半。運動後期，左報銷量暴跌，《大公報》、《文匯報》跌至一萬略多，《新晚報》跌至兩萬，而《香港商報》、《晶報》、《正午報》各家約跌去十萬，僅剩三四萬份，《大公報》、《文匯報》、《新晚報》還退出了報業公會。這是香港左翼報刊的一個轉折點。直到 1972 年，左翼文壇才緩過一點勁來，由吳其敏創辦了《海洋文藝》，它持續了 8 年，至 1980 年才結束，延續了香港左翼文學的香火。

《海洋文藝》第 1 期創刊於 1972 年 11 月，初為試刊性質。試刊出了 4 期，至 1974 年 4 月改為雙月刊開始正式出版，1975 年 1 月再次改為月刊。刊物的總期數，是從 1974 年雙月刊開始計算的。

《海洋文藝》在創刊號上解釋其命名涵義，"生活是一個無邊無際的海洋，遼闊深邃 —— 我們文藝愛好者應該像一尾游泳在大洋中的魚一樣，以極大的靈感度，反映出海洋瞬息萬變的規律"。《海洋文藝》又強調以文會友，"我們希望《海洋文藝》是一根感情的線路，和各地的文藝愛好者互相聯繫，互相交流"。

不過，這裏的“以文會友”顯然是局限於左翼文化圈內的。《海光文藝》那種對於異質的包容性，在這裏又消失了。

《海洋文藝》以小說為主，兼及散文、詩歌、隨筆、評論、譯文和資料等。常發表作品的作家有葉靈鳳、李輝英、阮朗、舒巷城、何達、夏果、夏易、蕭銅、黃蒙田、海辛和吳其敏等人，也有新的左翼作家加入，如陳浩泉、彥火、陶然、東端、金依和張君默等人。

從《海洋文藝》1卷1期的編後話中，我們可以看到刊物的文類安排和作品傾向，“目前我們的願望是：先把力量多放一點在創作小說上面。譬如本期中，包括‘青年之頁’裏兩篇中大同學的‘習作’（她們自己這樣謙稱），一共有短篇小說十個。反映的現實面較廣。當前社會，由於多種因素的影響或迫脅，造成生活上特多的困難與危機，舉其大者，如‘加’字號、‘黃’字號等等所設各樣的陷阱，都是已被若干地捕捉了的使人驚懼的生活素材。特別是‘搶’字號，像老作家阮朗《案底》一篇所描寫的，便是一個叫人驚心動魄的故事。它指出了搶劫在有背景、有組織的情形下向莘莘學子們招手、伸手、熱潮手，已到了如何嚴重的程度”。從這段話中，我們可以看到，《海洋文藝》希望多發表小說，特別鼓勵青年人的創作，而在文藝宗旨上是反映現實，揭露和批判香港的黑暗面，表現人們內心的彷徨和苦惱。很顯然，這是一種批判現實主義的路向。最有代表性的作家，《海洋文藝》在這裏列舉出來的是阮朗和舒巷城。

總體來說，《海洋文藝》一直因循在左翼圈內，作家中老面孔居多。在中國內地進入新時期後，隨着內地作家的復出，他們的名字愈來愈多地出現在《海洋文藝》上，如戴望舒、艾青、沈從文、姚雪垠、卞之琳、吳祖光、施蟄存、邵燕祥、蔡其矯、柯藍、周良沛、郭風、蔡清閣和舒婷等。其中不乏名篇，如艾青復出後的詩篇《時間》發表於《海洋文藝》1979年7卷6期，沈從

《海洋文藝》1

《海洋文藝》2

文的《一個傳奇的本事》發表於《海洋文藝》1980年7卷5期。海外作家聶華苓與安格爾於1978年訪問內地,在《海洋文藝》上發表行程日記《三十年後》,從1978年5卷8期連載至1980年7卷7期,引起了廣泛的注意。香港本地作家劉以鬯也常在《海洋文藝》露面,他發表了小說《蜘蛛精》(1979年6卷2期)、論文《柯靈的文學道路》(1980年7卷1期)和《現代美國偉大小說家納布阿考夫》(1980年7卷2期)等。

1980年10月,《海洋文藝》突然宣告停刊。最後三年入主《海洋文藝》的彥火接到通知後,感覺"大為驚愕"。停刊的原因,這一年第7卷第10期《海洋文藝》上刊登的停刊啟事稱,"本刊由於銷行阻滯,虧蝕良多,決定截至本期,宣告停刊"。彥火認為:"《海洋文藝》在七十年代末期,刊載了許多內地名家的作品,本地和星馬地區的作品相對減少,由於這些作家的其他作品也同時在內地出版的刊物出現,並且在海外行銷,所以較難引起本地及海外讀者興趣,所以星馬地區的銷路為之銳減。"從最後一期《海洋文藝》看,首篇就是吳祖光的電影劇本《西遊記》(第一部),其後有寫魯迅、茅盾、艾青等作家的文章,還有涉及歐美以至台灣的文章,但很少有涉及香港本地及東南亞的文章,有點像內地刊物,如此失掉本地及東南亞的市場就不奇怪了。

需要提及的是,最後幾年加入《海洋文藝》的彥火,還編了一套"海洋文叢",其中包括聶華苓的《王大年的幾件喜事》、何達的《國際作家風貌》、阮朗的《愛情的俯衝》、李輝英的《名流》和黃蒙田的《湖光山色》,共計15種圖書。另外還有"海洋詩叢"出版。

說到香港左翼作家集輯,最早還要提到《海洋文藝》的主編吳其敏。早在1961年至1962年間,在中國新聞社負責人張建南支持下,吳其敏聯絡葉靈鳳、夏果等人,編輯出版了8種作品合集:《五十人集》、《五十又集》(散文合集,三育圖書文具公司出版），《新雨集》、《新綠集》、《紅豆集》、《南星集》（詩文合集，上海書局），《市聲·淚影·微笑》、《海歌·夜語·情思》（短篇小說散文合集，萬里書店）。這種作家合集的形式，最能體現香港左翼作家的同人性質。

第三節　左右之間

由於政治立場不同，香港左右文學立場尖銳對立，不過在將文學作為政治說教工具這一點上，又是一致的。對於同一現象，左右雙方的書寫解讀完全相反。這裏可以稍稍比較一下趙滋蕃的《半下流社會》和阮朗的《某公館散記》。這兩部小說都是描寫1949年新中國成立後流落到香港的一批南來反共人士的，在趙滋蕃的筆下，這批人是有理想有抱負的"義士"，在阮朗筆下，他們則成了一幫生活墮落的小丑。

趙滋蕃的《半下流社會》一開始，書中人物就已經淪落到了一個破落的天台上的蘆席棚裏。他們是做過兩任縣太爺的張輝遠和做過保長的吳孝慈、來自清華哲學系的酸秀才、四川土財主鄭風和做過國軍營長的老鐵等，現在都成了乞丐。這是一個不尋常的下流社會。他們現在窮困潦倒，卻有着輝煌的過去。他們仇恨共產黨，懷抱着反攻大陸的希望。從《半下流社會》的主角理想人物王亮的演講中，我們能夠感受到他們的邏輯："千萬不要忘記，我們是鵠立在地獄的邊緣，站在反極權的前哨陣地上在談話。試問：我們甘心情願，流浪，吃苦，到底是為了個人的衣食住行？還是為了國家民族？"這些人從大陸逃了出來，多數等待着去台灣，但台灣方面審查嚴格，一時不能如願，而在香港一時又找不到工作，只好無可奈何地流落街頭。但他們卻以這種"追求自由"的邏輯，把自己的窘境染上了悲壯的色彩。

支撐這種邏輯的動力，是對於大陸共產政權之慘無人道的揭露。在這部小說中，蕭鐵軍講了一個雙溝鎮大地主張善人在土改中被整死的聳人聽聞的故事。張善人被控告與兒媳通姦，於是在公審大會槍斃他的前夕，土改幹部將兩翁媳脫得一絲不掛，讓他們倆當場"表演"，"公審場上，歡笑的是共幹，而輕微歎息的是群眾"。雖然講述人蕭鐵軍不敢保證這個道聽途說的故事的真實性，聽故事者也不太相信，但講述這個故事的目的倒是明確的，即尋找"苦難"的根源："使我們成為難民，饑民與無國遊民的主要根源，不在此地，卻在大陸。是誰？使我們背井離鄉，拋妻棄子，來挨這種非人的生活？……冤有頭，債有主，仇恨埋在心底，大家心裏明白。"在這種邏輯支持下，《半下流社會》演繹出一個非常理性化的使徒故事。這個半下流社會的團體，雖則貧窮，卻分工有序、團結互助、精神高尚。白天，他們有的去撿垃圾，有的去酒店撿食品，王亮、李曼等人則在家裏寫作，賺取稿費。到了晚上，他們舉行讀書會，由成員主講如"詩的意境"、"今後戲劇運動的方面"和"短篇小說的分析"等題目。一直到小說最後，"舊世紀沒有走到盡頭，新時代也還沒有來"，他們仍然在苦苦堅持"活下去，以堅強的毅力，支持起我們的社會"。另外，《半下流社會》還加上了一個李曼墮落的因果報應故事，以支持"半下流社會"主體的正義性。王亮等人的寫作組以李曼之名發表文章，使李曼在社會上名氣日大，受到了上流社會的追捧。她沒能經得住誘惑，傍上一個大亨，終於不得好報，被人拋棄，自殺身亡。《半下流社會》這種"忠貞之士"的故事過於將個人際遇納入政治層面，從而將人物行為道德化，顯得宣傳的色彩過重。

阮朗的《某公館散記》原以"本宅管事"的筆名連載於1950年的《新晚報》，後來改為洛風《人渣》出版。《某公館散記》集中描寫了國民黨人在香港招搖撞騙的行徑。"主席"撤離大陸時，把國內"銀行、大公司、錢莊、工廠"的資金都帶到香港，在香港繼續過腐化的日子。不過在香港坐吃山空是不行的，"主席"

找到了美國人做靠山。美國人撥下巨款，資助"主席"辦報，進行反共宣傳。美國人辦報的原則是，"現在要爭取失去的自由，打倒共產黨！最主要的一點是：自由是美國獨家出品，Made in USA！只此一家，別無分出，其他的自由都是假貨"！只要有錢，反共是容易的事，負責辦報的是"主席"的兒子霸王，他隨口定下了"保障女權，替女人們吹吹"、"替天行道，打倒共產黨！"等目標。僅此似乎還賺不了多少錢，"主席"夥同韓次長等人將美國人的巨資挪用於走私，結果資金最後被他人席捲而走，惹得美國人大怒。在《某公館散記》中，這些國民黨人毫無忠貞，既不追求"自由"，也不虔誠反共，不過謀一己私利而已。

阮朗在"共產黨在香港的機關報"《大公報》增出的《新晚報》工作，他自稱："我們職工不把它當成'飯碗'，而視之為新中國工作的事業。"[31] 小說都具有相當的故事性，不過理念化也很明顯，即善惡二元對立，主題先行。他認為：小說創作的任務是為了通過"不同的人物不同的情節，傳達作家'內定'的主題"。[32]

此外，從內容上說，左右文學還有一個共同之處，即較為排斥香港本身。無論是左翼作家阮朗，還是右翼作家趙滋蕃，在觀念上都極其相似，將香港描寫為燈紅酒綠的腐敗之地。左翼文化人甚至將香港看作"敵區"。[33]

在左右翼作家中，也有較能擺脫政治和理念化的作家，那就是舒巷城。舒巷城是香港本地人，對於生活的熟悉程度遠非南來作家可比。他是在筲箕灣一帶長大的，在一家賣汽水的店舖長

31 阮朗：《阮朗中篇小說選·後記》（成都：四川人民出版社，1982）。

32 唐人：《唐人·阮朗·顏開……嚴慶澍》，載阮朗：《香港風情》（北京：北京出版社，1980）。

33 左翼人士曾檢討自己"敵區工作中過左的思想，不安於敵區，要回國去放開手腳，安全地生活和工作的錯誤思潮"，見金堯如：《中共香港政策秘聞實錄——金堯如五十年香江憶往》（香港：田園書屋，1998），22頁。

大，熟識各種地方人物，如拳師、說書人、街邊擺檔的和測字先生等等。抗戰爆發後，他接觸了南來香港的大陸左翼文人創建的報刊，受到文學啟蒙。他以"王烙"之名，向茅盾主辦的《立報・言林》等報刊投稿。1941 年，日本佔領香港後，他奔赴祖國大後方，直到 1948 年才重返香港。舒巷城以鄉土性文字出名，研究者多談論他的這一點，其實舒巷城在城裏洋行工作，寫都市的作品頗為不少。舒巷城寫香港有兩幅筆調，寫鄉土香港的筆致是抒情的，寫都市的筆致則是諷刺的。

1950 年 4 月創作的《鯉魚門的霧》，是舒巷城最早的名篇。15 年後重返香港鯉魚門的梁大貴，發現一切都已經物是人非，這種眷念和感傷其實就是作者重返香港的心情。在《艱苦的歷程》一書中，舒巷城曾經描寫過他少年時代在筲箕灣的快樂生活，以及日本人來了以後告別母親和家人的淒慘場景。家鄉一直以記憶的形式活在舒巷城的心中，這種家鄉生活是抒情的，也是感傷的。1952 年發表於《新晚報》的《香港屋簷下》和《香港仔的月亮》，都是這種風格。60 年代初在《南洋文藝》上連載的長篇小說《太陽下山了》，呈現出濃郁的地方風土人情，是舒巷城鄉土作品中的代表作。

從數量上看，舒巷城的都市小說其實佔據多數。正如我們在《鯉魚門的霧》中所看到的，香港曾經的鄉土已經不存在了，舒巷城每天所面對的只是都市。與夢中的鄉土相比，現實的都市生活是緊張和功利的，舒巷城的文字立刻由抒情哀傷變得尖刻諷刺。舒巷城發表於 1953 年 5 月至 11 月《新晚報・天荒夜譚》的"都市場景"系列小說，大多如此。

與南來文人不同，舒巷城植根於香港，並沒有北望心態。雖然他是左翼作家，但意識形態不能取代他對於香港的認知。如果說阮朗對於香港的批判，是對於資本主義的意識形態的批判，那麼舒巷城的批判則是對於都市的批判，他眷戀的是香港過去的鄉土。

第十一章

本土的興起

第一節 《四季》、《大拇指》：浮出歷史地表

（一）

1973 年 10 月 26 日，《中國學生周報》刊登了《是壞消息，也是好消息，周報改版了》一文，宣告改版的消息。這一年 4 月，《周報》其實已經改版一次，但是看來不太成功。《是壞消息，也是好消息，周報改版了》一文指出：今年 4 月改版以後，“在形式上，從鉛字改為柯色印刷，紙質也改變了；在內容上，亦曾提出活潑生動的理想，可是成績並不令人滿意，新舊讀者的反應料在一定程度上反映了這個問題”。《周報》承認了 4 月改版的失敗，接下來開始新一次改版。

《周報》新版由李國威擔任總編，從下週（11 月 5 日）開始改為雙週刊。雙週刊的調整較大。“藝叢”擴為兩版，負責報導評介香港文壇的活動，由梁秉鈞負責。[1] 文學創作園地的學生版“綠草”和成熟作家版“松柏”都由李國威負責。第 7 版“詩之頁”重新恢復，也由梁秉鈞負責。這重新恢復的“詩之頁”，被梁秉鈞追為本土年輕一代作家冒出歷史地表的開始。

“詩之頁”和“譯林”是輪流出現的，每個月才一期，20 號出刊，數量並不多。梁秉鈞主編的“詩之頁”第 1 期，出現於 1973 年 11 月 20 日。在這裏，梁秉鈞說明了“詩之頁”恢復的背景：

> 過去，周報的“詩之頁”每月底刊出一次，香港許多寫詩的朋友，都在這裏發表過他們的作品。但是，很可惜，後來不曉得由於什麼緣故，“詩之頁”取消了，詩的園地，也只賴一些年青人辦的詩刊維持下去。

1　梁秉鈞，筆名也斯，通常寫詩的時候用“梁秉鈞”，寫小說的時候用“也斯”。

但到了今天，《秋螢詩刊》、《風格詩頁》和《七十年代》的詩頁皆因各種原因而停刊；星島日報的"青年園地"和"大學文藝"亦早已取消；只剩下一份《詩風》在默默努力，這使我們覺得：香港目前更需要有一個開放的詩的園地。

"詩之頁"創刊號上發表了 8 首詩：梁秉鈞的《傍晚時，路經都爹利街》、馬覺的《軟弱》、吳煦斌的《山臉的人》、李國威的《我可以這樣》、李志雄的《窗上的蝴蝶》、張偉國的《守在故鄉外的墓園丁》和鄧阿藍的《賣報紙的老婆婆》。詩風較為質樸清新，也斯從廢稿中找出來的鄧阿藍的詩《賣報紙的老婆婆》，甚至於有點像民謠。

新一次改版依然並沒有改變《周報》的命運。1974 年 7 月 20 日，《周報》出版最後一期，黃星文撰寫停刊詞《寫給我們》，"周報不玉碎於敵人的強大壓力之下，竟休刊於憊憊無力的垂暮病態中，使人不能不悵然而已"！這段話讓人感到，《周報》在一定程度上還停留在冷戰思維之中。

梁秉鈞在《編了十期"詩之頁"的一點感想》一文中，遺憾"詩之頁"的停刊，不過，他同時提出："詩之頁"可以停刊，詩歌卻不會停，"有友人提出聚集周報的新舊作者組成文學會，討論作品及出版文學刊物"。這一期《周報》刊載了《從中國學生周報休刊到"四季文學會"成立》一文，"為了填補周報文藝版留下來的空缺，我們打算成立刊物，在寫作上互相切磋，在出版經費上互相扶持。凡周報的讀者作者都歡迎參加這個文學會"。"四季文學會"的發起者是梁秉鈞、李國威、莊稻、莫展鴻、小克和黃星文。很明顯，"四季"自居為《周報》的延續。據張灼祥，周報結束後，一群對文學感興趣的年輕朋友繼續舉行活動，在 1974 年舉辦了一系列的文學座談會，"幾次的座談會，討論沈從文的小說，王文興的《家變》等。後期討論詩創作，參加的朋友都要交出詩作一首，由大家傳閱評論，參加的人態度認真"。張灼祥談到，到了 1974 年 11 月，他們在"教區青年中心"舉辦了"四季"生活營，"決定出版《四季》"。[2]

這裏所說的《四季》，是 1975 年 5 月出版的《四季》第 2 期。為什麼是第 2 期呢？原因是梁秉鈞早在 1972 年 11 月就創辦了《四季》，可是第 1 期出來以後，後面就沒着落了。現在借《周報》停刊的緣由，又接續上了。

原先的《四季》第 1 期頗值得一提，它刊登了兩個專輯：一個是"穆時英專輯"，另一個是"加西亞‧馬蓋斯專輯"。這兩個專輯都很有預見性。前面我們提到，馬朗、劉以鬯等人都在文章中提到過穆時英，感歎這位中國新感覺派聖手的湮沒，但尚未有人出面整理穆時英的作品。《四季》開始這項工作。"穆時英專輯"刊登了一個葉靈鳳關於穆時英的訪談，發表了劉以鬯和黃俊東專論穆時英的文章，又刊登了穆時英的兩部作品《南北極》和《上海的狐步舞》。在中國內地，一直到新時期以後，穆時英才被重新"發現"，可見《四季》的先覺。"加西亞‧馬蓋斯專輯"中的"馬蓋斯"，即新時期以來在中國內地大紅大紫的馬爾克斯。馬爾克斯在中國的紅火得益於他在 1982 年獲諾貝爾文學獎，《四季》卻早在 10 年前就刊登了他的專輯，還在專輯中節譯了《一百年的孤寂》，可謂獨具慧眼。《四季》第 1 期在創作上也很有特色，它刊登了 4 篇小說，2 篇來自於台灣，2 篇來自於香港。台灣的小說家是陳映真和黃春明，香港的小說家是也斯和吳煦斌。《四季》第 1 期規模相當可觀，可惜當時未被注意。在馬爾克斯獲諾貝爾文學獎後，香港文壇才想起這本雜誌，於是重印了這本

2　灼祥：《大拇指：事情是這樣開始的……》，載《大拇指》，第 124 期，1980 年 11 月 1 日，第 2、11 版。

《四季》

雜誌，並冠以"七十年代新銳文學雜誌"的稱號。[3]

《四季》第 2 期風格有較大變化，以創作部分為主，翻譯的部分減少了。不過這次唯一的"何豈·路易士·波希士"專輯，卻大放異彩。所謂"波希士"，就是影響了一代中國新時期先鋒作家的博爾赫斯。"專輯"翻譯發表了博爾赫斯的《阿拉法》、《分叉小徑的花園》以及《保迪醫生的報告》，還有博爾赫斯的"我的自傳"、"作品目錄"及"中譯目錄"。在中國新時期紅極一時的博爾赫斯，其實早在香港 70 年代以來就已經有過如此翻譯介紹，這是內地文壇至今也不知道的。在創作的部分，台灣作家的名字已經沒有了，全部是香港本地作家。在香港作家中，我們所

3 《大拇指》，第 171 期，1983 年 3 月 15 日，第 9 版。

熟悉的 50、60 年代的南來作家的名字基本消失，只剩下一個象徵性的劉以鬯，其他全部是新冒起的本土青年作家。他們是：吳煦斌、鍾玲玲、梁秉鈞、李國威、蓬草、適然、張灼祥、何福仁、淮遠、康夫和馬若等，這個名單標誌着香港本地新生代文人已經登上歷史舞台。

（二）

　　《四季》第 2 期面世後，又無下文了。梁秉鈞等人覺得像《四季》這樣的純文學刊物很難維持下去，於是想接續《中國學生周報》再辦一份週報。1975 夏天的一個晚上，梁秉鈞、吳煦斌夫婦與張灼祥、鍾玲玲在酒吧喝啤酒的時候，提出"辦一份週報吧"！這個話題並不是第一次提出，然而張灼祥說，這一次就真的開始了，"辦週報，真是千頭萬緒，不知從何做起。編輯要找，金錢要找，印刷廠要找，植字要找，報社要找。起初幾個星期，與也斯跑過好幾間印刷廠，都是乘興而去，敗興而歸"。[4] 週報的名字，有建議用"香港學生周報"的，這個名字與"中國學生周報"只差前面兩個字。用"香港"代替"中國"，這個差異具有象徵意義，標誌着 50 年代以來香港南來文人的"中國意識"，已經開始被新起的香港本地年輕人的"香港意識"所代替。這些年輕人多數是在《中國學生周報》上成長起來的，然而他們的世界已經不是中國，而是香港。"香港學生周報"的名字並沒有被採納，採納的是西西提出的一個名字，叫"大拇指"。也斯在創刊號發刊詞中說，"大拇指"與豐子愷的一個說法有關，"大拇指模樣最笨拙，做苦工卻不辭勞苦"。

　　《大拇指》第 1 期於 1975 年 10 月 24 日面世。這是一個以中

4　灼祥：《大拇指：事情是這樣開始的⋯⋯》，載《大拇指》，第 124 期，1980 年 11 月 1 日，第 2、11 版。

學生為對象的文藝性刊物，欄目包括文藝、電影、音樂、書話、藝叢、生活、思想、校緣和專題等，很顯然是《中國學生周報》的翻版。也斯的確說："我們也希望它可以像《中國學生周報》一樣提供年輕人各方面的新知識，啟發新的興趣，愛好文藝的朋友也可以在文藝版繼續發表新詩、散文和小說的創作。"[5] 後來的編輯迅清也說："《大拇指》最初以週報的形式，逢週五出版。朋友往往說它是《中國學生周報》的延續，其實也使人想起《周報》過去的歷史，那些逐漸走出風格的作者。《中國學生周報》1974 年停刊，《大拇指》創刊於 1975 年 10 月 24 日，從時間上看來，從風格看來，或多或少都有聯繫吧，卻更具文藝的熱誠和認真。《大拇指》的一些作者和編者，如西西和也斯，都當過《周報》詩之頁的編輯，吳煦斌也曾在上面發表過作品。當時編者之一的張灼祥曾經說過《大拇指》的編者覺得《周報》停刊了太可惜，所以有自己辦刊物的意思。"[6]

在讀者印象中，《大拇指》也是《中國學生周報》的延續。《大拇指》第 10 期 "校緣版" 的題目，是 "我對《大拇指》的意見"。其中小舒說："自從《中國學生周報》停刊以後，我嘗試用別的刊物來代替它在我心目中的地位，但可惜屢次失敗，直至我遇到《大拇指》週報。第一次跟《大拇指》週報相會是在傳達室書屋，吸引我的那篇發刊詞，接着我找到許多熟悉的名字，好像梁秉鈞、吳煦斌和適然等，我知自己終於找到了《中國學生周報》的影子。" 蕭楊也說："我有些朋友認為《大拇指》很《中國學生周報》；我覺得，或者版面的分配比較像，針對讀者也相似。" 當然，在他看來："但《大拇指》相異於《學生周報》或者嘗試

---

5 也斯：《〈四季〉、〈文林〉及其它》，載《香港文化空間與文學》（香港：青文書屋，1996），170 頁。

6 迅清：《九年來的〈大拇指〉》，載《香港文學》，第 4 期，1985 年，93-97 頁。

超越它的地方，才是值得注意，也值得工作人員努力的。"

　　《大拇指》第 1 期重要欄目如下：第 1 版左上角是發刊詞，正文是適然的《青年學生看 —— 我們的電視節目有什麼問題？》；第 2 版是漫畫 "手指"；第 3 版和第 8 版是 "校緣版"，編輯張灼祥刊登了學生的 7 篇徵稿，題目統一為 "我希望……"；第 4 版和第 7 版是 "文藝版"，編輯也斯，第 4 版刊發了鍾玲玲的《一點點童年》、麥快樂（西西）的《星期日的早晨》、小米素的《女孩子》和小凡的《夠我難一輩子》，第 7 版刊登了吳煦斌的小說《山》和梁秉鈞的詩《半途》；第 5 版是 "生活" 版，刊登了程曦的《徐漢光的歸來》；第 6 版是 "書話版"，編輯是何福仁，這一期 "書話版" 編了一個瘂弦的專輯，包括何福仁撰寫的《論瘂弦》、小灰的《記瘂弦》和西西的《片斷瘂弦詩》三篇文章；第 9 版是 "電影版"，編輯是舒琪，這一期的內容包括羅維明的《禿鷹七十二小時》、舒琪的《談 "驚天大刺殺"》等；第 10 版是音樂版，編輯是何重立，內容包括何重立的《地下室聲帶》、黃百慢的《音樂觀感》等。《大拇指》的編者與作者大致上是一體的，看得出來，同人特色很強。

　　張灼祥將《大拇指》分為 5 個階段：一是第 1 期至 13 期（1975 年 10 月 14 日至 1976 年 1 月 16 日），這是始創初期。13 期以後，清算一下債務纍纍，編輯部開會的時候說，下次開會的時候，如果大家還來，就繼續下去，這意味着大家共同承擔債務，"散會時，似乎《大拇指》也要解散了"。二是第 14 期至 36 期（1976 年 1 月 23 日至 1976 年 7 月 2 日），儘管困難重重，到了下次開會的那個晚上，大家不約而同出現了，並且還出現了新的面孔，於是《大拇指》繼續下去。這次新加入《大拇指》工作的，有劉健威、張紀堂、梁國頤和梁滇瑛等，後來又有范俊風、陳仁強、許迪鏘和朱彥容等加入編輯。這一階段經濟好轉，市場銷路上升，學校集體訂閱也增加了，各項文學活動得以開展。三是第

《大拇指》1

《大拇指》2

37 期至 53 期（1976 年 9 月 10 日至 1977 年 1 月 14 日），76 年暑假過去，有舊人離去，也有新人進來，新的編輯增加了楊懿君、梁香蘭和心田。四是第 54 期至 62 期（1977 年 2 月 1 日至 1977 年 7 月 1 日），這一階段的《大拇指》變成了半月刊，內文也改成打字，影響了版面的美觀，這自然是經濟情況不好的結果。五是第 63 期至 124 期（1977 年 9 月至 1980 年 11 月），重要事件是創建者梁秉鈞、吳煦斌夫婦赴美深造，張灼祥本人離去，《大拇指》可以說落到了第二代編輯身上，編輯又增加了小藍、馮偉才和迅清等人。

這個分期主要以報刊及編輯變動為依據，而張灼祥此文發表於《大拇指》1980 年 11 月 1 日，此後的時段未能論及。這裏姑且稍作補充。《大拇指》半月刊一直維持到 1984 年 6 月 15 日第 196 期，忽然停止，過了三個半月，在 10 月 1 日才出了第 197 期，此時已經改成了月刊。1985 年 7 月，《大拇指》第 206 期忽然縮為 8 版，而第 207 期和 208 期合在一起才 12 版，《大拇指》顯然愈來愈吃力了。及至 1987 年 2 月 15 日，第 223 期和 224 再次合版，並刊出了西西的《肥土鎮灰闌記》（原刊台灣《聯合報》），"大拇指的話" 還說下期要刊出討論文章，"請讀者留意"，沒想到，這已經是最後一期了。

《大拇指》辦了不少活動，這些活動包括徵文、旅行、生活營、座談會和寫生組等。此外，《大拇指》又主辦了 "絲網印刷班"、"藝術入門"、"寫生組" 和較具規模的 "文學研習班"。自 1977 年 5 月 8 日至 8 月 14 日，每逢星期日上午 10 時至 12 時，《大拇指》都有 "文學研習班"，"自五月來，每到星期日，幾十位朋友便聚在一起，在導師的指導下，探討有關文學的問題"。[7] "講者包括了余光中、胡菊人、黃俊束、小思、黃維樑、

---

7 《大拇指的話》，第 63 期，1977 年 9 月 15 日，第 1 版。

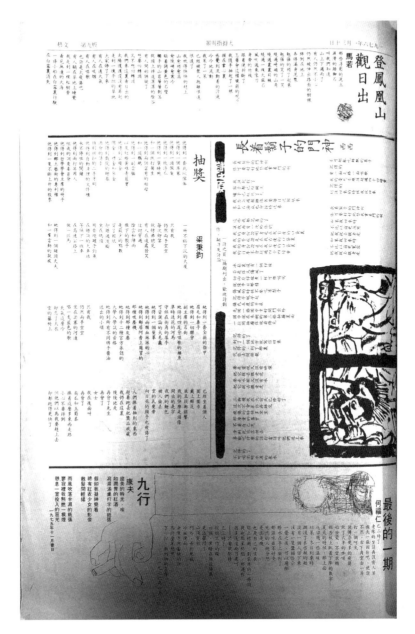

《大拇指》"詩之頁"

何福仁、也斯、江游、杜杜和張灼祥。報名人數超過限定的五十人，有近百人報名，反應熱烈。事實上，也有參加了'文學研習班'後加入大拇指工作的。"[8]文學研習班共計 15 個星期、15 次講座。從學員在《大拇指》發表的文章看，他們覺得是很有收穫的。文學班以後，《大拇指》又成立了文學組，"野心是有的，當然還要靠大家的支持和努力，才能實現"。[9]這些文學組的同學，後來有不少陸續在《大拇指》上發表文章。

第二節　《羅盤》、《素葉文學》：本土意識的高峰

（一）

對於詩人們來說，《大拇指》的"詩之頁"詩歌欄目的分量顯然還不夠。《大拇指》創辦一年後的 1976 年 12 月，他們又創辦了一個專業詩刊《羅盤》。

據葉輝說，最初產生創辦《羅盤》想法的，是他與何福仁、周國偉和康夫四個人。時何福仁、周國偉在港大讀書，康夫在浸會就讀，只有葉輝在旺角彌敦道的一家雜誌社工作。1976 年初夏的一個午後，他們四個人在旺角瓊華酒樓聊天，談到想辦一個詩刊，於是分頭聯絡詩友。約兩個星期後，十多位詩友便齊集葉輝所在的雜誌社了。據葉輝記憶，其中包括梁秉鈞、西西、羅少文、靈石、野牛和阿藍等人。會上決定出版 32 開本、56 頁雙月刊，詩刊的名字由大家寫在紙上，逐一討論，最後採用的是葉輝本人提出來的"羅盤"。據葉輝自述，這個題目來自於台灣詩人白荻的一首同名詩，可見他們對於台灣詩壇的關注。梁秉鈞介入

8　灼祥：《大拇指：事情是這樣開始的……》，載《大拇指》，第 124 期，1980年 11 月 1 日，第 2、11 版。

9　《大拇指的話》，第 63 期，1977 年 9 月 15 日，第 1 版。

《羅盤》1

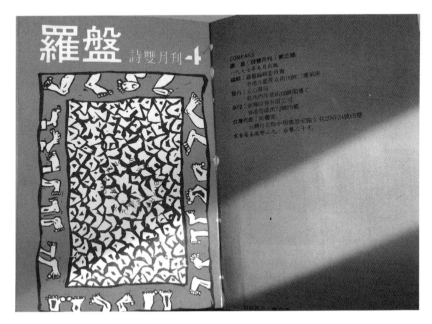

《羅盤》2

以後，就成了《羅盤》的主力，第一次集稿和和編輯會就是在他位於北角的家中召開的，《羅盤》起初也是以梁秉鈞和何福仁家的住址作為通訊處的。

《羅盤‧發刊詞》有云："創為詩刊，應以呈現當時當地中國人的情思為依據。命名羅盤，便是本此互策互勵的意思。""中國人"云云這段話有點冠冕堂皇，葉輝的說法更為具體："我的理解是這樣的：《羅盤》同人對詩有基本相同的看法，厭惡浮奢、架空、因襲和堆砌，傾向於生活化和詩藝結合的多變多姿。""生活化"的說法，正來自於梁秉鈞對於《大拇指》宗旨的概括。就詩歌而言，這一流派的起源及宗旨，應該追溯到梁秉鈞在最末的《中國學生周報》上所主持的"詩之頁"。《大拇指》繼承了《中國學生周報》，繼續由梁秉鈞主辦文藝版"詩之頁"。《大拇指》舉辦過徵詩活動，並闡述他們對於詩歌的標準是，"《大拇指》的‘詩之頁’，和這次徵詩的取稿標準 —— 都是鼓勵表達當前生活現實的作品，同時對詩的藝術也不忽略。言之有物而又有新意的作品，是最歡迎的了。我們並不鼓勵陳腔濫調，要取新鮮、自然、完整、生活化的作品。"[10]

較之於《大拇指》，專業詩刊《羅盤》對於香港詩歌的關注更進一步。《羅盤》第 1 期"編後"說："翻開《羅盤》，不難發覺，我們在嘗試做一些別的詩刊所欠缺的工作：多關心多了解本港的詩作者。本期的訪問和評論，便是這方面的嘗試，各位惠賜評介稿件，若對象為本港作者，我們會優先刊登。"葉輝也說："多關心本港的詩作者大概是《羅盤》較明顯的路向。"[11] 這正是《大拇指》"生活化"特徵的一個深入，即本地化，與前輩南來作家拉開距離。《羅盤》在創作之外，有意識地保存、整理、評論

10《大拇指》，第 50 期，1976 年 12 月 10 日，第 6 版。

11 葉輝：《〈羅盤〉雜憶》，載《香港文學》，第 6 期，1985 年 6 月 5 日，84 頁。

香港詩歌，具有歷史意識。《羅盤》創刊號的開頭，就是對於西西、鍾玲玲和吳煦斌三位《大拇指》創始人的採訪。此後，《羅盤》又陸續在第 4 期做了“康夫專輯”，在第 7 期做了“陳炳元專輯”，在第 8 期做了“陳德錦”專輯。從第 8 期開始，《羅盤》分別刊載評介何福仁、康夫、張景熊、西西和戴天等人的文章。《羅盤》還推出“創作經驗談”欄目，由馬覺、談錫永、黃國彬、何福仁、書翔（惟得）、羈魂、黃志光、馬若及秀實等 9 位作家談自己的創作，分別刊登於第 4 期至第 7 期。無論是創作，還是評論、專輯、訪談等，《羅盤》對於香港本地詩人的重視和推介，可以說是前所未有的，表明了香港年輕一代本土意識的進一步興起。

葉輝對於《羅盤》所發表的作品，有一個統計。《羅盤》共計發表了 57 位作者的 197 篇作品，作者方面分為三個部分：一是前輩詩人，如戴天、蔡炎培、馬覺、西西、陳炳元；二是詩齡較長的詩人，如梁秉鈞、羈魂、古蒼梧、羅少文、羅幽夢；三是新詩人，如馬奮超、洛宇、巔妮、靄珊、葉碧蘭等。把戴天、蔡炎培、西西等人算作前輩詩人，可見《羅盤》的詩歌史是以本土詩人的出現為線索的，50、60 年代南來文人的世界，已經被他們拋在後面了。

《羅盤》雖然辦得轟轟烈烈，但可惜存在時間並不長。《羅盤》一共只辦了八期，第 1 期出版於 1976 年 12 月，第 8 期出版於 1978 年 12 月，只持續了兩年時間。否則的話，它對於香港詩壇的影響，應該會更大。

（二）

有了《大拇指》週刊和《羅盤》詩刊，他們覺得仍然不夠，如果能有自己的出版社就更好了。最早有這個想法的，是創辦《羅盤》的周國偉和何福仁。1978 年冬天，他們倆聯合西西、張灼祥、鍾玲玲、辛其氏、許迪鏘和康夫等人聚集在張灼祥家中，為即將成立的出版社命名。看得出來，這仍然是同一撥人。許迪鏘說："我們多少都有過編輯、參與文學刊物的經驗，有的編過《中國學生周報》，編過《大拇指》周報，有的編過《羅盤》詩刊。"這一次他們想到，"為什麼不組織起來，變換一種方式，辦一個小小的出版社，出版香港作者的書籍呢"？[12] 至於為什麼想到成立出版社，其原因許迪鏘在另一篇文章中說，"七八年間，一些朋友有感於文學作品都散佈於報刊上，過眼即湮沒無聞，而當時香港作者的作品，結集出書也不容易，他們決意成立一個出版社，專門出版香港作家的作品"。[13] 至於出版社的名稱，有一位談到李白的出生地素葉水城，大家覺得用這個名字命名出版社是不錯的主意。素葉還音近 "數頁"，因為經費有限，他們開始預計出的書都比較薄，只有 "數頁" 而已。

在香港，因為怕賠錢，沒有出版社願意出版文學書。素葉出版社由每個人捐錢，作為出版基金，賣書所得再納入基金，編輯不受薪，作者也沒稿酬。1979 年 3 月，素葉出版社推出第 1 輯 4 本書：（1）西西的長篇小說《我城》、（2）鍾玲玲的詩與散文合集《我的燦爛》、（3）何福仁的詩集《龍的訪問》和（4）淮遠的散文集《鸚鵡韆鞦》。

1980 年 6 月，他們同樣採用每月認捐的方法，另開一個獨立的財政，創立了《素葉文學》雜誌。之所以在出版社之外另外創辦雜誌，他們的想法是，"叢書近乎靜態，是個人作品的整理、展現，雜誌則比較動態，可以提供園地，讓不同的作者耕耘"。《素葉文學》形式相當特別，用黃皮紙，16 開，既無封面也無封

---

12 許迪鏘：《關於素葉》，載《文學世紀》，第 5 卷第 10 期，總第 55 期，2005
　 年 10 月，13 頁。

13 許迪鏘：《在流行與不流行之間抉擇 —— 由〈大拇指〉到〈素葉〉》，載《素
　 葉文學》，第 59 期，1995 年，109 頁。

底，直接看到的就是一首詩或一篇小說。

《素葉文學》一開始是不定期。第 1 期出版於 1980 年 6 月，過了 1 年即 1981 年 6 月才出第 2 期，過了 5 個月，即 1981 年 11 月，出版了第 3 期，又過了 2 個月，即 1981 年 12 月，出版了第 4 期。從 1982 年 1 月第 5 期始，《素葉文學》變成了月刊，一直出到第 17、18 期。由於赤字太大，從第 1983 年 8 月第 19 期開始，《素葉文學》又改為雙月刊。1984 年 3 月，《素葉文學》第 23 期預告以後每期逢單月出版，事實上下一期直至 5 個月以後才出來，索性改成了第 24、25 期合刊，其後就停刊了。

在《素葉文學》最後的第 25 期上，刊登了素葉出版社出版的 "素葉文學叢書" 20 種，除上第一批四種外，另外還有：（5）張景熊《几上茶冷》（詩）、（6）鄭樹森《奧菲爾斯的變奏》（文學評論）、（7）李維陵《隔閡集》（雜文）、（8）綠騎士《綠騎士之歌》（散文）、（9）蓬草《親愛的蘇珊娜》（散文）、（10）戴天《渡渡這種鳥》（故事及其他）、（11）古蒼梧《銅蓮》（詩）、（12）吳煦斌《牛》（小說）、（13）馬博良《焚琴的浪子》（詩）、（14）董橋《在馬克思的鬍鬚叢中和鬍鬚叢外》（評論及散文）、（15）也斯《剪紙》（小說）、（16）張灼祥《過路的朋友》（散文）、（17）西西《石磬》（詩）、（18）西西《哨鹿》（長篇小說）、（19）西西《春望》（短篇小說）和（20）何福仁《再生樹》（散文）。不過據文下交待，這些書事實上只出版了 3 輯 12 冊，不過已經 "可謂香港文學創作成績的明證" 了。[14]

一直到了 1991 年，他們開始重新啟動。許迪鏘、何福仁、辛其氏和余非等人承擔起復刊工作，《素葉文學》於這一年 7 月重新面世，期數上仍然銜接從前，為第 26 期。這次仍是月刊，直至 1994 年底，《素葉文學》已經順利出版至第 55 期。此後，

14《素葉文學》，第 24、25 期，1984 年 8 月，75 頁。

北飛的人

蓬草

她決定要去那一處遙遠的地方之後，心中充滿了歡喜。

這還是她一生中，第一次孤獨地，決然地檢拾了一袋小小的行李，離開她住的房子。她告訴每一個人：她要到北部的，某處美麗的地方，爲了聆聽那兒八月特殊的聲響，主要還是爲了那一個她從來未曾與之交談的人，她是如斯熱切地愛慕著。她決定跟隨他的足跡，看他如何把手一揚，便能使她的宇宙，迸發千萬光華，便能使她的雙目，有異乎尋常的明亮，而她的心，將滿溢熱情，她再次感到某種甜潤的溫暖……。

她在收拾那一小袋單薄的物件時，竟和空洞的、寂寞的房子說話了。她告訴房子：她實在厭倦了留在這兒守候，才決定離開。「當然，」她急著保證，「四星期後，我便回來的。」隨著，她畧感抱歉地嘆了一口氣，「不是我願意把你丟下一段時間的，誰叫你不能替我把窗外的陽光，多多地引進來呢？」這些話語，雖然說得輕輕，但顯然有責怪的成份。房子蒼白了臉，自覺內疚萬分，便不敢回話了。本來，這是一座相當可

1

《素葉文學》

《素葉文學》的出版時斷時續，每年出版期數不定。1997 年和 1998 年每年只出了 1 本，1999 年和 2000 年每年只出了兩本，最後一期是 2000 年 12 月出版的第 68 期。

在持續了長達 20 年的歲月後，《素葉文學》終於停刊了。最後一期《素葉文學》恰恰是創刊 20 年紀念專刊。"素葉小語"云："《素葉文學》自 1980 年創刊，至今 20 年；其間曾短暫休刊。二十年來世情人事變化不少。本期我們擴大篇幅，作為小小的紀念。為酬謝讀友，售價仍舊。"從這一期《素葉文學》看，它似乎並沒有打算停刊，依然還在"稿約"。

《素葉文學》第 1 期，只寫了"素葉文學出版社，素葉文學編輯委員會"出版。第 2 期標出的編輯是：張愛倫、鍾玲玲、張紀堂、梁國頤、何福仁、周國偉、簡慕嫻和梁滇英。到了第 3 期，開始實行主編制，不過主編也是輪換的，每期不盡相同。第 3、4 期主編是何福仁，第 5 期主編是張灼祥，第 6、7 期主編為許迪鏘，第 8、9、10 期主編為張愛倫，第 11、12 期主編為簡慕嫻，第 12、13、14 期主編又回到了何福仁。1991 年復刊後，執行編輯主要集中由許迪鏘一人擔任。

第三節　"生活化"的美學

（一）

1978 年 9 月，也斯和范俊風曾編選過一本《大拇指小說選》，由台灣遠景出版社出版。《大拇指小說選》收《大拇指》自創刊號至 82 期的 18 篇小說，其中包括小藍《來去》、適然《三千》、蓬草《十三婆的黃昏》、西西《我從火車上下來》、凌冰《夜攀鳳凰》、容正儀《圈》、阮妙兆《濃》、思弦《阿金的一天》、惟得《白色恐怖》、王志清《變》、革革《上面的日子》、葉輝《蝴蝶》、李孝聰《意外》、莫美芳《穆兆》、陳敬航《本事》、有明《幽林》、梁秉鈞《找屋子的人》和吳煦斌《獵人》。篇末還有一篇"大拇指小說篇目"。我們大體可以透過《大拇指小說選》中的小說，觀察這一同人流派的小說風格和自我定位。

也斯在《大拇指小說選・序》中說："《大拇指》的文藝版，一向鼓勵比較生活化的作品。"[15] 這個"生活化"，更準確地說是香港的"生活化"，正是《大拇指》的特點。這一批作者，都是戰後在香港成長起來的，他們沒有 50 年代以來南來作家的"北望心態"，也沒有左右對立的政治情結，他們所書寫的只是自己身邊熟悉的生活。這些小說，篇幅多不長，也沒有什麼傳奇故事，多是一幅幅有關於香港生活的素描。

梁秉鈞的《找屋子的人》（第 63 期）寫一對年輕男女在香港尋找租房，因為沒什麼錢，他們找了一家又一家，實在很辛苦，但是小說的格調卻並不低沉，他們看起來像是在進行一種幻想的浪漫旅程。他們覺得也許有一天，等他們成熟了，或老了，他們才會在一間固定的房子長久住下去。現在還年輕，"或許這只是一個藉口，他們給自己各種理由搬屋。搬到水塘的當中，搬到樹上或船上去，搬到無人的荒島，搬到嶙峋的巖洞中，搬到牛背上的屋子去。他們搬到海底就有海底的新計劃，搬到蒲公英身上就計劃隨着風去遇見新的東西"。也斯的小說如此浪漫，有點出人意料。70 年代的香港，正是經濟起飛發展階段，對於年青港人來說，這是"我城"。年輕人經歷不同，或有挫折，然而對於這個城市卻是有感情的。思弦的《阿金的一天》寫阿金在福利院一天的經歷，阮妙兆的《濃》寫康叔退休後有點失落的一天，陳敬航的《本事》寫男女主人公探訪童年時代新界的老宅，革革的《上面的日子》寫救生員阿強的工作。這些小說或者沉悶、或者失

---

15 也斯、范俊風編：《大拇指小說選》（台北：遠景出版事業有限公司，1978），1 頁。

落、或者感傷，然而並不悲觀，也沒有社會批判。

　　需要提及的是，港人之所以有信心，原因之一是有一個內地"他者"的參照。我們注意到，許多小說都有內地的背景存在。"他者"的落後，對比出香港生活的優越。西西的《我從火車上下來》（第 19 期）寫"我"回內地探訪，內地的經歷讓他們懷念香港。"平日，這個時刻是我的早餐時刻。如果是在家裏，我一定是坐在豆漿的攤子上了，我會吃兩個甜的燒餅，來一大碗豆漿，當然，這是星期日的事。因為我不熟悉這個城市，所以我沒有找到豆漿。除豆漿，我有時會跑到快餐店去吃熱狗，喝阿華田。又因為我在這個城市裏並不認得路，所以也沒有找到快餐店"。在 70 年代的內地城市，熱狗、阿華田乃至快餐店肯定都是沒有的，"我"當然找不到。如果說這裏還比較含蓄，下面一段"我"和阿田交換禮物，就赤裸裸地對比出香港的富有和內地的貧窮了。"我"帶給阿田的旅行袋裏裝的是餅乾、蛋卷、"一大捆烏墨墨顏色、石一般重的布"，阿田給"我"的膠袋裏裝着三斤荔枝、四個菠蘿。後來在阿田家裏，"我"乾脆把我帶來的鞋、羊毛外套、T 恤、雨衣、電筒都送給他們了，甚至於還把腳上的鞋換了阿田的膠皮鞋，"如果能夠，我願意把腕上的錶同樣留下來"。阿田則又給了"我"兩個膠袋，袋裏是菜乾和髮菜，另一個袋裏則是一個砂鍋。這看起來是工業社會和農業社會的交換，香港簡直就是在施捨內地了。阿田"是我母親朋友的親戚的兄弟"，這個繞口的句子表明，內地只是香港上一代人的模糊背景，與"我"這樣的香港新一代年輕人已經不可同日而語了。文中雖然沒有任何歧視內地的表示，然而潛意識中的優越感，已經顯露無疑了。

　　如果說，這還只是現象的話，那麼另一部作品小藍的《來去》（第 72 期）則從較大跨度上對比了內地和香港兩地。《來去》是一篇格局稍大的作品，寫偉濤當年從馬來西亞出走，到內地讀書，結果窮困潦倒，被迫返回老家，而同一時期到香港的朋友，

第十一章 本土的興起

則已經風生水起。一來一去，證明了內地的落後和香港的發達。這種優越感，正是 70 年代香港人從北望心態中走出來、形成自己本位意識的一個歷史條件。

《大拇指》的小說並不側重講故事，然而在語言敘述上卻很精心。西西的《我從火車上下來》開頭寫"我"從火車上下來的場景，少年"像一袋袋的米一般，碰碰地都落到月台上去了"，下面自然回到"我"回內地探訪的經歷，結尾的時候，仍然回到火車上，"我"拿乾菜、砂鍋、木魚等下車，"移動起來像一座森林"。語言形象幽默，結構前後回應，是一篇精緻的小文。也斯的《找屋子的人》的"找房子"，在這裏似乎毋寧只是一個地點移動的線索，串起了主人公一串串的浪漫幻想，從而演繹出一種詩性結構。《大拇指》忽視故事，注重生活情境渲染，不乏現代手法的嘗試。

吳煦斌的《獵人》（第 79 期）是一篇出色之作。小說寫父親與森林的關係，文中所呈現的既是一個自然的世界，也是一個想像的世界，一切都是原始而充滿幻想的，讓我們感覺到文字的魅力。也斯在《介紹獵人》中說，"《獵人》有漸進的層次和呼應，但顯然沒有採用特別嚴密的結構，只是拿事件順序寫來。小說的魅力一部分在文字本身，令人覺得作者對每一個字都很重視，作者的強烈個性使文字也染上色彩"。也斯對自己的太太有些苛刻，《獵人》的特點正在於沒有刻意的結構，小說正以其渾然一體而取勝。

也斯在《大拇指小說選·序》中，對於其中的小說有一段點評，姑引如下：

當小藍用樸素平實的手法娓娓敍述一個在海外飄泊無根的中國人的故事，當吳煦斌用豐美的文字去探討一個獵人的寓言，當思弦用濃縮的意象襯托一個殘廢少女的心態，當西西用輕快的筆法表現生活的感觸，我們在這些不同類的作品中，看見當前香港小說作者不同的面貌和可能。蓬草這裏的短篇顯示了香港作者在文字和口語上的障礙，以及嘗試跳躍障礙的艱辛努力。凌冰、阮妙兆和陳敬航在平淡事件中蘊含意義和感情。惟得以戲劇的處理，莫美芳用夢幻、有明以晦澀的暗示，他們和許多香港其他青年作者同樣是生活在香港的現實之中，並正設法尋覓一個適合自己的表達對這現實的看法。適然伶俐的剪接、革革的時空跳躍，都不僅是新技巧，卻是尋覓恰切表達現代感受的角度。李孝聰的小說取材自現實的無線電視塌棚事件，但卻不僅是素材，亦可見設法透切素材的企圖。

也斯是《大拇指》的創始者，也是《大拇指小說選》的編者，對於《大拇指》的小說十分了解，這段點評顯示了他所理解的《大拇指》的小說追求。

從《中國學生周報·詩之頁》、《大拇指》到《羅盤》以至後來的《素葉》，其詩歌是一脈相承的。這些詩人風格各個不同，但又有共同的傾向，這一點梁秉鈞後來在編《十人詩選》的時候有所總結。《十人詩選》是李國威、葉輝、阿藍、關夢南、馬若、禾迪、李家昇、黃楚喬、吳煦斌和梁秉鈞十人的合集，原定於 1988 年底出版，後來沒出成。梁秉鈞為此書寫的序，題為《抗衡與抒情 —— 後期周報幾位香港詩人的聲音》，原定在 1989 年三聯出版的一個文化雜誌上刊登，結果這個雜誌也沒辦成。直至 1998 年 6 月羅貴祥申請資助，這本詩集才得以在青文書店出版，梁秉鈞的序也稍作修改後發表。

看得出來，這十人主要是《中國學生周報·詩之頁》之後成長起來的新一代年輕詩人。梁秉鈞在序中提到了詩集作者特點和出版宗旨，"這集中的詩作者都是在戰後出生，大部分在香港長大及受教育。跟前輩作者南遷而寫作懷鄉題材不同，這一輩作者大都是植根於香港，反省香港的處境"。"《周報》只是他們作品初次彼此邂逅的地點，《周報》結束後，他的作品繼續發表在《四

《大拇指小説選》

季》第 2 期、《大拇指》、《羅盤》、《素葉》等刊物上面。他們風格不同,但有共同關心的主題,如對香港的感情(《周報》1974年 7 月 5 日的 "詩之頁" 也辦過 "香港專題")、對香港各階層生活的接觸、對藝術的興趣等。" 很明顯,所謂 "對香港的感情、對香港各階層生活的接觸" 等,即是有關於 "生活化" 的具體說明。也斯聲稱 "一起結集只是基於私交,並不是代表一個流派"。這有點此地無銀三百兩,"私交" 是形成流派最堅實的基礎。

梁秉鈞仍以 "生活化" 來概括這一群詩人。這裏的 "生活化",以地方色彩對外區別於內地和台灣,而對內也區別於香港兩大詩派,"(一)是政治主導的壯麗言辭,(二)是堆砌典故的偉大文本想像",前者指左翼現實主義,後者則是指黃國彬等《詩風》派。也斯談到,這一群朋友在香港長大,背景多是底層,因此不以知識入詩,而以底層經驗入詩,平和而有期望,節奏明快,與左翼政治性有差異,也與《詩風》派的宏大風格不同。阿藍寫老婆婆、失業者、懷孕女工和露宿乞丐等,不過並不揭露黑暗,"不以為嘶喊就是好作品"。葉輝的詩擅長形象化的細節描寫,充滿了香港生活的味道。馬若寫自然山水,吳煦斌寫生態,李家昇和黃楚喬將攝影和藝術與詩歌結合起來,都是描寫香港本土的不同方式。李國威、關夢南、禾迪等人寫生活實感,也有不滿和諷刺,是動人的抒情詩,然而不濫情。梁秉鈞從 "抒情與諷刺"、"經驗與語言"、"藝術與生活" 和 "抒情的視野" 幾個方面,分別概述十個詩人的風格特徵。

(二)

自《中國學生周報·詩之頁》,至《四季》、《大拇指》、《羅盤》,再到《素葉文學》,這一同人流派自成系統,逐漸壯大,至 "素葉" 達到高峰。

從《中國學生周報》到《四季》,到《大拇指》,再到《羅盤》前期，梁秉鈞都是主導性人物。不過，1978 年至 1984 年，梁秉鈞與夫人吳煦斌赴美求學，大概由於學業繁忙，此後他們參與香港的文學活動就少了。儘管如此，梁秉鈞還是在"素葉文學叢書"第 4 輯中出版了他的代表性作品《剪紙》。《剪紙》沒有中心故事情節，作者不再滿足於感性的城市經驗，而是上升到了文化的高度。小說中的男女主人公雖然都生長於香港，然而有的生活在中國傳統文化中，有的卻奉行完全西化的價值觀，這正是香港的多元文化特徵。那種試圖以"傳統"或者"西化"來本質化香港的做法，都是一種幻象。小說採取法國"新小說"客觀呈現的寫法，其中寄託了作者對於香港社會和文化的理性思考。

被收入香港中學語文課本的梁秉鈞的《給苦瓜的頌詩》，常常被人拿來與余光中的名詩《白玉苦瓜》進行比較。這兩首詩，的確能夠較為明顯地體現《大拇指》派的風格。梁秉鈞的詩完全停留在苦瓜自身，以文字傳神地表達它的形象及神韻，"人家不喜歡你皺眉的樣子"，"度過的歲月都折迭起來"，"把苦澀藏在心中"，"把苦味留給自己"。余光中的詩卻由苦瓜聯想到家國歷史以至於宇宙世界，"古中國餵了又餵的乳漿"，"茫茫九州只縮成一張輿圖"，"鍾整個大陸的愛在一隻苦瓜"，"熟着，一個自足的宇宙"。董啟章曾經寫一篇評論，認為兩隻瓜一隻能吃，一隻不能吃，帶出不同的詩觀。

在本土作家群中，西西的資格很老，不過她不太拋頭露面。在梁秉鈞離開以後，西西走向前台，成為《素葉文學》的核心人物。西西不但參與"素葉"的組織活動，並且發表作品最多，也最有質量。從第 1 期至 26 期，西西計在《素葉文學》上發表了小說《碗》、《戈壁灘》、《十字勳章》、《像我這樣一個女子》、《感冒》、《浮生不斷之某一篇章》、《檔案》、《假日》、《肥土鎮的故事》、《檔案》、《蘋果》和《堊牆》等小說，幾乎每期都有小說發表。她在"素葉文學叢書"中出版的作品也最多,計有長篇小說《我城》、《哨鹿》,中篇小說《草圖》,短篇小說集《春望》和詩集《石磬》等。

西西的《我城》原於 1975 年在《快報》連載,1979 年成為"素葉文學叢書"之第一本,是香港本土文學建立的最有代表性的作品。《我城》標誌着新一代本土港人對於香港的認同。這些新一代港人,不再有父母一代的濃厚的"故鄉"情結和"過客"心態,而是對於香港本身產生了認同感與歸屬感。《我城》中的阿果等人以很樂觀的態度對待社會,他們將"香港"看作"我城",即使批評香港的弊端,也出於戲謔的態度。如此,我們就理解了西西小說的童話特徵以及對於拉美魔幻小說的借鑒。

其實西西最擔心的,是香港自身的命運。值得注意的是,80年代後,西西較早地觸及到了"九七"主題。何福仁在與西西的對話中,一開始就提出:"我們從《玻璃鞋》說起吧。《玻璃鞋》其中有一句,'在我們那裏,沒有一個人相信,到了午夜十二點整自己會變作一個南瓜。' 我想到近來最熱門的一九九七年限問題。你寫這小說時還很少人談到這問題。文學作品裏,恐怕更沒有。"[16]1979 年 3 月,當時的香港總督麥理浩來北京商談新界地契的租約問題,1982 年 9 月 22 日英國首相撒切爾夫人訪華,拉開了中英香港談判的序幕。西西的《玻璃鞋》寫於 1980 年 10 月,可見西西思考這一問題很早。西西自己也說:"我正是思考這問題。那時香港人很奇怪,好像沒什麼擔憂,社會看來很繁榮。"直到中英談判之後,"九七"問題才成為香港的關注點,西西後來也寫出《浮城誌異》和《肥土鎮灰闌記》等名篇。

如果說,梁秉鈞從 1972 年的《四季》就開啟出《大拇指》詩

---

16 何福仁、西西:《童話小說:與西西談她的作品及其他》,載《素葉文學》,第 16 期,1983 年 1 月,4 頁。

派，那麼古蒼梧的引導則更早。古蒼梧在 1967 年至 1969 年間，即他的中大研究生階段，與黃繼持等人選編《現代中國詩選》（1974），由此開始對中國現代詩發生興趣。1967 年，古蒼梧和戴天在"詩作坊"講授中國新詩。在古蒼梧看來，台灣現代詩運動在中國 30、40 年代就已經搞過了，他在 1968 年 2 月《盤古》第 11 期"近年港台現代詩回顧"專欄上發表《請走出文字的迷宮》一文，批判台灣現代詩的晦澀。這種明朗真摯的詩歌主張，對於淮遠、李國威、關夢南、鍾玲玲和李家昇等詩人有很大影響，而他們又轉而影響了後人。可以說，古蒼梧更早地啟發了後來的《大拇指》一路詩人。

1970 年，古蒼梧應邀參加美國愛荷華大學的"國際寫作計劃"，涉入 70 年代保釣運動。受溫健騮影響，他的思想開始左傾。儘管如此，古蒼梧卻屬於《大拇指》—《素葉文學》詩派。70 年代他在《羅盤》上發表詩作，80 年代在《素葉文學》發表作品，並在"素葉叢書"出版第一本詩集《銅蓮》（1980）。

追溯《大拇指》派的歷史，我們在古蒼梧與也斯之間，還可以插上一個關夢南。關夢南生於開平，1962 年移居香港。他開始創作時，深受"詩作坊"古蒼梧和戴天的影響。古蒼梧等對於台灣現代詩的批評，正中他下懷，"因為詩作坊師生對台灣詩的某些批評，尤其針對洛夫的'潛意識寫作'與余光中作品的某些不良傾向——程式化的寫作，所以我對余光中及《詩風》作品有一定的排拒"。1970 年，關夢南和李家昇主編《秋螢詩刊》，成員包括鍾玲玲、阿藍、淮遠等人。自 1973 年 10 月《中國學生周報·詩之頁》起，關夢南就加入了這個詩歌集團，詩歌也入選也斯主編的《十人詩選》。在 1978 年《秋螢詩刊》第三階段時，編者和作者都已經與"素葉"集團合為一體。由此，《秋螢詩刊》也就越過 1972 年的《四季》第 1 期，隱約被追溯為"素葉"集團的起點了。

在《素葉文學》上發表作品的還有不少名家。我們知道李維

李國威、葉輝、阿藍、馬若、李家昇、黃楚喬、禾迪、吳煦斌、關夢南、梁秉鈞

十人詩選

有相片皆是偶然的（也因此而無意

《十人詩選》

409

陵是 50 年代中期《文藝新潮》的代表性作家，這次重新復出，估計是為《素葉文學》所約。在《素葉文學》第 1 期，他發表了小說《羈》。香港天才少女作家鍾曉陽，成長於《大拇指》。1981 年 5 月 1 日，鍾曉陽在《大拇指》第 136 期上首次連載"趙寧靜傳奇"第一部《妾住長城外》（同時在台灣刊載），震動文壇。在《素葉文學》上，她繼續發表作品，計有《翠袖》（第 3 期）、《流年》（第 9、10 期）等。台灣作家施叔青在《素葉文學》（第 17、18 期）發表了《愫細怨》，這是她第一篇寫香港的小說，也是她後來"香港的故事"系列小說的開始。

　　1991 年第 26 期復刊以後的《素葉文學》，出現了更多的有實力的香港文學作家。董啟章（草童）在這裏發表了他的第一部小說《西西利亞》（第 36 期），黃碧雲在此發表了《幽靈盛宴》（第 38 期）、《雙城月》（第 45 期）等小說，此外，余非、王良和、許榮輝等小說家也湧現出來。

第十二章

另一種香港性

第一節　《詩風》：溝通中西

（一）

　　70 年代後香港的新生代作家群，並不僅僅限於《大拇指》一派，與此同時，還有另外一個甚至於更早的《詩風》派。記得也斯在 1973 年 1 月 20 日接編《周報》"詩之頁"第 1 期的時候說，當下各種詩刊都已經消失，"只剩下一份《詩風》在默默努力，這使我們覺得：香港目前更需要有一個開放的詩的園地"。《詩風》早在 1972 年 6 月就成立了，較也斯同年創辦的《四季》第 1 期（1972 年 11 月）還早幾個月。也斯稱《詩風》在默默努力，是嘉獎的口氣，不過他覺得還需要創辦另外一個"開放的詩的園地"，說明了他們與《詩風》並非一路。

　　在 70 年代香港新一代本土詩人浮出歷史地表的時候，他們主要面對兩類詩歌：一是具有政治傾向的左翼詩歌，二是深受台灣影響的晦澀的現代詩。對於左翼詩歌，新一代港人，多數較為迴避；對於現代詩，他們又難以理解。葉維廉從台灣回來，送給西西《愁渡》初稿，西西實在看不懂，"和我所看過的詩不同，覺得很奇怪，並不能把握詩思，因為我不知道詩竟有那種寫法的。……我實在跟不上他們"，"學那些艱澀的寫法，其實是受到潮流的影響，只是一味堆砌、堆砌，直至自己也看不明白為止"。[1]西西在編《中國學生周報·詩之頁》的時候，收到的全部是這種模樣的作品，她心想，身為編輯，竟然看不明白這些作品，那還怎麼當編輯，就不幹了。不過，她在來稿中也發現兩位能寫得出好詩的青年作者，其中一位就是也斯。

　　較西西年輕的也斯，登上文壇是在 60 年代後期，他這樣描述當時文壇的潮流："那時有朋友頗強調文革間在大陸左派文藝

1　康夫：《西西訪問記》，《羅盤》，第 1 期，1976 年 7 月 20 日，4-5 頁。

圈中流行的批判寫實主義。另外一個圈子，則多看台灣雜誌，或是台灣式的現代詩。”他概括這兩種方法是，“簡單點說，左派那種寫詩的手法，以文字作為反映現實的工具，題材多涉貧民區、工廠、工農兵等等。另一種則是心靈的超越、扭曲的意象，詩人不太想與現實有直接的關係”。對於這兩種路徑，也斯都不太認同，他的想法是表現香港，“和現實生活對話”。[2] 這種想法，就是他後來在主編《周報·詩之頁》、《大拇指》時所提倡的詩歌的“生活化”。

　　黃國彬年齡與也斯相仿，出道時面臨的是相同的香港詩壇。黃國彬同樣反對左派和台灣現代詩，不過回應的主要是晦澀的台灣現代詩。針對現代詩的洋化，《詩風》首先提出來的是回歸傳統。當然，回歸傳統僅僅是對於當下過於洋化的糾正，《詩風》最終的目標，是融合古今中外。

　　可以說，西西、也斯與黃國彬兩派都是立足香港的，然而他們對於香港現代詩歌的建立卻有着不同的理解。也斯、西西陣營傾向於借助於香港本土建構“生活化”的美學，黃國彬等人則認為香港的長處恰恰在於它的文化開放性，能夠匯聚融合古今中外。之所以存在這種差異，與他們的身份不同有關。大致而言，《詩風》同人基本上都是港大的學院派，而也斯、西西同人差不多是以民間自居的。

　　1971 年 9 月，黃國彬剛剛從港大畢業，在北角寶馬山的一所中學任教。他和港大同學兼同事的陸健鴻（楚狂生）商量，想創辦一份詩刊。他們分頭去找人。黃國彬找來的，首先是比他高兩級然而同年畢業的羈魂，接着又找來了女同學郭懿言（素蕾），陸健鴻找來的是港大同學譚福基（葉鳳溪）。就這 5 個人，採取

2　王良和編：《打開詩窗 —— 香港詩人對談》（香港：匯智出版有限公司，2008），61 頁。

《詩風》1

目　錄

詩風月刊

五十一期

《詩風》第 51 期目錄

每人先交基金 200 元、再每月交費 40 元的方式，於 1972 年 6 月 1 日創立了後來延續了 12 年的《詩風》。

《詩風》的創辦者在確定內容時，"不約而同地主張兼收並蓄，古典的、現代的、以至外國的，不管創作、翻譯、還是評論，只要有一定分量的，都盡量予以刊用，以為鼓勵"。《詩風》第 1 期 "發刊詞" 一開始便着重批判台灣現代詩過於洋化的問題，"這批現代詩人在吸收與介紹外國現代詩的優點方面功不可沒；但是徹底打倒傳統，與傳統脫離關係是行不通的"、"高唱反叛傳統，猶如坐在樹椏而要把樹椏鋸斷一樣可笑。" "發刊詞" 聲明：《詩風》並不是要閉關保守，而是要 "創出中國現代詩自己的面目"，既要 "繼承中國文學的優良傳統"，同時 "還要虛心地吸收外國大詩人如葉芝、艾略特、波特萊爾、里爾克的優點"。只不過現在詩壇的情形是過於歐化，作品像是從西洋翻譯過來的，所以當下最需要的是引進中國舊詩。

《詩風》的出場是相當奇特的，它將新詩與舊詩並列發表，連《詩風》自己都承認這種做法非同尋常，"這種形式的詩刊，恐怕並不多見，因為一般詩刊，發表舊詩便不發表現代詩，發表現代詩便不發表舊詩；新舊兩體，互相排斥，勢成水火。我們則兼收並蓄，讓現代詩與舊詩互相衝擊，希望衝擊出真正具有新面目的中國現代詩來"。

《詩風》創刊號上一方面發表了舒文（黃國彬）、楚狂生、羈魂等同人的新詩，另一方面又發表了盧厲堂的兩首舊詩《詩風創刊感賦》和《朱弦》，還是手寫體。第 3 期甚至直接發表了法文詩 Valery Paul 的 *LES PAS*，而這一期的舊詩《渡江雲》卻是由新詩人鳳溪（譚福基）撰寫的。在詩論上也是如此，創刊號一方面發表了懿言翻譯的西敏的《詩的藝術》，另一方面又發表了余子賢的論中國古代詩歌的《詩餘偶記：幾首詠梅詩》。從第 3 期開始，黃國彬以筆名 "凝凝" 寫的 "現代詩" 評論，與余子賢寫的古代詩評"詩餘偶記"並行。《詩風》還很注意中國現代詩結合古今的詩歌實踐,《詩風》第 2 期就發表了卞之琳的《白螺殼》及《讀詩雜札 —— 關於卞之琳的〈白螺殼〉》,後文談到:"他的詩句法是多變的,其中有文言句法,又有歐化句法,種種句法整合起來而終以白話為本,也正如他的詩內容之以傳統精神為本。"《詩風》同人融合古今中西的意圖,可謂十分明顯。

　　《詩風》創立後最大的一件事,便是邀請余光中來參加朗誦會。從第 11 期"編者的話"開始,《詩風》就開始預告,"眾所周知,余先生不但是詩人,也是文學批評家;他不但在台灣及東南亞知名,在國際詩壇上也具聲音。我們跟他一點私交也沒有,而余先生竟肯老遠從台灣來,來這個文化沙漠,參加我們的慶祝會,一個讀者不過五百的詩刊的朗誦會!這對我們來說,除了是辦《詩風》以來最大的喜訊外,還是一大鼓舞,加強我們的信念"。在《詩風》第 13 期"編者的話"中,他們再次表達了自己的興奮之情以及朗誦會籌備的情況。

　　余光中演講的時間是 1973 年 6 月 2 日,《詩風》在 7 月 1 日出版的《詩風》第 14 期上全文刊登了這篇演講詞。《詩風》沒有失望,余光中在演講中對他們給予了大力支持。余光中早年也經過了現代派的階段,不過他自 60 年代以後開始對現代派進行反省,《天狼星》便是他告別現代派之作。這首詩受到洛夫等人的批評,認為是現代派的倒退,余光中則宣稱他已經生完了現代主義的"麻疹"。到香港的余光中,已經完全從虛無晦澀的現代派中走了出來。在《詩風》演講會上,余光中從端午節談起,談到屈原和中國傳統,進而談到漢語詩的西化,批評"西風壓倒東風"的傾向。余光中回顧了台灣詩壇的發展歷史,分析了三個方面的問題:一是民族性問題,他認為現代派強調人類性,他則認為要表現人類性,首先要表現作為人類一分子的民族性;二是大眾化問題,他認為詩歌不應該晦澀,當然也不可能絕對大眾化;三是主題與技巧的問題，他認為這兩者是相輔相成的，誰壓倒誰都是片面的。余光中在演講中專門提到《詩風》上一篇叫《幾個有關詩的問題》的詩論，認為此文提出來的主張，"相當的圓通，相當之開朗"。這篇詩論發表於《詩風》第 11 期，是以"本社"名義寫的，代表了《詩風》同人的觀點。余光中的支持，對於《詩風》來說至關重要。《詩風》當時只是一個名不見經傳的小詩刊，詩歌主張無人理睬，沒什麼影響，名詩人余光中的支持給了他們巨大的自信，讓他們堅持下去。

《詩風》的成長很不容易。1972 年 6 月第 1 期《詩風》僅有 75 個訂戶，只售出了 79 份，非常慘淡。到了 1973 年 4 月第 11 期，《詩風》已經有了 180 名訂戶，範圍包括美國、台灣和香港等地，報攤零售至第 9 期也增加到 297 份，增加了約四倍。在人員上，羈魂退出了《詩風》，這對於《詩風》打擊很大。不過，《詩風》也逐漸吸引了更多的新人。

《詩風》主張中國認同，重視中國古典詩歌。這裏的"中國認同"，並不是說認同中國內地政治。在 50 年代以來反共文化的經營下，香港本地年輕人多數敵視中國大陸。《詩風》第 3 期"編者的話"說："自五四以來，現代詩人仍未走出一條路向，而大陸已經摒棄了文藝，這一片空白，有誰來填呢？我們該怎樣向歷史交代呢？"可以說，在反對內地政治上，《大拇指》派和《詩風》派基本上是一致的，都反對當時的左派刊物《海洋文藝》。《詩風》所認同的是中國文化，這種認同主要是由詩壇過分西化引起的。在《詩風》第 3 期中，黃國彬在評論余光中的《臘梅》時說，"作者在這詩緬懷故國，詩中流露着強烈的中國意識"。[3] 我們知道，余光中當時是著名的反共作家，所謂"中國意識"其實指的是中國文化意識。

3　凝凝：《現代詩欣賞》，載《詩風》，第 3 期。

（二）

　　在余光中講座之後，《詩風》對自己的定位有了一些調整，他們取消了舊詩一欄。余光中在講座中，其實質疑了"舊詩"的說法，他認為像李白、杜甫的詩歌並不是"舊詩"，它們是"萬古長存"的。《詩風》對於中國古典詩歌的介紹和探討，倒一直在堅持。《詩風》後來分別做了中國古代詩人的專輯：屈原專輯（第73期）、杜甫專輯（第85期）、李白專輯（第92期）、陶潛專輯（第98期）和《詩經專號》（第104期）等。《詩風》還一直致力於中西詩歌的比較，如王勃的《滕王閣序》與西詩的比較（第27期）、李白與華茲華斯、李商隱與雪萊的比較（第51期）、伊麗莎白詩歌與晚唐五代詞的比較（第53期）等。與此同時，《詩風》中也仍繼續介紹引進西方當代詩人。我們都知道，50、60年代以來的台港詩壇，或者西化，或者以民族性反對西化，爭論激烈，像《詩風》這種溝通中西的做法的確並不多見。《詩風》的宗旨是，"一條縱貫傳統與現代的經，一條橫連中國與西方的緯"。[4]

　　在美學風格上，《詩風》與《大拇指》相反，如果說《大拇指》追求生活化，《詩風》則明確追求精英化。《詩風》在"發刊詞"就說："支持我們的讀者不會多，因為詩本身就不是為巴人下里寫的。但是我們不會氣餒，因為我們一早就打定虧本的笙籚，因為我們一早就知道：飛得愈高愈寂寞"。在《詩風》剛剛創立、急需爭取讀者的時候，編者居然說出排斥"巴人下里"的話，可見他們相當的精英化。果然，《詩風》面世後，立刻得到了"曲高和寡"四個字的評價。《詩風》在第4期"編者的話"中立場鮮明地為自己辯護，"對於詩，我們是喜見其高，而不忍見其平民化、低級化。"並且，他們激烈表示，寧可死亡，也不降低層次，如果到了"《詩風》非低水準則不足求生存的時候，那麼，

4　"編者的話"，載《詩風》第6期，1972年11月1日。

世界上便不會再有《詩風》了"。

《詩風》的精英化傾向，與編輯同人自身的出身有關，也與他們的文化理念有關。正如"編者的話"所說，"畢竟，我們以為'詩'有它底獨特的形式和境界，在一切文學之中，'詩'是比較高級的。《詩風》的編輯們，有一部分是在大學裏修西方文學的，也有一部分是修中國文學的，就我們所見，得到佳評的中外的詩歌，與及傳統上關於詩的評論，則'老嫗能解'，似乎並不重要"。《詩風》在反對過度晦澀的同時，也反對過於淺白，他認為，"現代詩人要寫好詩，不應為晦澀而晦澀，也不應該為淺白而淺白"。[5]

《詩風》不斷吸收新人，其中有王偉明、胡燕青、溫明、凌至江，何福仁、康夫（葉新康）、周國偉和黃澤林等人。1976年6月，《詩風》自第49期起改版成了期刊，開始站穩了腳跟。

自從講座後，余光中的作品開始在《詩風》上發表，開始是轉載，如刊於《詩風》第21期的《詩人——和陳子昂抬槓》、《處女航》，刊於《詩風》第22期的《盲丐》、《飛將軍》，刊於《詩風》第25期的《大寒流》等，都是余光中在台灣發表後，然後剪貼給《詩風》的。1974年8月，余光中調到香港中文大學任教，《詩風》第24期"編者的話"表示期待和歡迎："詩人余光中先生應中文大學聯合書院之聘，本年八月來港任該校中文系的教授，相信所有《詩風》的諸友都樂聞，我們等待他來臨，也等待着現代詩在香港翻起大的浪潮"。此後，余光中開始在《詩風》首發作品，1974年12月《詩風》第31期的《沙田之丘》，是他在《詩風》正式發表的第一篇作品。此後，余光中繼續在《詩風》發表詩作。《詩風》對於余光中，從一開始起就大加稱讚。《詩風》的

5　凝凝：《卜未來，看現在——替現代詩算算命》，載《詩風》第23期，1974年4月1日。

第一篇評論，黃國彬發表於第 3 期的《現代詩欣賞》，就是以余光中的《臘梅》為主要評論對象的。1974 年 3 月 1 日《詩風》第 22 期 "編者的話" 中坦認，"看起來好像我們在狂捧余光中"。

第二節　《詩雙月刊》、《詩網絡》：時代的介入

（一）

1977 年 3 月，陸健鴻、郭懿言夫婦離開香港，赴美留學，這對《詩風》來說不啻為釜底抽薪。好在其他成員接上來了，王偉明成為了雜誌的主管，負責總務、秘書和外務等。此後，《詩風》的發展較為順利。1978 年 1 月，他們甚至辦了一個《小說散文》雜誌，不過很快入不敷出，4 期就停刊了。《小說散文》傷了《詩風》的元氣，他們面臨着經濟上的壓力。1979 年 10 月第 87 期以後，《詩風》改為雙月刊。

1980 年 8 月，黃國彬赴意深造，作為創辦者的黃國彬的離開，對《詩風》是更大的打擊。同仁給黃國彬餞行，席間提出籌備《詩風》100 期紀念。《詩粹》是一個世界當代詩人詩集，稱得上是一個壯舉。《詩風》先擬了一份約稿名單，12 月寄出。首先寄來詩稿的，是美國詩人羅伯特和希臘詩人艾利提斯。波蘭的禰沃舒雖沒有創作，卻翻譯了幾首波蘭詩作寄過來。《詩風》收到大量稿件，同人進行翻譯和編輯工作。1981 年，《世界現代詩粹》出版，"各方好評如潮，香港、台灣大陸，甚至英美等地，均有論介"。[6]

此後《詩風》備受關注，外國詩稿日多，內地來稿也增加，不過這已經是最後的輝煌了。1984 年 6 月 1 日，《詩風》出完第

6　羈魂：《〈詩風〉風雲十二年》，載《香港文學》，第 27 期，1987 年 3 月 5 日，41-44 頁。

116 期就停刊了。這一期專門刊登了來自香港、台灣、內地和新加坡詩人的作品，試圖以這樣一種綜合性來結束《詩風》12 年的使命。"停刊感言"云，"我們又曾說過，'偉大的藝術，直扣人類永恆的問題，不止超越政黨，抑且超越國家和種族。'多年來我們一直堅持上述的宗旨和認識"。看得出來，他們仍然強調地域與文化的超越，強調偉大的藝術。

（二）

《詩風》結束後，同人的詩只能發表在《新穗詩刊》上。"新穗"初為文社，創建於 1978 年，創辦人為唐大江、陳德錦等人。《新穗文刊》第 1 期在同年 9 月成立，除本社稿件外，還發表了黃國彬的兩首詩。《新穗文刊》辦了 4 期後停刊，兩年六個月後的 1981 年 12 月，文社改為詩社，出版《新穗詩刊》，陳昌敏、鍾偉民等人先後加入。1982 年，《新穗詩刊》3 期後停止。1983 年新穗出版社成立，推出"新穗叢書"。[7]1984 年，《詩風》停刊的消息傳來，新穗詩社決定復刊《新穗詩刊》。1985 年 5 月，《新穗詩刊》第 4 期出版，失去了陣地的《詩風》詩人開始在這裏發表作品。

在《新穗詩刊》復刊號（第 4 期）上，黃國彬發表了"短詩三首"，胡燕青發表了《情詩》。在復刊第 2 期（總第 5 期）上，黃國彬發表了《六和塔上遠眺鎮江》、《邂逅》和《旅途印象》

7　"新穗叢書"先後出版的書有：1983 年出版了鍾偉民《捕鯨之旅》、陳德錦《書架傳奇》、李華川《列車五小時》、唐大江《生命線》、秀實《詩的長街》和鄭鏡明《雁》；1985 年出版了鍾偉民《曉雪》；1986 年出版了陳昌敏《晨，香港》；1987 年出版了兩部詩論：陳德錦《南宋詩學論稿》和胡燕青《小丘初夏》；1988 年出版了秀實《海鷗集》；1992 出版了陳德錦《如果時間可以》和秀實新詩欣賞論集《捕住飛翔》。

《新穗詩刊》

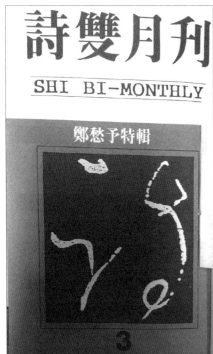

《詩雙月刊》

3 首詩，胡燕青也發表了《讓我們……給我的英雄牌鋼筆》。在 1986 年 7 月出版的第 6 期上，羈魂發表了《訪 —— 過國父故居有感》，還有《推薦以外 —— 第二屆新詩推薦獎感言》。不過，整體上說，《詩風》詩人在《新穗詩刊》上發表的詩作並不算多。

1986 年，當羈魂的學生吳美筠和洛楓找到羈魂、商量合辦一份刊物的時候，羈魂表示只能做幕後支持，不願意涉及任何名義或具體工作。這一年 11 月，吳美筠編的詩刊《九分壹》面世。這個古怪的名字，來自於編者認為 "大抵每個人可能只理解到現實的九分之一"。[8] 在《九分壹》創刊號上，有黃國彬的《空房間的回聲》和羈魂的《日本詩抄》，也是以示支持的意思。可惜《九分壹》出版以來，頻頻拖期。

1989 年某一天，王偉明突然來找羈魂和譚福基，商量《詩風》復刊的事情。羈魂和譚福基是創刊元老，王偉明是後期《詩風》的核心，他們對於《詩風》停刊一直是耿耿於懷，這時候一拍即合。他們開始籌備，積極向海峽兩岸及海外各地邀稿，獲得熱烈反應。1989 年 8 月 1 日，《詩雙月刊》面世。

《詩雙月刊·創刊辭》第一句話就是："《詩風》在一九八四年六月停刊，五年之後，我們再創辦《詩雙月刊》。" 接着，創刊辭追溯了《詩風》的發展歷程以及停刊的背景，表達了再創詩刊的宗旨。文中認為：在 20 世紀最後 10 年裏，"必將有大量秉持社會良知的人奮起，以其高貴的情操、熾熱的感情、敏銳的感覺，運之以冷靜的頭腦，超卓的技巧，完成偉大的創造，為二十一世紀的光明世界而努力。基於這個信念，我們重新出發，聯絡本港，海峽兩岸和海外詩人，為上述的理想而奮進"。看得出來，《詩雙月刊》與《詩風》在信念上一脈相承，不過因為歷

8　吳美筠：《九分壹九分之一的故事》，載《詩雙月刊》，第 4 卷第 2 期，總第 20 期，1992 年 10 月 1 日。

史環境已經有所不同，兩者仍有差別。1972 年《詩風》創刊時，面臨的是台港現代詩的過分西化，因此它強調中西文化的結合，創造闊大的境界。1989 年《詩雙月刊》創立的時候，正好面臨着內地的政治事件，因此它較為強調對於現實的介入，也重視引入內地的詩歌。

《詩雙月刊》曾於 1995 年停刊，1997 年復刊，因此它可以分為兩個階段：一是 1989 年至 1995 年，第 1 期至 31 期；二是 1997 年至 1998 年，第 32 期至 43 期。有趣的是，這兩個階段分別面對着兩個"政治節點"。第一個階段是以"八九"開始的，第二個階段是以"九七"開始的。在此情形下，《詩雙月刊》是積極回應現實的，正如羈魂所說："在'六四'與'九七'兩重陰霾的籠罩下，我們無法也絕不應抖脫時代賦與我們的使命。"羈魂並認為，這正是《詩雙月刊》與《詩風》的差別，"對時代的投入與關注，也許正是《詩雙月刊》與以'寂寞的翱翔者'自詡的《詩風》最大分野之處"。9《詩雙月刊》較為令人矚目的地方，是對於內地詩歌的大量介紹。從第 18 期至 19 期開始，《詩雙月刊》分別刊出了河南、南京、北京、湖北、寧夏、上海、廣東和四川等地的詩歌專輯。內地的新老詩人以及詩評家也都在《詩雙月刊》上發表作品，這本身就是介入中國新詩的一種方式。

用羈魂的話來說，"成也蕭何，敗也蕭何"。1997 年 1 月，《詩雙月刊》之所以能夠再次復刊，是因為借重於香港藝術發展局的資助。然而，它只資助兩年。到了 1999 年 1 月，藝發局就停止了資助，《詩雙月刊》只好再次停刊。過了兩年，即 2001 年，藝發局又可以重新申請了，不過，規定只能資助新刊物，他們不得不把刊物改名為《詩網絡》。

9　羈魂：《詩詩相扣 —— 從〈詩雙月刊〉說起》，載《文學世紀》，第 1 卷第 10 期，總第 55 期，2005 年 10 月。

2002 年 2 月，一個新的詩刊《詩網絡》面世。《詩網絡·創刊辭》是譚福基撰寫的，題為"學似海收天下水，性如桂奈月中寒"。文中首先追溯《詩網絡》的"史前期"，即 1972 年的《詩風》，感歎"三十年前，幾個二十出頭、不通世務的小伙子創辦詩刊，是浪漫的；三十年後，這幾個垂垂老矣的人再要不顧現實地出版詩刊，便稍有'漫浪'之嫌了"。如果說，《詩雙月刊·創刊辭》側重談了詩歌對於現實的介入，沒有涉及詩歌本身，那麼譚福基在《詩網絡·創刊辭》則補充了這一點，認為："我們有理由相信，這些主要以西方詩歌形式為藍本而創作的新體，不一定是中國詩歌日後發展唯一的形式。未來中文詩的形式，要由詩人逐漸寫出來，也創造出來。"如何創造出來呢？"他要博古通今，從名家作品中汲取營養。""我們期望《詩網絡》是一張恢宏的網，世界各地以中文寫詩的人，喜歡中文詩的人都能藉着它來加強溝通。"博古通今、海內海外，又回到了《詩風》的宗旨。

第三節 "詩觀的歧異"

（一）

有一件事情需要提及，那就是在《詩風》蒸蒸日上的時候，何福仁、康夫和周國偉等人忽然中途退出了《詩風》。羈魂在回憶這一事件的時候說："可惜，49 期（改版後第 1 期），何福仁、康夫、周國偉等，便因某些詩觀的歧異，與部分成員發生意見，退出《詩風》。"詩人由於詩觀不同而退出，這從反面說明《詩風》有自己固定的美學風格。

何福仁、康夫等人的退出，事實上有跡可尋。康夫在《詩風》第 29、31 期連載過一篇詩論，題為《從淮遠的短詩出發》。在這篇文章中，康夫說，"本文的目的，亦不過借助個人生活上所能抽出的片斷時間裏，考慮我輩年青一代的詩人，怎樣在'國粹'

派、'現代'派和 '寫實' 派諸等歧視下的努力，希望有更多有心人從事類似的工作吧"。康夫對上述流派都不滿意，他提出一個 "重要的建議"，"就是我們這裏要有具備香港生活背景，與及題材上有歷史根源文學的文學創作。在詩作上來說，一個詩人的詩，假如沒有現存時空下的生活感、社會、地區性，恐怕也沒有了民族性吧，還說什麼詩的民族形式呢"？康夫在這裏所強調的是對於香港本土的表現，顯然接近於《大拇指》一派的觀點。更能說明問題的是，在推薦當下香港優秀詩人的時候，他所推薦的基本上全部是《大拇指》一派的詩人，如鍾玲玲、梁秉鈞、西西、吳煦斌和關夢南等，《詩風》掌門黃國彬卻不在其中，僅僅在提到優秀的 "詩評人" 的時候，才提到黃國彬的筆名 "凝凝"。康夫這篇詩論所分析的對象淮遠，本身也是 "《大拇指》—《素葉文學》" 一派的詩人。

　　另一位詩人何福仁接下來在《詩風》第 36 期，也發表了《或聚或散成圖 —— 評介梁秉鈞的〈茶〉和李國威的〈曇花〉》一文。文中主要分析的詩人梁秉鈞和李國威，都是《大拇指》一派的代表詩人。在談到梁秉鈞的時候，何福仁指出："梁秉鈞早年的詩很洋化，散文也是，近年的，比如這一首就樸實道地多了，讀慣了字字爭勝、張力緊道的現代詩讀者，會驚異這詩的明朗與沖淡。"再談到李國威的《曇花》時，文中特意指出，"李國威的《曇花》去年七月間發表在一份週刊上，這份週刊出版了二十多年，造就無數人才，然而它老了，'曇' 的出現，是它最後的一期，而國威是該刊的一位編輯。" 這裏提到的，顯然是《中國學生周報》的最後一次改版，《曇花》是李國威發表於最後一期的一首詩。事實上，作者雖然開頭提到了《詩風》，然而接下主要談到的是《四季》和《周報》，文章對於梁秉鈞和李國威兩位詩人的評述，是在追溯和感傷中完成的。

　　如此看來，康夫、何福仁、周國偉等人退出《詩風》，的確出自"詩觀的歧異"。康夫畢業於浸會,何福仁、周國偉都在港大讀書,與黃國彬、羈魂等同為港大校友,彼此召集很自然,然而對於詩歌的不同理解終於導致他們的分道揚鑣。他們之間在詩歌上的分歧,在《羅盤》創辦之後得到了驗證。

康夫、何福仁、周國偉等在 1976 年 6 月 1 日第 49 期退出《詩風》後,於當年年底就夥同梁秉鈞、西西、羅少文、靈石、野牛和阿藍等人創辦了《羅盤》。《羅盤》創刊號上刊登了康夫對於西西的專訪。西西在訪談中提到了《詩風》和《大拇指》兩個詩刊,她說:"《詩風》方面我覺得大部分詩作文字較美,但概念蒼白。《大拇指》的不少是學生作品,文字較弱,但內容清新可感。我寧取清新的。"也就是說,西西將《詩風》和《大拇指》都看作香港本地年輕人的刊物,如果取捨的話,她明確支持《大拇指》。康夫大概需要在西西這裏尋找支持,並且明確兩派之間的差異,所以又問了一個重要問題,"你對傳統的意見怎樣呢?譬如有人批評新詩沒有銜接傳統,你的意見如何"?西西對此問題不無質疑,她說:"傳統是指哪一方面的傳統呢?美好的古典文字?為什麼說接不到呢?瘂弦的、鄭愁予的,不都接到了嗎?如果指傳統中蒼白的、頹喪的一面,也要銜接嗎?再說:我們是否一定需要傳統呢?"西西並不認為銜接傳統是當下詩歌的重要問題,現在有人站出來提出批評了,"我們亦可站出來說話"。

康夫在《羅盤》第 2 期發表了一篇題為《伸伸你的腳》的文章,其中談到"何必這樣着急去處理大題材呢?"他提出:"我們生活在這島上,在這島上我們得到最實在的詩料和營養;閒情小品,或者帶有控訴情緒的現況寫實詩,都有它們一定的價值和意義,雖然它們都不見得易登大雅之堂,受學府重視。"康夫在這裏所提到的"大題材"、"大雅之堂"及"學府"等,顯然針對的是《詩風》一派。巧合的是,黃國彬在《羅盤》第 4 期發表了一篇《論偉大》,討論偉大作品所需要的條件,即"大"、"驚人的想像幅度”和“飛昇天宇”等。接着黃國彬這篇文章的，是何福仁的《我的書桌》。此文並未提到黃國彬，不過卻強調“平凡”二字，“我喜歡寫平凡的事物，在平凡的事物裏我不時發現它的莊嚴和偉大，我寫得還不夠好，我生活的層面還不夠開拓，經驗和知識還不夠淵博，但我願意從平凡出發，我現在就出發”。這一段詩學觀的“碰撞”，引人注目。不過，黃國彬事後並不認為自己在挑戰，他在接受採訪的時候回應：“當時，香港的一些詩人正提倡‘從生活出發’，看了我的短文，大概以為我針對他們，於是有一些過敏反應。”黃國彬表示：大小皆宜，“不過，有一點卻不容否認，給我最大滿足的，始終是大師級作家”。《詩風》與《大拇指》兩個詩派在詩學觀之間的差異，看起來是很明顯的。

這種詩觀的歧異，後來導致了對於陳德錦獲得“青年文學獎”的質疑。1972 年由港大創辦的“青年文學獎”，是當時在香港最有影響的獎項。余光中自第三屆開始，幾乎年年擔任詩歌組評委，在一定程度上左右了青年的詩風。以 1977 年至 1978 年第 5 屆“青年文學獎”為例，這一屆有 4 位詩歌評委，分別是余光中、黃國彬、鍾玲和梁秉鈞，他們之間的詩歌評判標準有明顯差異。據王良和說，“余光中和黃國彬更以寫出‘偉大’的作品為志，筆下常常提到‘永恆’、‘偉大’、‘民族’、‘家國’、‘黃河’、‘長江’、‘五嶽’，鼓吹回歸傳統，採養於古典，中西合璧，講究章法結構，苦心經營意象和比喻，以典雅的語言馳騁想像，抒發鄉愁，描寫山水。四人之中，文學觀和這三位差異較大的是梁秉鈞，他那時的作品有很強的生活氣息，用平實樸素、充滿靈氣的文字描寫日常事物，但不是走批判寫實主義的路向”。在這 4 位評委中，鍾玲是余光中的學生，黃國彬是余光中的追隨者，三比一，梁秉鈞當然落敗。這種狀況引起了反彈。《羅盤》1978 年第 8 期刊登了第 5 屆青年文學獎得主“陳德錦個展”，在“個展”對陳德錦的評論中，作者提出了他與余光中的關係問題。康夫的

《介紹陳德錦》一文中指出：“陳德錦冒了出來。他的詩風在開始的時候有龐大的余光中的影子，現今也是，但畢竟是在移動轉化了。”貝類在《只是幾句說話》一文說：“就整個中國及海外華人而言，陳德錦的觀點卻無法走出余光中的陰影，什麼‘母親的臍帶’，‘被押的注碼’、‘玫瑰竟是安南最毒的溫馨’（赤子）。我們當明白，前人的意象或手法常會難以抗拒地走進廿歲小子的腦袋。”有名在《信簡》一文中，則直接提出學習可以，仿作則不足道，“我讀這屆文學獎高級組得獎詩作，覺得都十分余光中口吻的，我承認喜讀余光中的詩，但讀仿作卻是另一回事。文學獎的宗旨是‘從生活出發’，從生活出發了嗎”？陳德錦自述1977年暑假參加“青年文學獎”創作研習班，導師為余光中和黃國彬，受其影響是完全可能的。有名還提出“有興趣寫一篇‘余氏詩派的誕生’，追溯這詩派的因緣、影響和流變等等”。“余氏詩派”的概念由此提出，這足以說明《詩風》的風格已經成形，並且不同程度上受到了余光中的影響。

（二）

　　黃國彬是“《詩風》—《詩網絡》”一派的代表人物，他的詩歌有一個發展過程，然而整體上形成了雄偉宏大的風格。黃國彬的詩歌視野相當開闊，他在1976年第2冊詩集《指環·自序》中說：“在這本集子裏，有很多作品是國家、民族、社會，以至世界向我撞擊所引起的鳴響。這幾年來，所見所聞所體驗促使我處理更廣的題材。”黃國彬喜歡中國歷史以及現實題材，也喜歡中國的壯美山河，善於寫長詩。早在1975年黃國彬第一個詩集《攀月桂的孩子》中，他就有意識地嘗試長詩寫作，寫下了《七十二烈士》和《凱撒之死》等詩，後來他又寫下了《丙辰清明》、《星誅》、《地劫》等氣勢磅礴的長詩。《丙辰清明》和《星誅》是香港詩人中很少有的寫1976年周恩來去世的長篇詩作，《地劫》則是抒寫唐山大地震的。黃國彬主張追求"偉大"的境界。有學者注意到，黃國彬是"香港設色最繁富的詩人"，尤其喜歡用"金"、"紫"、"紅"等顏色，這恰恰是很多詩人所抗拒的俗艷之色，可見他在美學上的"壯美"追求，這在中國文學史上也是少見的。

羈魂和黃國彬同齡，港大畢業後同創《詩風》。不過，羈魂的資歷很老。早在 1964 年，他就與 6 位友人在藍馬現代文學社出版詩集《戮象》。1971 年，他在台灣萬年青書廊出版了個人第一本詩集《藍色獸》。1976 年底，他出版個人第二部詩集《三面》，收入"詩風叢書"。對比起來，黃國彬的第一本詩集《攀月桂的孩子》，直至 1975 年才出版，比羈魂晚了不少。從《詩風》到《詩雙月刊》再到《詩網絡》，羈魂都是創始人，堪稱元老。羈魂發表的第一首詩，是 1962 年底刊於《星島日報》"學園"版的《網》，這首詩是"很郭沫若式的白話詩"。導致羈魂轉向"現代"詩風的，是洛夫的《石室的死亡》，他曾用"驚艷的經驗"來形容他發現洛夫的驚喜，《藍色獸》就是他在洛夫影響下寫下的長詩。對於自己的探索，他感歎："從早期捧誦冰心，力匡，到後期研讀洛夫、周夢蝶，有時自己也懷疑所領受的，可就是'灼見真知'？而從《藍色獸》到《三面》，多年心血的結集，又換回多少迴響？"[10] 需要提到的是，影響羈魂詩歌的還有另外一個因素，那就是古典文學。他在港大主修古典文學，碩士論文是研究朱熹的《詩集傳》，他喜歡在詩中運用古典詞彙和意象。這種"中西溝通"，正是《詩風》社的共同追求。至於"偉大"的詩歌，羈魂堅信是存在的，不過他說："我始終堅信有'偉大'的'詩'，但'詩人'卻不一定偉大。"

胡燕青剛登上詩壇的時候還是一個中學生，她在《詩風》上

---

10 羈魂：《現代詩與我》，載《羅盤》，第 5 至 6 期，1978 年，80 頁。

發表的第一首詩，是以“北嶽”之名在 1972 年 9 月 1 日《詩風》第 4 期上發表的《戰後》。僅僅隔了一期，黃國彬就在《詩風》第 6 期上以“凝凝”之名發表了評論《北嶽的〈戰後〉》。在這篇文章中，黃國彬對於胡燕青予以了高度讚美。胡燕青的經歷與眾不同，她出生於廣州，8 歲偷渡到香港。她自敘從小與港人所讀的書不太一樣，看的是《林海雪原》、《智取威虎山》等英雄主義的書，“一直被宏大的主體吸引，大概也是因為 8 歲以前在國內培養出來的價值觀”。正因為這種背景，胡燕青意外地與余光中和黃國彬相遇了。對於中國文化的愛好，對於英雄主義的嚮往，對於闊大形式的追求，都是胡燕青與《詩風》的共鳴之處。胡燕青開始登上詩壇時，詩風追求闊大，這體現在她的長詩中。1980 年她寫下了長詩《驚蟄》，1985 年她完成了 800 行長詩《日出行》，它們都受到余光中和黃國彬等人的影響。不過，胡燕青後來有了變化，她於 1983 年結婚生子，後來皈依上帝，這些都讓她意識到自己的平凡和渺小，思想開始轉折。1987 年，她在《香港文學》第 35 期發表《春天的破衣下—〈日出行〉後記》時，就表達了自己的思想變化，“此前的一段日子，我在風雨中打滾，虛榮而狂妄，以為至境不遠。”“我的第一個孩子出生後，我對許多事情的看法改變了。”“許多昔日的執迷都流失了，消解了。”“我的詩風和詩觀，漸漸和他（余光中）的有了頗大的分別，那是文化、生活和信仰上的差異。”

陳德錦 1958 年生於澳門，1970 年來港。1978 年，他獲得第 5 屆青年文學獎新詩組冠軍，崛起於香港詩壇。正因為如此，陳德錦對於“青年文學獎”很有感情。1982 年，他與陳錦昌等人，在青年文學獎作者的基礎上，成立“香港青年作者協會”。1984 年 5 月，他們創辦了協會會刊《香港文藝》，由陳德錦主編，第 4 期後由唐大江主編。《香港文藝》第 1 期就登載了“黃國彬專輯”，最後一期刊登的是送別余光中離港的“余光中專輯”。可惜《香港文藝》存在時間不長，至 1985 年 12 月第 6 期就結束了。以"黃國彬專輯"開始，"余光中專輯"作結，可見陳德錦的同人意識還是蠻強的。在"余光中專輯"中，陳德錦寫了一篇《流着香港的時間 —— 記余光中惜別詩會》，表達對於余光中離港的依依不捨。

陳德錦於 1978 年獲第 5 屆青年文學獎的作品，是 131 行長詩《樂與怒》，這是一首抒情長詩，氣魄宏大，表達"中國啊，中國，不是你，是誰迫瘋我們"的主題。這種歷史縱橫的詩句出自年輕的陳德錦的筆下，未免有點誇張。陳德錦的詩風後來有了變化，他不再刻意追求詩歌"在公共空間中流動"，而是"書寫個人空間"，將目光轉向自然、動物、碼頭、街道等城市意象，以心緒和意象出之，應該說詩風更加沉潛。

王良和生於香港，父母是紹興人。中學的時候，王良和學朱自清的筆法寫文章，被《香港時報·學生園地》刊登。但他參加香港當時最有影響的青年文學獎，卻屢屢落選。他去參加"投稿者座談會"，第一次見到余光中、黃國彬和蔡炎培等人及其他參賽者，"他們問我看什麼書？我說朱自清，他們看的卻是瘂弦、鄭愁予、西西、也斯。這開了我的視野，我跟着他們的推薦買了余光中的《白玉苦瓜》，瘂弦的《深淵》，陳之藩的散文等等，才知道他們的詩文比我之前看的朱自清、冰心要高超得多。當時覺得有兩種作家，一種是余光中那樣文字比較華美的，一種是《大拇指詩刊》那些本土作家那樣比較樸素的，後來兩邊都有給我營養，那時候沒有什麼派別之分。"這段回憶很值得推敲：一是王良和初學朱自清，說明他雖然出生於香港，然而受到中國現代文學影響；二是余光中、黃國彬等人使他發生了轉向，風氣所及，覺得他們較朱自清、冰心要高明很多；三是他直覺到當時香港文壇的兩個派別："余派"和"大拇指"派。王良和認為自己並無派別之分，兩邊都接受營養，實際上他接受的是"余派"。

王良和異常聰明，接受事物很快，他接着在 1981 和 1982 兩年分別獲得青年文學獎初級組第二名和第一名。成名之後，他就開始考慮如何擺脫余光中的影響，學習寫作存在主義式的詠物詩。在"余派"詩人中，王良和的詩沒那麼激烈，而是較為平和。從王良和的詩中，我們可以看到《詩風》派詩歌是如何白我突破和延展的。

黃國彬、羈魂、胡燕青、陳德錦和王良和等人，都是《詩風》有代表性的詩人，他們的詩往往具有宏大開闊和溝通中西的共同特色。特別是年輕的小姑娘胡燕青居然寫出雄渾的長詩，流派特徵十分明顯。當然，他們後來都力圖擺脫余光中的影響，走出了自己的路。

參考文獻

一、報刊

1. 《察世俗每月統記傳》（1815）

2. 《特選撮要每月紀傳》（1823）

3. 《東西洋考每月統記傳》（1833）

4. *Kong Kong Gazette*（《香港公報》1841）

5. *Friend of China and Hong Kong Gazette*（《中國之友與香港公報》，1842）

6. *Hong Kong Register*（《香港記錄報》，1843）

7. *China Mail*（《德臣西報》，1845）

8. 《遐邇貫珍》（1853）

9. *Daily Press*（《孖剌報》，1857）

10. 《香港船頭貨價紙》（《香港中外新報》，1857）

11. 《中外新聞七日報》（《華字日報》，1871）

12. 《循環日報》（1874）

13. 《中國日報》（1900）

14. 《中外小說林》（《粵東小說林》，1906）

15. 《小說世界》（1907）

16. 《新小說叢》（1907）

17. 《文學研究錄》（1921）

18. 《英華青年》（1921，1924）

19. 《小說星期刊》（1924）

20. 《伴侶》（1928）

21. 《鐵馬》（1929）

22. 《島上》（1930）

23. 《紅豆》（1933）

24. 《春雷半月刊》（1933）

25. 《今日詩歌》（1934）

26.《立報・言林》（1938）

27.《星島日報・星座》（1938）

28.《大公報・文藝》（1938）

29.《文藝陣地》（1938）

30.《人眾生活》（1938）

31.《大風》（1938）

32.《文藝青年》（1940）

33.《時代文學》（1941）

34.《華商報・燈塔》（1941）

35.《大眾周報》（1943）

36.《小說》（1948）

37.《大眾文藝叢刊》（1948）

38.《文匯報》（1948）

39.《自由陣綫》（1949）

40.《文壇》（1950）

41.《新晚報》（1951）

42.《人人文學》（1952）

43.《今日美國》（《今日世界》）（1952）

44.《中國學生周報》（1952）

45.《海瀾》（1955）

46.《詩朵》（1955）

47.《文藝新潮》（1956）

48.《青年樂園》（1956）

49.《文藝世紀》（1957）

50.《新思潮》（1959）

51.《香港時報・淺水灣》（1960）

52.《好望角》（1963）

53.《伴侶》（1963）

54.《當代文藝》（1965）

55.《海光文藝》（1966）

56.《純文學》（1967）

57.《盤古》（1967）

58.《秋螢》（1970）

59.《詩風》（1972）

60.《海洋文藝》（1972）

61.《四季》（1972）

62.《大拇指》（1975）

63.《羅盤》（1976-1978）

64.《開卷》（1978）

65.《八方》（1979）

66.《素葉文學》（1980）

67.《新穗》（1981）

68.《世界中國詩刊》（1985）

69.《香港文學》（1985）

70.《九分壹》（1986）

71.《當代詩壇》（1987）

72.《博益月刊》（1987）

73.《詩雙月刊》（1989）

74.《文學世紀》（2000）

75.《詩網絡》（2002）

76.《香江文壇》（2002-）

77.《文學研究》（2006）

78.《城市文藝》（2006）

79.《字花》（2006）

80.《文學評論》（2009）

二、著作

1. 阿英：《阿英全集》（安徽：安徽教育出版社，2006）。

2. 陳智德編：《三四〇年代香港新詩論集》（香港：嶺南學院現代中文文學研究中心，2004）。

3. 陳智德編：《香港當代作家作品選集・葉靈鳳卷》（香港：天地圖書有限公司，2017）。

4. 陳智德：《板蕩時代的抒情 —— 抗戰時期的香港與文學》〔香港：中華書局（香港）有限公司，2018〕。

5. 杜漸：《長相憶：師友回眸》〔香港：三聯書店（香港）有限公司，2015〕。

6. 戈公振：《中國報學史》（北京：生活・讀書・新知三聯書店，1955）。

7. 古蒼梧：《古蒼梧集》（北京：生活・讀書・新知三聯書店，2003）。

8. 關夢南：《香港新詩：七個早逝的優秀詩人》（香港：風雅出版社，2012）。

9. 馮偉才編：《香港當代作家作品選集・羅孚卷》（香港：天地圖書有限公司，2015）。

10. 賀寶善：《思齊閣憶舊》（北京：生活・讀書・新知三聯書店，2005）。

11. 黃仲鳴主編：《數風流人物 —— 香港報人口述歷史（上）》（香港：天地圖書有限公司，2017）。

12. 黃康顯：《香港文學的發展與評價》（香港：秋海棠文化企業出版社，1996）。

13. 李英豪：《批評的視覺》（台灣：文星書店，1966）。

14. 梁秉鈞、陳智德、鄭政恆編：《香港文學的傳承與轉化》（香港：匯智出版有限公司，2011）。

15. 魯迅：《魯迅全集》（北京：人民文學出版社，1981）。

16. 羅香林：《香港中西文化之交流》（香港：中國學社，1961）。

17. 侶倫：《向水屋筆語》〔香港：三聯書店（香港）有限公司，1985〕。

18. 盧瑋鑾：《香港文蹤 —— 內地作家南來及其文化活動》（香港：華漢文化事業公司，1987）。

19. 盧瑋鑾、鄭樹森編:《淪陷時期香港文學資料選(1941-1945年)》(香港:天地圖書有限公司,2017)。

20. 盧瑋鑾、鄭樹森主編:《淪陷時期香港文學作品選:葉靈鳳、戴望舒合集》(香港:天地圖書有限公司,2013)。

21. 盧瑋鑾、熊志琴:《香港文化眾聲道第1冊》〔香港:三聯書店(香港)有限公司,2014〕。

22. 盧瑋鑾、熊志琴:《香港文化眾聲道第2冊》〔香港:三聯書店(香港)有限公司,2017〕。

23. 羅孚:《香港文化漫遊》〔香港:中華書局(香港)有限公司,1993〕。

24. 羅永生:《勾結共謀的殖民權力》(香港:牛津大學出版社,2015)。

25. 茅盾:《我走過的道路》(北京:人民文學出版社,1988)。

26. 慕容羽軍:《為文學作證 —— 親歷的香港文學史》(香港:普文社,2005)。

27. 薩空了:《香港淪陷日記》〔香港:三聯書店(香港)有限公司,2015〕。

28. 松浦章、內田慶市、沈國威編:《遐邇貫珍(附解題‧索引)》(上海:上海辭書出版社,2005)。

29. 單德興:《翻譯與脈絡》(北京:清華大學出版社,2007)。

30. 王良和編:《打開詩窗 —— 香港詩人對談》(香港:匯智出版有限公司,2008)。

31. 王韜:《弢園文錄外編》(鄭州:中州古籍出版社,1998)。

32. 夏衍:《懶尋舊夢錄》(北京:生活‧讀書‧新知三聯書店,2000)。

33. 忻平:《王韜評傳》(上海:華東師範大學出版社,1990)。

34. 熊志琴編:《經紀眼界 —— 經紀拉系列選》(香港:天地圖書有限公司,2011)。

35. 謝榮滾主編:《陳君葆文集》〔香港:三聯書店(香港)有限公司,2008〕。

36. 謝榮滾主編:《陳君葆日記全集》〔香港:商務印書館(香港)有限公司,2004〕。

37. 也斯:《香港文化空間與文學》(香港:青文書屋,1996)。

38. 袁良駿:《香港小說史》第1卷(香港:海天出版社,1999)。

39. 鄭樹森、黃繼持、盧瑋鑾編：《早期香港新文學作品選（1927-1941 年）》（香港：天地圖書有限公司，1998）。

40. 鄭樹森、黃繼持、盧瑋鑾編：《早期香港新文學資料選（1927-1941 年）》（香港：天地圖書有限公司，1999）。

41. 鄭樹森、黃繼持、盧瑋鑾編：《國共內戰時期香港文學資料選（1945-1949 年）》、《國共內戰時期香港本地與南來文人作品選（1945-1949 年）》（香港：天地圖書有限公司，1999）。

42. 鄭樹森、黃繼持、盧瑋鑾編：《香港新文學年表（1950-1969 年）》（香港：天地圖書有限公司，2000）。

42. 鄭明仁：《淪陷時期香港報業與"漢奸"》（香港：練習文化實驗室有限公司，2017）。

索引

索引

十一畫

十三畫 ···

索引

索引

鳴謝

本人身在北京，能夠寫成這樣一本香港報刊研究的著作，自然很不容易。香港大學圖書館報刊史料之豐富，服務之好，讓我甘之若飴。香港中文大學圖書館的"香港文學特藏"，我已經看了多遍，這得感謝馬輝洪先生的幫助。"特藏"的建立者盧瑋鑾教授還創建了"香港文學資料庫"，編撰了系列香港文學資料，這些都為香港文學研究者提供了巨大的幫助。感謝《香港文學》主編陶然先生和周潔茹女士，數次邀請我去香港查閱資料。陶然先生在前幾日遽然去世，看不到這本書的出版了，這讓人心有戚戚。感謝《大公報》韓紀文先生和管樂女士，長期以來編輯我的"小說香港"專欄，使得我的香港文學研究成果能夠及時與香港讀者見面。蒙鄭德華先生的盛意，將我的《小說香港》和這本《報刊香港》收入了三聯"香港文庫"。感謝三聯出版這兩本書，執行編輯梁偉基先生勞苦功高。也感謝三聯書店與《香港文學》在中環聯合召開"香港文學的前生今世"讀書會，讓我有機會與其他學者和讀者分享研究香港文學的體會。

・**香港文庫**

　　總策劃：鄭德華

　　執行編輯：梁偉基

・**報刊香港：歷史語境與文學場域**

　　責任編輯：陸蘭芳

　　書籍設計：吳冠曼

書　　名	報刊香港：歷史語境與文學場域	
著　　者	趙稀方	
出　　版	三聯書店（香港）有限公司	
	香港北角英皇道 499 號北角工業大廈 20 樓	
	Joint Publishing (H.K.) Co., Ltd.	
	20/F., North Point Industrial Building,	
	499 King's Road, North Point, Hong Kong	
香港發行	香港聯合書刊物流有限公司	
	香港新界大埔汀麗路 36 號 3 字樓	
印　　刷	美雅印刷製本有限公司	
	香港九龍觀塘榮業街 6 號 4 樓 A 室	
版　　次	2019 年 7 月香港第一版第一次印刷	
規　　格	16 開（170 × 240 mm）476 面	
國際書號	ISBN 978-962-04-4448-7	

© 2019 Joint Publishing (H.K.) Co., Ltd.

Published & Printed in Hong Kong